鲁迅与现代韩国

〔韩〕洪昔杓 著

朴雪梅 译

WUHAN UNIVERSITY PRESS
武汉大学出版社

图书在版编目(CIP)数据

鲁迅与现代韩国 /(韩)洪昔杓著;朴雪梅译. -- 武汉 :武汉大
学出版社,2025.6. -- ISBN 978-7-307-24939-4

Ⅰ. I210

中国国家版本馆 CIP 数据核字第 2025JM4703 号

责任编辑:王 斌 责任校对:鄢春梅 装帧设计:韩闻锦

出版发行:**武汉大学出版社** (430072 武昌 珞珈山)
（电子邮箱：cbs22@whu.edu.cn 网址：www.wdp.com.cn）
印刷:武汉中科兴业印务有限公司
开本:720×1000 1/16 印张:20 字数:336 千字 插页:1
版次:2025 年 6 月第 1 版 2025 年 6 月第 1 次印刷
ISBN 978-7-307-24939-4 定价:88.00 元

韩文版序言

20世纪70到80年代在韩国民主化运动中，李泳禧先生发挥了重大作用。众所周知，李泳禧推崇的精神导师是中国大文豪鲁迅先生。孙郁教授是当代中国鲁迅研究领域的代表人物，他在近期出版的著作《鲁迅遗风录》中指出："李泳禧可能是真正意义上的鲁迅的知音。"他回忆访问韩国期间，在一次晚宴上切身感受到的韩国"鲁迅热"时，说道："这是我一生中经历的第一次与鲁迅相关的狂欢，在中国我参加过无数次鲁迅研讨会，但从未见过如此激动人心的场景……那一刻我深切地感受到，鲁迅已成了我们不同国度间的共同的语言。"①如今，在孙郁教授感慨万分的韩国"鲁迅热"中，"鲁迅"这一符号已经超越了国家和民族的界限，成为我们"共同的语言"。

中国密切关注韩国的"鲁迅热"，相继出版了《韩国鲁迅研究论文集》(河南文艺出版社，2005)和《韩国鲁迅研究精选集》(中央编译出版社，2016)。这些书籍汇聚了自20世纪90年代以来韩国在鲁迅文学研究方面取得的主要成果，能够向中国读者展示韩国的鲁迅文学研究水平，这确实是一件让人欣慰的事情。近期，笔者参与的《鲁迅全集》翻译工作也接近尾声(2018年4月韩文版《鲁迅全集》20卷本已经全部出版——译者注)，这也从另一个侧面说明，韩国的鲁迅文学研究热仍在持续升温。

韩国的鲁迅文学研究热自20世纪90年代中后期进入高潮，与之形成鲜明对比的是中国和日本的鲁迅文学研究持续"退热"。这背后是20世纪80年代后，韩国人民不断增强的民主意识和高涨的批判精神。在冷战前，尤其是20世纪30年代初和日本投降、韩国光复的"8·15解放空间"②，也都曾掀起过鲁迅文学研究

---

① 孙郁. 鲁迅遗风录[M]. 南京：江苏文艺出版社，2016.
② 指1945年"8·15"朝鲜光复到1948年8月大韩民国成立前后的历史时期。

1

热。但随着冷战的爆发，韩国的鲁迅文学研究热随之退潮。近代韩国出现的这些鲁迅文学研究热可以说是韩国鲁迅文学研究的"前史"，然而这段"前史"一直没有得到学术界足够的关注。笔者撰写这本书的目的就在于，系统地梳理这段被遗忘的"前史"，进而重新审视这段"前史"的价值和意义，衔接现代韩国鲁迅文学研究的断层。

虽然在当今中国，鲁迅依然是中国文学与精神的象征，但无论是官方层面还是民间层面，都遇到了一些困境。即便如此，我们依然有必要从东亚这个视角重新确立"鲁迅"的象征价值。若要共建有效的东亚互动与对话机制，就需要具备对鲁迅进行彻底解剖和透彻批判的精神。它可以成为东亚共同的精神源泉，打破民族与国家的壁垒，构建东亚"共同的话语"。

如何实现经验和知识的体系化和理论化？如何将其构建为有助于当下社会发展的经验和知识？这需要不断地反思和积累，不断发掘新材料、发现新价值。自笔者从事鲁迅文学研究以来，不仅接触了很多中国的鲁迅文学研究成果，也看到了很多日本的鲁迅文学研究。每每接触这些研究成果，我都深切感受到系统梳理韩国的鲁迅文学研究"前史"的迫切性。中国的鲁迅文学研究无论是数量上还是质量上，都取得了最为突出的学术成就，而日本的鲁迅文学研究也取得了一系列令人瞩目的学术成果。学术上的成就需要经年的积累来拓展其研究深度和广度。因此，需要重新梳理和分析鲁迅文学研究"前史"成果，重新审视其学术价值。

当代的历史研究分为两个方面。一种是"现代"历史研究方法，它承认存在于历史记载之外的客观事实，并试图正确地再现其真实情况；另一种是"后现代"历史研究方法，它承认存在客观事实，但认为被叙述的历史只是被语言转换的文本。无论哪一种方法，我们不得不承认的是，即便是过去发生的客观事件，从发生学角度分析，都是利害关系的产物，很难断定其客观性。这提示我们，在评价历史事件时，不能仅凭某一种观点或理念将其绝对化。叙述历史事件时，不能仅仅再现或评价某一个历史事件，而应该致力于发掘事件发生的整个过程及其利害关系。

现代韩国对鲁迅的批评和介绍，无论哪一种角度、哪一种观点都离不开当时大背景下的利害关系（无论是民族的、阶级的还是时代的）的影响。基于这层认识，笔者以实证资料为依据，运用发生学理论，系统地梳理和分析了韩国的鲁迅批评和译介作品。书中围绕与鲁迅有过密切关联的几位韩国知识分子展开了议论分析，其中包括与鲁迅交游过的人，批评和介绍鲁迅文学的人，以及翻译鲁迅作品的人。分析问题时，重点考虑了这些人物所面临的错综复杂的利害关系，力求还原他们的故事。在此基础上系统梳理和阐述了围绕鲁迅和鲁迅文学而展开的历史事件，并总结了经验和知识，阐明了其意义。

本书包含一些已经在国内学术刊物上发表的论文，也包含按照计划撰写的新内容。这些已发表的论文大多是为撰写这本书作的前期铺垫，符合整本书的书写脉络，且编纂本书时又作了相应的修改，保持了整本书叙述风格的统一。为了能够使读者更好地理解本书的内容，附录部分收录了几篇具有代表性的近代鲁迅批评，这些文章曾发表于现代韩国的各大报纸和杂志。摘录时保持了原作的原貌，但调整了语句不通、排字错误等影响读者理解的部分，并且在不曲解原意的前提下，根据现代韩国语语法进行了相应的修改。

最后，由衷地感谢为本书出版工作给予帮助的各位老师。感谢年近八旬的柳莺女士，不顾年迈的身体，亲自复印了其父柳树人的珍贵资料并交给我；感谢李镕范老师重新发掘的重要资料；还有在"国际鲁迅研究会"上共同参加活动，并给予我重要启迪的朴宰雨、藤井省三老师。此外，我还要特别感谢梨花女子大学出版文化院编辑部的各位老师为本书作了准确的校对和精美的编辑。

洪昔杓
2017 年 1 月

中文版序言

获悉拙著中文版即将面世，我内心激动不已。尽管之前我已在中国学术期刊上发表过论文，但出版著作却是首次，更何况是在鲁迅先生的祖国出版，意义非凡，怎不令我深感荣幸！

伟大的文学家可以超越时代和国境，唤起人们内心的感动。鲁迅先生曾在他的诗集《野草》(最初版)中写道："用优美的文字，写出深奥的哲理。"这句话不仅适用于他的著作《野草》，同样也适用于鲁迅先生的所有著作。鲁迅是中国近代史上占有特殊地位的作家，他跨越了时空的局限性，给予我们语言上的震撼和思想上的感动。

中国出版过许多论及鲁迅与日本关系的著作。如《鲁迅与日本》《鲁迅与日本人》《鲁迅与日本友人》，以及《鲁迅与日本文学》等，可惜甚少言及鲁迅与韩国的关系，这与鲁迅的旅日经历有着密不可分的关系。他曾在日本留学，阅读过许多日本图书，并与日本的诸多文人展开过丰富的交流活动。但与此同时，鲁迅与韩国的关系也应受到学界的重视。虽然韩国人与鲁迅的直接交流相对有限，但不妨碍他们通过多种渠道积极接触鲁迅，了解、接受和批评鲁迅文学。我认为这也是拙著在中国出版发行的意义所在。

20世纪90年代，韩国席卷着民主化热潮。中国近现代文学，尤其是鲁迅文学研究也成了那次浪潮中的一部分。借助这股浪潮，我开始学习和研究鲁迅。鲁迅对那时的韩国人而言，不仅是反封建的革命先导、启蒙小说家，更是一位敢于向时代和历史提出批判的知识分子代表。可惜，那时对鲁迅文学的关注点基本落在《呐喊》《彷徨》和一些杂文上，他在旅日期间撰写的长篇散文(论文)，如《摩罗诗力说》《文化偏至论》《破恶声论》等没有得到多少关注。这与鲁迅在早期作品创作中多采用文言文有着密切的关系，因为对韩国人而言，文言文的读解难度难免会大一些。而我在品读鲁迅先生的作品时，发现鲁迅文学的原型(或者应该叫雏形），大多藏匿在他的早期作品中，由此便立志要将其译成韩文。功夫不负有心人，若干年后，我不仅完成了译著，还撰写了一篇阐述鲁迅思想雏形问题的论文。

到了 90 年代中期，韩国学术界开始积极讨论文学的现代性问题。在这种氛围的影响下，我确定了通过鲁迅的文学创作与胡适的白话文运动论证中国现代文学的现代性研究方向，继而完成了以"中国现代文学意识的形成"为题的博士论文，随后出版了探讨鲁迅文学精神的论著《于天上看深渊：鲁迅的文学与精神》，翻译并出版发行了《坟》《华盖集》《华盖集续编》《汉文学史纲要》等作品。随后参与了《鲁迅全集》的翻译工作(2018 年 4 月，全 20 卷已完刊)，进一步挖掘和梳理鲁迅与韩国文人的交流，探讨韩国对鲁迅文学的接受等问题。本书便是这一时期的研究成果。于我来说，鲁迅文学并不仅仅是我深入研究现代中国问题的媒介，更是我理解中国文化根基的重要文本。鲁迅并不仅仅是研究对象，还是帮助我摆正学习态度的楷模，更是我的精神导师。

这本书里出现了很多韩国近代文人的身影，对于中国读者而言，他们可能显得比较陌生。这些人都在受难的近代韩国过着动荡的生活，在此过程中遇到了鲁迅及鲁迅文学，并渴望寻找出路。中国与韩国都曾经经历过近代转型时期的黑暗，相信这份共同的历史记忆会激起共鸣。真诚希望中国读者能通过这本书，了解韩国文人对鲁迅和鲁迅文学的热爱。期待鲁迅先生能够成为中国读者了解韩国近代历史的一扇门、一座桥梁。鲁迅文学是"仍旧鲜活"的文学文本，彰显着不竭的影响力。基于此，我认为鲁迅文本可以成为推动东亚各国关系，谋求中韩乃至中韩日相互理解和对话的精神资源，这也是我撰写本书的宗旨所在。

众所周知，中日韩关系愈发紧密，不论是站在东亚史角度，还是在世界史角度，都是重大的历史关键点。为了构建和谐健康的东亚关系，需要反思东亚相互理解和扶持的历史，积极吸取历史经验和教训，还需要研究东亚文学。虽然近代东亚关系经历过一段灰暗时期，且至今仍有未散去的阴霾，但我们仍要注意到，东亚也曾一同规划过相互理解和扶持的美好未来。作为学者，我们要重新挖掘并复苏这段经验，将其整理、归化为我们自己的精神资源。因此，我们不仅要把"相互理解和扶持"的历史经验梳理成学术成果，还要通过学术交流共享这些成果。"学术研究"超越了功利性目的，讨论的是人类内在的深层意识和精神问题，所以学术的问题比政治和经济层面的问题更具根本性。希望日后会有更多的中文版韩国学术著作问世，促进两国的深层理解和交流。

最后，由衷地感谢延边大学前任校长金柄珉教授，他为拙著的出版费力劳心，提供了很多帮助。他是学者的榜样，他的学者风采和学术热情，以及对后辈孜孜不倦的教诲，都值得我们学习。受到金柄珉先生的这般厚爱与信赖，实属三生有幸。同时也感谢延边大学朴雪梅教授，由于这本书中的一些引文采用了近代韩文的书写方式，不免有一些晦涩难懂的地方，然而朴教授将本书翻译得准确且流畅，我对她严谨的学术态度和勤奋的工作风范致以敬意。

洪昔杓

2024 年 12 月

目　　录

第三篇　20 世纪 40 年代韩国与鲁迅

绪论：鲁迅文学的接受起源和谱系

1946 年，鲁迅的《阿 Q 正传》在首尔被搬上了话剧舞台。次年，首尔大学文理学院举办了鲁迅逝世 11 周年纪念演讲活动，可以说，鲁迅是韩国近代时期最受瞩目的中国作家。本书的目的是通过查证资料，全面分析鲁迅文学在韩国的传播路径、接受过程及其意义。本书的研究时间范围为 20 世纪上半叶，从鲁迅发表《狂人日记》正式进入中国文坛的 1918 年，到经历新中国成立、朝鲜战争等一系列历史事件，最终走向韩中两国交流中断的 1950 年。集中考察这一时期韩国知识分子和文人对鲁迅文学的接受情况，其中包括留学、旅华的韩国文人跟鲁迅的交流情况，活跃在韩中两国的中国现代文学研究者对鲁迅文学的译介和批评，以及韩国文人对鲁迅文学研究成果的借鉴情况等。笔者通过查阅当时海量报纸和杂志，挖掘出了众多鲜为人知的资料。在此基础上，运用实证研究方法，梳理了鲁迅文学在韩国的接受情况，并阐释其历史意义。

第二次世界大战后出现了冷战格局，加之朝鲜战争爆发、南北对峙以及南北分裂常态化，导致韩国社会理念僵化，最终使其与社会主义阵营的中国全面断绝了关系。正是从这一时期开始，作为代表社会主义中国文学正统地位的中国现代文学，渐渐远离了韩国人视野。而鲁迅作为备受社会主义中国推崇的思想家和文学权威，也从 20 世纪 50 年代开始遭遇了韩国学界的冷落（自 20 世纪 70 年代，中国推行改革开放政策以来，情况有了很大的改变）。20 世纪 30 年代，丁来东[①]听过两次鲁迅的演讲，此时的鲁迅在丁来东眼中是具有志士风采和高洁人品的人，但到了 20 世纪 50 年代，再次回忆起那段历史时，丁来东却说："听过两次演讲后，我感到了幻灭。年过五十的人（鲁迅）没了自己的主张，一会儿右倾一会儿左倾，真不应该。"（《我大学毕业的时候》）可见，冷战期间左倾右倾思想的

[①] 丁来东，韩国全罗南道谷城人，随笔作家、中文学者。

极端对立，导致社会氛围僵化，对鲁迅的评价也随之产生了变化。但在日本强占时期的韩国文坛，鲁迅始终是深受读者关注的一位作家。这种关注始于他发表《狂人日记》和《阿Q正传》，如彗星般登上中国文坛的20世纪20年代，一直持续到了1936年鲁迅逝世。这一时期的韩国比任何一个国家都强烈关注着鲁迅文学的价值，并致力于介绍和评论鲁迅文学。

自19世纪末开始，韩国的知识分子就致力于建设近代民族国家，但日本帝国主义的侵略使他们丧失了国家主权，导致他们刚认识到"民族主体"，便遭遇"主体"丧失"实体性"的厄运。因而民族主体走向了精神化，甚至抽象化，知识分子将关注点移到了历史、语言和文学等方面。其中，文学因象征着民族精神，成为整合民族精神的重要场域，文学研究和文学创作成为知识分子进行实践活动的主要方式。在这种背景下，以鲁迅文学为核心的中国现代文学为完成中国近代民族意识启蒙，树立真正的民族国家而作出的努力受到了当时韩国知识分子的关注。众所周知，现代韩国把西方文学（或者是将西方文学内化的日本文学）视为"先进文学"，全盘接受了所谓西方文学的影响。反之，作为东亚传统人文知识核心之一的中国文学，被当作外国文学的分支，排挤到了边缘。鉴于韩国与中国都处于殖民地和半殖民地的相似处境，韩国文人意识到，当代中国文学及代表当代中国文学的鲁迅文学不仅可以成为了解中国现状的重要途径，也可以成为反观韩国现状的一面明镜，因此开始积极接受以鲁迅文学为核心的中国现代文学。当时的中国现代文学被划分到了外国文学领域，被赋予了新的意义——摆脱经由日本传入韩国的西方文化霸权，开启另一种文化想象的文学世界。

鲁迅文学之所以在现代韩国备受重视，是因为它是体现了反封建启蒙主义精神，实现彻底的自我剖析和透彻的自我认识的文学典型。鲁迅文学拒绝外界的拯救，拒绝提出宣言式的理想。他的"理想"需要主体进行痛苦的自我剖析，完成从内而外的彻底的自我否定，从而推动主体构建出属于自己的"希望"或"理想"。梁白华①认为，鲁迅在《阿Q正传》里，通过描述一位农民无辜牵连进革命，最终丢掉性命的故事，"如实地反映了辛亥革命期间中国社会现状"。丁来东对此

---

① 梁白华，名建植，字菊如，1889年出生在韩国京畿道的杨州市，1944年辞世，是重要的中国文学译介者。

提出了反对意见："(《阿Q正传》)与其说是反映了中国的社会现状，不如说是刻画了中国人的普遍性格。"丁来东强调《阿Q正传》反映的是长期沉淀下来的中国人的民族性(国民性)。这恰好说明在韩国"鲁迅文学是自我剖析和自我认知的文学典型"的事实。

民族的自我认知呈现为两种形态：一种是揭露民族性中懦弱、消极的劣势一面，引起自我反省；另一种是弘扬民族性中健康、积极的优秀一面，恢复民族自尊感和民族精神。鲁迅文学采用的自我认知属于前者。鲁迅文学通过尖锐、深刻的批判，揭露中国人根深蒂固的"奴隶道德"，促使中国人的觉醒。但对于在日本帝国主义殖民统治下的韩国而言，因其特殊的历史背景，如果同样采用"揭露消极的民族性，促使自我反省"的方式，则极有可能反被日本帝国主义利用，沦为宣扬所谓朝鲜民族劣根性的工具，为强化日本帝国主义殖民统治服务。因而，需要一种迂回的方式，帮助和引导民众进行民族自我反省，而鲁迅文学正是能够引发民众自我反省的最佳文学媒介。

鲁迅文学强烈的反抗意识和批判精神受到了当时韩国许多进步知识分子的推崇。鲁迅文学反抗一切已有的支配性权力，无论是传统权威还是国家权力。这对急需民族独立的韩国来说是个极其重要的精神资源。加上鲁迅文学反思并推翻了长久以来的所有权力关系，即人与人、民族和民族、国家与国家之间形成的不合理和不平等的关系。因此，它打破了民族和国家的既定框架，成为一种谋求相互理解关系的重要精神资源。鲁迅文学作为开放性文本，能够在支配权力之外，构建民间层面的有效沟通机制，展开超越民族与国家界限的对话。如果能够挖掘出鲁迅文学的东亚价值，将具有更为重要的意义。

在韩国，鲁迅文学的读者群体非常广泛，包含了各种思想倾向的人，这表示鲁迅思想具有相当程度的广度和厚度，文本包含各种诠释的可能性。它可以解释为启蒙主义或人道主义，因为它具有否定封建传统、恢复近代人本价值的倾向；可以解释为世界主义，因为它曾站在民众的立场构想自律的人类共同体；也可以解释为无政府主义，因为它否定现有的一切权力(即强权)，力求组建民众工会，争取民族解放；同时它也可以解释为社会主义，因为它追求阶级解放和民族解放。因此，在韩国近代时期，具有不同思想倾向的韩国知识分子都投身到了鲁迅文学的译介活动中，其中有世界主义倾向或无政府主义思想的知识分子，也有接受了马克思主义阶级史观的社会主义知识分子。现代韩国在接受鲁迅文学时，因无政府主义思想和社会主义思想的不同形成了两大思想流派，柳树人、丁来东、金光洲等代表了无政府主义倾向；金台俊、李明善等则代表了社会主义思想倾向。

简言之，鲁迅文学对于韩国知识分子来说属于外国文学，是韩国知识分子了解当代中国文坛和现状的最有力途径，也是构筑精神共鸣和思想纽带、深化自我认识、激起批判精神的重要精神资源。比如，20世纪20年代吴相淳和柳树人对鲁迅的译介源自他们之间的精神共鸣和思想纽带；30年代的丁来东和李陆史、40年代的金光洲则通过鲁迅文学深化了自我认知，并以此为切入点译介了鲁迅文学。而40年代李明善的译介，则把重点放在了解读和放大鲁迅文学中的"战斗的批判精神"。民族反抗诗人李陆史通过接受鲁迅文学对自我有了透彻的认识，并将其思想内化到了诗歌创造中。他运用鲁迅文学精神所带来的共鸣和自觉，取得了难以企及的文学成就。李陆史所达到的文学精神境界可以说已经十分接近鲁迅的精神境界。

下面是本书的内容提要：

第一篇阐述了20世纪20年代韩国文人对鲁迅文学的译介活动。主要文人包括《废墟》杂志创办者之一、诗人吴相淳，无政府主义者兼独立运动家李又观，日本的白桦派文人，无政府主义文艺理论家兼独立运动家柳树人等。这一部分对一些历史事件进行了细致的考证，如吴相淳参加北京世界语学会，结识鲁迅和爱罗先珂，留下合影，寄居鲁迅住宅(爱罗先珂也曾寄住在这间宅子里)等历史事件的经过，并以此为依托分析了吴相淳诗中的"亚细亚"意识与中国体验之间的关系问题，考证了李又观因建设北京世界语专门学校事宜结识鲁迅的历史事件和韩中日青年知识分子以无政府主义运动为媒介构建民族解放共同战线的事实；证实了柳树人是翻译鲁迅作品(《狂人日记》)的第一位外国人，通过还原他拜访鲁迅住宅的经过，追溯了他与鲁迅建构思想纽带的经过。他与鲁迅都持有相同的文艺理论思想，既批判中国的"革命文学派"，柳树人在此基础上探寻出了他与鲁迅的精神契合点。

第二篇主要阐述了20世纪30年代韩国文人对鲁迅文学的译介和研究。主要文人包括活跃在中国文学领域里的专业翻译家梁白华；在京城帝国大学学习中国文学、从事中国现代文学译介和批评并撰写《朝鲜小说史》的金台俊；在北京留学，并系统地开展中国现代文学及鲁迅文学批评的丁来东；作为东亚日报社驻上海特派员采访过鲁迅的申彦俊；在上海结识鲁迅后，开始从事诗歌创作的李陆史等。这一部分证实了梁白华的《阿Q正传》译本实际上是对井上红梅日语译本的再翻译，且在重译过程中，梁白华不仅对照了中文原文，还坚守了翻译的基本原则。同时，首次提出了丁来东是同时期韩中日三国中对鲁迅的散文诗集《野草》给予最高评价的研究者的观点。丁来东的《鲁迅及其作品》可以说是现代韩国对鲁迅文学最系统全面的评论，他曾在文中评价《野草》"是鲁迅全部艺术的结晶，也是鲁迅思想的总结"。除此之外，还分析了倾向于无政府主义思想的丁来东和倾向于阶级史观的金台俊两人对鲁迅文学批评的差异，追溯了现代韩国鲁迅文学批评的思想谱系，以实证方式考证了《鲁迅访问记》的作者申彦俊采访鲁迅的地点就是鲁迅"秘密藏书室"的事实，以及申彦俊着重刻画鲁迅无产阶级作家形象的缘由。通过考证分析发现，李陆史不仅正确解读了鲁迅对"文学与政治的关系问题"的认识，还以此为基础展开了创作活动。李陆史通过与鲁迅的思想共鸣，在诗歌创作中建构出强烈的思想性。通过比较分析李陆史与鲁迅文学，论证了两者在"透彻的自我认识"和"坚强精神者形象"方面达到的相似高度。

第三篇主要阐述了20世纪40年代韩国文人金光洲和李明善对鲁迅文学的译介和研究。金光洲曾旅居上海，并致力于文学创作和中国现代文学批评。李明善曾在京城帝国大学主攻中国现代文学，他积极地介绍和批评了鲁迅文学。这一部分梳理了金光洲的无政府主义文艺意识与中国现代文学及鲁迅文学的关系问题，阐述了重新唤起"鲁迅精神"的历程和意义，并介绍了《鲁迅短篇小说集》的出版与翻译情况。同时，证实了李明善关注鲁迅文学是受同校中国文学专业的崔昌圭、金台俊等前辈们影响的事实，并进一步完善了他们之间的思想谱系。通过考证分析发现，李明善积极接受鲁迅"民族革命的大众文学"的文艺理论思想，并以此为基础试图摸索出"8·15解放空间"韩国新文学运动实践方向。除此之外，还发现李明善十分重视鲁迅文学的精髓——"战斗的批判精神"，强调了鲁迅杂文的现实意义，最终完成了《鲁迅杂文选集》的出版工作。本书第一次证实了李明善完成京城帝国大学学业后，在日本帝国主义全面实施思想压制之际，以"李鲁夫"或"鲁夫"的笔名译介中国现代文学的事实。

    总之，该书作为一部学术专著，总结、梳理和发掘了众多新的实证资料，全面阐述了现代韩国的鲁迅文学译介情况，探索了接受鲁迅文学的起源和谱系。该书除了学术方面的论述以外，还整理了以鲁迅文学为媒介展开的韩中知识分子间的会面与交流情况，挖掘了韩国知识分子的苦难生涯及现实苦闷，展现了他们的学术追求和为民族独立而奋斗的不屈不挠的坚强意志力。相信这将激发读者们对这本书的兴趣。

第一篇

20世纪20年代的韩国与鲁迅

第一章 吴相淳的"亚细亚"意识和鲁迅的世界主义倾向

一、吴相淳和两张旧照片

众所周知，俄罗斯盲人诗人兼童话作家瓦西里·爱罗先珂（Vasili Eroshenko）在 20 世纪 20 年代初被日本驱逐出境。随后他来到中国结交了鲁迅（原名周树人）和周作人兄弟，与他们一同住在八道湾 11 号。爱罗先珂精通世界语（Esperanto），是一位世界主义者，寄居在周氏兄弟家时，曾在北京大学讲授世界语，并在北京各大学举办讲座。自 1922 年 2 月到达北京至 1924 年 4 月正式离开中国，受到了广泛关注。在鲁迅与周作人的积极支持与介绍下，国内外许多世界语提倡者和无政府主义者都曾拜访过爱罗先珂，甚至有人为了与爱罗先珂交流而留宿在周氏兄弟家中。

爱罗先珂在北京期间的照片其少流传至今，其中有两张尤为引人注目。一张是 1922 年 5 月 23 日，北京世界语学会的聚会纪念照（见下页照片位于上方者），另一张（见下页照片位于下方者）从照片中的人物及他们的穿着中可以推测，应拍摄于同一时期，其背景也是八道湾 11 号。① 从这两张照片中均可以发现韩国诗人吴相淳（吴空超）的身影。上方照片中的人从前排左起是王玄、吴相淳、周作人、张禅林、爱罗先珂、鲁迅、索福克罗夫、李世璋，从后排左起是谢风举、吕傅周、罗东杰、潘明越、胡企明、陈昆山（即陈空三）、陈声树、冯省三。② 下

---

① 爱罗先珂回俄罗斯的前一天，即 1923 年 4 月 15 日，日本人为其设宴饯行，这就是宴会时拍下的照片，保存至今。

② 黄乔生. 世界语者鲁迅：鲁迅在北京（六）[J]. 北京纪事，2013（3）：102.

方照片中的人大部分与上一张照片中的人相同,也就是鲁迅、周作人、爱罗先珂、陈昆山、吴相淳等人。

北京世界语学会创立纪念——吴相淳、鲁迅、周作人和爱罗先珂(1922 年 5 月)

疑似周氏拍摄于八道湾 11 号的照片——吴相淳、鲁迅、周作人和爱罗先珂(1922 年 5 月)

1920 年 7 月 25 日,韩国创办了文学杂志《废墟》,吴相淳(1894—1963)是主要成员,他是韩国著名诗人。1921 年 1 月《废墟》停刊后,吴相淳前往中国北京,与鲁迅、周作人、爱罗先珂等人结交，积极参与北京世界语学会的活动。吴相淳在《废墟》的创刊号上发表了可称得上"废墟派"文学宣言的《时代苦及其牺牲》。他在《时代苦及其牺牲》一文中写道："我们的朝鲜是荒凉的废墟，我们的时代悲惨而烦闷。……我们要摧毁一切，建设一切，革新革命一切，改造重建一切，开放并解放一切，……无论有多大的误解与压迫，我们也要自由地生活，也要在真理中死去。"①他梦想着废墟的朝鲜早日获得新生或者重生。

在韩国新文学形成初期，梁白华在介绍中国新文学方面作出了很多贡献。1921 年 1 月 17 日，他给提倡中国文学革命的胡适写信道："顾今日之势，中国与朝鲜先为革命文学然后乃可也。幸望阁下将可以警醒我朝鲜青年之高论和阁下肖像一枚送附，为皆载此于《开辟》杂志上，欲以劝奖我景仰阁下之朝鲜青年也。"②梁白华的这封书信说明，当时韩国文人非常关注中国的新文学运动，也试图与中国新文学运动的重要人物胡适进行直接交流。1922 年，吴相淳作为提出《废墟》文学理念的文人，以及韩国新文学形成期的新兴诗人，在北京与鲁迅和周作人等奠基中国新文学创作与理论基础的中国文人交流，其意义非同一般。从这些现象中可以管窥到 20 世纪 20 年代韩中文学交流的情况，以及东亚文人通过世界语进行思想交流、寻求思想共鸣的情况。

二、鲁迅和周作人日记里的吴相淳、李又观和柳林

1911 年，吴相淳前往日本，1912 年至 1917 年，在京都同志社大学神学部主修宗教哲学，于 1918 年回国。吴相淳是早期向韩国介绍世界语的人物之一，那么他是以何种途径学到世界语的呢？当时世界语作为国际通用语，是每一位进步的知识分子需掌握的语言。在考证吴相淳如何学习世界语的过程中发现他经常出入东京的"中村屋"，③ 这里是印度、俄罗斯、英国以及非洲多国知识分子聚集在一起，共享政治、宗教、社会、文化等信息，自由讨论并举办小规模的作品发表会的地方，也是进步知识分子的文化沙龙。吴相淳有可能就是在"中村屋"

---

① 吴相淳. 時代苦와 그 犧牲[J]. 廢墟, 1920(6).
② 胡适. 胡适遗稿及秘藏书信集[M]. 合肥: 黄山书社, 1995: 601.
③ 朴允姬. 오상순의 문학과 사상: 1920 년대, 동아시아의 지적 교류[J] 文學思想. 2009(8): 34.

学习了世界语,因为第一个在日本普及世界语的爱罗先珂就曾住在"中村屋"。

1939年6月,吴相淳给"中村屋"中心人物、剧作家秋田雨雀写信道:"无限地怀念通过先生结识的每一份'美好缘分',这种怀念的喜悦和幸福也是至死难忘的。"①信中还回顾了"中村屋"友人之间的往事。吴相淳所指的"美好缘分"当然包括"中村屋"的中心人物秋田雨雀,他也曾跟随爱罗先珂学习世界语。吴相淳还与日本白桦派主要成员之一的柳宗悦有过交流,柳宗悦开展过"民艺运动",并对朝鲜艺术给予了极高评价。1939年,吴相淳在给柳宗悦的信中写道:"再一次想起因先生结交的美好历史缘分,深深地沉浸在感怀之中。"②柳宗悦也是经常出入"中村屋"的人物之一。吴相淳在"中村屋"与秋田雨雀、柳宗悦等进步的日本知识界人士进行思想交流,时常出入"中村屋"就有可能接触爱罗先珂,自然也有机会接触并学习世界语。

爱罗先珂是一位积极参加各类社会运动的进步人士,如1921年5月在东京举行的"劳动之日"活动,以及日本社会主义同盟会第二次大会,他都参与其中。1921年5月11日,《东亚日报》以"东京特讯"报道了爱罗先珂在日本被羁押的消息:"9日,6时开始,社会主义同盟会第二次大会在神田青年会馆举行。因当局实行了禁止该集会的方针,大会一开始就上演了一幕争夺'革命'赤旗的大战,因此会议开始没多久主持人便随即宣布了散会。堺真柄氏及俄罗斯人'爱罗先珂'氏等为首的三四人被羁押。"③爱罗先珂在日期间,因积极参加进步社会活动而被日本指控为危险人物,1921年5月31日,日本当局对他发出驱逐令,爱罗先珂不得不离开日本,他本想途经海参崴回到祖国,但被拒绝入境,最终不得不在世界语提倡者胡愈之的帮助下,途经中国哈尔滨,于10月抵达上海;到上海的第二年,即1922年2月又得到鲁迅和周作人兄弟的帮助,住到周氏八道湾11号住宅,并在北京大学讲授世界语。正是这一时期,住在北京的吴相淳借助爱罗先珂的关系接触了鲁迅和周作人兄弟。

---

① 大村益夫・布袋敏博 編.近代朝鮮文學日本語作品選 1935—1945(評論・随筆 3)[M].東京:綠蔭書房,2002:497.

② 大村益夫・布袋敏博 編.近代朝鮮文學日本語作品選 1935—1945(評論・随筆 3)[M].東京:綠蔭書房,2002:497.

③ 社會主義同盟會:革命旗爭奪戰=直히 解散命令[N].東亞日報,1921-05-11.

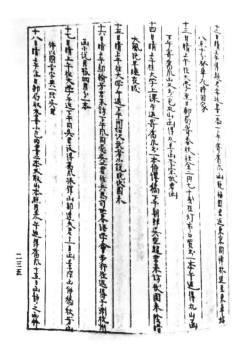

周作人日记中与吴空超有关的记录

吴相淳与爱罗先珂在一起投身中国的世界语运动的过程中，结识了周作人。这些内容在周作人的日记中也有所体现。① 除此之外，周作人的日记还记载着与世界语运动相关的另一位韩国人的名字，笔者认为这些内容都无比珍贵，需要进行进一步的整理和梳理。周作人 1922 年的日记中写道：

4 月 14 日：下午朝鲜吴空超君来访。

4 月 16 日：下午，风，同爱吴二君往兵马司世界语学会，步行往返。

5 月 8 日：下午至日邮局为爱罗君发电报，傍晚吴空超君偕其友李君来访。

7 月 17 日：寄天津李又观君函。

---

① 鲁迅的 1922 年《日记》已亡佚，鲁迅在《日记》中如何记载吴相淳等人的相关事宜已不得而知。

7月20日：夜，吴君从天津回。

7月24日：朝鲜柳君，辻武雄君先后来访。

7月25日：往北大三院，下午六时返。柳君来。

8月3日：上午十时，同家人往香山，伏园及吴君同去共大小十九人。十时至甘露旅馆。下午往访蔡先生。五时下山，八时回家。①

据周作人的日记，吴相淳第一次拜访八道湾11号是1922年4月14日，两日后，周作人带着爱罗先珂和吴相淳去世界语学会。由此可以推断，吴相淳与爱罗先珂关系甚密，并且以此为机缘拜访了周宅。吴相淳又带着李君，即李又观（原名李丁奎）拜访过周作人，自此李又观也开始与鲁迅和周作人往来。李又观作为无政府主义者，不仅积极参加韩国的独立运动，还直接参与中国的世界语普及运动，1923年，他与北京大学的同学陈昆山（即陈空山）一起参加了北京世界语专门学校建设工作。除此二人之外，还有一位称作"柳君"的韩国人拜访过周作人两次。

爱罗先珂寄居过的八道湾11号（2016年）

---

① 周作人. 周作人日记[M]. 郑州：大象出版社，1996：235-251.

那么，吴相淳带着李又观拜访周氏一家的契机是什么呢？《废墟》同人卞荣鲁回忆道："在三十五六年间，我们一同去过首尔、东京，还有北京。一起放浪，一起争论，也一同见证过对方很多醉酒的丑态。可无论怎样，空超真正的心境或正确的感情乃至性格却是难以把握的。"①卞荣鲁的妻弟李又观在北京大学就读，他还有一位在北京的哥哥叫卞荣晚，曾和申采浩一起开展过独立运动②。吴相淳与卞荣鲁同游北京，应该是投奔了这些亲戚。他们到北京后，造访卞荣鲁的妻弟李又观，随后带着李又观拜访周氏一家，比较合乎情理。

比较有趣的是 8 月 3 日吴相淳与周氏一家人同游北京近郊的香山一事。周作人于 7 月 17 日写信给天津的李又观，7 月 20 日晚吴相淳从天津抵达北京。可见周作人与李又观和吴相淳两位韩国文人保持着密切的联系。从 7 月 20 日"夜，吴君从天津回"的记录来看，吴相淳并不只是拜访，极有可能是住在了周宅。爱罗先珂于 1922 年 7 月 3 日离开北京，经天津、大连、哈尔滨暂时回到俄罗斯③，因此爱罗先珂所住的房间是空着的，吴相淳应该是住进了这间空房里。再则，吴相淳在 8 月 3 日一早便同周家人出游香山，也从一个侧面说明了吴氏入住周宅的可能性。香山游玩之后，周作人的日记中再没出现吴相淳的名字，大概是因为之后吴相淳离开北京回国了。

李又观的名字也曾出现在鲁迅日记中。他在 1923 年 3 月 18 日的日记中写道："晴。星期日。午后寄胡适之信。下午李又观君来。晚丸山君来。"④虽说这是鲁迅《日记》中有关李又观的唯一记载，却是证明李又观与鲁迅结交的重要证据。1923 年 3 月 18 日，周作人在日记中又写道："晴。下午桥川赠所译现代文学一册。丸山来，晚饭后去。"⑤他的日记里没有出现李又观的名字，但是鲁迅和周作人的日记里都提到了丸山拜访周氏一家的事情。以此推断，李又观那天到周家应该只是为了见鲁迅一面。李又观 1922 年就读于北京大学经济系二年级，随后他与北京大学的同学陈昆山等人一起参加了 1923 年 5 月北京世界语专门学校

① 卞榮鲁. 詩人 空超 吴相淳을 말함[M]//樹州隨想錄. 서울：서울신문사, 1954：226.

② 金時俊. 鲁迅이 만난 韓國人[J]中國現代文學, 1997(13)：137.

③ 周作人. 爱罗先珂君[M]//泽泻集·过去的生命. 北京：北京十月文艺出版社, 2011：39.

④ 鲁迅. 日记[M]//鲁迅全集(15). 北京：人民文学出版社, 2005：463.

⑤ 周作人. 周作人日记[M]. 郑州：大象出版社, 1996：300.

的成立活动，还担任过该学校附属黎明中学的教师。① 鲁迅是成立北京世界语专门学校的发起人，又是理事之一，自1923年9月至1925年3月，曾在该学校讲授中国小说史。② 由此看来，李又观拜访鲁迅，很可能与北京世界语专门学校成立之事相关。

此外，周作人在1922年7月24日的日记中提到"朝鲜柳君，辻武雄君先后来访"，第二天的日记中又提到"柳君来"，记载了两次柳君的拜访。此处的柳君又是谁呢？笔者推测这个柳君极有可能是柳林（即高自性）。柳林在三一运动后流亡中国东北地区，1920年末到北京帮助申采浩、金昌淑等人发行纯汉文月刊《天鼓》。1922年9月进入中国四川省成都大学师范部文科学习，1926年初毕业。③ 不排除与申采浩等人在北京活动时拜访过周作人的可能性。这一事实可以通过巴金的回忆得到侧面印证。巴金在《关于〈火〉》一文中写道："'五四'以后我参加成都的《半月》杂志社，在刊物上发表过三篇文章，都是从别人的书中抄来的材料和辞句，其中一篇是介绍世界语的，而我自己当时却没有学过世界语。不久就有人拿着这本杂志来找我，他学过世界语，要同我商量怎样推广世界语。他在高等师范念书，姓高，说是朝鲜人。我便请他教我世界语，但也只学了几次就停了，推广的工作也不曾开展过。我和高先生接触不多，但是我感觉到朝鲜人和我们不同，我们那一套人情世故，我们那一套待人处世的礼貌和习惯他们不喜欢。不知是不是我的片面印象，他们老实、认真、坦率而且自尊心强。"④这里指的"在高等师范念书，姓高的朝鲜人"正是高自性，即柳林。柳林原名柳华永，曾使用过柳林、高自性、高尚真、高三贤等名，是一个"固执而有洁癖"之人⑤。巴金所理解的自尊心强的姓高的朝鲜人，其性格大体也与柳林的性格相符。

巴金所说的"介绍世界语"的文章是《世界语之特点》，发表于1921年5月《半月》杂志第20号。巴金在这篇文中写道："今欧战告终，和平开始，离世界大同之日将不远矣。我们主张世界大同的人，应当努力学习'世界语'，努力传

① 李丁奎. 年譜[M]//又觀文存. 서울：三和印刷出版部，1974：4.
② 鲁迅. 日记[M]//鲁迅全集(15). 北京：人民文学出版社，2005：474.
③ 박난영. 巴金과 한국인 아나키스트[J]. 중국어문논총，2003(25)：497.
④ 巴金. 关于《火》[M]//创作回忆录. 香港：生活·读书·新知 三联书店，1981：62-63.
⑤ 김재명.한국현대사의 비극：중간파의 이상과 좌절[M]. 서울：선인，2003：276-277.

播世界语。使人人能懂世界语，再把'无政府主义'的思想输入他们的脑袋里，那时大同世界就会立刻现于我们的面前。"①巴金发表《世界语之特点》的时间是1921年5月，那么此时的柳林是不是也在成都？据巴金描述，柳林是高等师范学校的学生。柳林是1922年9月入学，那么柳林拿着刊载《世界语之特点》的《半月》杂志造访巴金的时间应该是1922年9月以后。也就是说，柳林到达成都之后，发现了巴金的《世界语之特点》，就带着杂志去拜访了巴金。

1920年末，柳林在北京与申采浩、金昌淑、金正默、南享祐等一起共同发行了《天鼓》，之后离开北京，1922年前往成都。他在发行《天鼓》时，受申采浩的影响最大。这一时期申采浩有无政府主义倾向，在北京与蔡元培、李石曾等中国无政府主义者结交。② 时任北京大学校长的蔡元培在校园里举办世界语讲座，并委托爱罗先珂负责讲授课程，与鲁迅和周作人兄弟也保持着密切的联系。那么，柳林对周氏一家的拜访，很有可能是依托"申采浩—蔡元培"的关系促成的。然而由李会荣、李乙奎、李又观、白贞基、柳子明、郑华岩等人所组织的中国朝鲜无政府主义者联盟中，并没有柳林和申采浩。这可能是因为柳林属于申采浩一派，与当时属于李会荣一派的李又观并无接触。由此可见，柳林拜访周氏一家与李又观并没有关联。精通世界语的柳林依托"申采浩—蔡元培"的关系，拜访了组织北京世界语学会的周作人，随后赶赴成都，当年9月就读成都大学。

综上所述，韩国的进步知识分子凭借对中国新文学的关注和了解，与爱罗先珂的交情，以及参与北京世界语学会活动等一系列机缘，结交了鲁迅和周作人兄弟。在积极投身北京世界语学会活动和北京世界语专门学校建设活动的过程中，经过与周氏兄弟的交流，达到了一种精神共鸣。

三、对日本白桦派理念和无政府主义思想的接受

吴相淳完成日本的同志社大学学业后，为了实现理想社会的梦想，积极参加世界语、无政府主义、巴哈伊教、新村、民艺等相关活动。③ 自20世纪10年代

---

① 唐金海、张晓云.巴金的一个世纪[M].成都：四川文艺出版社，2004：36.

② 김재명.한국현대사의 비극：중간파의 이상과 좌절[M].서울：선인，2003：277.

③ 朴允姬.吳相淳の文学と思想：1920年代、東アジアの知的往還[D].京都：京都造形藝術大學，2009：2，89.

末开始，以吴相淳为首的朝鲜废墟派文人频繁地接触以柳宗悦、志贺直哉、武者小路实笃为代表的白桦派成员。1919 年 5 月，柳宗悦在《读卖新闻》里发表了《思朝鲜人》，① 这成为开启废墟派文人与白桦派文人交流的契机。1910 年，由柳宗悦、志贺直哉、武者小路实笃、有岛武郎等人创建《白桦》，这是大正初期代表日本民主文化倾向的文艺杂志，标榜理想主义、生命主义和尊重个性等思想理念。柳宗悦于 1920 年 6 月在《改造》上发表《赠朝鲜友人之书》，强调朝鲜艺术的独立性，这正是典型的"白桦"精神。柳宗悦在文中主张："受悲惨命运折磨的朝鲜，其艺术之美却占据在君王之位。任何人都不能侵犯这一悠久的美，诗人吟咏的生命虽短暂，艺术却长久。呈现在艺术中的朝鲜之生命，才是无限而又绝对的。在那里蕴藏着深刻的美丽，而美丽具有自身的深度。……在外看来，朝鲜可能是弱国，但因其内在的艺术做支撑，其实是个强国，俨然是一个自律的国家。"②

众所周知，日本的有岛武郎把无政府主义思想家克鲁泡特金的理念介绍到日本，而受到有岛武郎译介影响的周作人又把克鲁泡特金的思想介绍到了中国。③周作人又与倡导"新村"运动的武者小路实笃交流，并受其影响也引领了中国的"新村运动"。鲁迅经过与白桦派作家接触，开始认同他们人道主义、理想主义的文学主张。④ 鲁迅曾翻译武者小路实笃的剧作《一个青年的梦》，该作在 1920年 1 月刊载在《新青年》，随后又翻译了武者小路实笃的文章《凡有艺术品》和有岛武郎的文章《生艺术的胎》，这些译作刊载于《莽原》。结合以上背景可以推测，吴相淳之所以能够居住在周氏一家并与鲁迅和周作人进行思想交流，除世界语这一语言因素之外，还有一种原因是源自他们共同的理念和追求。

如上所述，周作人在日记中提起过给天津的李又观写信的事情。信中内容现已无法考证，但周作人作为北京大学的一名教授，给一个就读于同一所大学的学

① 朴允姬. 오상순의 문학과 사상: 1920 년대, 동아시아의 지적 교류[J]文學思想.
2009(8)：28.

② 야나기 무네요시. 조선과 그 예술[M]. 서울: 신구문화사, 2006：44.

③ 刘立善. 日本白桦派与中国作家[M]. 沈阳：辽宁大学出版社，1995：74. 周作人自1908 年始翻译包括《西伯利亚纪行》在内的克鲁泡特金的文章，曾在日本留学时指出，自己深受克鲁泡特金思想影响。

④ 刘立善. 日本白桦派与中国作家[M]. 沈阳：辽宁大学出版社，1995：78-79.

生写信，绝不可能只是为了问候，很有可能是在下派具体任务。这一点，可以从1922年6月5日北洋政府步军统领衙门拟订的有关北京世界语学会的牒报内容中得到证实。关于北京世界语学会中的李又观，即李丁奎相关活动的牒报内容如下：

> 又日前因欢迎日本来华之共产党人近藤光及高丽人李丁奎、李丙奎等，层（曾）在世界语学会内开茶话会，计到会者有俄人一名，及无政府党朱谦之、陈友琴、刘国航、吕傅周、陈声树、关益之、陈德荣、冯省三、陈空三、郭憎恺等十余人。首由华人致欢迎辞，并陈述中国无政府党各地情形，继则日韩两国人致谢，并历述日本与各国恶感俱为贵族军阀一种特殊权利造成，而乡民不与也。是以希望青年互助。……至李丁奎略谓：高丽全国民族俱存恢复国土主权之心，故不惜牺牲以谋解放，最望中日韩这青年大同盟携手进行。①

这一牒报表明，在当时以北京世界语学会为中心，聚集了一批韩中日知识分子，在北京世界语学会韩中日青年知识人对无政府主义或社会主义理念产生了共鸣，继而投身世界语运动，并形成了共同战线。李又观在世界语运动中起到了主导性作用，可以断定他的世界语运动与韩国独立运动及无政府主义运动都有直接关联。近藤光也曾寄居在周宅，可知这一时期韩中日进步知识分子以爱罗先珂与周作人为中心接触极为频繁。况且周作人还是组织北京世界语学会的主要人员，而鲁迅也积极支持该学会。由此，以北京世界语学会为中心形成的韩中日青年知识分子的共同战线及其象征意义凸显出来了。

韩国独立运动家兼中国境内无政府主义文艺理论家柳树人（即柳絮）在回忆录《三十年放浪记》中谈道："又观在北京时，与鲁迅先生有过很多来往，也是在鲁迅宅中认识了盲人自由主义者爱罗先珂。他受到爱罗先珂的影响开始研究起无政府主义，后来终于成为著名的无政府主义者。"②这是柳树人从李又观那里亲耳

---

① 载德. 载德关于北京无政府党人组织世界语学会及活动情形致聂宪藩呈[M]//葛懋春，蒋俊，李兴芝. 无政府主义思想资料选（下册）. 北京：北京大学出版社，1984：1058.

② 柳基石. 三十年放浪记：유기석 회고록[M]. 세종：國家報勳處，2010：155-156.

所闻的事实。虽然在鲁迅的日记中李又观的拜访只有一次。可从柳树人的回忆中可知，李又观与鲁迅交流十分频繁。郑华岩与李又观一同在北京开展过韩国独立运动和无政府主义运动，在受访时被问及无政府主义相关事件，特别是"在中国以何种渠道接触无政府主义运动"的问题时，他答道：

> 那是在北京的时候，有一位俄罗斯盲人叫作爱罗先珂。他是一位非常有名的诗人，他去了日本，在日本待不下去了，就来到了北京。在北京大学教书。这时北京大学不也有以《阿Q正传》出名的鲁迅当教授吗？我们和这两位教授交流时，受到了他们的无政府主义者即安那其主义者(anarchist)的感染。特别是爱罗先珂给我们讲了很多布尔什维克革命之后的俄罗斯现实。通过他的说明，……我们意识到了"这个世界真不简单"。自然也就一天一天更加深入地沉浸在无政府主义的思考方式当中。①

郑华岩说，他在接受无政府主义思想的过程中，受到了爱罗先珂和鲁迅很大影响，为此在这里有必要进行更为详细的考察。爱罗先珂住在周宅时，一边在北京大学讲授世界语，一边还在几所大学举办了特邀讲座。这时，主要由鲁迅陪同爱罗先珂出席演讲，分别是1922年3月3日在女子高等师范学校、3月5日上午在北京大学三院。除此之外，他们还一同参加了4月2日在北京大学第二平民夜校主办的游艺会。之后，11月24日在北京女子师范学校、1923年1月19日在北京高等师范学校也是鲁迅陪同爱罗先珂出席演讲。② 郑华岩谈道，爱罗先珂在演讲中谈到了布尔什维克革命之后的俄罗斯现状，并给予了否定性评价。从这一情况可见，郑华岩逐渐陷入无政府主义，可能是受了爱罗先珂演讲的影响。况且李又观与周氏一家来往，又与爱罗先珂交流，郑华岩极有可能接受李又观的间接影响。李又观的亲哥哥李乙奎也"在北京与丹斋(申采浩)、友堂(李会荣)、周树人(鲁迅)、爱罗先珂、台湾人范本梁等人交流，并且研究无政府主义思想"③。

---

① 이정식 면담·김학준 편집해설·김용호 수정증보. 혁명가들의 항일 회상[M]. 서울：민음사，2005：327-328.

② 伍寅. 爱是不竭的源泉：略论鲁迅与爱罗先珂的交往[N]. 中共桂林市委党校学报，2004(4)：1.

③ 崔溁周. 한국 아나키스트 群像[J]. 政經文化，1983(9)：296.

1924 年 4 月，在北京以李会荣①为中心，创建了"中国朝鲜无政府主义者联盟"，其核心人物李乙奎、李又观(李丁奎)、白贞基、柳子明、郑华岩等人倾向于无政府主义，应该也是受了爱罗先珂与鲁迅影响。

耐人寻味的是，韩国共产主义运动的重要人物朴宪永也曾在上海与爱罗先珂接触过。朴宪永于 1920 年 11 月末从东京出发，经过长崎流亡上海。抵达上海之后，同年冬天参加共产主义运动，还考入了上海商科大学(1921 年 9 月)，② 不久他们邀请被日本逐出境、流亡上海的爱罗先珂进行演讲。根据上海的日本警察牒报记录，1921 年 10 月 16 日，朴宪永等留居上海的朝鲜共产主义者，在上海共同租界北四川路的世界语学校内举办了对日本共产主义者兼世界语研究者青山的

朴宪永和旅沪韩国留学生(1921 年冬)

① 据说李会荣与鲁迅见过面，如果这一传闻是事实，那么李会荣很可能是经过李又观介绍见到鲁迅。当时李会荣(1867—1932)受到李乙奎、李丁奎(李又观)、柳子明(1894～1985)等人的影响，接受了无政府主义思想。据说李丁奎于 1923 年 9 月给李会荣说明了中国无政府主义者希望建设湖南省汉寿县的一个村庄，实现建设理想农村的计划，并请求其给予指导。柳子明自 1923 年秋始寄宿在李会荣家一段时间之后回到上海，继而李丁奎兄弟自 1924 年 3 月起在李会荣家留宿，随后，白贞基和郑华岩也住到了李会荣家。李会荣受到了他们的无政府主义思想影响，对自由联合理想尤为赞同，1923 年末自诩为无政府主义者。参照：崔起荣. 李會榮의 北京 生活：1919-1925[J]. 東洋學，2013(54)：144.

② 임경석. 이정 박헌영 일대기[M]. 고양：역사비평사，2004：65-67.

欢迎会。1921 年 10 月 19 日，在法国租界爱仁里 52 号里，朴宪永与崔昌植、金丹冶等共产主义者邀请俄罗斯诗人兼革命党人爱罗先珂演讲。① 朴宪永曾是朝鲜世界语协会的创立者之一，收到爱罗先珂到达上海的消息后开始筹办演讲会。上面照片是 1921 年冬天，朴宪永和当时在上海留学的韩国留学生一起拍下的照片，② 其中一部分人极有可能听过爱罗先珂的演讲。

四、吴相淳的"废墟"意识和"亚细亚"意识

1920 年 7 月朝鲜世界语协会在韩国成立，主要成员包括洪命憙、朴宪永，以及《废墟》同人金亿、卞荣鲁等人。值得关注的，是在《废墟》创刊号封面上用世界语书写的诗词。该诗的题目为"废墟（LA RUINO）"意味着《废墟》杂志的"题名"由来，诗词的全文如下：

LA RUINO

Jam spiras aútuno
Per siamalvarmokruela；
Malgajemalbrilerigardas la suno
Kajploraspluvantaêielo.

Kajciamminace
Alrampasgrizegaj la nuboj；
De Pensojmalgajajamestasmilaca，
Penetrasanimon la duboj.③

《废墟》创刊号（高丽大学图书馆 馆藏）

---

① 임경석. 이정 박헌영 일대기[M]. 고양：역사비평사，2004：74.

② 郑炳俊推测这应该是华东韩国学生联合会（华东留学生会）为纪念聚会拍下的照片。参照：정병준. 현앨리스와 그의 시대[M]. 서울：돌베개，2015：28.

③ 金润植曾翻译过这首金亿用世界语写的诗："秋已渐渐萧索/残忍的瑟瑟凄凉中/太阳悲伤迷茫地怒视着/雨天正在哭泣……//时刻恐惧的日子里/灰色云雾也肆无忌惮/悲哀让我早已疲惫/沉浸在疑惑的灵魂里……"（김윤식. 『폐허』 에스페란토 표지 시와 重野重治의 <비내리는 품천역>[J]. 역사비평，1992：367-368.）

《废墟》创刊号由金亿和黄锡禹主编，金亿用世界语写的这首诗，刊登在封面。以此可以推断出，20 世纪 20 年代初，韩国正在轰轰烈烈地开展世界语普及运动。从《废墟》封面可以看出《废墟》同人们积极投身普及世界语的运动中。

那么，"废墟"到底意味着什么？"废墟"的含义可以从《废墟》创刊号编后记的《想余》查到渊源，"废墟"一词来源于德国诗人弗里德里希·冯·席勒（Friedrich von Schiller）。"《废墟》这一题目取自德国诗人席勒的诗句'旧的已灭亡，时代在变迁，我的生命来自废墟'。"①在《废墟》第 2 期里也刊载过席勒的诗。在翻译上稍作变化，翻译为"旧的在衰竭，时代在变迁，新的生命在废墟上开花（Das Alte Stürzt, esändertsich die Zeit/Und neuesLebenblühtaus den Ruinen, Schiller）。"②借助诊断席勒的诗词可以解读出废墟的含义。"废墟"正是新生命萌芽的象征，包含新生或再生等建设性的寓意。1962 年，吴相淳接受采访时被问道："当时废墟宣言，具体指的是什么？"他回答："那就是说失去了自由。我们不仅失去了我们的语言，还有我们的文化和历史。一句话，就是象征着摆脱日本帝国主义高压强权下的窒息状态，也就是说，要用心耕耘，并开辟和创造我们的花园。"③吴相淳的"废墟"表达了期望祖国早日摆脱日本帝国主义统治下沦为废墟的悲惨命运、重获新生的强烈意愿。

除了吴相淳的"废墟"意识，他的两首诗也十分耐人寻味，分别是《亚细亚最后夜晚的风景》和《亚细亚的黎明》。《亚细亚最后夜晚的风景》刊载于《废墟》《新民公论》（1921 年 6 月创刊）1922 年 2 月号，它的主编是《废墟》的同人卞荣鲁。另一首诗《亚细亚的黎明》也发表于 1922 年。《亚细亚最后夜晚的风景》以"黑夜支配着亚细亚，亚细亚又驾驭着黑夜"为开头，吴相淳在诗中写道："沉睡在黑暗中的诸亚细亚承诺着/现今的亚细亚沉睡于黑暗中/沉浸在黑夜肉体的蛊惑中醉生梦死"，并认为"这里有意料之外的悲剧的胚胎，还有新的诞生。"但是"噢，作为'无'之象征的悠长的梦魇一样的亚细亚之夜，消失吧/噢，作为'有'之象征，不，作为'无'之象征的太阳啊，熄灭吧/亚细亚的奇迹会破碎不可思议的秘符将

① 想餘[M]//創造·白潮·廢墟·廢墟以後：第2卷. 서울：亦樂，2000：672.

② 실레르(실러). 廢墟(詩)[M]//創造·白潮·廢墟·廢墟以後：제2권. 서울：亦樂，2000：683.

③ 咸東鮮. 永遠한 生命의 主體：空超 吳相淳考[M]//具常. 詩人 空超 吳相淳. 서울：自由文學社，1988：169-170.

会撕开/看！这就是亚细亚夜风景的第一章"，① 吴相淳把亚细亚刻画为怀悲剧之胚胎的夜的意象，亚细亚的夜象征着当时朝鲜的现实，也是包括中国在内的亚洲（东方）的象征。

吴相淳的"亚细亚"意识从"亚细亚最后夜晚的风景"开始，走向"亚细亚的黎明"。具有"无法认知的黑暗之深"的亚细亚，是"被异端和撒旦所侵害/蹂躏的世纪末的亚细亚之大地"。但是吴相淳在《亚细亚的黎明》中这样吟咏：

> 因迷信和魔术和冥想和陶醉和享乐和耽溺
> 而蠢蠢欲动的人们
> 砍掉你们的美女之头
> 打碎毒酒之杯
> 折断鸦片之杆
> 请从禅床中一跃而起
> 砍断自业自得和自绳自缚的
> 系缚之枷锁
> 自幽闭之地底走出来
>
> 黎明之瑞光将会出现
> 地平线的那边
> 火红的朝光
> 雄伟地照亮亚细亚的天空
> 噢，新世纪的天已破晓
> 亚细亚之夜在破晓②

亚细亚被夜的黑暗支配，还受到了异端和撒旦的侵害，但是不用多久，那里就会照起黎明的曙光，新世纪的天正在破晓。这既是朝鲜未来的希望，也是包括中国在内的亚细亚未来的希望。吴相淳的诗歌把虚无当作再生的契机，这与尼采

---

① 吴相淳. 아시아의 밤[M]. 서울：文志社，1987：16-17.
② 吴相淳. 아시아의 밤[M]. 서울：文志社，1987：22.

虚无主义密切相关，尼采把创造与破灭、衰落与初始结合在一起，提出了积极能动的虚无主义思想。吴相淳直面消亡、直面现实的悲剧，发现了夹缝中的重生，蜕变的自我，以及重生的自我。他用"废墟"隐喻了他的这些认知。对于吴相淳来说，"亚细亚"意识是站在普遍的视角审视现实，他的视界并不局限于朝鲜，它所说的现实是包括中国在内的整个亚细亚的历史现实。

吴相淳的"亚细亚"意识的形成与中国体验具有很大的关联性。1935 年，吴相淳在《三千里》新年号上发表了一首诗《放浪的北京》，刻画了一系列的乞丐形象，其中有"中国人的女儿""中国人的儿子""中国人的媳妇"。他在诗中写道："把仅有的一元洋银/送给了要饭的老婆婆/回顾身无分文的自己/起了应该把它掰成一半的悔意/我把身子隐藏在如同监狱高墙般竖起的阴暗狭窄的胡同里。"①这首同情中国民众苦难的诗创作于 1918 年的北京。也就是说，吴相淳早在 1918 年就体验过北京生活。1922 年 1 月，他在《新民公论》新年号上发表了以《放浪之路上的回忆》为题的短文，这篇文章的开头写道："某个夏夜，游过香山之后回旅舍，冲完澡之后斜躺在安乐椅上。"②这篇文章发表于 1922 年 1 月，那么吴相淳游北京香山的时间应该是 1921 年的夏天。由此可见，1921 年的夏天，吴相淳也在北京。吴相淳还在 1921 年 9 月 9 日参加了在韩国召开的巴哈伊教第一次集会，那么他可能在 1921 年夏天在北京待了一些时日后，回到了韩国，次年即 1922 年初又与卞荣鲁一同来到了北京。

由此可见，吴相淳在 1922 年创作发表的《亚细亚最后夜晚的风景》和《亚细亚的黎明》与他的北京体验有着千丝万缕的联系。对于在"虚无"和"废墟"中梦想着新生的吴相淳来说，北京体验可能提供了一个契机，使他能够获得包括中国在内的普遍的"亚细亚"意识，并促使他将其具象化。他借助爱罗先珂留居北京的机会，积极参加中国的世界语运动，结交了鲁迅和周作人两兄弟，并与之达成了精神共鸣。探究其因，不难发现，他们之间的精神契合点在于"亚细亚"意识。

---

① 오상순. 방랑의 북경[M]//조성환. 북경과의 대화. 서울：學古房，2008：317-319.
② 오상순. 방랑의 길에서 추억[M]//조성환. 북경과의 대화. 서울：學古房，2008：15.

五、东亚知识分子的思想共鸣

金台俊毕业于京城帝国大学中国语文学系,为了继续研究中国文学,于1931年再一次来到北京。这是他第二次走访中国,此次他在北京遇见周作人。金台俊把当时的感受详细地叙述在《北平纪行:傻瓜游燕草》中的一节"见鲁迅的弟弟周作人"中,细致描写了拜访西城周作人家(指八道湾11号)的经过。他笔下的周作人"头发稀疏、有着清澈的双眼和圆胖的身材","他问道'你不是朝鲜的世界语研究者吗?'我说'不是',之后问了一些中国文坛的现状。他似乎在捋顺讲话头绪,稍加停顿之后继续说:'去年和今年两年来,文艺运动的中心移到上海之后,很多作家四处转移,我已经是连我伯氏(即其兄鲁迅)的消息也打听不到。现今文坛的作家们搞一些翻译或保持沉默,而新进文人不知天高地厚地张罗普罗文艺,文坛越来越变得消沉和寂寥。'"①周作人一见金台俊就问他是不是世界语研究者,这说明在世界语运动时,韩国人给周作人留下了深刻的印象。

在20世纪20年代后半期,丁来东在北京民国大学留学并参加无政府主义运动。1931年4月,他写了一篇题为《现代中国戏剧》的文章,连载于《东亚日报》,详细地介绍了中国戏剧表现无政府主义思想的情节。他简略地介绍了中国的无政府主义者李石曾对波兰廖抗夫《夜未央》的译介情况,随后介绍了爱罗先珂的童话剧的翻译情况,"鲁迅把露国(俄罗斯)诗人爱罗先珂用日语写的剧本译介到中国,从此这类戏剧开始传入中国。这部童话剧能够充分展现作者的聪明才智。故事借助宇宙大自然诸物,讽刺社会的不平等和不自由。无从得知日文版作品是否已出版,借用秋田雨雀写的《读童话剧桃色云》一文中的一节:'你之所谓《桃色云》绝非脱离我们世界的空想的世界,《观念之火》亦在童话剧中燃烧着。'这《观念之火》就是指爱罗先珂的无政府主义。"②在丁来东看来,此类戏剧传入中国有两个问题值得重视,一是由鲁迅翻译并介绍到中国,二是这种戏剧隐喻了不平等和不自由的社会。而这些思想基础是无政府主义。

无政府主义指的"观念之火"是什么呢?爱罗先珂在关于"观念之火"的诗文

---

① 短舌(金台俊). 北平纪行:명텅구리 遊燕草[J]. 新興,1932(6):59-60.
② 丁來東. 現代中國戲劇(七)[N]. 東亞日報,1931-04-08.

中给出了答案。"我的心中燃起了火/任何暴力都不能熄灭它/我的心中燃起了火焰/就连死亡也不能扑灭它/大火一直烧到我生命完结/火焰一直燃到大地陨灭/我的名字是人类一分子/这是火的名字，是人间自由的名字。"从诗文中可以看出，所谓的"观念之火"，就是"对人类的爱"和"对自由的爱"。这是支撑作为世界主义者和无政府主义者的爱罗先珂思想的两大主干。这一思想吸引了一部分韩国进步的知识分子，促使他们与爱罗先珂、鲁迅、周作人等人进行直接或间接交流，接受他们的影响。爱罗先珂住在周氏兄弟家，而当时北京大学教授兼著名文人鲁迅和周作人兄弟与爱罗

安偶生翻译的《鲁迅小说选》

先珂保持着亲密的关系，并积极支持他的理念。基于上述原因，驻扎在北京的一部分韩国知识分子把世界语和无政府主义思想视作可以克服现实矛盾、争取独立的对策之一。

现在世界语已失去了沟通世界的现实力量，无政府主义（又称世界主义）思想也因超越国家民族的理想主义性质而无法在现实中扎下根来。不过，对于20世纪20年代的东亚知识分子来说，那是争取社会变革与民族解放的重要的语言工具，更是思想武器。20世纪20年代初流亡在中国北京的吴相淳、李又观、柳林等进步的韩国知识分子，能够接触爱罗先珂、鲁迅、周作人，并与之进行思想交流，也是源自世界语和无政府主义。其实，韩中知识分子各自都与柳宗悦、武者小路实笃等日本白桦派知识分子有过交往，并有一定的思想共鸣，正是这种思想共鸣促成了20世纪20年代初，韩中知识分子之间交流的基础。流亡在北京的韩国知识分子在与白桦派接触过程中，发现给予他们较多影响的爱罗先珂就住在周氏宅，他们基于对爱罗先珂的信任，开始关注和了解投身无政府主义和世界主义的鲁迅。这些韩国知识分子在接触爱罗先珂、参加世界语活动、关注中国新文学、参与北京世界语学会活动、创建北京世界专门学校等多种活动中，接触和了解到了鲁迅和周作人。在这个过程中，鲁迅的思想进一步刺激和影响了他们的认

识。对韩国知识分子而言，世界语与无政府主义是超出国家和民族的境界，促使相互沟通和理解的语言和思想武器。在迫切渴望韩国独立的时期，他们以世界语和无政府主义为媒介，与爱罗先珂、鲁迅、周作人进行交流并探寻相互之间的思想纽带。

最后要说的是，安重根义士的侄儿——独立运动家安偶生也精通世界语。他曾用笔名艾尔品(Elpin)，将鲁迅的文学作品译成世界语。安偶生与中国世界语提倡者冯文洛、方善境、潘狄书、徐声越等一起翻译鲁迅的文学作品，1939年在香港出版了《鲁迅小说选》(Lu Sin Elektitaj Noveloj)。这本选集共收录鲁迅的11篇短篇小说，其中《狂人日记》《故乡》《白光》等三篇是安偶生翻译的。安偶生为了韩国的独立运动，自1927年开始学习世界语，并积极参加了中国的世界语运动。1927年3月，19岁的安偶生考入广东省广州的中山大学英文系，同年12月退学，从此开始学世界语。1936年10月，28岁的他移居广州，重新考入中山大学英文系。在中山大学加入世界语社团"踏绿社"，有时还教中国人世界语。① 众所周知，鲁迅于1927年1月到中山大学任文科教授，他在那年1月23日的日记中提到"往世界语会"②。德国世界语学者赛耳(Zeihile)徒步旅行世界，抵达广州，广州的世界语倡导者召开了赛耳欢迎大会，鲁迅也受邀在欢迎大会上演讲。广州《国民日报》1月25日的新闻报道如下："周树人(即鲁迅)先生演说有关到粤之感想暨世界语之经验。"③由此可见，安偶生可能是通过中山大学的世界语活动，与鲁迅有过间接的交流。总之，安偶生之所以翻译鲁迅作品，是因为鲁迅支持世界语和世界主义的思想，这与安偶生产生了精神共鸣。除此之外，也是为了传承20世纪20年代韩国知识分子们的精神，即结交鲁迅，探寻与鲁迅的思想纽带。

---

① 이영구. 안우생의 에스페란토 문학세계[M]. 서울：한국에스페란토협회，2007：25-27.

② 鲁迅. 鲁迅全集(16)[M]. 北京：人民文学出版社，2005：4.

③ 鲁迅博物馆，鲁迅研究室. 鲁迅年谱：第二卷[M]. 北京：人民文学出版社，1983：363.

第二章　柳树人的《狂人日记》译本和韩中文艺界的思想纽带

一、公开信中的"L"

1926 年 3 月 27 日，中国上海发行的《国民日报》副刊《觉悟》刊登了巴金（即李芾甘）的《一封公开的信》。这是巴金受韩国友人"S"君和"L"君的委托，为支持北京高丽青年社成功创建《高丽青年》周刊撰写的公开信。巴金在这一公开信中写道："去年赴北京见到了高丽友人'S''L'两人，他们给我讲了高丽民众运动的详细情况。我尤其感谢'L'君。在一个沉静的晚上，明月高挂在天空，他细细地愤激地把高丽民众的苦战全景示于我的眼前。他告诉我高丽独立军和日本军队在满洲苦战的情形。"[①]在这里，巴金说的"S""L"就是《高丽青年》的创刊人沈茹秋和柳树人。他们是韩国独立运动史上赫赫有名的在华韩人无政府主义者。沈茹秋和柳树人是亲密的友人关系，两人都期待着世界各民族的共存共荣。他们为了宣传韩国独立运动和无政府主义思想，于 1926 年 3 月在中国北京创建了中文周刊《高丽青年》。

柳树人（1905—1980）原名柳基石，又以柳絮知名，8 岁时随家人移居中国的吉林地区。沈茹秋（1904—1930，又名沈容海）此时也在延吉留学，1918 年，他们共同进入延吉的道立第二中学，自此结下不解之缘，成为至交。1923 年沈茹秋从吉林中学毕业后，成为长春《大同日报》的记者，受到了无政府主义的影响。在 1924 年到北京任《国风日报》编辑期间，沈茹秋与巴金、惠林、吕千、剑波、

[①]　巴金. 一封公开的信[M]// 巴金全集(18). 北京：人民文学出版社，1993：78.

一波等人一同在上海发行半月刊《民众》(1925)。① 1919 年,柳树人就读中学二年级时,爆发了三一运动,他因参加万岁游行无法在吉林完成学业,于 1920 年离开吉林转入南京的华中公学。1924 年 6 月他从华中公学毕业,同年 9 月升入北京的朝阳大学,1925 年加入韩国独立运动,作为无政府主义理论家和实践家活跃其中。

巴金因"L"君,即柳树人讲述的韩国独立运动故事而深受感动,在信的结尾强调道:"'L'君恳切地对我说'请把我们苦战的真相告诉中国民众'。在这一年间我一直做着微不足道的事情,我为此感到羞愧。这次你们自己出版刊物,把你们苦战的真相告诉我们中国民众,使他们被你们的这种精神感动,从睡梦中觉醒起来。"②1923 年,巴金离开他的故乡成都到上海,随后在南京东南大学附属中学开始学业;毕业后,于 1925 年 8 月赶赴北京,准备升入北京大学。此时,沈茹秋在北京《国风日报》副刊《学汇》当编辑。经沈茹秋介绍,巴金与朝阳大学的学生柳树人结识。③ 巴金通过沈茹秋和柳树人了解到韩国独立运动的情况,从而受到极大的触动,也期待着中国民众的觉醒。巴金和柳树人都怀着美好的愿望,期盼世界各民族民众的觉醒和相互交融。这份期盼使他们之间产生了思想共鸣,而这一思想共鸣正是形成韩中青年知识人之间思想纽带的重要基础。不久,巴金凭借《灭亡》《家》等作品在中国文坛崭露头角,柳树人则在翻译了鲁迅的短篇小说《狂人日记》后成为无政府主义文艺理论家。除此之外,柳树人与鲁迅本人有过直接交集,他拜访过鲁迅,且鲁迅的《日记》中也记载了此事。

1926 年 12 月,柳树人在中国杂志《民钟》发表了题为《主张组织东亚无政府主义者大联盟》的文章,提议组织东亚无政府主义者大联盟,召集东亚大会,说道:"我反对区别对待各民族,然而殖民地的同志们首先要致力于本殖民地区的

① 柳基石. 三十年放浪记:유기석 회고록[M]. 세종:國家報勳處,2010:215.
② 巴金. 一封公开的信[M]// 巴金全集(18). 北京:人民文学出版社,1993:79.
③ 巴金在《关于〈火〉》一文中又谈到了见到沈茹秋和柳树人之事。"我在北京待了半个多月,当时住在北河沿同兴公寓,房客不多,院子里有一棵大槐树。我住到这里,还是一个编报纸副刊的姓沈的朋友介绍的。他是朝鲜人,有一天晚上,他带了一个同乡来看我,天气热,又是很好的月夜,我们就坐在院子里乘凉。沈比较文雅,他的朋友却很热情,滔滔不绝地对我讲了好些朝鲜爱国志士同日本侵略者斗争的故事。我第一次了解朝鲜人民艰苦而英勇的斗争,对朝鲜的革命者我始终抱着敬意。"(巴金. 创作回忆录[M]. 香港:生活·读书·新知三联书店,1981:63.)这里的沈是沈茹秋,他带来的"同乡"正是柳树人。

解放运动，比如目前，朝鲜民众要进行社会革命，在打倒日本帝国主义之前，他们绝对不可能完成社会革命。"①1930 年，他在李何林主编的《中国文艺论战》上发表了《检讨马克思主义的阶级艺术论》和《艺术的理论斗争》②，可见他在中国文艺理论批评界也有一定的影响力。柳树人作为现代韩国的独立运动家投身于无政府主义运动，努力建构韩中知识人之间的精神纽带，不仅在当时的中国文艺理论批评界有一定的影响力，在韩国国内也是具有里程碑式意义的人物。他是第一位译介鲁迅文学的韩国人，为韩国国内民众接受鲁迅打下了基础。

二、文艺的启蒙效果和《狂人日记》的翻译

柳树人翻译鲁迅《狂人日记》的过程及其内在动因是什么呢？1927 年，柳树人翻译的《狂人日记》刊载于首尔发行的《东光》杂志 8 月号，在题目下方标注了作者名"中国鲁迅"，在译文的末尾注明了译稿完成的时间和地点，"—完—青园译/1927，6 月 11 日，京津车上"③。这里的"青园"是柳树人使用的笔名，可见柳树人是 1927 年 6 月 11 日，在北京开往天津的列车上完成了《狂人日记》的翻译。

根据柳树人的回忆，1924 年 9 月，他升入北京的朝阳大学经济系，却因学费和生活费问题不得不辍学。1926 年夏，经同住北京的侨胞安定根先生的介绍，柳树人认识了飞行员安昌男，跟随安昌男来到山西省太原市的阎锡山航空部队学习飞行驾驶，④ 但很快柳树人接到了安昌浩先生一同前往东北的提议。柳树人曾在 1920 年参加过安昌浩领导的兴士团，此时的安昌浩为了团结独立运动阵营中的各路分散力量，筹划奔走各地演讲游说。1927 年春节前夕，安昌浩和作为他随行秘书的柳树人抵达吉林市，与当地主持者崔明植取得联系后，在精米所召开了新年聚会兼演讲会。紧接着于 1 月 27 日晚 7 点，在同一地点召开了第二次演讲会。此次演讲遭遇了中国和日本帝国主义的官员及宪兵突袭，两百余名参会人

① 柳絮. 主张组织东亚无政府主义者大联盟[M]//高军，王桧林，杨树标. 无政府主义在中国. 长沙：湖南人民出版社，1984：489.

② 李何林. 中国文艺论战[M]. 绥化：东亚书局，1932：479-492.

③ 靑園 譯. 狂人日記[J]. 東光，1927(16)：226.

④ 柳基石. 三十年放浪記：유기석 회고록[M]. 세종：國家報勳處，2010：111.

员中，有四十人被捕入狱，其中就有安昌浩和柳树人。① 被捕的四十人都关押在吉林省警察厅拘留所。尽管日本帝国主义坚持引渡，但因中国舆论的裹挟，中国军阀政府在20多天后将他们全部释放。被释放的柳树人回到尼科利斯克（乌苏里斯克）的老家，原计划到莫斯科东方劳动大学学习，但发现社会主义苏联依旧存在民族歧视问题后，打消了去莫斯科求学的念头，1927年5月重返北京。② 柳树人回到北京后经历着前所未有的思想困扰，但同时也迎来了实践运动的转折点。他对当时的状况叙述如下：

> 去莫斯科留学的幻想破灭之后，我曾计划去美国留学。因此不管三七二十一，先去了北京军阀政府的教育部办了手续，拿到了一张留学证书。随后准备了一些到上海的旅费，重新申请了出国的护照。但其实去美国留学的想法也不太坚定，因为已听说美国是种族歧视最为严重的国家。虽然脑子里充满了资产阶级思想，但心里却并不接纳资本主义社会制度。这时的我一直在彷徨着，思想和行动也不明确。向左，觉得那里也有不平等；向右，又觉得那里是"金钱万能"的世界，没钱就会遭遇压迫。太原的所谓"航空部队"是腐败的"少爷部队"，待久了会与少爷们一起染上不好的习性，毁掉一生。到底要去哪里？烦恼与幻想混在一起，一天从早到晚思绪万千。
>
> 这时正好在上海遇到了几位朋友，他们的思想与茹秋非常相似，或许比茹秋更为"左倾"。他们公开地称自己为"无政府主义者"。他们一开口就反对资本主义，又反对苏联的无产阶级独裁政治，主张无权力、无政府的共产社会。我满脑的个人英雄主义和自由主义的小资产阶级幻想，巴枯宁和克鲁泡特金的无政府主义自然地渗透进来，我又转而成了无政府主义者。岛山（即安昌浩）先生虽多次相劝，我却毅然决然地发表声明退出兴士团。③

这段比较清晰地勾画出了柳树人的内心矛盾和转向无政府主义的心路历程，也可以推测出柳树人翻译《狂人日记》时的相关背景经历。柳树人被吉林省警察

---

① 柳基石. 三十年放浪記：유기석 회고록[M]. 세종：國家報勳處，2010：123.
② 柳基石. 三十年放浪記：유기석 회고록[M]. 세종：國家報勳處，2010：138.
③ 柳基石. 三十年放浪記：유기석 회고록[M]. 세종：國家報勳處，2010：138-139.

厅拘留所释放后回到老家，为办理美国留学相关手续再次来到北京，又为申请护照赶赴上海，这个时间段与《狂人日记》的记录"1927 年 6 月 11 日，京津车上"相符。也就是说柳树人于 1927 年 5 月抵达北京，他在北京住了一个多月，期间翻译了《狂人日记》，在前往上海的京津线火车上完成了整篇译稿，并寄往首尔。所以，柳树人翻译《狂人日记》的时间段正是他为留学准备的那段时间，翻译《狂人日记》应该是出于求知的目的。

此外，柳树人跟随安昌浩在吉林演讲会上高呼"独立万岁"的这段经历，以及他从那次演讲中所获得的文艺启蒙感悟，很可能是促使他着手翻译《狂人日记》的催化剂。根据柳树人的回忆，在崔明植精米所召开的新年聚会中，当地朝鲜学生剧团还演出了戏剧《山河泪》。他说："这是南京东南大学学生侯耀以三一运动为灵感创作的剧目。1924 年，在南京的公共剧场第一次演出时，我曾友情出演，担任过剧中一个角色。因此对剧本的剧情及内容较为熟悉。所以在那次演出中，我毛遂自荐做了回导演。"①《山河泪》在南京演出时，柳树人曾担任过其中一个角色，因此在此次吉林市的学生演出中担任了导演。他接着说道："这次演出真实感动了数百名吉林侨胞，且不说剧的情节和演员的表演有多了不起，当太极旗在舞台上挥动时，观众发出雷鸣般的欢呼声、万岁声以及热烈的鼓掌，这种氛围足以让人感动。"②可见，柳树人经过戏剧演出，亲身体验到了文艺的启蒙效果。这对于回到北京后立志学术，一心准备留学的柳树人来说，不能不说是刻骨铭心的记忆。恰在此时，他发现了中国启蒙的第一声呐喊——鲁迅的《狂人日记》对世人的冲击。柳树人会意识到翻译的迫切性是不言而喻的。鲁迅用"狂人"呼喊的"改心"之声，促进了中国人的觉醒。然而，这也是朝鲜民众急切需要的启蒙性呐喊。

况且柳树人曾在朝阳大学读书时，如同《狂人日记》中的"狂人"一样，直接面对着群众发出过呐喊。1925 年 7 月 10 日《朝鲜日报》刊登了"在北京国民大会中激起大众激情的同胞：朝阳大学学生柳君首次登台演讲"，报道如下：

上个月三十日，在北京天安门召开的国民大会，五百余团体、十万余群

---

① 柳基石．三十年放浪記：유기석 회고록［M］．세종：國家報勳處，2010：122.

② 柳基石．三十年放浪記：유기석 회고록［M］．세종：國家報勳處，2010：123.

众聚集在一起。不仅有朝鲜、印度、土耳其、日本等东洋各国人，还有德国人参加了此次会议。出席的外国人各有一场演讲，作为外国人首先登台的是名为柳基石的同胞。柳君就读于朝阳大学，这一天第一次登台以沉痛的语调进行了长时间的演讲，当演讲结束时，台下的十万群众为其欢呼，高呼"中华民族万岁"和"打倒××××，××帝国主义"，现场群众情绪激昂。随后，由德国人、日本人、印度人、土耳其人等代表依次进行了演讲。①

《朝鲜日报》刊登的报道《在北京国民大会中激起大众
激情的同胞：朝阳大学学生柳君首次登台演讲》

---

① 北京国民大会中使大众兴奋的同胞：朝阳大学学生柳君首次登台进行演说[N]．朝鲜日报，1925-07-10．柳树人在《三十年放浪记》中对这一天演讲的大意说明如下："朝鲜民众坚决支持中国民众的反帝斗争，愿意为争取朝中两国民众的幸福与自由流血奋斗。日本帝国主义是东方被压迫民族共同的敌人。我们被压迫民族团结起来斗争到底，我们必会取得最后的胜利。"（柳基石．三十年放浪記：유기석 회고록[M]．세종：國家報勳處，2010：103．）

1925 年 5 月 30 日，上海举行了反帝游行，不少参加游行的学生和工人被射杀，还有更多人被捕入狱。被称为"5·30 事件"的这次示威游行推动了全国反帝运动的高潮，身在北京的柳树人"作为北京的朝鲜留学生会代表多次参加了民众大会"。① 第二天，北京的各主要报纸都报道了柳树人的演讲内容，同时他的照片也刊登在《民报画刊》。②《朝鲜日报》也刊登了柳树人参加北京民众大会并进行演讲的内容。这类大众演说与《狂人日记》中的主人公"狂人"的呐喊别无二致。

柳树人关注《狂人日记》，有更深层的原因。根据李政文提供的谈话记录，柳树人于 20 世纪 20 年代初，在延吉道立第二中学上学时"借助进步的先生之手，阅读过刊登在《新青年》上的《狂人日记》。一开始只觉得晦涩难懂，读过几遍之后狂热地兴奋起来，认为鲁迅先生不仅描写了中国的狂人，也描写了朝鲜的狂人"。③ 又根据柳树人本人的回忆，他于 1920 年秋从延吉出发，经长春、沈阳（即奉天）、天津到了上海，拜访了父亲的朋友，时任大韩民国临时政府国务总理的李东辉先生，那时"在叔叔家里偶然见到了吕运亨先生和作家春园李光洙。通过叔叔的介绍，我搬到龙门路吕先生家。当时春园也住在吕先生家，我和李光洙朝夕相处，他还常常教我朝鲜文学"。④ 从这段话可以看出，柳树人第一次读到《狂人日记》时所受到的冲击和后期对文学的追求不断交织在一起，源源不绝地灌溉着柳树人的内心。

总之，1927 年，柳树人在北京为赴美留学做准备期间着手翻译《狂人日记》，在京津线火车上完成了译稿，并把稿件寄到首尔的《东光》杂志社。中学时阅读《狂人日记》的深刻体验，使他认识到了文学的启蒙效果，加上他对文学的喜爱和关注，使他对文学启蒙效果产生了浓厚的兴趣；再加上留学前昂扬的求职诉求，最终使他完成了这项翻译工作。柳树人抵达上海后放弃了赴美留学的计划，转而成为独立运动的一员，积极投身于无政府主义的实践活动。此后的他再也无暇集中精力从事文学作品翻译活动，而是开始撰写《无产阶级艺术新论》《新兴诗家的阶级观》（韩国的《中外日报》载）、《艺术的理论斗争》（中国杂志《现代文化》载）等宣传无政府主义文艺理论的文章，成为一名极为活跃的文艺理论家。

① 柳基石. 三十年放浪记：유기석 회고록[M]. 세종：國家報勳處，2010：102.
② 柳莺，姜平通.迟到的荣誉：追忆父亲柳树人先生[N].苏州：苏州日报，2010-04-19.
③ 李政文.鲁迅在朝鲜人民的心中[J].延边大学学报(社科版)，1981(3)：51.
④ 柳基石. 三十年放浪记：유기석 회고록[M]. 세종：國家報勳處，2010：80.

三、柳树人与时有恒的关系及对鲁迅的拜访

1927 年柳树人到达上海，转变为完全的无政府主义运动家，同年 8 月参加中国闽南地区的农村自卫运动。后来他受李又观(即李丁奎)的邀请来到厦门，成为一个专门训练民间自卫团下级干部的"宣传养成所"的教官，主要负责讲新经济学、社会学等课。这个"宣传养成所"只维持了一个月，随后柳树人转到了福建省泉州和永春地区参加民团编练处组织的活动。1928 年 3 月，民团运动结束后，柳树人又回到了上海。① 从闽南回到上海之后，柳树人拜访了鲁迅。1928 年 9 月 1 日的鲁迅《日记》中记有"午后时有恒、柳树人来，不见"。② 可见，柳树人与时有恒一起拜访过鲁迅。

有关柳树人拜访鲁迅的事，现在的学术界具有不同的见解，在此可以一一进行实证考察。首先要考察的，是周作人 1922 年 7 月 24 日日记中的记录——"朝鲜柳君辻武雄君先后来访"③。有人提出，"这一'柳君'是当时在北京朝阳大学学习的柳树人"，从而推断 1922 年柳树人已经拜访过周氏兄弟家，也就是鲁迅家，因此推断柳树人此刻很可能见到过鲁迅④，不过这与事实不符。比如说，柳树人 1922 年在南京的华中公学学习，直到 1924 年 9 月才去北京的朝阳大学，因此这种可能性较小。正如前文所述，周作人日记中出现的"朝鲜柳君"极有可能是 1920 年末回到北京，与申采浩、金昌淑等人一起创刊《天鼓》的世界语倡导者柳林(即高自性)。

其次，根据柳树人本人的陈述，他拜访鲁迅的次数不止一次。鲁迅曾说起自己的《日记》"是不很可靠的""我以为 B 来是在二月一，或者二月二，其实不甚有关系，即使不写也无妨；而实际上，不写的时候也常有"⑤。可见鲁迅的日记也不是准确无误，偶尔也会记录错误，或漏记。李政文在《鲁迅在朝鲜人民的心

①　柳基石. 三十年放浪記：유기석 회고록[M]. 세종：國家報勳處，2010：141；無政府主義運動史編纂委員會. 韓國아나키즘運動史[M]. 首尔：형설출판사，1983：301-308.

②　鲁迅. 日记[M]//鲁迅全集(16). 北京：人民文学出版社，2005，94.

③　周作人. 周作人日记[M]. 郑州：大象出版社，1996：249.

④　金時俊. 鲁迅이 만난 韓國人[J]. 中國現代文學，1997(13)：138.

⑤　鲁迅. 马上日记[M]//鲁迅全集(3). 北京：人民文学出版社，2005：325.

中》一文中谈道："一九二九年，柳树人在南京任《东南日报》总编时，他为翻译《阿Q正传》又去上海拜访过鲁迅，因鲁迅先生生病未能见到。"①李政文并未明确指出这些记录的出处，但他在上述文章中已经表明本文参考了《柳树人先生谈话记录》及《柳树人笔录》，因此这些内容很有可能是来源于这些资料。木易又在《为了一个共同的目标：鲁迅与朝鲜友人的交往》一文中引用了李政文的上述文章"……之后柳树人又多次拜访过鲁迅"，其出处用注释表明为"柳树人生前于1980年8月23日给笔者的信函"。② 谈话记录或信函等都是根据柳树人本人陈述③，可见柳树人应该是多次拜访过鲁迅。此外，柳树人除了翻译《狂人日记》之外，似乎还着手翻译过《阿Q正传》。不过，柳树人在《三十年放浪记》里并没有提及翻译鲁迅作品以及访问鲁迅等事项。这可能是因为《三十年放浪记》执笔于60年代后期，也就是中国的"文化大革命"时期，不仅参考资料不足，且叙述的内容也受到了限制。又因为他想以遗书的形式留存有关韩国独立运动相关的活动记录，所以无暇考虑其他与此无直接关联的部分。

那么，柳树人是因何种缘故与时有恒一同拜访鲁迅的呢？时有恒（1906—1982）曾积极参加1925年的"5·30事件"，1926年又参加国共合作的北伐军，但是1927年蒋介石"4·12政变"前后，他与贝介夫、阮景云等一同共事的共产党员，涉嫌"思想问题"被解雇，④之后担任上海南华书店、群众书店的编辑，还做

---

① 李政文. 鲁迅在朝鲜人民的心中[J]. 延边大学学报（社科版），1981(3)：51. 李政文对时间和事件的记述多有存疑之处，这主要是因为李政文主要依据了柳树人的谈话记录和笔录，但这些记录全部出自柳树人的回忆，难免会出现错误。

② 木易. 为了一个共同的目标：鲁迅与朝鲜友人的交往[J]. 党史纵横，2000(12)：40.

③ 笔者于2013年7月6日采访过柳树人之女柳莺，她住在中国苏州。她一直保管着父亲的亲笔稿件《三十年放浪记》的中文原稿及与父亲相关的照片。她还复印赠送了笔者一份自己回忆父亲的文章《迟到的荣誉：追忆父亲柳树人先生》和母亲应起鸾回忆柳树人先生的文章《往事萦怀》。据证实，1970年末，有一位上海鲁迅纪念馆的研究员拜访她的父亲并询问其与鲁迅之间的关系，当时父亲写了一篇短文，记述他与鲁迅交往的内容。资料现存于上海鲁迅纪念馆。

④ 山冈. 作家、藏书家时有恒先生事略[J]. 江苏图书馆学报，1992(3)：40. 时有恒不仅在报纸、杂志上发表文章，还出版了《时代》（剧本）、《雅典娜》（中篇小说）、《夜战》（诗集）、《活埋》（散文集）等作品，除此之外，还出版了《二次世界大战爆发的必然性与我们的准备》（论文）。这一时期，他与"文学研究会""创造社""太阳社""狂飙社"等文学团体的作家交往，与胡也频、叶以群、柯仲平等是莫逆之交。1930年夏，通过胡也频的介绍，时有恒加入"斧镰社"和"中国左翼作家联盟"，最后还加入了"中国自由运动大同盟"。

过上海树人中学的教师。时有恒和柳树人应该是在时有恒从事编辑工作时认识的。1928年，柳树人以柳絮之名从事过无政府主义文艺理论相关活动，他的《唯物史观批评》中文译本发表于《民间文化》第二期，并说过"南华书店正在出版单行本"。① 当时，时有恒就在南华书店担任编辑，那么柳树人很可能因编辑出版等相关事宜与时有恒结识。再补充一些，柳树人在《三十年放浪记》中写道，1931年为筹到从上海去泉州的旅费，"答应给福州路群众书店的社长写一本书，拿到了预付的40元稿费"②，群众书店也是时有恒担任编辑的出版社。而且柳树人于1929年6月在上海出版了《弱小民族的革命方略》，此书的出版商是"中山书店"，而"总发行所"却是"上海群众图书公司"。③ 所以，该书实际上是由"群众图书公司"，即群众书店出版。因此，柳树人与当时在群众书店任编辑的时有恒有来往也是再自然不过的事情。总之，可以推测出柳树人与时有恒的关系是源于南华书店或群众书店的图书出版之事。

 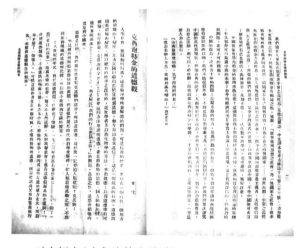

时有恒所藏《克鲁泡特金学说概要》　　　时有恒在《克鲁泡特金学说概要》上留下的笔记

　　还有一点值得关注的就是无政府主义相关的进步知识分子之间的国际纽带。柳树人曾在回忆厦门的"宣传养成所"时说"没有现成的教材，只得根据克鲁泡特

① 柳絮. 艺术的理论斗争[M]// 李何林. 中国文艺论战. 绥化：东亚书局，1932：491.
② 柳基石. 三十年放浪记：유기석 회고록[M]. 세종：國家報勳處，2010：193.
③ 柳絮. 弱小民族的革命方略[M]. 上海：中山书店，1929：版权说明.

金的演说概要一边教一边写讲义稿，并复印分发给学生"。① 柳树人所参考的"克鲁泡特金的学说概要"应该是 1924 年 5 月，由中国自由人社出版的《克鲁泡特金学说概要》，而时有恒捐赠于中国徐州江苏师范大学图书馆的藏书中也有这本书。笔者曾调查过时有恒所寄赠的藏书，② 仔细翻阅了时有恒寄赠书籍中的《克鲁泡特金演说概要》。书中有红笔画圈的明显痕迹，这应该是时有恒精读此书时留下的痕迹。由此可以看出，柳树人与时有恒以无政府主义思想等进步的思想为媒介形成了一种思想纽带。

对于参加完厦门、泉州、永春的农村自卫运动后回到上海的柳树人来说，1928 年是一个多事之秋。他在《三十年放浪记》中写道："回到上海后住阁楼时，我们的生活相当艰苦。赤川、又观（李丁奎）、晦观（李乙奎）、旧波（白贞基）、华岩（郑贤燮）等与我们同甘苦、共进退的同志，因为说不好中文，不敢在上海公开出面活动。"③柳树人能够正式投入无政府主义运动，与李又观给予的影响有很大关联。1927 年，筛选厦门的"宣传养成所"管理人选时，李又观就推荐了李箕焕和柳树人（即柳絮）。李又观在回忆当时情况时说道："最后两人的态度成为关键所在，随后很快联系到了如檀·李箕焕君并征得了本人同意，身在北京的柳树人没能及时回复。但晦观说'问不问都一样，他不会有异议'，就此定下了人选。6 月末，秦（即秦望山）、梁（即梁龙光）两位同志一起，先从厦门港出发，而李、柳两位同志，听候电报指令。"④由此可见，让柳树人（柳絮）正式投身于无政府主义运动的人正是李又观。诚如上文所述，这个李又观就是在 20 世纪 20 年代就读于北京大学期间，经常与鲁迅往来的韩国文人。

柳树人在《三十年放浪记》中，虽未提及翻译《狂人日记》和拜访鲁迅的事情，却详细地谈到了李又观与鲁迅经常来往的事实。他说道："又观在北京时，经常与鲁迅先生来往，曾在鲁迅宅中认识了有视觉障碍的自由人爱罗先珂。"⑤爱罗先珂于 1922 年 2 月住在周氏家中，在北京大学和北京世界语专门学校讲授世界语，

① 柳基石. 三十年放浪記：유기석 회고록[M]. 세종：國家報勳處，2010：141.
② 笔者于 2013 年 7 月 1 日得到江苏师范大学图书馆馆长高中华教授的帮助，到该大学图书馆阅览了时有恒捐赠的藏书。
③ 柳基石. 三十年放浪記：유기석 회고록[M]. 세종：國家報勳處，2010：152.
④ 李丁奎. 年譜[M]//又觀文存. 서울：三和印刷出版部，1974：135-137.
⑤ 柳基石. 三十年放浪記：유기석 회고록[M]. 세종：國家報勳處，2010：155-156.

至 1923 年 4 月 16 日回到莫斯科。爱罗先珂动身前往莫斯科前一个月，李又观造访了周宅。当时爱罗先珂不会说汉语，中国人吴克刚自愿担任爱罗先珂的秘书。① 1927 年 4 月，吴克刚作为中国的无政府主义者，与沈仲九一起在上海成立了劳动大学。创办大学时，吴克刚将在华朝鲜无政府主义者联盟的创立盟员李乙奎(即李晦观)和李丁奎(即李又观)拉到了设立筹备客员名单中。② 当时，以爱罗先珂为中心聚集了很多世界语提倡者和无政府主义者。鲁迅是北京世界语专门学校理事之一，也负责该校中国小说史授课，他还翻译过爱罗先珂的文章和童话作品。鲁迅在翻译爱罗先珂作品时谈道："其实，我当时的意思，不过要传播被虐待者的苦痛的呼声和激发国人对于强权者的憎恶和愤怒而已，并不是从什么'艺术之宫'里伸出手来，拔了海外琪花瑶草，来移植在华国艺苑。"③柳树人通过李又观了解到的鲁迅不仅是创作《狂人日记》和《阿 Q 正传》的启蒙主义小说家，还是带有反抗强权精神的，与无政府主义有思想纽带的进步知识分子。而他选择在与李又观并肩开展无政府主义运动的紧要关头拜访鲁迅，于情于理都不是一件寻常事。

四、文艺理论上的共鸣及思想纽带

柳树人与时有恒曾一同拜访过鲁迅，却未能会面。此后，柳树人也曾多次拜访过鲁迅，而鲁迅的日记没有提及他的来访记录，这又是怎么一回事呢？

首先，我们需要厘清时有恒和鲁迅的关系。1927 年 8 月 16 日，时有恒在上海《北新》杂志发表了《这时节》一文。这篇文章是写给鲁迅的一封信，此时的鲁迅不知是住在厦门还是广州。文章表达了恳请鲁迅先生在国民革命日益沸腾的时期出山指导的强烈诉求。他认为鲁迅先生能够通过创作指导方向。④ 作为回应，1927 年 9 月 4 日，鲁迅在《北新》(1927.10.1)发表了《答有恒先生》。文章写了不

---

① 바실리 예로센코. 예로센코 연보[M]//길정행. 착한 사람, 예로센코. 서울：하늘아래, 2004：302-303.

② 無政府主義運動史編纂委員會. 韓國아나키즘運動史[M]. 서울：형설출판사, 1983：297-298.

③ 鲁迅. 杂忆[M]//鲁迅全集(1). 北京：人民文学出版社, 2005：237.

④ 时有恒. 这时节[M]. 时善刚. 时有恒诗文选. 北京：中国社会出版社, 2003：119.

能把希望寄托在青年身上的理由，一是因为忧虑。鲁迅认为他的文章使一些人清醒了过来。但清醒之后，他们倍感痛苦。二是因为时局动荡，时刻陷入恐惧中，并说明了自己沉默的理由。他写道："一面挣扎着，还想从以后淡下去的'淡淡的血痕中'看见一点东西，誊在纸片上。"①鲁迅似乎在实践所谓的"挣扎"，1927年9月27日离开广州，于10月3日搬迁至上海，时有恒试图与鲁迅见面。根据时有恒的回忆，他从当时正在编辑鲁迅手稿的李小峰那里多次打听到鲁迅即将回上海的消息，便开始打听鲁迅的地址，随后给鲁迅写了一封信。② 为了更好地了解时有恒与鲁迅之间的交流，下面梳理了鲁迅《日记》中的相关记载。

> 1927年10月15日：上午得有恒信。
> 　　10月26日：得有恒信。
> 　　11月7日：得有恒信。
> 　　11月17日：寄有恒信。
> 　　11月22日：得有恒信。
> 1928年6月20日：有恒来。
> 　　9月1日：午后时有恒、柳树人来，不见。
> 　　12月8日：下午时有恒来，不见。
> 1929年4月14日：时有恒来，不见。
> 1934年11月5日：午后得有恒信。
> 　　11月27日：寄有恒信并泉二十。
> 　　11月30日：午后得有恒信。
> 1935年2月6日：得时有恒信。
> 　　2月8日：复时有恒信。
> 　　10月2日：午得有恒信。③

根据以上日记内容，时有恒经常与鲁迅通信，但只见过一次面，便是1928

① 鲁迅.答有恒先生[M]//鲁迅全集(3).北京：人民文学出版社，2005：477.
② 时有恒.我与鲁迅先生[M]//时善刚.时有恒诗文选.北京：中国社会出版社，2003：129.
③ 鲁迅.日记[M]//鲁迅全集(16).北京：人民文学出版社，2005：41-130.

年 6 月 20 日。但根据时有恒的回忆，6 月 20 日的会面是他与鲁迅的第二次会面。根据时有恒的说法，他们第一次见面是他给鲁迅写第一封信后，鲁迅邀请时有恒到家中做客①。他回忆第二次会面的情形道："再则是一九二八年夏的第二次相见。那时先生仍然住在北四川路底横滨路景云里。记得那时先生成了'众矢之的'，有些革命杂志不断对他攻击，连多年在他身边的高长虹先生也对他不满了，如说什么'世故的老人'云云。"②1928 年 9 月 1 日，时有恒与柳树人一起拜访鲁迅是他的第三次拜访，但鲁迅没有会客。理由是什么呢？根据上述日记内容，在第三次拜访以后，时有恒还单独拜访过鲁迅两次，鲁迅均没有接待，由此可见鲁迅可能是介意时有恒的造访。基于上述材料，可以推断鲁迅之前拒绝柳树人的来访，也极有可能是缘于时有恒。

　　按理说柳树人是《狂人日记》的韩国语译者，鲁迅为什么连同他也一同拒之门外呢？是否有其他更重要的原因？在此不得不考虑这一时期鲁迅的思想转变。众所周知，20 世纪 20 年代初，鲁迅在很大程度上更倾向于无政府主义思想，无政府主义思想在他的整个思想体系中占据着重要地位。③ 20 世纪 20 年代，鲁迅曾翻译过日本剧作家武者小路实笃的反战剧《一个青年的梦》，这是一部具有强烈无政府主义色彩的剧目。鲁迅还翻译过俄罗斯无政府主义作家阿尔志跋绥夫的长篇小说《工人绥惠略夫》等，还高度评价过无政府主义者施缔纳。但是从广州回到上海以后，鲁迅卷入革命文学论争，遭到主张普罗文学的革命文学派的集中攻击。甚至还受到一直与他往来甚密，并追随过他的青年批评家高长虹的非难。鲁迅与这些人进行论战的过程中，逐渐接受了文艺的阶级性，开始研究马克思主义文艺理论。1928 年 8 月 10 日，鲁迅在《文学的阶级性》一文中写道："在我自

---

①　时善刚. 时有恒诗文选［M］. 北京：中国社会出版社，2003：129.

②　时善刚. 时有恒诗文选［M］. 北京：中国社会出版社，2003：129.

　　根据时有恒的回忆，这时鲁迅和时有恒有过这样的对话："'他们为什么专攻击我呢？''大概因先生不和他们同调吧。'他又笑了。接着我问：'收到《文化战线》了吧？'——在《文化战线》上面有我一篇文字：《论长虹与鲁迅的笔墨费》。看先生的样子，虽然对我的文字好似没有什么意见，但同时面部又像表现着痛苦……一方说：'看过了。'……但，要说先生是'世故的老人'，我则不相信……先生太天真了。"通过这一对话可以大致猜出，鲁迅之所以不愿见时有恒，是与高长虹的问题相关。

③　白浩. 鲁迅与无政府主义［J］. 鲁迅研究月刊，2004（12）：82；张全之. 从施缔纳到阿尔志跋绥夫：论无政府主义对鲁迅思想与创作的影响［J］. 鲁迅研究月刊，2007（11）：19.

己，是以为若据性格感情等，都'受支配于经济'（也可以说根据于经济组织或依存于经济组织）之说，则这些就一定都带着阶级性。但是'都带'，而非'只有'。所以不相信有一切超乎阶级，文章如日月的永久的大文豪，也不相信住洋房，喝咖啡，却道'唯我把握住了无产阶级意识，所以我是真的无产者'的革命文学者。"①他又强调翻译几部"世界上已有定评的关于唯物史观的书"。1929 年 4 月和 8 月，他自己也着手翻译一些作品，如苏联的卢那察尔斯基的论文集《艺术论》和《文艺与批评》。鲁迅的这些思想性转变也可以从他写给许广平的信中找到蛛丝马迹。这封信在最终出版前，做过一些修改，从中可以看出鲁迅对无政府主义思想立场上的变化。鲁迅在 1925 年写给许广平的信中谈到自己的思想时说道："其实，我的意见原也一时不容易了然，因为其中本含有许多矛盾，教我自己说，或者是人道主义与个人主义这两种思想消长起伏罢。"②这一封信收录在了 1932年出版的书信集《两地书》，收录前的信件原文是"或者是'人道主义'与'个人的无治主义'这两种思想的消长起伏罢"。③ 但书信集出版时，把"个人的无治主义"，即"个人的无政府主义"改成了"个人主义"。这是他接受马克思主义思想后，不想明确表达他曾经的无政府主义思想倾向的缘故。正是因为鲁迅在经历这种思想转变，他很难欢迎时有恒与柳树人的拜访。

不容忽视的一点是，柳树人之所以想要拜访鲁迅是因为他在文艺理论和思想方面与鲁迅产生了共鸣。1928 年 4 月 3 日至 9 日，柳树人在韩国的《中外日报》中连载了《无产阶级艺术新论》，1928 年在中国杂志上发表了《检讨马克思主义的阶级艺术论》（1928 年 5 月《民间文化》载）和《艺术的理论斗争》（载于 1928 年 8月《现代文化》）等文章，主张无政府主义文艺论，批判马克思主义阵营的无产阶级艺术论。《检讨马克思主义的阶级艺术论》一文的副标题是"批评忻启介君的无产阶级艺术论"，把矛头直接指向当时提倡普罗文学、主张"一切艺术是宣传"的革命文学派。"我在《无产阶级艺术新论》里也说过，艺术因为民众各个体的修养不同的缘故，以至于艺术之心的表现，必然地产生等差，这个等差的确为进步的。然而我看一切马克思主义者，不问在什么地方，他们的主张都是毫无等差的

---

① 鲁迅. 文学的阶级性[M]//鲁迅. 鲁迅全集(4). 北京：人民文学出版社，2005：128.

② 鲁迅. 两地书[M]//鲁迅. 鲁迅全集(11). 北京：人民文学出版社，2005：81.

③ 白浩. 鲁迅与无政府主义[J]. 鲁迅研究月刊，2004(12)：82；鲁迅. 鲁迅手稿全集·书信：第一册[M]. 北京：文物出版社，1978：177.

千篇一律。例如,《拜金艺术》的作者新克拉(Sinclair)说艺术是这样的:'一切的艺术是宣传。普遍的,不可避免的是宣传,有的是无意识的,大抵是故意的宣传。'我们再回头一看,中国所谓提倡无产阶级文学的人,也不过是这样的主张。"①柳树人这篇文章一经发表,革命文学派阵营的谷荫(即朱镜我)就以《艺术家当面的任务》致以回击,作为反击柳树人发表了《艺术的理论斗争》。柳树人在此文中反问:"能说'一切的艺术是宣传'吗?"②并主张"我们的文艺是保障着完全的自由性,文艺的本质也在于此。艺术是每个个体在生活上的强烈意欲的锐利反照"。③ 就这样,柳树人介入当时中国文艺理论批评界,攻击了主张普罗文学的革命文学派。众所周知,这一时期鲁迅也正在与革命文学派展开论战。鲁迅于1928年3月12日,发表了《"醉眼"中的朦胧》一文。他在这篇文章中强调,革命文学派所主张的"武器的艺术"最终会导致艺术的牺牲④,又在1928年4月16日发表的《文艺与革命》一文中强调道:"一切文艺固是宣传,而一切宣传却并非全是文艺。"⑤可见,鲁迅和柳树人都站在相同的文艺理论立场之上,批判"宣传工具化"或"武器的艺术",主张文学的自律性。柳树人拜访鲁迅的时间是1928年9月,而他在这个时期拜访鲁迅既不是为了翻译鲁迅的作品,也不可能是出于拜访中国代表性文人的热情,而是他们在文艺理论方面已形成了能够进行对话的共感带。这对于当时正展开韩国独立运动和无政府主义运动的柳树人来说,是一种探索思想性纽带的尝试。只有充分考虑到这一点,才能把握柳树人拜访鲁迅的真正意义。

五、《狂人日记》的翻译及其意义

柳树人发表过《狂人日记》的译本,那他翻译时的具体情况又是怎样的呢?

---

① 柳絮(柳树人). 检讨马克思主义的阶级艺术论[M]//李何林. 中国文艺论战. 绥化:东亚书局,1932:479.

② 柳絮(柳树人). 艺术的理论斗争[M]// 李何林. 中国文艺论战. 绥化:东亚书局,1932:487.

③ 柳絮(柳树人). 艺术的理论斗争[M]// 李何林. 中国文艺论战. 绥化:东亚书局,1932:492.

④ 鲁迅. "醉眼"中的朦胧[M]//鲁迅. 鲁迅全集(4). 北京:人民文学出版社,2005:65.

⑤ 鲁迅. 文艺与革命[M]//鲁迅. 鲁迅全集(4). 北京:人民文学出版社,2005:84-85.

对照原文和发表于 1927 年 8 月《东光》上的《狂人日记》译文，不难发现柳树人采用的是一对一翻译，完全忠于原文，正确地传达了作品的内涵。虽然有些韩国语词汇的选择上不无欠妥之处，但考虑到他 8 岁便随家人来到中国，并在中国完成了中学及大学教育，韩文书写不够流畅，也是情理之中的事情。再者，翻译的时间比较仓促，没有足够的时间对译文进行润色也是原因之一。比如，一开始把"陈老五"翻译成"陈氏"，随后又翻译成"陈老五"，把大部分"赵贵翁"翻译成"赵老头儿"，有些地方则翻译成"赵老儿"。存在有些词汇没有统一的问题，他在译文末尾标注了"在京津车上"，据此可以了解到整个翻译过程比较匆忙，没有充分的时间进行修改。此外，排版过程中还出现了一些排字错误。比如，"我看出他话中全是毒，笑中全是刀。他们的牙齿，全是白厉厉地排着，这就是吃人的家伙。"①这一句中，"全是刀②"后面少了一个句号；"他们的牙齿"③写成了"他们的这句话"④。又"我咒诅吃人的人"⑤一句中，把"诅咒"⑥两个字颠倒过来，使原意从"诅咒"变成了"犹豫于"⑦。"我立刻就晓得，他也是一伙，喜欢吃人的；便自勇气百倍，偏要问他。'对么？'"⑧中，把"他也是一伙"⑨中的"是⑩"字漏掉了，使原意"他也是一伙"变成了"他是惹人厌恶的人"⑪。排版错误使得译文意义不通，影响了读者对作品的理解。

柳树人翻译的《狂人日记》还转载于《三千里》杂志 1935 年 6 月号（7 卷 5 号），这表明了当时韩国的读者对鲁迅作品的需求。《三千里》于 1929 年 6 月创刊，一时发行量达到 1 万份，因此，此次转载肯定为鲁迅作品被介绍到韩国作出了重要的贡献。此次《狂人日记》译本根据韩国语语法做了许多修改，如更换不当词汇、

---

① 原文如下：나는 그 말 가운데 전부 독이 있음을 보았다. 웃음 가운데 칼이 있음을 그들의 이 말은 모두 하얗게 차례로 박힌 것이 사람을 잡아먹는 기구이다.

② 칼이 있음을.

③ 그들의 이빨.

④ 그들의 이 말.

⑤ 나는 사람 잡아먹는 자를 주저한다.

⑥ 저주한다.

⑦ 주저한다.

⑧ 나는 대번에 그 역한 동무인줄 알고 백배의 용기를 다하여 또 '옳으냐' 라고 물었다.

⑨ 역시 한 동무인줄 알고.

⑩ 시.

⑪ 역한 동무인줄 알고.

重新断句、排版等，但在译文的末尾还是标注"完——青译（落一'园'字）"①，标明转载自《东光》。即使经过一番修改，此次译本还是存在一些误排的问题。比如，"脸色也铁青"②由于断句错误变成了"脸色再次发青"③；而原文中的"把古久先生的陈年流水簿子，踹了一脚，古久先生很不高兴"④也因为断句错误变成了"陈年流水簿子，踹了一脚后，先生很不高兴"⑤，"被巡士甩了一巴掌"⑥则是因为排错了字，把"绅士"排成了"巡士"⑦等。暂且不论韩国语的正确用法，这里犯了一些断句上的错误，还把"绅士"误作"巡士"。虽然是为了满足国内读者对鲁迅作品的需求，但这些错误为读者理解作品造成了很多障碍。尽管柳树人的《狂人日记》译文并不是很流畅，但作为鲁迅作品的首部韩文译本，忠实于原文这一点具有重要意义。

此外不得不提的是，柳树人翻译的《狂人日记》是世界上较早的鲁迅作品外语译本之一。周作人曾于1922年6月把鲁迅的短篇小说《孔乙己》翻译成日语，刊载于当时在北京发行的日语报纸《北京周报》上，但这是中国人把鲁迅作品翻译成外语版本，而不是外国人翻译的鲁迅作品，两者有本质区别。柳树人在鲁迅作品的翻译者中，无疑是走在最前沿的人。他也是较早意识到鲁迅文学思想性价值的韩国人之一。柳树人翻译《狂人日记》之后，20世纪30年代初，梁白华翻译了《阿Q正传》，丁来东和金台俊等人对鲁迅文学进行了积极的批评和介绍。因此，应高度评价柳树人在翻译鲁迅作品方面所起到的先驱作用。

---

① 青園 譯. 狂人日記[J]. 三千里，1935(6)：299.

② 다 시퍼런 혈색이다.

③ 다시 푸레한 혈색이다.

④ 여러 해 묵은 치부책을 걷어찻버려 고선생이 매우 불만히.

⑤ 여러 해 묵은 치부책을 거더차버리고 선생이 매우 불만히.

⑥ 순사한테 ㅅ뺨도 마잣고.

⑦ 신사한테 뺨도 맞았고.

第二篇

20世纪30年代的韩国与鲁迅

第三章　梁白华版《阿Q正传》译本及其反响

一、韩国对30年代中国现代文学的介绍

1939年，还在京城帝国大学主修中国文学的金台俊接受了《东亚日报》的书面采访，采访中记者问道："如果有机会，您会最先翻译或引进哪位作家的作品？"他回答："我曾想过与梁白华、崔昌圭、丁来东、马尧（指辛岛骁）等人合作，一人负责一位作家作品逐个进行翻译。"①金台俊从1930年开始介绍中国新文学，同时着手研究韩国古典文学，撰写了《朝鲜小说史》和《朝鲜汉文学史》，学术活动极为丰富。在他心目中，梁白华、崔昌圭、丁来东、辛岛骁等人是介绍中国现代文学作家以及作品的最佳人选。事实上，20世纪30年代，在翻译和介绍中国现代文学方面作出最大贡献的人要首推梁白华，之后是丁来东、金台俊等人。

在1930年前后，韩国的报纸和杂志刊登了许多介绍中国文坛的作品，其中有很多鲁迅作品的译介和其他中国现代文学作品的译介和批评。1929年1月，开辟社发行了《中国短篇小说集》之后，这种趋势变得更加明显。比如，丁来东的《中国现文坛概览》（《朝鲜日报》1929.8.1—8.11）、梁白华的译文《阿Q正传》（鲁迅的《阿Q正传》，《朝鲜日报》1930.1.4—2.16）、《中外日报》1930.3）、丁来东的《中国新诗概览》（《朝鲜日报》1930.1）、丁来东的译文《爱人之死》（即鲁迅的《伤逝》，《中外日报》1930.3），梁白华的《从文学革命到革命文学》（《东亚日报》1930.4），丁来东的《读〈阿Q正传〉有感》（《朝鲜日报》1930.4）、金台俊的

---

① 金台俊. 外國文學專攻의 辯（6）：新文學의 飜譯紹介—支那文學[N]. 東亞日報，1939-11-10.

《文学革命后的中国文艺观》(《东亚日报》1930.11.12—12.8)、金台俊的《活跃于新兴中国文坛的重要作家》(《每日申报》1931.1.1—1.25)、丁来东的《鲁迅及其作品》(《朝鲜日报》1931.1.4—1.30)、李庆孙的《其后的鲁迅：读丁君的鲁迅论》(《朝鲜日报》1931.2)、丁来东的《现代中国戏剧》(《东亚日报》1931.3)、金光洲的《中国无产阶级文艺：运动的过去和现在》(《朝鲜日报》1931.8)、丁来东的《变化着的中国文坛之近况》(《朝鲜日报》1931.11)、丁来东的译文《过客》(鲁迅的《过客》,《三千里》4卷9号，1932.9)、金光洲的译文《在酒楼上》(鲁迅的《在酒楼上》,《第一线》3卷1号，1933.1)、金光洲的译文《幸福的家庭》(鲁迅的《幸福的家庭》,《朝鲜日报》1933.1)等。1930年前后，为何会涌现出这么多以鲁迅作品为首的中国现代文学的译介呢？其社会背景是什么？可以从以下三个方面进行讨论。

首先，出现了一批能够批评和介绍中国现代文学的研究者。丁来东曾说"虽说现如今朝鲜和中国在文化层面上，还未能站在互相引导、互相影响的立场上，都急于接受欧美及日本的文化和文学"，但是"梁白华、李殷相等人开始翻译中国作品，介绍中国文坛动向。最近又有天台山人(即金台俊)、李庆孙、金光洲以及笔者撰写新文学介绍、作家介绍、作品翻译等文章"。[①] 在当时的韩国，数量虽不多，但开始形成一股译介中国现代文学的新生力量。从20世纪10年代后期就已开始翻译中国小说和戏剧的梁白华、在京城帝国大学主修中国文学的金台俊、在北京和上海留学的丁来东和金光洲等，他们在1930年前后均对中国现代文学产生了浓厚的兴趣，开始研究中国现代文学。

其次，在1930年前后，韩国开展了如火如荼的无产阶级文艺运动。而中国经历革命文学论战后，普罗文学也开始崭露头角，成立了中国左翼作家联盟，两国情况十分相似。韩国的无产阶级艺术同盟成立于1925年8月，命名为卡普(KAPF)，标榜着"以艺术为武器实现朝鲜民族的阶级解放"。他们在1930年和1931年间尝试了第二次方向转换，于1935年宣布解散，至此韩国的普罗文艺运动走向了终点。卡普的第二次方向转变可谓是艺术运动的布尔什维克化。权焕在《朝鲜艺术运动面临的具体过程》中写道："卡普组织将重点从'创作'转向了'斗

---

① 丁來東. 中國文學과 朝鮮文學[M]//韓國現代小說理論資料集：十五卷. 서울：韓國學術振興院，1985：23-24.

争'，形成了斗争本位的思想。觉悟较低的职业作家比不得尚待提高创作技艺的工人作家。作为职业运动家所具备的实践力量成了评价作品的衡量标准。"① 1928年，中国出现了革命文学论战，普罗文学占据了文坛中心地位，并于 1930 年 3月成立了中国左翼作家联盟。当时，韩国知识分子对中国文坛有着较大的期待，开始大量关注和了解中国现代文学及鲁迅文学的发展动向。

开辟社发行的《中国短篇小说集》(1930 年)

第三，开辟社发行的《中国短篇小说集》②得到了读者广泛的好评。从此，韩国读者的视野不再局限于"经日本传入韩国的西方文学"，转而投向了中国现代

① 權煥. 조선예술운동의 당면한 구체적 과정[N]. 中外日報, 1930-9-2; 김성수. 일제강점기 사회주의문학에 나타난 민족 및 국가주의[M]//서울시립대학교 인문과학연구소. 한국 근대문학과 민족 : 국가 담론. 서울 : 소명출판, 2005 : 185-186.

② 该作品收录了 15 篇中国新文学短篇小说，包括鲁迅的《头发的故事》、杨振声的《阿兰的母亲》、钟心的《在范围内》、冯文炳的《讲究的信封》、蒲伯英的《城里的共和》、南庶熙的《光明》、叶绍钧的《两封回信》、冯叔鸾的《离婚之后》、陈大悲的《民不聊死》、徐志摩的《船上》、谢冰心的《一篇小说的结局》、何心冷的《我妻子的丈夫》、庐隐的《傍晚的来客》、许钦文的《口约三章》、叔华的《花之寺》等。

文学。1927 年 8 月，柳树人第一次翻译介绍鲁迅的短篇小说《狂人日记》；1929 年 1 月，开辟社出版了《中国短篇小说集》。韩国读者开始接触和了解中国现代文学作品，韩国人对中国文坛的关注走向白热化。

　　当时的韩国学界一直未能实证考察和系统整理这一时期中国现代文学译介研究。① 中国的哪些作家的哪部作品如何传入韩国？有哪些韩国文人对其进行过翻译和批评？又以什么样的视角介绍中国现代文学及中国文坛，对韩国文坛造成了怎样的影响？这些问题都需要系统地梳理和研究。这方面研究相对滞后的主要原因大致分为两类：一是发表在当时报纸杂志上的资料，由于数量庞大，还没有经过系统整理，难以查找相关材料；二是当时对中国现代文学的翻译和批评采用了短篇的形式，且散落于各处，为整理这些资料增加了不少困难。丁来东曾指出：“将来外国文学研究将会有分类研究、思潮研究、表现方法、构想的鉴赏等多种研究方法，而中国文学将是一股清流，为学界带来全新的刺激。”②当时的韩国把中国现代文学列为外国文学，摆脱了经由日本引进的西方文学一枝独秀的局面，中国现代文学成为另一种文化想象客体。因此，研究当时的中国现代文学的译介和批评具有重要的意义。

　　从 20 世纪 30 年代开始，鲁迅作为中国现代文学的代表作家被广泛地介绍在韩国的报纸和杂志上。这是因为韩国社会迫切需要民族解放，而鲁迅文学作为反抗意识和批判意识的典范，恰好符合当时韩国社会的需求。因此，考察当时鲁迅文学的译介和批评情况，是观察同时期韩国文坛对中国新文学的反映、查证近代韩中文学交流情况的重要途径之一。其中，鲁迅的代表作《阿 Q 正传》被译成韩文的过程以及对其译本的批评情况，不能不说是备受瞩目的一个部分。

---

　　① 김준형. 길과 희망 : 이명선(李明善)의 삶과 학문세계(상·하)[J] 민족문학사연구，2005（28，29），백지운. 한국의 1세대 중국문학 연구의 두 얼굴 : 정내동과 이명선[J]대동문화연구，2009(68)，이시활. 일제강점기 한국 작가들의 중국 현대문학 바라보기와 수용양상:梁建植，李東谷，梁明을 중심으로[J]중국학，2009(33)，박진영. 중국 근대문학 번역의 계보와 역사적 성격[J]민족문학사연구，2014(55)；홍석표.근대 한중 교류의 기원 : 문학과 사상 그리고 학문의 교섭[M]. 서울 :이화여자대학교출판부，2015.
　　② 丁來東. 外國文學專攻의 辯(9)[N]. 東亞日報，1939-11-16.

二、梁白华对中国文学的介绍和对鲁迅文学的批评

1927年8月，《东光》杂志同时刊载了柳树人翻译的鲁迅的《狂人日记》和梁白华翻译的中国戏曲《琵琶记》的最终回。1930年1月，《朝鲜日报》连载了梁白华翻译的《阿Q正传》和丁来东的论文《中国新诗概览》。1931年1月，《每日新报》连载了金台俊的《活跃于新兴中国文坛的重要作家》和梁白华翻译的中国黎锦晖的《葡萄仙子》。当时中国现代文学研究者通过报纸和杂志，共享着彼此的研究成果。20世纪20年代开始，梁白华被誉为中国文学的翻译专家，他作为翻译《阿Q正传》的第一人，受到了广泛关注。

梁白华（1889—1944，原名梁建植，曾用笔名菊如）在20世纪10年代发表的短篇小说《悲哀的矛盾》（《半岛时论》第10号，1918.2），反映了近代人的虚伪、悲惨的殖民地现状。继李光洙在日刊志《每日申报》发表长篇小说《开辟者》（1917.11.10—1918.3.15）之后，他是第一个在韩国用现代语翻译中国小说《红楼梦》（共计138回）（1918.3.28—1918.10.4）并赢得广大读者追捧的作者。1921

短篇小说《悲哀的矛盾》和梁白华

年，他与朴桂冈一同翻译易卜生的戏剧《玩偶之家》，该作连载于《每日申报》，第二年出版了单行本，名为《娜拉》（永昌书馆，1922）。李光洙于 1924 年称梁白华为"朝鲜唯一的中华剧研究家兼翻译家"①，梁白华从小说创作及文学批评起家，逐渐转向中国小说与戏剧的译介。他不仅翻译了《红楼梦》（1918 年译）、《琵琶记》（1921 年译）、《桃花扇传奇》（1921 年译）等中国传统小说及戏剧，还翻译了很多中国现代戏剧。如郭沫若的《棠棣花》（1923 年译）、《王昭君》（1924 年译）、《诗剧西厢》（1929 年译）、《卓文君》（1931 年译），王独清的《杨贵妃》（1931 年译），欧阳予倩的《潘金莲》（1931 年译）、《泼妇》（1932 年译），熊佛西的《画家与模特》（1932 年译）等。

梁白华之所以专注于中国小说与戏剧的译介，是因为他认识到中国文学作为外国文学所蕴藏的新文学价值。梁白华在 1917 年 11 月在《每日申报》发表了《对于中国小说与戏剧》，文中他指出："研究外国文学的目的在于，帮助本国文学的发展"。他认为中国文学是"东方文化之源泉"，过去对朝鲜产生了较大影响，因此有必要重拾中国文学研究。他强调中国小说与戏剧的重要性，认为它一直以来没有受到公正评价。梁白华谈道："我很早就接触了中国文学的一部分，即小说和戏剧部分，相信它很有文学价值，大胆地进行了一些研究……"②他还断言为了尽早认清中国小说与戏剧的文学价值，需要加紧译介工作。小说家出身的梁白华说道："现在我只站在研究中国文学的立场上，不顾学术的浅陋，尽力接近此文（在此指《琵琶记》）的歌词原意以及音调，把它译成韩文。"③可见，他作为中国文学的翻译专家，全心全意致力于将中国小说和戏剧翻译成现代韩国语。

梁白华在翻译中国小说与戏剧的同时，还致力于介绍当时的中国文坛。他在《开辟》1920 年 11、12 月号及 1921 年 1、2 月号连载了《以胡适为中心的文学革命》，详细介绍了中国的文学革命。这篇文章有个副标题是"转载于最近发行的《中国学》"，由此可以得知，这篇文章译自日本人青木正儿于 1920 年 9 月至 11 月在日本发表的《胡适为中心的文学革命》（胡適を中心にてわる文學革命）。这

---

① 長白山人（李光洙）. 梁建植君[J]. 開闢，1924（2）：100.

② 梁白華. 支那의 小說과 戲曲에 대하여[N]. 每日申報，1917-11-06-9.

③ 梁白華. 琵琶記[J]. 東光，1927（8）：6.

篇文章的末尾介绍了中国新文学的创作成果，即鲁迅的《狂人日记》，并解释道：
"在小说方面，鲁迅是一个有未来的作家，像那《狂人日记》之类，描写了一个迫
害狂的恐怖幻觉，已经达到了目前为止中国小说家未曾达到的境界。"①1922 年 8
月 22 日到 9 月 4 日期间，梁白华又在《东亚日报》连载了长达十三回的《中国的思
想革命与文学革命》，详细地介绍了中国思想革命的过程，以及胡适主张的文学
革命的内容。主张使用"国主汉从"（韩国语和汉文的混用体）和"言主文从"的口
语体是当时的"新文章建立运动"在韩国新文学运动的具体表现之一，② 当时韩国
的新文学运动与中国的新文学运动具有很多相似之处，因此，胡适主张的言文一
致、专用白话文的文学革命论，也给了韩国相应的启示。

　　1924 年 2 月，梁白华在《开辟》第 44 号发表了《反新文学出版物流行的中国
文坛之奇现象》，他指出中国最近文学界出现的复古倾向来势汹汹，可谓是"奇
怪的现象"。他认为新旧文学的区别并不局限在形式层面的语体，或文言和白话
的差异，而在于它所追求的思想。认为"反新文学"的出版物只是"消遣之事"，
"一些无意义的"行为。他分析道："他们似乎不知道文学不仅要书写作家自己，
还要承载国民最高精神。"他甚至认为，中国文学界之所以让"反新文学"的出版
物逞威逞强的原因是出现了一批"思想上不具系统化、艺术上不作实践，仅仅是
随波逐流、漫无目的""似是而非的新文学作家们"。"最近中国的所谓创作界里，
除了周树人（鲁迅的原名）兄弟和几位作家外，没有几篇具有自己哲学且不流俗
的文学作品"，认为鲁迅兄弟的创作才是真正的新文学。③ 梁白华认为中国文学
界的"反新文学"倾向是"新文学进行中的一时之现象"，"时代如流水般不断向
前，民族思想不可能像顽石般立在其中，停滞不前"，"民族的新思想是不可阻
挡的力量，很快就会出现真正属于文学者的新文学"，他对中国新文学的未来持
有非常乐观的态度。④

　　① 梁白華. 胡適을 中心으로 한 중국의 文學革命[M]//양백화 문집3.춘천：강원대학
출판부，1995：304.
　　② 趙演絃. 韓國現代文學史[M]. 서울：現代文學社，1956：129.
　　③ 梁白華. 反新文學의 출판물이 유행하는 중국문단의 기현상[M]//양백화 문집：3.
춘천：강원대학출판부，1995：324.
　　④ 梁白華. 反新文學의 출판물이 유행하는 중국문단의 기현상[M]//양백화 문집：3.
춘천：강원대학출판부，1995：324-325.

　　梁白华认为，真正的新文学要超越语言形式，在内容方面表现出国民的最高精神，承载民族的新思想。当时的中国文学界，虽然被"反新文学"得了一时之势，但梁白华认为鲁迅的创作才是真正的新文学，并高度评价了鲁迅的文学地位。众所周知，1920 年在首尔创刊的《开辟》，作为近代初期代表韩国的综合性启蒙杂志，高举"改造社会"和"振兴民族文化"的旗帜，自创刊起就受到了日本帝国主义严酷的镇压，但同时广受韩国读者的欢迎。"新倾向派"初期的金基镇、朴英熙等人都通过这本杂志开启了批评活动，玄镇健、金东仁、李相和、廉想涉、崔曙海、金东焕、罗稻香、朴钟和等人也是通过这本杂志开始了初期的创作活动。考虑到当时《开辟》在韩国文坛上的地位，梁白华对中国文坛动向的介绍肯定引起了不小反响。特别是梁白华对鲁迅创作的评价和肯定，为韩国读者了解鲁迅文学提供了契机。

　　20 世纪 20 年代开始，梁白华以译介中国现代文学在文坛崭露头角。1930 年 1 月 4 日至 2 月 16 日，他在《朝鲜日报》连载了他的《阿 Q 正传》译文。早在 1927 年 8 月，柳树人发表了《狂人日记》译文，第一次向韩国译介了《狂人日记》，而后 1929 年 1 月开辟社编辑的《中国短篇小说集》收录了鲁迅的《头发的故事》。梁白华的《阿 Q 正传》是第三部被翻译成韩文的作品。其实，柳树人在 1929 年前后也曾想翻译《阿 Q 正传》，丁来东也说过"从我能大致读懂中文开始，就琢磨着翻译《阿 Q 正传》，偶尔也会翻出鲁迅的短篇小说集《呐喊》，只不过文章艰涩、诙谐又深刻，且汉语特有的双关语太多，不知如何翻译才好，于是又放回书架上，这种事情不止一次"。① 由此不难推测，梁白华的《阿 Q 正传》译文问世对中国现代文学爱好者的吸引力。1932 年，牛山学人在《中国新兴文学的"阿 Q"时代和鲁迅》一文中指出，"朝鲜报也刊登了《阿 Q 正传》译文。……《阿 Q 正传》被译成了韩语、日语、俄语等多国文字。它的译本几乎囊括了世界各大文字。"②这篇文章为梁白华的《阿 Q 正传》译文赋予了很大意义。1934 年，在文艺杂志《朝鲜文学》刊载了《文艺家名簿》。在名簿里把梁白华介绍为"除翻译鲁迅的《阿 Q 正传》外，还致力于译介中国文学，并从事中国文学史和戏剧研究"③。如同介绍所述，梁白华最重要的成果就是翻译了《阿 Q 正传》。

---

　　①　丁來東.『阿 Q 正傳』을 읽고(一)[N]. 朝鲜日报，1930-04-09.

　　②　牛山学人. 中国新兴文学的"阿 Q"时代和鲁迅[J]. 东方评论，1932(2)：96.

　　③　丁來東. 文藝家名簿[M]//韓國現代小說理論資料集(十五卷). 서울：韓國學術振興院，1985：41.

三、《阿 Q 正传》译本中的误译及批评

连载《阿 Q 正传》译文时，梁白华简要说明了翻译这部作品的经过："早就想介绍这一作品，可文中晦涩的土语（俗语或方言）较多，一直让我犹豫。这次因偶然的机会才得以译述。"①在此，梁白华所说"偶然的机会"指的是什么呢？梁白华曾谈论过在中国的奉天（即沈阳）坐人力车寻找书店的一段经历，"我不会说汉语，只好用汉字告诉人力车夫我要去哪里"②，由此可知，他应该不擅长现代汉语的白话文，那他是怎么翻译"晦涩"的《阿 Q 正传》呢？带着这样的疑问，笔者查找了梁白华很可能参照过的《阿 Q 正传》的日文译本。一直以来，普遍认为梁白华的译文采用了直译《阿 Q 正传》原文的方式，③ 认为译文中的多处错误是直译过程中在所难免的。

第一个推出《阿 Q 正传》日文译本的人是井上红梅，这篇译文发表在 1928 年上海发行的日文报纸《上海日日新闻》，又在 1929 年 11 月以《中国革命畸人传》为题，连载在日本杂志《奇谭》上。此后，《阿 Q 正传》陆续推出了几个日文译本，如长江阳的译本连载在 1931 年 1 月中国大连发行的《满蒙》（中日文化协会创办），同年 9 月和 10 月由松浦圭三翻译的《阿 Q 正传》和山上正义（即林守仁）翻译的《阿 Q 正传》在日本发行单行本，④ 而梁白华译本是从 1930 年 1 月 4 日开始连载于《朝鲜日报》。如果梁白华真参照了日文文本，最有可能参照的便是井上红梅的译本。笔者经考察井上红梅的《阿 Q 正传》日文译文之后，基本证实了梁白华参照井上红梅译本的事实。梁白华在官立汉城外国语学校主修日本语，而且精通日语，于"偶然的机会"发现载于《奇谭》中的《中国革命畸人传》（《阿 Q 正传》），并以此为底本进行翻译。对照梁白华翻译的《阿 Q 正传》（左图）和《中国革命畸人传》（右图），很容易发现梁白华重译了《中国革命畸人传》。

---

① 梁白華 譯. 阿 Q 正傳（一）[N]. 朝鮮日報，1930-01-04.

② 梁白華. 筆談하다 대실수[M]//양백화 문집 : 3. 춘천 : 강원대학출판부, 1995 : 33.

③ 박진영.중국문학의 발견과 전문 번역가 양건식의 초상[J]. 근대서지, 2014(10) : 217; 박진영.중국 근대문학 번역의 계보와 역사적 성격[J]. 민족문학사연구. 2014(55) : 133.

④ 松浦圭三的《阿 Q 正传》作为"中国无产阶级小说集"第一集于 1931 年 9 月在白杨社出版，山上正义的《中国小说集·阿 Q 正传》作为"国际无产阶级丛书"于 1931 年 10 月在四六书院出版。山上正义翻译的《阿 Q 正传》曾由鲁迅亲自校对其草稿。

《阿 Q 正传》梁白华译本　　　　　　　《中国革命畸人传》(《阿 Q 正传》)

梁白华在译文前附上了关于《阿 Q 正传》的简要说明，他写道："《阿 Q 正传》是中国现代一流作家鲁迅的作品，作为中国文艺复兴期的代表作，在欧美赢得了口碑，已被翻译成数国文字。该作品取材于一个无知农民，他因革命葬送了性命。鲁迅以透彻的观察和辛辣的讽刺，如实再现了'第一革命'时期的社会状态。鉴于中国国情，即使在现行的训政时期，这样的牺牲者也定不在少数。这部作品妙就妙在主人公的身份，他不过是一个普通人，不禁让人感到唏嘘。"①这一解释几乎照搬了《中国革命畸人传》前言的作品解说，② 其中有省略的部分，也有修改的部分，梁白华把"可怜的一农民(哀れなる一農民)"改为"无知的一農民"，把"讥嘲的观察(皮肉な観察)"换作了"透彻的观察和辛辣的讽刺"，虽然梁白华加入了一些自己的想法，但大体上是相同的内容。梁白华的《阿 Q 正传》译文在词汇、文章结构、段落区分等方面与井上红梅的《阿 Q 正传》译文大体一致。

---

①　梁白華 譯. 阿 Q 正傳(一)[N]. 朝鮮日报，1930-01-04.

②　井上紅梅. 支那革命畸人傳[J]. グロテスク，1929(11)：176. "鲁迅氏の「阿 Q 正傳」は支那文藝復興期の代表作として歐米に喧傳され、已に數個國語に譯されてあるが、邦譯は未だ無いようである。爰に題目を支那革命畸人傳と改め本誌の餘白を借りて全譯する。取才は革命の犧牲になる哀れなる一農民の全生涯にあり、第一革命當時の社會狀態を 魯迅氏一流の皮肉な觀察を以て表現したものである。かういふ犧牲者は彼國の國情として現代の訓政時期にも必ず多くある事と思はれる。畸人といふもの、實は眞の自然人で ある處に本傳の妙味がある。"

梁白华没有说过自己以日文译本为底本的事情，可问题出在井上红梅的日文译文有很多误译。① 鲁迅在 1932 年 11 月 7 日给增田涉的信中写道："井上红梅氏翻译本人拙作，我也感到意外，因他和我并不同道。"② 又于 1932 年 12 月 19 日，还是给增田涉的信中写道："井上氏所译《鲁迅全集》（全译《呐喊》和《彷徨》的小说集）已出版，运到上海来了。译者也赠我一册。但略一翻阅，颇惊其误译之多，他似未参照你和佐藤（佐藤春夫）先生所译的。我觉得那种做法，实在太荒唐了。"③ 由此可见，鲁迅并不希望由井上红梅翻译自己的作品，也发现了井上红梅译本的多处错误。梁白华采用的《阿 Q 正传》底本又恰恰是井上红梅译文中错误最多的最初版本。梁白华的重译本会出现多处误译，也是在所难免。梁白华应该是看到《阿 Q 正传》陆续推出多国译文后，心中万分着急，在"偶然的机会"发现了井上红梅的日文译本后，在没有进行细致的考察的情况下，便匆匆执笔投入了重译工作，致使韩文译本出现了很多误译。

在北京留学的丁来东发现梁白华翻译的《阿 Q 正传》译文中存在较多的误译之后，写了一篇文章指出了其中的错误。丁来东当时在北京学习，主要从事中国现代文学的研究和译介，从而比其他人更早地关注到梁白华的《阿 Q 正传》译文。《阿 Q 正传》连载结束不久，1930 年 4 月他在《朝鲜日报》连载了《读〈阿 Q 正传〉有感》，批判了梁白华的译本。

丁来东的《读〈阿 Q 正传〉有感》（朝鲜日报 1930.04.09）

---

① 丸山昇.日本的鲁迅研究[J].鲁迅研究月刊，2000(11)：48-64；袁荻涌.鲁迅与中国现代小说的对外传播[J].贵州文史丛刊，1998(2)：50.

② 鲁迅.致增田涉[M]//鲁迅.鲁迅全集(14).北京：人民文学出版社，2005：222.这是用日语写的信，在《鲁迅全集》中译为中文。

③ 鲁迅.致增田涉[M]//鲁迅.鲁迅全集(14).北京：人民文学出版社，2005：231.这是用日语写的信，在《鲁迅全集》中译为中文。

今年早春，看到白华氏的译文，我如释重负。因为我们不再落后于其他国家，也有了中国新文学的介绍，这是一件值得庆贺的事情。读了介绍文，感觉那介绍文仅解读了一部分内容。本来《阿Q正传》的重点并非描述中国社会现状，而是要力说中国人糊涂的一面和中国传统思想的"精神自慰"的损害等，以此来描写当时中国人的普遍性格。这也是对这篇作品的一般评语。虽然描写了当时社会现状也是事实，但作者的初衷应该完全在于要描写中国人的性格。这段介绍文中出现的多多少少的错误，也不能看得太重要，即便介绍文如此，只要内容翻译得足够好，就没有问题。但偶然发现一句有明显的误译，我不得不对照原文和译文，随之，我发现误译之处不胜其数。①

丁来东指出梁白华把"他的老婆"翻译成了"他的祖母"，他对此"不禁一笑"。而梁白华翻译中出现如此出格的纰漏是因为他的底本，即井上红梅的日文译本就是"彼の祖母"。丁来东在日本留学之后，1926年入北京民国大学学习英国文学，1930年毕业，毕业之后继续留在北京，在北京大学旁听并学习中国文学及中国现代文学。他不仅精通中文，还对鲁迅作品理解颇深，因而他对鲁迅作品的文体特征也把握得比较准确②，他对《阿Q正传》的主题做出双重解释，说它既描绘了辛亥革命当时中国的社会状态，又表现了中国人的普遍性格即中国国民性。丁来东举例说明了梁白华译文误译较多的情况，比如，"'……从我写文章的构思来说……'这句的原文是'……但从我的文章着想……'其原文的意思不是'文章的构思'，更加符合韩国语的写法是'仔细想一想我的文章'。这段话鲁迅指的是文章的修辞方面，并不是指文章的设想，即文章的内容。"③接着补充道："'你如何知道赵哥的姓——从哪里知道的那个姓？'这句话的原文是：'你怎么会姓赵！你哪里配姓赵！'这不可能是因疏忽导致的误译。这段译文可以说是如实地反映了

---

① 丁來東.『阿Q正傳』을 읽고(一)[N]. 朝鲜日报，1930-04-09.

② 丁來東.『阿Q正傳』을 읽고(二)[N]. 朝鲜日报，1930-04-10. "因鲁迅即便使用白话，也会选用'深刻含义'的文字，自然难以理解其文章……因而鲁迅的白话文，其用语艰涩，其寓意难以把握，还充满谐谑。"

③ 丁來東.『阿Q正傳』을 읽고(三)[N]. 朝鲜日报，1930-04-11.

译者的中文水平。这段译文完全脱离了原著的前后语境及故事脉络。如果是中文的初学者则不再多说，可对于从事多年翻译工作的人来说，这是难以想象的误译，再说得重一点，说他一点都不懂中文也不为过。……原文的意思是'你怎么能姓赵！你也配姓赵！'"①随后丁来东又在梁白华的译文一至三回中，找出了8处错误，比照原文，说明了原委。最后指出"四回以下"误译也是"不计其数"，但不再一一举出其例。②

丁来东指出的误译问题，无疑都是源自底本——井上红梅的日文译本。梁白华译文中的"从我写文章的设想来说"明显是照搬了井上红梅的日译文"わたしの文章の着想からいふと"③。而"你如何知道赵哥的姓——从哪里知道的那个姓？"也是出自井上红梅的译文"お前は、どうして趙といふ姓がわかった何處から其姓を分けた"④。梁白华急于推出《阿Q正传》韩文译本，偶然间发现了日文译本后，急忙投入了重译工作，并没有仔细核对日文底本中可能出现的错误，这才受到了丁来东的非难。此时的梁白华作为中国文学翻译家而名噪一时，丁来东的非难无疑对他的声誉造成了很大的影响。但梁白华对于丁来东的攻击一直三缄其口、默不作声。可能是自知没有用原著作为底本，自觉底气不足的缘故吧。

但是再仔细考察梁白华的《阿Q正传》译文，就会发现另外一种不同的特点。下面引文的①⑤⑨是鲁迅作品的原文，②⑥⑩是井上红梅的日文译文，③⑦⑪是梁白华的韩国语译文，④⑧⑫是笔者的翻译。首先看梁白华连载的《阿Q正传》

---

① 丁來東. 『阿Q正傳』을 읽고(三)[N]. 朝鮮日報，1930-04-11.

② 丁来东的《鲁迅及其作品》发表后，李庆孙认为这篇文章缺乏最重要的一段历史，即1929年之后的鲁迅文学创作情况，他认为这是鲁迅一生中不可或缺的部分。于是，李庆孙在1931年2月27日和28日的《朝鲜日报》发表了《其后的鲁迅》，补充了这段内容。这篇文章的末尾写道："最后还要说，之前白华君在《东亚日报》介绍了张资平、郭沫若、郁达夫三人为核心的创造派文艺活动，认为他们在指导当代中国文坛。但这绝对是个错误的评论。"这篇文章针对的应该是梁白华在1930年4月1日《东亚日报》发表的《中国文学——从文学革命到革命文学》，梁白华在这篇文章中介绍了以《新青年》为中心的文学革命，以及文学研究会和创造社的文艺运动，谈到创造社的重要人物郭沫若、郁达夫、张资平时写道："但是最近因时代之变迁，此两团体有逐渐接近的倾向。创造社的《创造月刊》因倡导第四阶级的文艺被出版部勒令关闭。文学研究会主持的《小说月报》实际上就是近来兴起的无产阶级文艺，其创作表达的清一色都是现今时代的不安定。"

③ 井上紅梅. 支那革命畸人傳[J]. グロテスク，1929(11)：177.

④ 井上紅梅. 支那革命畸人傳[J]. グロテスク，1929(11)：178.

第五回译文，第五回讲的是阿Q赌博的事情。

①"咳……开……啦！"庄家揭开盒子盖，也是汗流满面地唱。"天门啦……角回啦……！人和穿堂空在那里啦……！阿Q的铜钱拿过来……！"①

②「よし……あける……ぞ」
堂元は蓋を取って顔じゅう汗だらけになって唱ひ初める。
「天門があ——当りだよ、人和、穿堂、みな脱れ——阿Qのお錢は取上げる——」②

③「인제……연……다!」
물ㅅ주는 뚜깨를 제치고 얼골에 땀투성이가 되어가지고 부르기 시작한다. 「天門이마—첫다! 人和穿堂 모다 외다——阿Q의 돈은 가저온다——」③

④ "자ー,연ー다!" 물주가 상자 뚜껑을 열어젖혔고, 역시 얼굴에 땀을 뻘뻘 흘리며 읊어댔다. "천문(天門)이 나왔다~. 각(角)은 그대로 두시오~! 인(人)과 천당(穿堂)은 깡통이요~! 아Q의 동전은 가져오너라~!"

如②所示，井上红梅未能正确把握作品原文中"角回啦……！"（"角"是就那么放着的意思）的意思，从而没有翻译这一句。井上红梅不理解原文中"人和穿堂空在那里啦……！"中"人和穿堂空……！"具体指的是什么，于是把"人"和"穿堂"理解成了"人和"和"穿堂"。以至于译文中出现了"人和，穿堂"这样的断句方式。再看梁白华的译文，如③所示，梁白华根据井上红梅的日文译文把它翻译为韩国语，只不过把"「よし……あける……ぞ」"翻译为"「现在……要……开

---

① 鲁迅. 阿Q正传[M]//鲁迅. 鲁迅全集(1). 北京：人民文学出版社, 2005：518.
② 井上紅梅. 支那革命畸人傳[J]. グロテスク, 1929(11)：181.
③ 梁白華 譯. 阿Q正傳(五)[N]. 朝鮮日報, 1930-01-10.

了！」”，加上了“！”。另外，“人和，穿堂”翻译为“人和穿堂”，把“人和”和“穿堂”合在一起。梁白华之所以如此翻译，是因为他参考了鲁迅的原文。井上红梅不太理解中国传统的赌博方式，因此漏译或误译是在所难免的事情，而梁白华以井上红梅的日文译本为底本，因此也不能避免出现同样的问题。尽管如此，我们也不能忽视，梁白华在以井上红梅的日文译本为底本的同时，还认真地参考鲁迅原文的事实。

再如，阿 Q 第一次在赌场赢了钱，却被赌场的人抢走赌资的那段：

⑤但真所谓“塞翁失马安知非福”罢，阿 Q 不幸而赢了一回，他倒几乎失败了。①

⑥けれど「塞翁が馬を無くしても、災難と極まったものではない」。阿 Q は不幸にして一度勝ったが、それがために幾んど失敗するで處あつた。②

⑦그러치마는 “塞翁失馬安知非福”(塞翁이 말을 일허버렷드래도 꼭 災難이라고는 하지 못한다)이란 새움으로 阿 Q 는 不幸히 한번 닉이고서 그 까닭에 돌이어 失敗를 하고 말앗다.③

⑧ 그러나 참으로 이른바 ‘인간만사 새옹지마’라고 했던가. 아Q 는 불행히도, 한 번 이겼지만 도리어 실패한 것과 다름없었다.

梁白华的韩国语译文⑦中加上了井上红梅的日文译文⑥中所没有的汉文原著句子“塞翁失马安知非福”，并加上了括号解释这句话的意思。可以看出梁白华译文⑦中直接引用鲁迅原文⑤的句子，接着在括号内加上了井上红梅译文⑥的解释。由于“塞翁失马”是韩国人熟知的典故，因此梁白华直接加上了鲁迅作品中

---

①　鲁迅. 阿 Q 正传[M]//鲁迅. 鲁迅全集(1). 北京：人民文学出版社, 2005：518.

②　井上紅梅. 支那革命畸人傳[J]. グロテスク, 1929(11)：182.

③　梁白華 譯. 阿 Q 正傳(五)[N]. 朝鮮日報, 1930-01-10.

的原文。

下面这段例子取自梁白华的《阿Q正传》第十八回。阿Q醉醺醺地自诩革命党，兴冲冲地转了一圈后回到村子里的祠堂，畅想了一把美好未来。

⑨"造反？有趣，……来了一阵白盔白甲的革命党，都拿着板刀、钢鞭、炸弹、洋炮、三尖两刃刀、钩镰枪，走过土谷祠，叫道，'阿Q！同去同去！'于是一同去。……

这时未庄的一伙鸟男女才好笑哩，跪下叫道，'阿Q，饶命！'谁听他！"①

⑩「謀反？面白いな……来たぞ来たぞ。一陣の白鉢巻、白兜、革命黨は皆ダソビラをひっさげて鋼鐵の鞭、爆彈、大砲、菱形に尖った兩刃の劒、鎖鐮。お稲荷樣のお宮の前を通り過ぎて「阿Q一緒に來い」と叫んだ。そこで乃公は一緒に行く、此時未莊の村烏(鳥)、一群の男女こそは、いかにも氣の毒千萬だぜ。「阿Q、命丈けはどうぞお赦し下さいまし」誰が赦してやるもんか。」②

⑪"反한다？재미잇지……온다. 한떼 머리를 희게 동히고 흰옷 입은 革命黨이 모다 板刀를 들고 鐵鞭 爆彈 大砲 세모난 칼 鉤(鐮)槍을 가지고 당집 압흐로 지내가면서'阿Q！가티가세！' 하고 부르겟다. 그래서 나도 가티가겟다……

이때 未莊의 뭇새 한떼의 男女야말로 참 꼴들 볼만하지. 꿀어안저서'阿Q 살려주시요' 라고 빌럿다. 누가 듯나."③

⑫"모반이라？재있어…… 흰 투구에 흰 갑옷을 입은 한 무리 혁명당이 모두 청룡도(青龍刀), 철퇴, 폭탄, 총, 삼첨양인도(三尖兩刃刀),

---

①　鲁迅. 阿Q正传[M]//鲁迅. 鲁迅全集(1). 北京：人民文学出版社, 2005：540.

②　井上紅梅. 支那革命畸人傳[J]. グロテスク, 1929(11)：199.

③　梁白華, 譯. 阿Q正傳(十八)[N]. 朝鮮日報, 1930-02-04.

구겸창(鉤鐮槍)을 들고 마을사당을 지나며 '아Q! 함께 가자 함께 가!' 라고 부른다. 그래서 함께 떠난다……

　이때 미장의 어중이떠중이 남녀들이 우습게도 무릎을 꿇고 '아Q, 목숨을 살려주세요' 하고 부르짖는다. 누가 들어 준담!"

正如⑪,梁白华在翻译"拿着板刀、钢鞭、炸弹、洋炮、三尖两刃刀、钩鐮枪"时,没有按照井上红梅的日文译文⑩翻译,而是根据原文翻译为"拿着板刀,带着铁鞭、炸弹、大炮、三角刀、钩(镰)枪"。井上红梅的译文中省略了"跪下",但梁白华的译文加上了这个词,翻译成了"跪着"。井上红梅译文没有分段,梁白华根据作品还原为两段,并在第一段之后加上"……"。在原文中有句"谁听他!"井上红梅翻译成了"誰が赦してやるもんか"(等着谁能饶恕吗),梁白华的译文翻译为"谁会听呢",还原了原著。可以说梁白华根据井上红梅的日文译本重译了《阿Q正传》,但同时他也参考了鲁迅的原文,根据需要适当添加或补充内容。综上所述,梁白华的译本虽然是重译本,但重译时依旧遵守了"忠于原文"的翻译基本原则。

四、"译述"翻译惯习和近代翻译惯习之间的冲突

我们在评价梁白华的《阿Q正传》译文时,还要考虑到另一个方面。尽管梁白华的《阿Q正传》译文重译了日文译本,也有很多误译,但值得称道的是,同他翻译的其他中国小说及戏剧作品一样,这部译作使用了现代韩国语,且翻译得十分流利。这与梁白华以小说家的身份踏入文坛,随即从事中国文学译介的经历不无关系。丁来东虽然严厉地批评了梁白华的译本,并指出"希望《阿Q正传》传入韩国时,能避免这些错误"①,但自己却没能拿出新的译本。金台俊就此事在《新兴》杂志上发表《北平纪行:傻瓜游燕草》(1932.1),以"丁某"之名讽刺了丁来东。1931年夏,金台俊第二次去北京(当时称北平),走访了北平图书馆,他这样描述当时的感受:"进入杂志室,发现从朝鲜送来的杂志只有《青丘学丛》,

① 丁來東.『阿Q正傳』을 읽고(四)[N]. 朝鮮日報, 1930-04-12.

且仅有寥寥几本。其中收录的也都是像'化石'一般的论文，哪里有趣味可谈？且还是日文。翻阅名为《现代文艺》的杂志，发现一篇由白斌翻译、作者署名为崔曙海的短篇小说《我的出亡》①。无从得知译者白斌的来历，但此君不可与前年只知一味抨击批判梁白华的丁某之流同日而语。"②金台俊于1931年1月1日到1月25日在《每日申报》连载了共17回的《活跃于新兴中国文坛的重要作家》，此时崔曙海的长篇小说《号外时代》在《每日申报》同一版面连载，因而金台俊对"崔曙海"三个字应该比较熟悉。当看到崔曙海的作品被翻译成中文时，肯定会受到鼓舞。转而对丁来东只指出了梁白华版《阿Q正传》的错误，却拿不出像样的译文的行为感到不满。从他说"只知一味地抨击批判的丁某"中，可以看出金台俊希望由丁来东推出《阿Q正传》正确译本的期待和未能如愿的愤愤之情。

当然，丁来东于1931年1月发表了长篇论文《鲁迅及其作品》，对《阿Q正传》进行了详细说明。丁来东介绍《阿Q正传》的内容梗概时，诚如他的自述"成了缕缕数千字"③，其叙述之长几乎等同于翻译了整个故事。这显然是为了帮助韩国读者更正确地理解《阿Q正传》，以最后一个部分为例：

> 阿Q第三次被叫出去。那老头子问道："你还有话吗？"阿Q想没什么可说，就回答"没有！"于是给他穿上白衫，缚上双手，阿Q看这样像穿上了丧服，觉得不快，坐上了没有篷的马车。前面是背着洋铳的士兵，路边挤满了人。阿Q突然发现这是去砍头。可最终又想，人生天地间未免要砍头的。他认得去法场的路，本来想用尽全力唱支曲，却感觉没什么味儿就罢了。在昏昏沉沉地想着过去的事，突然两眼发黑耳朵嗡的一响，全身如微尘迸散断了气。④

丁来东对《阿Q正传》部分内容进行翻译之后，把它们编辑在一起作为作品

---

① 指崔曙海的短篇小说《出逃记》(1925)，这篇小说被白斌译为中文，发表于在上海发行的《现代文艺》1931年5月号。

② 短舌(金台俊). 北平纪行：명텅구리 遊燕草[J]. 新興, 1932(6)：57.

③ 丁來東. 魯迅과 그의 作品[M]//丁來東全集Ⅰ. 서울：금강출판사, 1971：327.

④ 丁來東. 魯迅과 그의 作品[M]//丁來東全集Ⅰ. 서울：금강출판사, 1971：326-327.

的内容梗概，读者只看这些梗概也能正确把握《阿Q正传》的内容。不过，丁来东介绍的《阿Q正传》的内容概要，近乎逐字逐句的直译，很难说是精练的现代韩国语。丁来东最终也未能完整地翻译《阿Q正传》全文，可能与他欠缺流畅而精练的韩国语表述能力有关。

另一方面，我们还要考虑梁白华称自己的翻译为"译述"的翻译惯习。在20世纪初，近代启蒙期的韩国在翻译外文书籍时，大部分经过两个过程，一是"译述"，另一个是"重译"。"译述"是译者积极介入到翻译文本中进行删除、缩略、扩大并加以编辑的翻译方法。① "重译"是把翻译成日文或中文的外国文本再翻译成韩国语。当然，在实际的翻译过程中，大部分情况下会同时采用"译述"和"重译"。简言之，采用的翻译方法大部分是加入"译述"的"重译"，很少直译原文。

瑞士建国志

自1894年甲午改革以后，韩国接受外来文化的方向发生转变，开始转向欧洲乃至日本。接受外来文化时多以日本为媒介，即便是文学领域也多依赖日文译本。19世纪末到20世纪初的近代启蒙期，有一些精通汉文的启蒙知识分子也会把外国作品的中文文言文译本重译为韩文。比如，《瑞士建国志》《罗兰夫人传》《十五小豪杰》《越南亡国史》《意太利建国三杰传》《匈牙利爱国者噶苏士传》《普法战记》等都是对中文译本的"译述"。② 其中，政治小说《瑞士建国志》（1907）的原作是德国作家弗里德里希·席勒（Friedrich von Schiller）的戏剧《威廉·退尔（William Tell）》。中国广东的郑哲把它意译为小说，再由朴殷植把中文本"译述"为国汉

---

① 比如梁启超的《越南亡国史》，在1907年到1908年之间，被申采浩翻译成了国汉文体，随后被周时经和李相翊翻译成纯韩文后出版发行。这些译本没有翻译全部原文，在缩减原文后，嫁接了梁启超的其他文章内容。参照：김남이. 20세기 초 한국의 문명전환과 번역: 중역(重譯)과 역술(譯述)의 문제를 중심으로[J]. 어문논집. 2011(63)：142.

② 全光鏞. 최근 1세기 동안의 韓中 文學交流 [M]//韓國現代文學論考. 서울：민음사，1986：251.

文体(韩文与汉字混用的书写方式)。① 这一时期外国文学的韩译本，一般都是日译本的重译本，但也存在不少中文本的重译本，此时的中国中译本也存在不少重译日文译本的现象。这样一来，近代启蒙期的韩国译者，还没有形成要以"原文"为底本，忠于原文的翻译认识。要想以"原文"为底本，就要精通外语，而这一时期的译者没有闲暇掌握这种能力，又急于引进新的外国文化，只得以日文译本或中文译本(汉文)为底本进行"译述"或"重译"。在近代启蒙期，梁白华在官立汉城外国语学校学习，于1910年开始进行小说创作，沿袭了近代启蒙期"译述"与"重译"的翻译惯习。还没有形成翻译要以"原文"为底本、忠于原文的意识。他把《阿Q正传》的翻译自称为"译述"，其实隐约地表露了其翻译为重译的事实。

　　到了20世纪20年代，时过境迁，翻译界也发生了很大变化。出现了一批精通外语的翻译者，能够直接翻译"原文"，针对"翻译"问题出现了很多具有争论性的话题。学界开始形成翻译要"忠于原文"的意识。20世纪20年代后期，丁来东留学中国民国大学及北京大学，在1930年前后投身中国现代文学及鲁迅文学研究，因此不同于梁白华，他形成了根据"原文"翻译的近代翻译惯习。丁来东在《读〈阿Q正传〉有感》中谈道："本来翻译的译文和原作不应有出入，即不该有误译，其次是译文要通顺"②。他在文章的结尾介绍了严复"信、达、雅"的翻译理论，指出了"要如何翻译外国作品"这个翻译上的根本问题。他还在《中国文学与朝鲜文学》一文中较为详细地指出了重译日文译本的具体弊病："又一弊病是将日本译文介绍到朝鲜/中国的例子。……过去的日本翻译技术、文学介绍范围的正确性和广泛性，因笔者未进行一一比对，因此无法具体言说。但最近对中国文学的翻译，着实有着太多的误译和偏狭。对这类介绍和译文进行再介绍、再译的结果可想而知。"③丁来东指出了中国和韩国重译日译版外国文学或外国文坛译介，有可能引发的种种弊端。他认为日译版中国文学作品存在诸多误译和偏狭，在不了解这些问题的情况下，将它直接重译为韩国语会出现很多问题。丁来东精

---

① 金秉喆. 韓國近代飜譯文學史研究[M]. 서울：乙西文化社，1975：238.

② 丁來東.『阿Q正傳』을 읽고(四)[N]. 朝鮮日報，1930-04-12.

③ 丁來東. 中國文學과 朝鮮文學[M]//韓國現代小說理論資料集(十五卷). 서울：韓國學術振興院，1985：25.

通日语和中文，因而敏锐地捕捉到了日译版中国文学作品中存在的诸多问题。这样的文本如果再经韩国语重译过程，其弊端是显而易见的。梁白华选择日文译本为底本重译《阿Q正传》，招来丁来东的严厉批判，这一事件体现了他们不同的翻译惯习。可以说，这是从"译述"翻译惯习到近代翻译惯习转型的过程中产生的不可避免的冲突。

总而言之，20世纪30年初，梁白华翻译的《阿Q正传》，虽说是日译本的重译本且有诸多误译，但它使韩国读者以作品的形式直面鲁迅的代表作，具有一定的积极意义。梁白华"译述"的《阿Q正传》，使韩国终于开辟了通过"阿Q"这一人物形象了解中国人的途径。比如说，金台俊于1930年11月在《东亚日报》连载了《文学革命后的中国文艺观》，文中他谈到"阿Q"："阿Q是什么？——在民国七年，鲁迅创作的小说《阿Q正传》中的主人公叫'阿Q'。"（可见于梁白华翻译的韩文介绍）①又于1931年1月，在《每日申报》中连载的《活跃于新兴中国文坛的重要作家》中介绍鲁迅道："总之，在文学革命之后，鲁迅是中国文坛上最伟大的巨人。他发表了《狂人日记》等15篇小说，其中的《阿Q正传》受到了极大的好评，并被翻译为英、法、俄、德文等，罗曼·罗兰也给予了它高度评价说'东方有它'。这是他绝顶得意的时代。梁白华先生已向朝鲜介绍过《阿Q正传》……"②金台俊不仅在此使用尊称"梁白华先生"，还不顾他翻译《阿Q正传》过程中存在诸多的误译，依旧肯定了其翻译的价值。

五、避免重译和误译

综上所述，1930年前后，在韩国出现了大批介绍中国现代文学及鲁迅文学的现象。究其原因，首先是因为形成了一批以梁白华、丁来东、金台俊等为主的能够翻译和批评中国现代文学的专门研究群体；其次是因为中韩文坛情况相似，中国文坛以"革命文学"（普罗文学）为主流经历着急剧变化，韩国文坛以普罗文艺为中心展开了理论论战，因此韩国对中国现代文学的关注也达到高潮。在这种

---

① 天台山人（金台俊）. 文學革命 後의 中國文藝觀（十四）[N]. 東亞日報, 1930-12-04.
② 天台山人（金台俊）. 新興中國文壇에 活躍하는 重要作家（四）[N]. 每日申報, 1931-01-07.

背景下，1930 年 1 月，连载于《朝鲜日报》的梁白华版译本《阿 Q 正传》，引起众多读者的关注也是情理之中的事情。享誉世界的《阿 Q 正传》作为鲁迅的代表作，得益于梁白华的译介，与韩国读者见面。

但不得不重申梁白华的《阿 Q 正传》译本是日文版重译版的事实。梁白华在'偶然的机会'发现日本杂志《奇谭》刊登的井上红梅翻译的日文版《阿 Q 正传》（《中国革命畸人传》），并以此为底本着手翻译。但日文译本误译较多，使梁白华的译本也出现了诸多问题。这是因为梁白华急于将《阿 Q 正传》译介到韩国，没能对井上红梅的译本进行细致考察的缘故。这版《阿 Q 正传》受到了在中国留学的丁来东的猛烈批判。不可否认的是，梁白华虽然是根据井上红梅的日文译本重译了《阿 Q 正传》，但也参照了鲁迅作品的原文，并根据需要添加或补充了一些内容。梁白华谈及《阿 Q 正传》翻译时常常称之为"译述"，隐约地表露出自己重译的事实。这种翻译方法源于 20 世纪初，近代启蒙期的翻译惯习。与此相比，在 20 世纪 20 年代后期，留学中国的丁来东接受的翻译理念是"依据原文，忠于原文"的近代翻译理念。梁白华和丁来东之间的冲突，其实是不同时期、不同翻译惯习之间的冲突。丁来东对梁白华译本提出严厉批评，说明近代启蒙期的翻译惯习，慢慢被近代翻译惯习所取代。

金光洲在中国上海期间，一直向韩国介绍和批评中国现代文学。1933 年 1 月 29 日，他在《朝鲜日报》刊载鲁迅的短篇小说《幸福的家庭》的译文。在"译者前言"中谈道："对中国的短篇小说作家鲁迅的作品和评论的介绍，在朝鲜已有很多""记得 1931 年春，在本报学艺版面上刊登过北平丁来东、上海李庆孙两位关于鲁迅研究的文章。"[1]1930 年前后，韩国对鲁迅及对他作品的批评和介绍活动都非常活跃。到了 1935 年，随着日本帝国主义殖民当局不断强化政治和思想统治，推行了解卡普、禁止鲁迅作品等一系列措施，大力削弱了韩国译介鲁迅文学的精神和物质基础。直到 1945 年"8·15"解放前，鲁迅作品的新译作只有一部《故乡》，由民族抵抗诗人李陆史翻译，并发表于 1936 年《朝光》12 月刊上。1937 年日本帝国主义发动中日战争后，不仅导入战时动员体制来压制韩国人的民族意识和抵抗意识，为了强化战争协作，还实施了一连串的皇国臣民化政策。"在漫长的 36 年里，日本的统治深深地浸透到朝鲜文坛，致使 20 世纪 30 年代前后，

---

① 金光洲. 幸福된 家庭[N]. 朝鲜日报，1933-01-29.

活跃的韩国文坛和中国文坛几乎中断了同时性的接触和交流。本应最为熟知的邻邦(指中国)文学被我们弃置一旁,不,被我们抛弃的不仅是中国文学,更是革命文学。转而终日研读不知已被转手多少次的所谓外国文学,还视其为珍宝,尽力对其进行消化和宣扬……我们出现过像鲁迅那样的文人吗?出现过像郭沫若那样的文人吗?"①洪晓民的这段话说明的正是那段历史的印证。

最终,鲁迅作品的完整翻译,是随着1945年韩国解放才得以完成。曾在中国一起留学的金光洲和李容珪共同翻译了《鲁迅短篇小说集》第一辑和第二辑,分别于1946年8月和11月出版。韩国终于也有了一部系统翻译鲁迅作品的文集。第一辑收录了《幸福的家庭》《故乡》《孔乙己》《风波》《高老夫子》《端午节》《孤独者》,第二辑收录了《狂人日记》《肥皂》《阿Q正传》等。金光洲和李容珪本想完整地翻译鲁迅所有的小说并出版第三辑,不过事与愿违,第三辑未能按计划出版。虽然只有第一和第二辑,但涵盖了鲁迅创作的主要方面和代表作品,因此选集仍然可以视为鲁迅作品的系统呈现,它们为韩国读者理解鲁迅文学奠定了重要基础。丁来东在《鲁迅短篇小说集》序文中写道:"在我们了解中国的途径中,没有比通过创作更好的方式了。比起欧美的作品,我们应该通过邻近的中国的作品来正当地理解中国。这可以说是现时局下最亟待解决的问题。"②"8·15"光复后,对于韩国文坛来说,恢复与中国文坛的同时性关系最为急迫。而韩国出版《鲁迅短篇小说集》正起到了恢复与中国文坛同时性关系的桥梁作用。③ 特别是金光洲翻译的《阿Q正传》完全依据"原文",采用了较为精练的韩国语文体,一次性地克服了梁白华译本的重译和误译问题。《鲁迅短篇小说集》和丁来东《鲁迅及其作品》之批评(将于下一章论述)是现代韩国接受鲁迅及其文学的耀眼成果之一。近代时期外国文学的韩文翻译,绝大部分是欧美文化式想象和日文翻译版的重译,而《鲁迅短篇小说集》的出版,打开了通往中国文学的崭新的文化想象之路,具体实践了忠实于"原本"进行翻译的近代翻译方法。在这一点上,它具有重要的意义。

---

① 洪晓民. 中國文學과 朝鮮文學[J]. 京鄉新聞, 1947-08-10.

② 丁來東. 鲁迅과 中國文學[M]//金光洲, 李容珪譯. 鲁迅短篇小說集 第1辑. 서울: 서울출판사, 1946: 5.

③ 1949年中国大陆成立社会主义中国;1950年6月,朝鲜半岛爆发朝鲜战争,南北分裂成为定局,在冷战体制中,韩国被迫全面中断与中国文坛的接触与交流。

第四章 丁来东和金台俊的鲁迅文学
批评及其思想谱系

一、丁来东对中国现代文学的批评

金光洲翻译出版《鲁迅短篇小说集》(第一、二辑)时,委托时任首尔大学中文系教授的丁来东撰写序言和作品解说,并评价丁来东道:"他是第一个把鲁迅介绍到朝鲜的人,可以说是鲁迅研究领域的权威。"①从金光洲对丁来东的评价中可以看出,丁来东在向韩国传播鲁迅文学和思想方面功不可没。

1925 年 9 月,丁来东(1903—1985)考入北京民国大学预科二年级②,1926年转入民国大学本科英文系。奉天军阀张作霖进京攫取北京政权后,将北京九所大学合并组成京师大学校,并重新招募了学生。丁来东转入京师大学校,在原来的"北京大学"继续学习。1929 年 8 月,正式恢复北京大学校名,京师大学校时期入学的学生需要重新参加考试。丁来东选择以旁听生的身份继续留在北京大学。1930 年,丁来东从民国大学英文系毕业后(毕业论文为《关于约翰·济慈的研究》),选择继续留在北京大学学习并研究中国文学,尤其是中国现代文学。

丁来东选择研究中国现代文学,与他在中国现代文学发源地——北京大学旁听的经历不无关系,鲁迅在北京大学的两场演讲对他产生了很大的影响。1929

---

① 金光洲. 第 2 輯을 내면서[M]//金光洲,李容珪,譯. 鲁迅短篇小說集 第 2 輯. 서울: 서울출판사,1946: 9.

② 在《北京民国大学十周纪念册》(1925),《十四年度招收各科新生名册》中的"大文预二"(大学文预科二年级)名单里有"丁来东"的名字。

年 5 月 15 日到 6 月 4 日，1932 年 11 月
13 日到 28 日，定居上海的鲁迅两次到
北京看望母亲，并在北京大学举行过两
场演讲。第一场是 1929 年 5 月 29 日，
在北京大学第三院演讲一个小时，第二
次是 1932 年 11 月 22 日，在第二院演讲
了四十分钟。丁来东回忆鲁迅第一次演
讲时的情景道："那时已进入夏季，讲
台边上放着一顶显旧的巴拿马帽子，他
(鲁迅)身穿麻质的长袍，头发像是很久
没有修剪的样子，有点像刚出狱或是久
病缠身的人。他紧闭着的双唇、刻着皱
纹的额头和双侧的颧骨却表明了他坚决
的心志，使他看起来像是雪中孤清的梅
花树桩一样。"①鲁迅给丁来东的第一印
象是具有志士风采和高洁品格的人，听
完鲁迅的首次演讲之后，丁来东深受触

丁来东民国大学毕业后在北京与夫人留影

动，开始着手研究中国近现代文学，尤其是鲁迅文学，可见鲁迅的演讲给他带来
了很大的冲击。丁来东对鲁迅的演讲内容深表认同，道："他的讽刺不是浅表的
口舌之快，而是源自自身体验和经验的'痛感'的迸发。"②

　　丁来东在《外国文学专攻之辩(9)》里提到："无论是现代作家中的鲁迅、周
作人、林语堂、郭沫若还是郁达夫，他们的作品个性鲜明，风格各异，我觉得这
是他们的优点。"他接着说道："在现代作家作品中，我读得最多的便是周作人和
鲁迅的作品。"③他酷爱中国文学，更热衷于研究中国现代文学。1929 年 8 月他在

　　① 丁來東. 中國 文人 印象記(三)：孤獨과 諷刺의 象徵인, 지금은 左傾한 魯迅氏[N].
東亞日報, 1935-05-03.
　　② 丁來東. 中國 文人 印象記(三)：孤獨과 諷刺의 象徵인, 지금은 左傾한 魯迅氏[N].
東亞日報, 1935-05-03.
　　③ 丁來東. 外國文學專攻의 辯(9)[N]. 東亞日報, 1939-11-16.

《朝鲜日报》连载了长篇论文《中国现文坛概览》，这是他介绍中国现代文学的第一篇文章。这是当时所有介绍中国现代文学的评论中，最具系统性的一篇文章。在文章中，丁来东基于他在中国的所见所闻，全面地介绍和评价了中国文坛。该文章发表于1929年5月底，也就是他听完鲁迅在北京大学第一次演讲之后，由此可见鲁迅的演讲给他带来的触动和启迪。这篇论文的目录为"1.序言，2.现文坛的各派系，3.从"文学革命"到"革命文学"，4.革命文学的诸多问题，5.无政府主义文学派的主张，6.语丝派的主张，7.新月派的主张，8.结论"。他在写"6.语丝派的主张"时，详细地考察了鲁迅对文学的态度和立场。他根据鲁迅在黄埔军官学校演讲的《革命时代的文学》和《而已集》中的《革命文学》两篇文章，详细地介绍了鲁迅的文学观。他在文中写道："革命以后到来的文学被称为平民文学。自然也有人以为文学于革命是有伟力的，但我个人（鲁迅）总觉得怀疑，文学总是一种余裕的产物，可以表示一民族的文化，倒是真的。"①他较准确地介绍了鲁迅对革命和文学关系的观点。丁来东大篇幅地叙述了鲁迅主张文学对革命（政治）无影响力的"文学无力说"观点，其实也是在隐约强调文学须脱离政治影响的文学态度。

　　1930年1月，梁白华翻译的《阿Q正传》在《朝鲜日报》连载，丁来东也在同一版面上连载了题为《中国新诗概览》的长篇论文。在该文中他简要说明了中国新诗坛现状及特点，重点介绍了一些有特色的诗人和作品。在介绍鲁迅的《野草》时写道："有人认为《野草》同郭沫若的《女神》一样，是中国新诗坛最大的收获之一。"②1930年3月，他将鲁迅的短篇小说《伤逝》译为《爱人之死》并发表在《中外日报》；同年4月，在《朝鲜日报》连载了《读〈阿Q正传〉有感》，文章中指出了梁白华的《阿Q正传》译文中存在的诸多误译问题。1931年1月《朝鲜日报》（1931.1.4—1.30）连载了《鲁迅及其作品》，全面批评了鲁迅文学和思想。1932年9月，丁来东翻译鲁迅《野草》中的《过客》刊登在《三千里》（4卷9号）；1934年2月翻译鲁迅的短篇小说《孔乙己》，刊登在《形象》创刊号；1935年5月在《东亚日报》里连载了《中国文人印象记》，并在第三回的《孤独与讽刺的象征——如今已左倾的鲁迅》中说明了"一直以来积极反对革命文学、左倾文学的鲁迅已转

---

①　丁來東.中國現文壇概觀［M］//丁來東全集Ⅱ.서울：금강출판사，1971：74.

②　丁來東.中國新詩槪觀（十五）［N］.朝鮮日報，1930-01-24.

为左倾"的事实。①

丁来东所译鲁迅《过客》(《三千里》，1932.9)

　　此外，1931年2月，丁来东在《朝鲜日报》发表了《中国电影新倾向(上、下)》，4月在《东亚日报》连载了《现代中国戏剧》，还翻译了胡适的《介绍我自己的思想》，于1931年6月至7月以《介绍胡适的思想》的题目在《朝鲜日报》上连载；同年11月，在《朝鲜日报》连载了《流动的中国文坛最近相》，用批判性视角介绍了中国国民党政府的民族主义文艺和中国左翼阵营的马克思主义文艺；1932年4月翻译熊佛西的话剧《模特儿》，连载在《朝鲜日报》；1933年2月在《朝鲜日报》发表了《中国文坛的新作家：巴金的创作态度》；1934年11月在《东亚日报》

① 丁來東. 中國 文人 印象記(三)：孤獨과 諷刺의 象徵인, 지금은 左傾한 魯迅氏[N]. 東亞日報, 1935-05-03.

连载了《关于中国"国故"整理的诸说》。由此可见，丁来东是 20 世纪 30 年代以来，最全面且系统地向韩国介绍和批评中国现代文学和思想的先驱者。在这个时期，很多韩国人通过丁来东的文章了解了中国现代文学和鲁迅文学。

二、丁来东的《鲁迅及其作品》

丁来东对鲁迅文学的批评中最引人注目的是 1931 年 1 月发表的长篇论文《鲁迅及其作品》。论文的目录为"1. 绪论，2. 鲁迅的自叙传略，3.《呐喊》，4.《彷徨》，5.《呐喊》和《彷徨》，6.《野草》，7. 鲁迅的用词艺术，8. 结论"。其文不管是从分量，还是从系统性方面考虑，都称得上是 30 年代韩国鲁迅论的代表作。丁来东细致地读过鲁迅作品，在详细叙述作品梗概的同时，他也对个别作品进行了缜密分析，对其意义加以了评论。也可以说，该论文代表着这个时期韩国对鲁迅研究的水平。他具体分析批评了鲁迅小说集《呐喊》和《彷徨》中的个别作品，对两部作品集的特征进行了相互比较和考察，综合讨论了散文诗集《野草》的创作意义、在鲁迅文学中的地位以及鲁迅文学文体特征。以《呐喊》为例，他对作品的主题或题材进行了分类——《狂人日记》与《阿Q正传》，《药》与《明天》，《头发的故事》与《风波》，《孔乙己》与《白光》、《端午节》，《兔和猫》与《鸭的喜剧》，《故乡》与《社戏》，具体梳理分析了每一组作品的梗概和创作意义。

丁来东的《鲁迅及其作品》（《朝鲜日报》1931-01-04）

下面，我们看一下丁来东是如何评论、分析鲁迅的代表作《狂人日记》和《阿Q正传》的。

《狂人日记》暴露的是自古以来被恶习传染的人群的本色，描述了一个被一般人称为"狂人"的人物形象。其他人根本不理会这个人的意见，对他不屑一顾，甚至要抹杀他。《阿Q正传》描绘了当时中国所谓的精神文明余孽导致的、以自我满足的思维来曲解事实的时代面貌，或者也可以说对由于中国农民的愚昧和势利的知识分子的虚伪及欺骗而导致的无知农民的牺牲等进行了描写。这两部作品共同描述了清末、民国初期中国的普遍思想倾向及农村实情，因此，作为鲁迅的作品具有重要的意义，同时可看到两者的共同点。①

丁来东强调《狂人日记》和《阿Q正传》是鲁迅文学中具有"重要意义"的代表作，考虑到1927年8月柳树人翻译了《狂人日记》，1930年1月梁白华翻译了《阿Q正传》，可以推断这篇评论足以给韩国的读者带来共鸣。此外，他评价短篇小说《一件小事》"与让人深受感动的《阿Q正传》《狂人日记》等一样，这部作品很好地表达了鲁迅的某些性格"②，又说"鲁迅喜欢讽刺别人，看似是冷漠地暴露了社会黑暗面，但在这些方面，他总是充满温情的。这篇文章正是描述鲁迅心中温情的作品，同时也是可以了解鲁迅性格的重要作品"。③他分析鲁迅文学的部分作品之后，概括了鲁迅文学以冷静的笔触暴露中国人性格和中国农村现状的现实主义特点，同时又准确捕捉到了鲁迅文学的人道主义特点。

丁来东在分析《呐喊》中的作品时，集中解读了《阿Q正传》和《故乡》两部作品。他认为这两部小说"最能集中体现《呐喊》的整体精神面貌和风格"，如"擅于描写乡村农民思想、生活状态和乡村风景，他独有的讽刺手法，回忆式叙事方法，以及对社会阴暗面的无情解剖等"④。丁来东在《读〈阿Q正传〉有感》中指出

① 丁來東.『阿Q正傳』을 읽고(一)[N].朝鮮日報,1930-04-09.
② 丁來東.魯迅과 그의 作品[M]//丁來東全集Ⅰ.서울:금강출판사,1971:314.
③ 丁來東.魯迅과 그의 作品[M]//丁來東全集Ⅰ.서울:금강출판사,1971:314.
④ 丁來東.魯迅과 그의 作品[M]//丁來東全集Ⅰ.서울:금강출판사,1971:351.

了梁白华版《阿Q正传》的许多误译。他为了方便读者们正确理解《阿Q正传》，详细叙述了《阿Q正传》的梗概。他分段翻译《阿Q正传》的部分内容，再把它们编辑到一起加以说明，读者读他编写的梗概，很容易产生错觉，以为读的就是《阿Q正传》原文。针对梁白华的观点——"《阿Q正传》刻画了当时中国社会现状"，丁来东批判道："比起刻画中国社会现状，《阿Q正传》想要表达的更多是中国传统思想的'精神自慰'的损害，描写的是当时中国人的普遍性格。"①他更强调《阿Q正传》的主要意图在于描述中国人的普遍性格，他说："鲁迅想借助阿Q描写辛亥革命时期愚昧的农民，当时中国农村现状，革命有限的实际影响，并揭露阿Q精神胜利法的弊病。因此，笔者不能侧重于任何一方。"②

　　丁来东通过对《阿Q正传》的细致分析，非常准确地概括了鲁迅文学的特征，这一点可以说是其特殊之处。丁来东指出，鲁迅并没有进行直接的训教，也没有将自己的理想进行作品化，他只是如实地表达了中国当时的现状而已，他没有陈述革命的理论和理想，只是描述了革命时期一般农民的思想状态和社会的变迁；以科学的态度观察和剖析中国辛亥革命时期的中国社会，客观地描述了中国国民性；在日本留学时受到日本文坛上盛行的自然主义的影响，没有描述革命的伟人，而是去关注像阿Q这样的农村普通人；没有描写自己理想化的社会和事实，而是更关注像未庄这样在中国各地随处可见的农村，以这些农村为故事背景，讲述人间琐事。丁来东之所以能够接近鲁迅文学的本质，准确概括鲁迅文学特点，与他认真阅读和细致分析密不可分。他指出，鲁迅作品的大部分内容是对清末和民国初期中国农民的思想和生活的缩写。鲁迅的"呐喊"对饱受所谓传统思想和风俗"遮蔽"、变得麻木不仁的中国人敲响了警钟，同时它也是一道药引子。"如果用一句话概括鲁迅的功绩，那就是'挑战并战胜传统封建思想余毒'，给予新兴的中国自省和自我认知的能力。"③丁来东认为鲁迅之所以"揭露社会阴暗面"④，就是要促使中国人完成自我反省和自我认知。因此，可以说他比任何人都准确理解鲁迅文学的核心。

① 丁來東. 魯迅과 그의 作品[M]//丁來東全集Ⅰ. 서울：금강출판사, 1971：314.
② 丁來東. 魯迅과 그의 作品[M]//丁來東全集Ⅰ. 서울：금강출판사, 1971：327-328.
③ 丁來東. 魯迅과 그의 作品[M]//丁來東全集Ⅰ. 서울：금강출판사, 1971：300.
④ 丁來東. 魯迅과 그의 作品[M]//丁來東全集Ⅰ. 서울：금강출판사, 1971：330.

　　丁来东对比研究《呐喊》和《彷徨》后，分析了《彷徨》的作品特征。"如果说《呐喊》描写的是一个充满新旧思想、新旧制度、新旧风俗和习惯冲突及混淆的时代；《彷徨》描写的就是与之相反的平稳的社会环境。在平稳的社会环境中新思想家被旧思想、旧习惯、旧道德所浸淫、侵蚀，乃至走向屈从……记录了新改革派在平稳的外部环境下所经历的惨败。"①丁来东认为《呐喊》和《彷徨》两部小说在描述"反抗思想"方面有共同点，但《彷徨》与《呐喊》不同之处在于《彷徨》描写的是"新改革派的惨败"，因而展现了鲁迅文化的另一种倾向性。他进一步分析两部作品的表现方法的差异道："《呐喊》的表现方法具有无法言喻的深刻的韵味，而《彷徨》的表现方法就显得平淡，缺少深刻意味。"②因此，丁来东认为鲁迅文学的成就在《呐喊》里表现得最为突出，而在《彷徨》中作品的题材和表现方法都有了变化，展现的是鲁迅文学的另一个侧面。

　　丁来东将《呐喊》和《彷徨》做了具体分析后，将鲁迅的特长或特点概括为五个方面，以此作为"鲁迅文学论"的结论。首先，鲁迅最大的特点是以农村、农民作为创作的主要素材，"虽然鲁迅没有掌握农村、农民的全体性特征，也没有明确指出农民将来的光明，没能发动农民的团结反抗力量，但他让文坛中的人、社会上的人认识到了农村、农民，对一般人起到了为农民的将来而努力的启蒙作用。这是鲁迅的一大功绩，也是作为农业大国的中国应该了解的一点"。③ 第二个特点就是宣传反抗精神。他在文中写道："他为了向中国注入现代文明，反抗旧道德、旧习惯、旧思想和其他所有陈腐的古董。一般来说，非积极进取的作家很容易仅限于自我耽美、自我隐遁和回顾、咏叹，但鲁迅却随时发挥着百折不屈的反抗精神。"④第三个特点是"不善于写有关女性的文章"，第四个特点是"以回忆和经验为创作素材"，第五个特点是"讽刺"，"鲁迅的讽刺并不是像过去一样为讽刺而讽刺，也不是有闲阶级为消磨时光而进行的讽刺，更不是以读者的喝彩为目的的讽刺，那讽刺仅仅是基于他的同情和热情而产生的"。⑤ 丁来东对于鲁迅文学的题材、主题、创作方法等多方面进行了综合分析。他还详细地研究

　　① 丁來東. 魯迅과 그의 作品[M]//丁來東全集 Ⅰ. 서울：금강출판사，1971：342.
　　② 丁來東. 魯迅과 그의 作品[M]//丁來東全集 Ⅰ. 서울：금강출판사，1971：344.
　　③ 丁來東. 魯迅과 그의 作品[M]//丁來東全集 Ⅰ. 서울：금강출판사，1971：356.
　　④ 丁來東. 魯迅과 그의 作品[M]//丁來東全集 Ⅰ. 서울：금강출판사，1971：356-357.
　　⑤ 丁來東. 魯迅과 그의 作品[M]//丁來東全集 Ⅰ. 서울：금강출판사，1971：357.

鲁迅文章的文体风格特征。他认为鲁迅的白话文相比于简单的文言更难理解：
"然而要论文体给读者的印象之强度，鲁迅的白话文堪称第一。鲁迅的语言选择
合理、准确，文章言简意赅，只要懂得其语言，就能体会到源源不断的意味。"①

　　丁来东的《鲁迅及其作品》可称得上是1930年初在韩国，最全面、最有体系
地研究鲁迅文学的著作。丁来东在北京留学时就读过鲁迅的作品，并且充分参考
了中国的一手资料，做到了对鲁迅文学最深入的分析和概括。遗憾的是丁来东在
《鲁迅及其作品》结尾处虽然写道，这是他对"鲁迅前半生作品的介绍"，并许诺
"待鲁迅后半生有了创作上的努力，再予以介绍"②，但丁来东没有信守承诺。或
许，丁来东认为鲁迅的"后半生"创作低迷，没有研究的价值，或是他自己已倾
向于无政府主义思想(后文将对此进行详细的讨论)，认为没有必要继续研究后
半生已转向左翼文学阵营的鲁迅。

三、丁来东对《野草》的批评

　　丁来东在《鲁迅及其作品》中，对鲁迅的散文诗集《野草》作了与小说集《呐
喊》《彷徨》相同比重的评论。因为他比任何人都深刻地认识到《野草》在鲁迅文学
中的重要性。1927年7月，上海北新书局发行《野草》的单行本，同年9月16日
发行的周刊《北新》(第47、48期合刊)中刊登了如下的广告："《野草》可以说是
鲁迅的一部散文诗集，用优美的文字写出深奥的哲理，在鲁迅许多作品中是一部
风格特异的作品。"③(见《野草》广告原文)但是，在《野草》出版之后，文学评论
家茅盾于1927年10月发表了《鲁迅论》，他在该评论中仅引用了一次《野草》中
的《这样的战士》，没有对《野草》作任何分析。虽然茅盾曾说"我购买了鲁迅已出
的全部著作来看"，④ 但他只是分析了《呐喊》《彷徨》《坟》《华盖集》《华盖集续
编》等材料，并没有将《野草》列为分析对象。另外，1927年10月，鲁迅离开广

① 丁來東. 鲁迅과 그의 作品[M]//丁來東全集 Ⅰ. 서울：금강출판사，1971：354.
② 丁來東. 鲁迅과 그의 作品[M]//丁來東全集 Ⅰ. 서울：금강출판사，1971：356.
③ 野草(书刊介绍)[M]//中国社会科学院文学研究所鲁迅研究室. 鲁迅研究学术论著资料汇编1(1913—1936). 北京：中国文联出版公司，1985：279.
④ 方璧(茅盾). 鲁迅论[M]// 中国社会科学院文学研究所鲁迅研究室. 鲁迅研究学术论著资料汇编1(1913—1936). 北京：中国文联出版公司，1985：289.

州到上海定居后，遭到当时提倡革命文学的创造社和太阳社左翼批评家们的一致
否定，他们斥责他是时代落伍者，更重要的是严厉批评了《野草》的作品世界。
例如，太阳社的钱杏邨于1928年2月发表评论文章《死去了的阿Q时代》，通过
分析鲁迅的小说集《呐喊》《彷徨》和散文集《野草》，指出鲁迅文学已失去时代价
值，其中针对《野草》的批评尤为尖锐。《死去了的阿Q时代》分为三个部分，其
中第二部分专门针对《野草》苛评道："鲁迅所看到的人生只是如此，所以展开
《野草》一书便觉得冷气逼人，阴森森如入古道，不是苦闷的人生，就是灰暗的
命运；不是残忍的杀戮，就是社会的敌意；不是希望死亡，就是人生的毁灭；不
是精神的杀戮，就是梦的崇拜；不是诅咒人类应该同归于尽，就是说明人类的恶
鬼与野兽化……一切一切，都是引着青年走向死灭的道上，为跟着他走的青年们
掘了无数的坟墓。"①钱杏邨对《野草》苛评是因为基于当时马克思主义革命文学论，
《野草》将虚无主义思想传染给了青年们，而且也未提示出路和希望。"人类不是没
有改善的希望的，人类更不是没有出路；苦闷有来源总归是有出路，光明的大道呈
现在自己的眼前；他(鲁迅)偏偏的不走上去，只是沿着三面夹道的墙去专显碰壁的
精神，这究竟有什么意义呢？……所以鲁迅对于人生的观察也不过说明他是一个怀
疑现实而没有革命勇气的人生咒诅者而已。"②《死去了的阿Q时代》一文发表后，
在中国批评界引起轩然大波，并产生了巨大影响。钱杏邨对《野草》的苛评最终让人
们失去了冷静评价和正确评判《野草》文学价值的空间。换句话说，他封死了深入阐
释"用优美的文字写出深奥的哲理"的《野草》文学价值的可能性。

　　到了1930年，钱杏邨虽然退了一步，认为"鲁迅始终不曾陷于颓废消
沉。……他很坚定地认为封建势力必然崩溃，同时，也'朦胧'地认识了新时代
的必然到来。"③他对鲁迅多少给予肯定性评价，但是仍然认为"他(鲁迅)的虚无
哲学是源自他内心潜伏的虚无思想，在这个时期正式成长而显示出来的。"④他没

---

　　① 钱杏邨.死去了的阿Q时代[M]//中国社会科学院文学研究所鲁迅研究室.鲁迅研究
学术论著资料汇编1(1913—1936).北京：中国文联出版公司,1985：329.
　　② 钱杏邨.死去了的阿Q时代[M]//中国社会科学院文学研究所鲁迅研究室.鲁迅
学术论著资料汇编1(1913—1936).北京：中国文联出版公司,1985：329.
　　③ 钱杏邨.鲁迅[M]//中国社会科学院文学研究所鲁迅研究室.鲁迅研究学术论著资料
汇编1(1913—1936).北京：中国文联出版公司,1985：530-531.
　　④ 钱杏邨.鲁迅[M]//中国社会科学院文学研究所鲁迅研究室.鲁迅研究学术论著资料
汇编1(1913—1936).北京：中国文联出版公司,1985：530.

有改变对《野草》的评价，依旧认为这部作品是鲁迅对自己悲观主义意识的形象化。总而言之，1930年，钱杏邨虽然收回了《死去了的阿Q时代》中的部分观点，但并没有改变他的基本观点，依旧认为鲁迅的虚无性悲观主义在《野草》达到了顶点。

在《野草》被全面否定的时期，丁来东对《野草》这部作品给予了高度评价，他的评论必然会引起广泛关注。丁来东的观点超越了当时被普遍接受的钱杏邨的观点，高度评价了《野草》的文学价值及其在鲁迅文学体系中的地位。当时，被介绍到韩国的鲁迅文学只有《阿Q正传》和《狂人日记》等小说，批评也仅限于对小说等作品的介绍。因此，丁来东对《野草》的细致分析和批评，具有重要的意义。

丁来东在1930年1月24日的《朝鲜日报》发表了《中国新诗概览(15)》，第一次提到了《野草》。他在文章中说明"最新的诗坛诸多相"时介绍了鲁迅的《野草》："在短篇小说中，他(鲁迅)的特点是讥笑和怀旧，在诗集中更加尖锐明确地予以了呈现，表达了无法用语言形容的内心述怀。他终究没有拿起流动的笔调，始终保持沉闷而静观的态度。"①，然后，他强调《野草》与郭沫若的诗集《女神》一样是中国新诗坛的一个巨大的成果。丁来东在《鲁迅及其作品》中全面批判了《野草》，认为收录于《野草》中的作品，无论是在内容还是在形式上，都与过去的作品不同，融合了诗、小说和散文等多种体裁的特点。他感到有必要研究《野草》在鲁迅创作历程中所占地位，在《野草》中展现的鲁迅的思想倾向以及人生态度等。他评价《野草》道："《野草》是鲁迅全部艺术的结晶和思想的总结，他用最真挚的态度观察人生，准确地批判了社会，淋漓尽致地表现了他隐藏的温情，很好地表明了他的希望和艺术态度。总而言之，这部作品展现了他驾轻就熟的鲁迅式独特表现手法，是透彻表达他所有思想的作品。"②丁来东之所以说《野草》是"透彻表达鲁迅所有思想"的"全部艺术的结晶"，是因为"苦闷"作为鲁迅创作原动力，浓郁地铺垫在《野草》的字里行间。

鲁迅艺术创作的原动力——苦闷洋溢在字里行间，无处不在。其实，即使作家拥有太阳般炽热的希望，想要使作品变得"伟大"，还要靠"苦闷"的力量。一

---

① 丁來東. 中國新詩槪觀(十五)[N]. 朝鮮日報，1930-01-24.
② 丁來東. 魯迅과 그의 作品[M]//丁來東全集Ⅰ. 서울：금강출판사，1971：348.

个作家，如果他的一生充满了黑暗和绝望，那么让他的作品变得沉重、让他的观察变得深刻，将他的绝望引向无尽深渊的，也是"苦闷"的力量。鲁迅绝非彻底绝望的人。如果非要指出他的缺点，没有明确且伟大的希望或许可以算一条。即便如此，对于人类社会，他也并非绝对悲观论者。显然，他不愿意在明暗中彷徨，因渴望寻求某种彻底的解决方案，才使得他不得不终日与苦闷相伴。①

丁来东认为一个作品的伟大程度与作家拥有的"苦闷"成正比，认为文学的本质在于表现作者的"苦闷"。丁来东认为，《野草》的虚无主义色彩是鲁迅试图彻底拯救某种意愿的"苦闷"表现，鲁迅并不是个彻头彻尾的绝望者，也不是对人类、社会抱有绝对悲观论的人。这也是对钱杏邨《野草》批判的直接反驳。当然，作者的"苦闷"可以是个人的，也可以是社会的，而《野草》中鲁迅的"苦闷"表现得最为透彻，因此丁来东认为它是"鲁迅全部艺术的结晶"。

丁来东引用《〈野草〉题辞》中的"当我沉默着的时候，我觉得充实；我将开口，同时感到空虚……生命的泥委弃在地面上，不生乔木，只生野草，这是我的罪过"，之后分析道："这就意味着自己过去的生命已经腐烂，而在那生命的根部生长出新的'野草'。鲁迅非常谦虚地对待自己的艺术，从来不认为自己作品有伟大之处，更不会为此沾沾自喜，始终认为没能成为乔木，只不过是野草而已。他在字里行间隐晦地期待着，'野草'尽快腐烂掉身上的过去，生长出新的东西……可以看到他期待推陈出新，不断改进的状态，不喜欢若有若无的'存续'生命。无论是生命本身还是作品，他更注重其存在意义。虽然在此无暇顾及每一篇作品，但值得注意的是有很多涉及鲁迅人生哲理或人生观的作品。"②丁来东在《题辞》部分阐述了鲁迅充满自我牺牲精神的生命哲学，即把生命抛撒在泥土中，没有成长为参天大树，只长成了野草。即使如此，也宁愿它尽快地腐烂，给新的生命提供养料③。丁来东力图说明这便是鲁迅的哲学，抑或是鲁迅的人生观。他以《过客》为例，认为这是一部"能够多方面准确表现鲁迅思想的作品"④，引用一段落："我只得走。回到那里去，就没一处没有名目，没一处没有地主，

---

① 丁來東. 魯迅과 그의 作品[M]//丁來東全集 Ⅰ. 서울: 금강출판사, 1971: 348-349.

② 丁來東. 魯迅과 그의 作品[M]//丁來東全集 Ⅰ. 서울: 금강출판사, 1971: 349.

③ 홍석표. 천상에서 심연을 보다: 루쉰의 문학과 정신[M]. 서울: 선학사, 2005: 190-196.

④ 丁來東. 魯迅과 그의 作品[M]//丁來東全集 Ⅰ. 서울: 금강출판사, 1971: 350.

没一处没有驱逐和牢笼，没一处没有皮面的笑容，没一处没有眶外的眼泪。我憎恶他们，我不回转去！"①展示了一个坚韧不拔、坚持前进的"过客"的形象。丁来东认为"过客""很好地表现了鲁迅自己的立场、态度、人生观和艺术观"②，因此，他借用"过客"的形象证明了《野草》是一部深刻透彻地表现了鲁迅"苦闷"的作品。

四、韩、中、日同一时期对《野草》的不同评价

丁来东批评了《野草》，但较同时期的中国学界或日本学界，他高度评价了《野草》的文学价值和在鲁迅文学中的地位，突出了其学术性成果。在中国也有人提出《野草》是"作者苦闷的反映"的观点。例如，1928 年 5 月刘大杰在《〈呐喊〉与〈彷徨〉与〈野草〉》中提到，他自己不是鲁迅的仇敌或朋友，不责备鲁迅不是无产阶级作家，而且十分厌恶那些用无产阶级头衔来粉饰自己的资产阶级作家。他评价鲁迅"他是一个写实主义者，以忠实的人生观察者的态度，去观察潜在现实诸现象之内部的人生的活动""他有丰富的人生经验，他有最锐利而讽刺的笔锋"。③ 但是，刘大杰说鲁迅虽然暴露了社会的丑恶与人类的伪善，但"到了《野草》，作者一切都变了"。④ 认为鲁迅进入了创作的"老年"时期。尽管如此，他还是认为《野草》是鲁迅对人生"苦闷"的反映，给予了肯定的评价。"我在前面说过，鲁迅是一个富有人生经验的作家，所以在他笔下表现的人生的苦闷，比旁人表现得要深一层。郁达夫所表现的东西，是未成熟的青年的烦恼，鲁迅所表现的，是人世共感的苦闷……在《野草》里，我喜欢读《求乞者》《希望》《过客》，读完这三篇，我们只觉到人类的伪善与人生的空虚。什么人生，不过在这虚空的路上跑。"⑤刘大杰认同钱杏邨的《死去了的阿 Q 时代》，认为鲁迅无法成为理想的无产阶级作家，但也试图肯定鲁迅文学，尤其是《野草》在表现人世间的"苦闷"和人

① 丁來東. 魯迅과 그의 作品[M]//丁來東全集 Ⅰ. 서울：금강출판사，1971：352.
② 丁來東. 魯迅과 그의 作品[M]//丁來東全集 Ⅰ. 서울：금강출판사，1971：353.
③ 刘大杰.《呐喊》与《彷徨》与《野草》[M]//中国社会科学院文学研究所鲁迅研究室. 鲁迅研究学术论著资料汇编1(1913—1936). 北京：中国文联出版公司，1985：379.
④ 刘大杰.《呐喊》与《彷徨》与《野草》[M]//中国社会科学院文学研究所鲁迅研究室. 鲁迅研究学术论著资料汇编1(1913—1936). 北京：中国文联出版公司，1985：379.
⑤ 刘大杰.《呐喊》与《彷徨》与《野草》[M]// 中国社会科学院文学研究所鲁迅研究室. 鲁迅研究学术论著资料汇编1(1913—1936). 北京：中国文联出版公司，1985：380-381.

生的"空虚"方面的文学价值。同时，《野草》标志着鲁迅进入了创作的"老年"时代，因此他写道："不要管旁人的明枪暗箭，也不要迎合今日的新招牌，趁着还有点精力，努力着写出几本伟大的东西来。我们在期待着，期待着……"①

那么，日本人是如何评价《野草》的呢？我们可以从在丁来东发表《鲁迅及其作品》同一时期大内隆雄(原名山口慎一)所写的《鲁迅及他的时代》(《满蒙》第12年第1号，1931年1月)一文中找到答案。大内隆雄在《鲁迅及他的时代》中引用了钱杏邨的《死去了的阿Q时代》的内容，认为鲁迅的作品"大部分不具有现代意义"，并称"《呐喊》《彷徨》和《野草》中，作者的思想走到清末就停滞了。除了少数的几篇能代表五四时代的精神外，他的创作只能代表庚子暴动的前后直到清末"。② 他完全接受钱杏邨的观点，认为"通读过他这两部作品集和《野草》的人，将会发现找不到出路的作家，反复着呐喊和彷徨。野草依旧是个野草，不会成为乔木。他所讲的常常是过去，抑或现在，在那个地方就没有将来。在《野草》里，以分明的姿态表明，将来就是坟墓"。③ 随后他引用了《野草》中《希望》的部分内容，并评价"鲁迅将人生看作'灰色'的，他觉得人生没有任何意义"。④ 大内隆雄完全接受钱杏邨的观点，全面否定了《野草》的文学价值。

1936年1月，中国首次出版了专门批判鲁迅的专著，即李长之的《鲁迅批判》单行本。从此之后，《野草》才开始得到应有的评价。李长之编辑的《益世报》副刊上连载了《鲁迅批判》的原稿，于1935年9月所有文稿完成后将稿件交给了北新书局。在出版前，鲁迅阅读了文稿以表支持，并对文中弄错的具体日期作了修改。⑤

---

① 刘大杰.《呐喊》与《彷徨》与《野草》[M]// 中国社会科学院文学研究所鲁迅研究室.鲁迅研究学术论著资料汇编1(1913—1936).北京：中国文联出版公司，1985：381.

② 大内隆雄.鲁迅とその時代[J].満蒙，1931(1)：191.

③ 大内隆雄.鲁迅とその時代[J].満蒙，1931(1)：192.

④ 大内隆雄.鲁迅とその時代[J].満蒙，1931(1)：192.

⑤ 1935年10月，日本诗人野口米次郎与鲁迅进行了会谈，回国后在东京1935年11月12日的《朝日新闻》发表了《一个日本诗人与鲁迅的会谈记》。文章中，野口问鲁迅："我以为先生是一位虚无主义的思想家，但您还是一位爱国者？"鲁迅回答道："到了近来，了解我的人一年比一年增加起来，我感到不少的喜悦。"(野口米次郎，《一个日本诗人与鲁迅的会谈记》，流星抄译，《鲁迅研究学术论著资料汇编1》，第1198页)从野口米次郎以感慨的话语说一直以为鲁迅是虚无主义思想家可以看出，到了1935年，中国人逐渐意识到了鲁迅的虚无主义色彩的深层次意义。鲁迅在回答野口米次郎的问题时，不知是否想起了李长之在《鲁迅批判》中对《野草》的积极评价。

李长之在《鲁迅批判》的第四章《鲁迅的杂文》的第四节中，集中评析了《野草》，他认为"在鲁迅的作品里，形式略为奇怪，含义较为深邃，使一般人多少认为难懂的是《野草》"，"在这包括二十三篇短文的小书中，有七篇东西特别出色，这是《影的告别》《复仇其二》《希望》《立论》《死后》《这样的战士》和《淡淡的血痕中》，其中《复仇其二》《死后》和《淡淡的血痕中》，我认为尤其站在艺术上最高的地位。"①他评析《影的告别》"有一层甚深的悲哀的色彩，弥漫着孤寂、愁苦的气息"；"《希望》也是写寂寞和空虚叙述的"，"绝望之为虚妄，正与希望相同，这恐怕是他最为感伤的文字"；《立论》是在为言论争自由的一篇文章，它将幽默和讽刺合二为一；《这样的战士》是描绘了一个理想的奋斗人物，技巧像内容一样，是毫无空隙的朴实渊茂的一首战歌；《复仇其二》是借用耶稣的故事，说人们对于改革者的迫害。因为悲悯和诅咒，那改革者对于自己的痛苦，却有一点快意；《死后》描写了追求精神世界的战士无处逃脱的创伤记忆；《淡淡的血痕中》礼赞了一位具有强烈叛逆精神的猛士。李长之分析以上作品后，得出如下的结论："就中国一般的作家论，是大抵没有甚深的哲学思索的，即以鲁迅论，也多是切近的表面的攻击，所以求一种略为深刻的意味长些的作品就很少，根源不深，这实在是中国一般的作品令人感到单薄的根由。鲁迅这篇文字之有一种特殊意义者，却就在它多少有一点哲学的思索的端绪故，事实上，这篇东西也确乎因此看着深厚得多了。"②李长之鉴于《野草》的作品能够引导读者进行深层次的哲学思考，给予了极高的评价。

　　1944年12月，日本出版了竹内好的《鲁迅》。竹内好用大量的篇幅分析了《野草》，指出："在鲁迅作品中，我很重视《野草》。作为解释鲁迅的参考资料，我以为没有比这更合适的了。它集中地表现了鲁迅，为他的作品和杂文之间搭起了桥梁。"③他指出了野草的特征，即"奇妙纠葛"的复杂性并列举了《影的告别》《乞求者》《复仇其一二》，《过客》《希望》《风筝》《狗的驳诘》《这样的战士》等文章的一些句子，平铺罗列之后说道："像磁石被集中地指向某一点。但无法用语言表达，如果非要勉强地说，也只好说是'无'……我们不能否认这种本源的东

①　李长之.鲁迅批判[M].北京：北京出版社，2003：108.
②　李长之.鲁迅批判[M].北京：北京出版社，2003：111.
③　다케우치 요시미(竹内好).루쉰[M].서울：문학과지성사，2011：115.

西的存在。而且我认为《野草》明显地显示出了其地位。"①竹内好高度评价《野草》的世界，因为其凸显了鲁迅文学的根源——"无"的地位。但是他又说《野草》"像是压缩重组了《呐喊》和《彷徨》，也像是对其解析"，② 因此，他相比于单独分析《野草》的文学价值，更倾向于把它作为解读《呐喊》和《彷徨》的一种必要手段。

纵观1930年至1940年间韩、中、日对《野草》的评价，丁来东的评价具有重要的价值和意义，他较早看到了《野草》在文学史上的价值，也先于他人看到了《野草》在鲁迅文学中的重要性。丁来东没有拘泥于当时占据韩、中、日评论界主流地位的钱杏邨关于《野草》的批评意见，而是详细地阅读《野草》，正确剖析了《野草》的文学价值。当时，逗留在上海的李庆孙阅读丁来东的《鲁迅及其作品》之后说道："我感叹他在对鲁迅的介绍上，毫无死角地掌握到了他作为作家的思想及工作，这一定是投入了非一般的精力去研究。为中国和朝鲜的文坛，我不禁祝福他的将来。"③文中他对丁来东的鲁迅文学研究成果给予了极大的肯定。令人遗憾的是，在韩国继丁来东之后再没有人关注《野草》，或是对其进行进一步的研究。虽然申彦俊发表过《鲁迅访问记》（《新东亚》1934.4），李陆史发表过《鲁迅追悼文》（《朝鲜日报》1936.10），但都未提及鲁迅的《野草》，梁白华于1935年3月发表在《每日申报》的《周树人》也是如此。他在这篇文章中将鲁迅的作品分为杂文集，小说和翻译等三个领域。杂文集里包含《热风》《华盖集》《华盖集续编》《而已集》《三闲集》，小说包含《呐喊》《彷徨》，翻译包含武者小路实笃的戏曲《一个青年的梦》，厨川白村的《苦闷的象征》《出了象牙之塔》，卢那察尔斯基的《艺术论》《文艺与批评》等，其文学研究的编纂题目中提到《中国小说史略》《唐宋传奇集》《小说旧闻钞》等。④ 因此，丁来东关于《野草》的批评可称得上是韩国对鲁迅文学批评史上令人瞩目的学术成果。

五、无政府主义视野下的鲁迅文学批评

丁来东不仅反驳了钱杏邨关于《野草》的批评，也批判了钱杏邨对《阿Q正

---

① 다케우치 요시미(竹内好). 루쉰[M]. 서울: 문학과지성사, 2011: 122-123.
② 다케우치 요시미(竹内好). 루쉰[M]. 서울: 문학과지성사, 2011: 115.
③ 李慶孫. 그 後의 鲁迅: 丁君의 鲁迅論을 읽고(上)[N]. 朝鮮日報, 1931-02-27.
④ 梁白華. 周樹人[M]//양백화 문집 3. 춘천: 강원대학교출판부, 1995: 347-348.

传》的批评。钱杏邨在文中写道："鲁迅的作品，特别是《阿 Q 正传》无法超越其时代性①。"对此丁来东反驳："鲁迅没有远大的思想，只是单纯刻画了辛亥革命之后的社会现象，大致可以认定是准确的观察。但无论任何作家和作品都离不开时代性，只是区别于其时代性在艺术作品中呈现的'度'上有浓薄的差异而已。"②丁来东认为所有的作品不论其大小都与它所在的时代有关，因此不能把《阿 Q 正传》只束缚在"时代性"的枷锁上加以评论。

　　丁来东评价鲁迅的《彷徨》时，转引了鲁迅出版《彷徨》时引用在扉页中的屈原《离骚》中的一句话"路漫漫其修远兮，吾将上下而求索"，分析道："通过这段诗句可以看出，鲁迅在思想上的确显得消沉，对未来感到彷徨。……如果冷静地分析《彷徨》的内容，就能感觉到这是《呐喊》的续篇，在思想上也没有特别的进展。"③从而塑造了鲁迅找不到出路而彷徨的形象。接下来写道："近来部分阶级文学者评价鲁迅的创作不能代表时代精神，并评价说鲁迅没有希望，也没有目标，只知呐喊和彷徨。"④随后他直接引用了钱杏邨在《死去了的阿 Q 时代》的一段话："鲁迅没能寻到出路而彷徨，没能把野草变成乔木，因此鲁迅的创作里只有过去，充其量也只不过涉及点现在，却没有将来。"他表示无法完全同意钱杏邨的观点，写道："鲁迅的全部创作并非如此，但不可否认存在这些方面的因素。"⑤丁来东提到鲁迅参加中国左翼作家联盟之后创作萎靡不振的状况，质疑道："去年春天听到的消息说，鲁迅参加了'中国左翼作家联盟'，我感到十分疑惑，一向秉持'无'思想的他，为什么要向普罗文学派投降。但鉴于他后期除了翻译以外没有任何创作，因此也无法判定他到底有什么变故。"⑥丁来东不惜用"投降"来描写鲁迅转向左翼文学阵营的行为，不难看出其否定的态度。他觉得无法接受曾经主张"文艺与革命的因缘很远很远，就算文学家天天喊'革命，革命'，但也不过是第三线的战士罢了"⑦的鲁迅不但接受阶级文学，还加入中国左

① 丁來東. 魯迅과 그의 作品[M]//丁來東全集 Ⅰ. 서울：금강출판사，1971：330.
② 丁來東. 魯迅과 그의 作品[M]//丁來東全集 Ⅰ. 서울：금강출판사，1971：331.
③ 丁來東. 魯迅과 그의 作品[M]//丁來東全集 Ⅰ. 서울：금강출판사，1971：337.
④ 丁來東. 魯迅과 그의 作品[M]//丁來東全集 Ⅰ. 서울：금강출판사，1971：338.
⑤ 丁來東. 魯迅과 그의 作品[M]//丁來東全集 Ⅰ. 서울：금강출판사，1971：338.
⑥ 丁來東. 魯迅과 그의 作品[M]//丁來東全集 Ⅰ. 서울：금강출판사，1971：338-339.
⑦ 丁來東. 魯迅과 그의 作品[M]//丁來東全集 Ⅰ. 서울：금강출판사，1971：357-358.

翼作家联盟。总而言之，丁来东参照了钱杏邨对鲁迅文学的批评，但提出了自己的不同见解，他对鲁迅转向左翼文学阵营表示了质疑，从而隐约透露出他对阶级文学(普罗文学)的批评性态度。

这时，李庆孙看出了丁来东的态度，试图补充说明丁来东简单提及过的、鲁迅转向左翼文学阵营后1929年以后的文学活动。1931年2月，他在《朝鲜日报》发表了《其后的鲁迅：读丁君的鲁迅论有感》，此文高度评价了丁来东关于鲁迅文学的研究成果，同时表示"鲁迅文学生涯的巅峰时期是1929年，可惜现在再也听不到1929年之后的鲁迅的消息。也查不到进一步的介绍文。想来是包括丁君在内的读者们都感到遗憾的事情"。① 接下来，他详细介绍了(被丁来东省略的部分)鲁迅转向左翼文学阵营后的实践活动，并解释鲁迅在这时期创作不振是因为实施"实际行动"，无暇提笔写文。他继续说道："资平、达夫、沫若、鲁迅等老人中，只有沫若和鲁迅获得了重生，但更重要的是，想提醒中国文学研究人，现在更多的新人在控制文坛。"②

作为对李庆孙的这篇文章的回应③，丁来东于1931年在《朝鲜日报》上发表了《流动的中国文坛最近相》，详细地介绍了正在发生新变化的中国文坛的近况。他在文章中介绍中国已确立了国民党的"党治国家"的方向，出现了"马克思主义文学趋于没落，民族主义文学新兴"的新局面。丁来东将"民族主义文学"称为国民党统治下的"御用文学"，把"马克思主义文学"称为苏联的"御用文学"④。他说道："中国马克思主义的没落或者说是中断的此时，有必要清理其理论、作品或评论等。马克思主义理论并没有给中国开辟什么新天地，只不过是卢那察尔斯基、日本的藏原惟人理论的翻译和复制，感觉没有任何重复的必要性。在马克思主义文学全盛时期，以评论家的名义来活动，照搬这些理论的人中，钱杏邨就是个例子。钱杏邨虽确实是复制主义，但从《现代中国文学作家》(1、2集)中，可

① 李慶孫. ユ 後의 魯迅: 丁君의 魯迅論을 읽고(上)[N]. 朝鮮日報, 1931-02-27.
② 李慶孫. ユ 後의 魯迅: 丁君의 魯迅論을 읽고(下)[N]. 朝鮮日報, 1931-02-28.
③ 丁來東. 움직이는 中國文壇의 最近相·筆者의 말[M]//丁來東全集 Ⅱ. 서울: 금강출판사, 1971: 26.
④ 丁來東. 움직이는 中國文壇의 最近相[M]//丁來東全集 Ⅱ. 서울: 금강출판사, 1971: 36.

以得知到他其实也是个拥有着敏锐头脑的人。"①1930 年，以左翼文学阵营和进步文人为中心结成了中国左翼作家联盟，令国民党感到了危机，于是对其进行了镇压。同时，国民党决定将"三民主义"作为文艺政策方向，积极推进"民族主义文艺运动"，并于 1930 年 10 月 10 日创办了《前锋月刊》，宣布开展"民族主义文艺运动"。1931 年，国民党政府加强了镇压，马克思主义文艺运动大大减弱，"御用"的民族主义文艺运动代替了其位置。在中国文坛的此种客观形势下，丁来东提出了同时否定和批评马克思主义文学和民族主义文学的观点。他甚至还苛评马克思主义文学作品只不过是"不能称为作品的作品，是不成熟的作品，外国作品的翻版"。② 当然，他也肯定了马克思主义文学的一些功劳，认为三四年来，中国的马克思主义文学"确实是如洪水般留下了荒废的痕迹后走上了没落之路"，"虽然没有理论、评论、创作方面的特殊成绩，但有一点值得肯定，即是可称为余痕的方面，总之，它成功地引导了一般作家关注劳动阶层。"③

丁来东把马克思主义文学纳入为清算对象，首先是其创作成果收效甚微，但最根本的原因在于马克思主义文学将文学归属于政治与权力范畴。因此，丁来东将中国的马克思主义文学称之为"御用文学"，将其置于与国民政府的民族主义文学同等的位置进行了批判。与之形成鲜明对比的是，他用大量篇幅介绍了"两位不依仗任何权力，全凭自身的素养和对时代精神的感悟，一时间令沪宁纸贵的作家"④，即巴金和沈从文。从中可以窥探到，丁来东拥护的文学是一种摆脱政治(革命)和权力羁绊的纯文学。

丁来东对中国马克思主义文学的批判是对金光洲的《中国普罗文艺：运动的过去与现在》(《朝鲜日报》1931.8)的补充和延续。金光洲在上海留学期间与韩国人的无政府主义独立运动团体有过联系。他在《中国普罗文艺》中说明了 1930 年

---

① 丁來東. 움직이는 中國文壇의 最近相[M]//丁來東全集 Ⅱ. 서울：금강출판사，1971：40.

② 丁來東. 움직이는 中國文壇의 最近相[M]//丁來東全集 Ⅱ. 서울：금강출판사，1971：41.

③ 丁來東. 움직이는 中國文壇의 最近相[M]//丁來東全集 Ⅱ. 서울：금강출판사，1971：41-42.

④ 丁來東. 움직이는 中國文壇의 最近相[M]//丁來東全集 Ⅱ. 서울：금강출판사，1971：43.

3 月中国左翼作家联盟成立以后无产阶级的文艺运动情况，详细介绍了作家和作品。金光洲分析了中国无产阶级文艺运动(革命文学运动)在 20 世纪 20 年代后期，仅兴起三年后便面临完全停滞的原因。他说："虽然也不能排除一些散落于各地的作家坚持着普罗文学，但现状是持续三年的普罗文学已完全停滞。其中缘由显然是无法用一两个章节说得清楚的，但首当其冲的应该是客观环境带来的高度压迫。然而，除了'普罗文学乃阶级之武器'这一缥缈的观念(虽然这不只是中国文坛的问题，而是任何人都需要深入思考的问题)之外别无彻底的理论根据，此外，缺乏独特作品在内容、形式方面的建设，也可谓最为重大的原因。"①由此，金光洲认为中国的无产阶级文艺停滞不前的原因有两点，一是提倡民族主义文艺运动的国民党政府的政治镇压，二是主张"阶级武器"的普罗文学缺乏理论支撑，无法指导具体的创作活动。文末，金光洲批判了别人对普罗文学的否定性态度，虽然也有人认为民族主义文艺运动正在兴起，无产阶级文艺运动定会衰败，但他对中国无产阶级文艺运动持有保留态度，认为中国无产阶级文艺运动也有可能出现转机。② 不过他说"是任何人都需要深入思考的问题"，由此不难发现，他对无产阶级文艺把文艺当作"阶级武器"的观点持着怀疑的态度。

那么，丁来东为何会全面否定马克思主义文学和民族主义文学，并称其为"御用文学"？这和他认同无政府主义思想理念有着直接关联。1926 年，丁来东进入北京民国大学本科英文系，那年 9 月，他曾在民国大学与沈龙海(即沈茹秋)、柳基石(即柳树人)、吴南基等一起成立了俄罗斯无政府主义理论家克鲁泡特金研究小组，③ 与 1924 年 10 月在北京民国大学韩中两国联合成立的无政府主义组织"黑旗联盟"活动中的向培良保持着联系。丁来东从来未对外公开过自己是个无政府主义者，但从他自己写的《著者年谱》中可以得知，他与无政府主义者们的确保持了频繁的联系。例如，丁来东写道，在 1927 年"晚上我向向培良学习白话文学作品，我教向氏日语"；1930 年"暑假期间，经沈茹秋同学介绍，每年从香山自由学院的教师郭同轩先生处学习了中国古典文学，尤其是《史记》《文选》等。这为我的中国文学研究提供了莫大的帮助。这一时期，我也曾与白贞基

① 金光洲. 中國푸로文藝(4)：運動의 過去와 現在[N]. 朝鮮日報，1931-08-07.
② 金光洲. 中國푸로文藝(4)：運動의 過去와 現在[N]. 朝鮮日報，1931-08-07.
③ 구승회 외 지음. 한국 아나키즘 100년[M]//서울：이학사，2004：213.

义士等同学一起赴小汤山(温泉)玩过"。① 从丁来东与中国的无政府主义者向培良、在中国的韩人无政府主义者沈茹秋及白贞基等人交往,可以间接看出他也支持和认同无政府主义思想。丁来东著述过一本评论早期中国现代文学的作品,名为《中国现文坛概览》。他在书中写道:"中国文学还不完全是民众的文学,截止到现在,中国革命也不完全是民众的革命,都是中产阶级和知识阶级革命。"并指出中国文坛的发展方向是从"中产阶级文学"到"民众主义文学",② 从中可以看出他的理念基石也是无政府主义思想。丁来东于 1932 年在《朝鲜日报》发表的《清算过去》中提到:"民族意识,对内最终还是无法提出代表全民众利益的运动,只会拥护该派的指导群和经济榨取群,而对外会培养和诱发民族间利益相互排斥的思想和行动。"③他明确指出了拥护资产阶级或沦落为国粹主义的民族主义的缺陷。他更进一步说道"我们能断言的是,世界的民族主义思想大多都与国家主义相一致",④ 并提醒民族主义与国家主义相结合时所存在的危险性。他在中国留学期间,目睹了中国国民党政府利用国家权力大力宣传民族主义文艺运动的弊端。他认为文化运动之中的民族主义最终将走向国家主义,因而尖锐地批判了民族主义。这也是丁来东否定国家权力,赞同无政府主义思想的具体例证。

　　众所周知,无政府主义者否定集中化的权力(无论是国家权力还是无产阶级独裁),信奉个人(民众)自由,强调文艺的自律性。他们认为马克思主义文艺理论或无产阶级文学论隶属于政治(无产阶级斗争)和权力(无产阶级独裁),因而树立了与其相对抗的文艺理论。在中国以无政府主义文艺批评家身份开展活动的柳树人,也曾在中国的革命文学论争中发表了《检讨马克思主义的阶级艺术论》和《艺术的理论斗争》,严厉批判了以"阶级斗争"为名义抹杀文艺自律性的马克思主义阶级文学论。⑤ 丁来东根据当时中国文艺批评的状况,在《中国现文坛概览》中将中国文坛分为无政府主义文学派、革命文学派、资产阶级文学派、纯文

---

① 丁來東. 著者 年譜 [M]//丁來東全集 Ⅰ. 서울: 금강출판사, 1971: 424-425.

② 丁來東. 中國 現文壇 槪觀[M]//丁來東全集 Ⅱ. 서울: 금강출판사, 1971: 57-58.

③ 丁來東. 過去를 清算하자: 文藝評論의 續稿 (5) [M]//丁來東全集 Ⅱ. 서울: 금강출판사, 1971: 325.

④ 丁來東. 過去를 清算하자: 文藝評論의 續稿 (5) [M]//丁來東全集 Ⅱ. 서울: 금강출판사, 1971: 326.

⑤ 李何林. 中国文艺论战 [M]. 绥化: 东亚书局, 1932: 479-492.

学派等四个类型，并详细对比说明了无政府主义文学派的主张和革命文学派的理论。他从梅子编纂的论文集《非革命文学》和数种无政府主义文学派的月刊中，专门筛选出无政府主义文学派的文章，介绍了他们在文学上的主张以及抨击革命文学的几个要点。他所罗列的参考文献有《现代中国文学的新方向》（尹若，《文化战线》）、《检讨马克思主义的阶级艺术论》（柳絮，《民间文化》）、《论无产阶级艺术》（毛一波，《文化战线》）、《革命文学论批判》（谦弟，《现代文化》）、《无产阶级文艺运动的谬误》（尹若，《现代文化》）、《艺术家的理论斗争》（柳絮，《民间文化》）等。丁来东认为无政府主义文学派不仅反对革命文学派以无产阶级独裁为前提的阶级斗争论，也反对马克思主义的政治斗争。并评论两派的艺术观差异在于"无政府主义文学派主张艺术的最高理想在于自由，而马克思文学派只把艺术当成宣传工具，艺术上没有任何特征，只关注如何利用艺术的问题"。①丁来东介绍了无政府主义文学派的主张之后，进一步介绍了以鲁迅和周作人为代表的语系派的文学主张。他认为语系派文学具有自然发生性，与革命的关系比较远。他引用鲁迅在黄埔军官学校演讲时的演讲稿《革命时代的文学》为例，说道："因为好的文艺作品，向来多是不受别人命令，不顾利害，自然而然地流露出心中的东西；如果先挂起一个题目，做起文章来，那又何异于八股，在文学中并无价值，更说不到能否感动人了。"②丁来东之所以重点介绍鲁迅的文学对革命无力的观点，在于他意识到鲁迅的观点与无政府主义的文艺理论有相当高的一致性。丁来东批判革命文学派的主张，流露出拥护无政府主义文学派的态度，大篇幅介绍鲁迅文艺主张，毋庸置疑，说明他倾向于无政府主义思想理念。

六、金台俊对鲁迅文学的理解

以著述《朝鲜小说史》和《朝鲜汉文学史》而闻名的金台俊，在 1930 年夏就读于京城帝国大学中国语文学系时，为求毕业论文所需资料访问了北京。这时，中国左翼作家联盟刚成立不久。当时他目睹了中国翻天覆地的变化，受到了巨大的冲击。他认识到"新兴的中国！……正处于改革一切的奋斗中，她已然不是过去

---

① 丁來東. 中國 現文壇 槪觀［M］//丁來東全集 Ⅱ. 서울：금강출판사, 1971：69.
② 丁來東. 中國 現文壇 槪觀［M］//丁來東全集 Ⅱ. 서울：금강출판사, 1971：71.

的中国了",①接着描述"新兴中国的真相"道:"从尖端奔向尖端!从极端冲向极端。不留余地,彻底改革一切的现状,这是引领他们社会性、政治性成功的直接诱因。"②金台俊看到了中国通过不断改革,从尖端走向极致。改革成为中国走向社会性和政治性成功的"直接诱因",他对此表示了极度赞同。同时看到了"在多灾多难的社会背景下成长起来的文艺创作及作家的生活现状,认为这些作家的作品就是对当下变化的书写,而作家的生活就是对当下变化的实证"。③为了传播新兴中国的现状,他努力介绍中国现代文艺。金台俊旅京时看到了中国左翼作家联盟成立后,在急剧发生变化的社会中,中国新兴文学彰显出的社会影响力和无限可能性。

以此时的经验为基础,金台俊于1930年11月12日至12月8日,分18次在《东亚日报》连载了介绍中国现代文学的《文学革命后的中国文艺观》。他在《序言》中描述在北京西城遇到的人力车夫"王甲七"道:"反抗精神非常激扬,阿Q时代已经结束了。"他指出中国的时局已变化——"军人,劳动者和工农阶级已结成坚固联盟",意识到了"那确实是文艺运动的力量"。因此他强调"请听黄海那头他们的呐喊,他们在喊:'艺术是反抗的产物'——'文学是宣传'!如果文学或文艺运动除了真实描述人类生活给大众看以外,还有其他的什么现代性目的,我认为这个题目也不是徒然之事。"④金台俊看到中国时局的变化是文艺运动的结果,确信文艺的"现代目的"已经超越了描写真实的人类生活的阶段,走到了反抗与宣传的阶段。他在1934年5月发表的《"朝鲜汉文学史"的方法论》中介绍了中国文学发展的历史过程,在结尾处根据上述经历写道:"最近以文学革命为契机,开始写白话文,甚至呼吁文学就是宣传。"⑤

那么,金台俊介绍中国现代文学时,是如何理解鲁迅文学的呢?金台俊虽未

① 天台山人(金台俊). 文學革命 後의 中國文藝觀[N]. 東亞日報, 1930-11-12.
② 天台山人(金台俊). 新興中國文壇에 活躍하는 重要作家(一)[N]. 每日申報, 1931-01-01.
③ 天台山人(金台俊). 新興中國文壇에 活躍하는 重要作家(一)[N]. 每日申報, 1931-01-01.
④ 天台山人(金台俊). 文學革命 後의 中國文藝觀:過去十四年間(一)[N]. 東亞日報, 1930-11-12.
⑤ 金台俊.『朝鮮漢文學史』方法論[M]//丁海廉. 金台俊文學史論選集. 서울: 現代實學社, 1997:247.

发表过专门批评鲁迅文学的文章。但在《文学革命后的中国文艺观》一文中，一瞥中国"创作界"，首次以《阿 Q 正传》为中心介绍了鲁迅的创作。他首先指出，钱杏邨的论文《死去了的阿 Q 时代》在 1927 年发表在《太阳》杂志后，以"阿 Q 时代"的争论为起点，至 1928 年春季，在革命文学、无产阶级文学派与其反对派——反革命、反无产阶级派之间展开了激烈的争论。之后以《阿 Q 正传》为中心，如此评价了鲁迅文学："阿 Q 是什么？——系指民国七年，鲁迅写的小说《阿 Q 正传》的主人公阿 Q（梁白华先生曾做过韩国语译介）。该小说当时最受大众喜爱，被翻译为世界各国语言。就连罗曼·罗兰也高度赞扬说'东方只有它'。但辛亥革命后的十年来，中国民众的思想有了惊人的觉醒，已不再是无条件屈服于豪绅阶级的阿 Q，也不是依靠命运、想利用革命军的力量报私仇的阿 Q。钱杏邨评论说，阿 Q 阴险刻毒的性格应该反映的是辛亥革命当时的大众思想。之后，鲁迅又发表了《呐喊》《野草》《彷徨》等诸多作品。但事实上，那些也只不过是在无产阶级文艺全盛期，没落到连旧日的得意气色都没有的'小资（小资产阶级）'的最后呐喊和在野草的歧路上彷徨而已。"①金台俊参考了李何林的《中国文艺论战》和钱杏邨的《现代中国文学作家》（第一卷）。由此可见，他对鲁迅文学的理解是基于李何林和钱杏邨，他接受了钱杏邨对鲁迅文学在"无产阶级全盛期"逐渐没落的观点，从而得出了"鲁迅文学无现代意义"的结论。他认为鲁迅文学到了普罗文学时期已经耗尽了时效。

金台俊非常重视文艺的社会效应，确信它的反抗和宣传作用。他认为中国新兴文学可以作为他山之石，解决在日本殖民统治下饱受煎熬的韩国社会的矛盾和疾苦。他在 1931 年 1 月《每日申报》连载的《在新兴中国文坛上活跃的重要作家》一文中指出"现代中国不再是以前的中国"，"尤其是文艺运动领域表现尤为深刻"，并申明了他介绍中国现代主要作家的想法："我们常说中国人是世界上最保守的。可是我们仔细观察他们的物情，咀嚼其文艺，就会得到全然相反的结论。从这一点上，就促使迂腐的汉学者们进行反省。一直自称君子的汉学者们——诸君如何看待惨淡的现实？都做了哪些工作？如果有'三省吾身'的只会（机会），是否也应当'有蹈东海而死'的决心？为进行彼我的对照，我打算介绍

---

① 天台山人（金台俊）. 文學革命 後의 中國文藝觀（十四）：創作界의 一瞥，主로 小說 [N]. 東亞日報，1930-12-04.

中国现代作家的情况。"①金台俊认为韩国需要一面可以对照彼此的镜子，敲醒沉醉迷梦中无法直视惨淡现实的传统知识人，促使他们进行深刻的自我反省。为了达到上述目的，金台俊认为急需向韩国人介绍中国现代文学的主要作家。让韩国人认识到紧密结合文学与革命的力量，以及发展变化着的"今日中国"。促使韩国人直视日本统治下的惨淡现实，认识到改革的紧迫性。他具体介绍了在"新兴中国文坛中活跃的重要作家"：胡适之、周氏兄弟、郁达夫、郭沫若、蒋光慈、张资平、叶绍钧、茅盾；女作家冰心、白薇；剧作家丁西林、欧阳予倩、田汉等人。

金台俊编写《在新兴中国文坛上活跃的重要作家》的时候，言明"有一半的内容是抄译了钱杏邨的《现代中国文学作家》的内容"。② 钱杏邨的《现代中国文学作家》第一卷出版于 1928 年，第二卷出版于 1930 年。第一卷包括《自序》《死去了的阿 Q 时代》《郭沫若及其创作》《〈达夫代表作〉后序》《蒋光慈与革命文学》。第二卷包括《叶绍钧的创作的考察》《张资平的恋爱小说》《徐志摩先生的自画像》《矛盾与现实》《写在后面》。③ 诚如前文所述，丁来东撰写《鲁迅及其作品》时，参考了钱杏邨的《现代中国文学作家》，而大内隆雄撰写《鲁迅及他的时代》的时候也参考了钱杏邨的《现代中国文学作家》。可见钱杏邨的这本书当时是韩国人和日本人研究中国现代文学时广为使用的参考资料。但金台俊没有提及钱杏邨在《现代中国文学作家》(第二卷)中批评的诗人徐志摩。钱杏邨在《徐志摩先生的自画像》一文中，说徐志摩是"代表中国资产阶级的作家"，"对于现实既没有怎样的不满，每天只是追逐于过去未来的幻想，做着怎样才能'飞'到天上的梦，这便是我们的徐志摩先生！"④金台俊接受了这个观点，认为站在普罗文学的立场上，没有必要介绍徐志摩。由此可以看出金台俊接受马克思主义思想，并倾向于无产阶级文学的理念。

---

① 天台山人(金台俊). 新興中國文壇에 活躍하는 重要作家(二)[N]. 每日申報, 1931-01-03.

② 天台山人(金台俊). 新興中國文壇에 活躍하는 重要作家(二)[N]. 每日申報, 1931-01-03. 金台俊对中国"女性作家"即以冰心、白薇为主，对庐隐、冯沅君等进行了简要介绍，这些很可能都是参考了钱杏邨的另一部著作《现代中国女作家》(上海北新书局, 1930)。

③ 阿英(钱杏邨). 阿英全集(贰)[M]. 合肥：安徽省教育出版社, 2003：1-201.

④ 阿英(钱杏邨). 徐志摩先生的自画像[M]//阿英全集(贰). 合肥：安徽省教育出版社, 2003：141-142.

由于这种理念的倾向，金台俊认为没有必要单独介绍鲁迅，于是以"绍兴周氏兄弟"为题，将周作人一同做了介绍。钱杏邨在《死去了的阿Q时代》里，评价"鲁迅终竟不是这个时代的表现者，他的著作内含的思想，也不足以代表十年来的中国文艺思潮"①，因此，金台俊并没有对"无现代意义"的鲁迅文学予以重视。以"绍兴周氏兄弟"为题，金台俊把焦点放在了声名颇高的"五四"文学革命时期的鲁迅文学。从而可以看出他把鲁迅的创作成果局限在"五四"文学革命时期，仅做到强调其历史意义而已。也就是说，他只是想把鲁迅介绍成"中国文艺运动史上不得不最先讨论的""周氏兄弟的功绩"②的一部分。金台俊对鲁迅的介绍仅停留在了以下几个方面：鲁迅被恶意抨击为"醉眼蒙眬的鲁迅"的事③，在革命文学论争之中被创作社攻击的事，以及鲁迅的主要经历，《阿Q正传》的梗概和作品的意义等。他没有跟进中国左翼作家联盟成立之后，转向左翼文学阵营后鲁迅的变化。

在这个时期，金台俊开始热衷于阅读中国左翼作家蒋光慈的小说。1933年1月，他阅读蒋光慈的短篇小说《碎了的心》后在《朝鲜日报》发表了评论文章，并对作品的主旨叙述道："说到他（蒋光慈）1927年以前的作品，仍然尚未克服'浪漫主义'和'感情主义'的时候，虽然使用了如猛虎般强烈声讨军阀和××（共产）主义激烈的××（革命）性文辞，却没有为××（革命）提出任何指导思想。当然，这也是受周围情势支配所致。这种时代的作品《碎了的心》（1926年），虽然看似是落后于时势的反宗教作品，但现实中仍需要这样的作品。在朝鲜早已被清理整顿的宗教问题再次成为话题的时候，这部作品虽然没有扣动我的心弦，但我仍然觉得在某一生活层面仍需要这样的作品。"④金台俊紧接着详细介绍《碎了的心》的

---

① 阿英（钱杏邨）. 死去了的阿Q时代［M］//阿英全集（贰）. 合肥：安徽省教育出版社，2003：5.

② 天台山人（金台俊）. 新興中國文壇에 活躍하는 重要作家（四）［N］. 每日申报，1931-01-07.

③ 天台山人（金台俊）. 新興中國文壇에 活躍하는 重要作家（四）［N］. 每日申报，1931-01-07.

④ 天台山人（金台俊）. 蔣光慈氏 著「碎了的心」을 읽고（上）［N］. 朝鮮日報，1933-01-20. 金台俊写这篇文章时，介绍《碎了的心》和《鸭绿江上》一起收录在了一本小说集里。金台俊读的蒋光慈的小说集是《碎了的心与寻爱》，这本书出版于1930年5月15日的上海爱丽书店。这本小说集收录了《碎了的心》《寻爱》《鸭绿江上》等八篇文章。金台俊为了搜集毕业论文的资料来到北京，于1930年走访过时琉璃厂的书店街，这本书很可能是这时候购买的。

作品梗概后，与 1926 年出版的李箕永的短篇小说《外交官和传道夫人》进行了比较分析："记得《外交官和传道夫人》比《碎了的心》在机智和幽默方面更胜几层。"他在介绍《外交官和传道夫人》的故事梗概以后，写道："当然这些都是蒋氏和李氏早期的作品，因为专注于否定神和天堂的存在，所以对××（革命）没有任何暗示。"①金台俊阅读了蒋光慈的中文版小说原文，并与李箕永的作品进行了比较分析。可见比起鲁迅的作品，他更热衷于阅读左翼作家的作品。

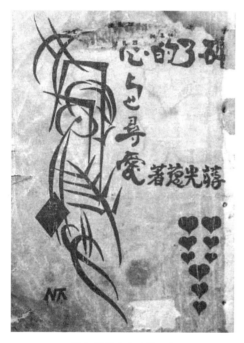

蒋光慈的《碎了的心》　　　　　钱杏邨《现代中国文学作家》

七、金台俊对左翼文学的批评和接受

金台俊撰写《文化革命后的中国文艺观》和《在新兴中国文坛上活跃的重要作家》时，不仅借鉴了钱杏邨的著作，还参考了李何林的《中国文艺论战》以及日本

---

① 天台山人（金台俊）. 蒋光慈氏 著「碎了的心」을 읽고（上）[N]. 朝鲜日报, 1933-01-21.

左翼批评家濑沼三郎的著作《中国现代文艺》(1930)。他在"绍兴周氏兄弟"小节中介绍的《阿Q正传》梗概取自濑沼三郎的《中国现代文艺》,文中濑沼三郎对《阿Q正传》的梗概作了简要说明。① 金台俊介绍《阿Q正传》的概况之后,在结尾处写道:"《阿Q正传》以农村比较常见的男性人物的故事作为题材,是潜藏'幽默'的现实主义作品。钱杏邨认为这篇在中国近代文艺史上具有划时代意义的名作已经过时,声称'阿Q时代早已死去',不禁让读者唏嘘。而另一方面,冰禅等人继续辩护'阿Q时代还在',这已是1929年3月的事情。"②第一篇文章摘取自濑沼三郎对《阿Q正传》的评论,第二篇文章参考了李何林的《中国文艺论战》中钱杏邨和冰禅的观点。③ 金台俊在同一篇文章中介绍了主张"阿Q时代早已死去"的钱杏邨和坚持"阿Q时代还在"的冰禅的观点,想借这种说明方式较为客观地介绍"阿Q正传"的文学价值和中国文坛的情况。因此金台俊的认识并不是建立在阅读原文的基础上,而是考虑到中国文坛正以普罗文学为主流的现状,积极借鉴了普罗文学对鲁迅文学进行批判,并以此为基础建构了他对鲁迅文学的认识。他自称读过郭沫若和郁达夫的作品,④ 并且很热衷于蒋光慈等左翼作家的作品,却没有热情研读鲁迅的作品。

钱杏邨在《现代中国文学作家》(第二卷)《写在后面》中表明了他对鲁迅转向左翼阵营的期待。他写道:"鲁迅君是改变了他对于新兴文学的态度。"⑤但金台俊并没有在文中表示类似的期待。因为"阿Q时代"的鼎盛期早已过去,步入20世纪30年代,鲁迅失去了现实的力量,鲁迅的作品不再是金台俊积极研究的对

① 濑沼三郎. 支那の現代文藝[M]//大支那大系(第十二卷)文學·演劇篇(下卷). 東京:萬里閣書房,1930:264-266.

② 天台山人(金台俊). 新興中國文壇에 活躍하는 重要作家(五)[N]. 每日申報,1931-01-10.

③ 冰禅. 革命文学问题:对于革命文学的一点商榷[M]//李何林. 中国文艺论战. 绥化:东亚书局,1930:60. 金台俊参考的冰禅的文章收录于李何林编辑的《中国文艺论战》,原文如下:"近来有人说'死去了的阿Q时代'以为中国的农民都进步了,都不复'再是阿Q'了,果然如是,自然是一件很可庆幸的事,不过这恐怕是要面子的话,阿Q的时代不独还没有'过去',就是最近的将来还不会'过去',除非我们四万万人都能一旦发大愿心,把自己'阿Q相'的灵魂,一齐凿死!"

④ 金台俊. 外國文學專攻의 辯(6)[N]. 東亞日報,1939-11-10.

⑤ 阿英(钱杏邨). 写在后面[M]//阿英全集(贰). 合肥:安徽省教育出版社,2003:200.

象。这也是金台俊在介绍《阿 Q 正传》的时候，直接借鉴濑沼三郎书中的内容草草结尾的缘故。当然还要考虑到当时金台俊个人的情况。当时他正在连载《文学革命后的中国文艺观》和《在新兴中国文坛上活跃的重要作家》，还要写大学毕业论文，同时在撰写韩国最初的近代文学史巨作《朝鲜汉文学史》和《朝鲜小说史》，因此没有过多精力深入研究中国现代文学。他对中国现代文学的介绍以及对鲁迅文学的理解，并不是为了客观的学术研究，而是为了纵览在文学与革命的紧密关系中发生巨变的新兴中国文坛，想要给在日本帝国主义统治下的韩国社会和当时文坛带来强烈的刺激和启示。因为此时的中国正紧扣文学与革命的相互推动关系，造就着翻天覆地的变化。作为一个钻研中国文学的新进学徒，这是出于某种使命的迫切感。

金台俊的《北平纪行》

即使金台俊积极接纳了钱杏邨等左翼批评家们对鲁迅文学的批评，但是，我们不得不承认他按照他的思想而经历过选择和彻底内化的过程，这在1931年夏天金台俊访问北京时①与周作人的面谈中表露得较为明显。金台俊访问北京的第二年，将这次经历写成了《北平纪行：傻瓜游燕草》，文中写道离开首尔经过满洲时的心境："现在我们帝国为了极东的和平和正义，征伐苏联（露西亚），获满蒙的既得权，其威力震动极东。"又吐露自己的心声："傻瓜（指金台俊自己）现在心胸变得宽广，在不自由的

---

①　金台俊为了准备毕业论文的资料，在1930年夏天第一次来到北京。1931年夏天，他第二次来到北京，但没有关于此次旅行的资料记载。不过，金台俊在《北平纪行》的"离开首尔"中写道："搭载京义线列车的身躯，于6月13日早晨，跨过离'傻瓜'故乡很近的清川江。"而在《朝鲜语文学会报》第二期(193110)刊登的《编辑余墨》，也有如下记录："'天台山人'（即金台俊）乘坐在中国文学研究车，在北平长期旅行之中……"由此我们可以断定，金台俊于1931年6月中旬离开首尔前往北京，并在北京度过大部分的夏天。

现实下，虽内心受到煎熬，但希望成为一只小鸟，在自由的北国翩翩翱翔。"①金台俊用反语讽刺了日本帝国主义的虚伪和欺瞒，表达了在不自由的现实中对自由的向往。金台俊到北京后，访问了北京大学教授、中国代表性的文人周作人。他到"北平西城"的周作人的家(八道湾 11 号)访问，谈论有关"中国文坛现状"等问题。

　　"昨今两年来，文艺运动中心搬到上海以后，各位作家都搬到了四方，我现在都无法听闻伯氏(即鲁迅)的消息了。现文坛的作家们都是要么在翻译，要么在保持沉默，而新进文人什么都不懂，只知道主张'无产阶级文艺'。现在的文坛真是越来越沉滞和寥寥了。"

　　他(傻瓜，即金台俊)故意为了引出他(即周作人)的答案，说道："现在外部评价说中国在无产阶级文艺运动初期展开了猛烈的行动，先生应该也助了一臂之力了吧。"

　　先生听完，像是惊讶了一下，然后转变了语气说："无产阶级文艺在无产阶级自己写作前是永远都无法被看作真正的运动的。文艺于我，只是余兴，是我当作趣味的娱乐。我的本职工作是军人，孙子兵法则是我最喜欢读的书。"

　　我感到了非常之失望。编写了《世界小说译丛》、创作了很多小品的人，虽然只是谦逊，但还是称自己喜欢"萨贝尔"(源于荷兰语 Sabel，意指剑)，断言说自己对文艺是门外汉。我不禁想这是我期待的中国一流文人吗？咄！死马骨！所谓过渡期的名士，不管是中国还是朝鲜都是这个样子的。我明白真正的文坛名士——还有我所要求的文人应该是在那些到处被驱逐的无名斗士之中的。他又问了朝鲜文学、歌谣、文坛现状，我简单回答后回到了家中。我虽然见过很多中国的名流，但最终得到的还是这样的失望。留在记忆中的只有和那汉字废止论的急先锋——旧师魏建功讨论的三点。②

----

① 短舌(金台俊). 北平纪行：명텅구리 遊燕草[J]. 新興, 1932(6)：55.
② 短舌(金台俊). 北平纪行：명텅구리 遊燕草[J]. 新興, 1932(6)：59-60.

当时金台俊拜访周作人①的家，据推测，应该是因为当时在北京大学任职的魏建功的帮助。金台俊称作"旧师"的魏建功，曾受聘于首尔京城帝国大学担任中文"讲师"，1927年4月至1928年8月，讲授过三个学期的中文。这时在京城帝国大学就读预科（1926—1927）及中国语文学系本科（1928—1930）的金台俊，师从魏建功学习中文。魏建功回国后就职于北京大学，金台俊访问北京，与周作人保持紧密联系的魏在中间介绍金台俊和周作人两人相见。

拜访了鲁迅的弟弟周作人的金台俊，严厉地讽刺了与无产阶级文艺保持一定距离的周作人为"死马骨"（出自"千金市马骨"，花五百金却买了死马骨，意为花大价钱买无用之物），而对周作人的失望从他的理念倾向足以预见到。金台俊说"真正的文坛名士""自己所要求的文人"反而是能在"被驱逐的无名斗士"中才能找到。可见他所崇尚的文艺是"革命文学"，即"无产阶级文艺"。金台俊想要在无产阶级文艺的立场上批评介绍现代中国作家，是源于接受马克思主义阶级史观的他彻底的理念倾向的。也就是说，他根据钱杏邨和李何林等左翼批评家对鲁迅文学的批评来理解鲁迅文学，是由于他与他们之间有思想共鸣。

八、思想谱系与批评立场的不同

从20世纪20年代中期起，韩国无产阶级文学运动缓缓拉开帷幕。此时为摆脱日本统治，迫切需要民族抵抗运动，这股运动在进步文人中迅速传播蔓延。金基镇的言论正说明普罗文学运动带有民族解放运动的性质。他说道："文学要成为今日的民族抵抗运动的武器。作为这种运动的武器的文学，仅限于今日，既是有用的，又是获得存在意义的。欺压我们民族的是资本主义和帝国主义。因此，民族运动是反资本、反帝国主义斗争的第一个阶段。为这样的斗争而展开的文学被命名为无产阶级文学。"②韩国无产阶级文学运动从一开始就作为民族解放运动的一环而展开，到了1930年前后更加活跃了起来。曾于1930年1月和2月连载梁白华翻译的《阿Q正传》、丁来东的《中国新诗概览》的《朝鲜日报》刊登了朴英

---

① 根据《周作人日记》（郑州：大象出版社，1996）记载，周作人1931年的"日记"全部遗失。因此，无法考证周作人日记中对1931年金台俊来访的访谈内容的记录。

② 金基鎮. 今日의文學·明日의文學[J]. 開闢，1924（2）：50.

熙的《作为 1929 年艺术论证的总结：论新的一年中我们的进路》和金八峰的《关于艺术的大众化：要求解决这个问题》，以及朴浣植的《关于无产阶级诗歌所面临的任务：我们诗歌的大众化问题》一文和宋虎的《大众艺术论》。1930 年 4 月的《朝鲜日报》连载了丁来东的《读〈阿 Q 正传〉有感》的《朝鲜日报》，刊登了宋驼麟的《朝鲜"普罗"艺盟和"普罗"艺术运动：是第一线还是第三线》，同时还连载了金亨俊翻译的《"黑格尔"和辩证唯物论》1931 年 3 月的《朝鲜日报》连载了钱杏邨的《中国文坛的回顾：1929 年以后》（金光洲翻译），以及安含光的《朝鲜普罗艺术运动的现况与混乱的论争》。此外，这个时期，大家对海外无产阶级文学运动也更为关注。1931 年 1 月正连载丁来东的《鲁迅及其作品》的《朝鲜日报》"海外消息"栏目刊登了《中国的红色读书界：书肆陈列的 70%》一文。这篇文章以法国杂志的内容为基础，传达的是当时流行共产主义思想的苏联作品风靡中国读书界的消息。[1] 1931 年 8 月 5 日的《朝鲜日报》刊登了金光洲的《中国普罗文艺》，以"海外文艺消息"传达了世界著名文士们为了拥护"苏联"，组织成立了委员会的消息。[2] 1931 年 10 月 28 日刊行的《东亚日报》的"文艺消息"中，传达了"在上海研究多年中国新兴文学后回国的金光洲先生、柳山房先生，以及在上海的李庆孙先生、诗人黄锡禹先生等的努力下，将刊行'无产阶级'文艺杂志《新兴文坛》。临时办公室暂定在积善洞 16 号金键先生的房间"[3]的消息。虽然《新兴文坛》杂志最终没能创刊，但金光洲、柳山房、李庆孙等人要创立一个专门宣传无产阶级文学的文艺杂志本身，就足以说明韩国对中国无产阶级文学的关注。1930 年初起，韩国文坛都在积极探讨无产阶级文学和文艺大众化问题，并且为了解世界共产主义运动和中国无产阶级文化大众化投入了大量的心血，竭尽所能。他们想要了解关于共产主义运动或中国无产阶级文学运动的更多信息。在这样的历史潮流的背景下，韩国国内的报纸杂志纷纷报道中国现代文学相关内容，其中包括了很多关于鲁迅文学的译介和批评。在韩国从事中国现代文学的研究者们借鉴或接受中国左翼批评家钱杏邨的观点也是情理之中的事情。

值得注意的是，因批评者的理念倾向不同，对鲁迅文学的评价也出现了很大

---

① 中國의 붉은 讀書界：書肆陳列의 70%[N]. 朝鮮日報，1931-01-19.

② 各國文士로 組織된 赤露擁護國際委員會[N]. 朝鮮日報，1931-08-05.

③ 『新興文壇』發刊[N]. 東亞日報，1931-10-28.

差异。丁来东对鲁迅转向左翼文学阵营比较反感，因此他主要评论和介绍了鲁迅转移阵营之前的作品，这与他无政府主义思想有很大关系。他一直主张文学要从政治和权力的羁绊中解脱出来，实现文学的独立性，因此他可以通过鲁迅的作品集《呐喊》《彷徨》和《野草》准确地捕捉其意义和价值，特别是他把最能深刻透彻地反映鲁迅"苦闷"思想的《野草》评价为"鲁迅全部艺术的结晶"。这一评价比同时期中国人和日本人的鲁迅文学批评更贴近于鲁迅文学的精髓。

　　与此相反，接受马克思主义阶级史观，站在拥护无产阶级文学立场的金台俊，不可避免地表现出否定鲁迅文学现实价值的态度。他高度评价了"五四"文学革命时期鲁迅文学的历史意义，但是在1930年无产阶级文学的主流时期，却认为鲁迅文学再也不能发挥现实效力。这也是他积极接受左翼批评家钱杏邨的观点的缘故。金台俊提到"1927年以后，他(鲁迅)作为现存文坛老将成了创造社攻击的焦点，鲁迅以《语丝》为阵地，与其对战，最后被其收服"，又说"不管怎样他仍是文学革命后中国文坛的巨人"，从而肯定了鲁迅的价值。① 因此可以看出鲁迅文学对金台俊具有双重影响。如鲁迅的代表作《狂人日记》和《阿Q正传》是倡导反封建思想革命的作品，具有划时代的意义；而在1930年前后，新形成的无产阶级文学时期，鲁迅的作品不再具有引领未来的生命力。金台俊保留了鲁迅转向左翼文学阵营以后的看法，只是以鲁迅转变以前的代表作《狂人日记》和《阿Q正传》为中心，探讨了其历史意义，并探讨了他的作品在无产阶级文学时代的局限性。

　　总而言之，在1930年前后的韩国，从反封建思想革命的角度，对鲁迅文学的历史意义给予了极高的评价。但从如何看待无产阶级文学这一角度，对鲁迅文学现实价值及鲁迅向左翼文学阵营的思想转变，则得出了不同的评价。也就是说，批评家的思想谱系不同，对鲁迅文学的价值评价就会有所不同。倾向于无政府主义思想的丁来东在"自我认知"的深化和"苦闷"的反映角度上，比任何人都深刻认识鲁迅文学的价值，因此高度评价了它的历史意义和现实价值，同时对鲁迅转向左翼文学阵营持有否定的态度。而倾向于马克思主义阶级史观的金台俊，对"五四"文学革命时期鲁迅文学反封建思想革命的历史性意义给予了充分肯定，

---

　　① 　天台山人(金台俊). 新興中國文壇에 活躍하는 重要作家(四)[N]. 每日申報，1931-01-07.

但认为无产阶级文学时期鲁迅作品不再具有现实意义，也无法揭示未来的发展方向。这也是他不再具体研读鲁迅作品的最大理由。根据思想谱系的不同，批评的立场也会有所不同，尽管如此，对于迫切需要为民族解放而奋斗的韩国来说，鲁迅文学作为唤醒"反抗精神"、促发"自省"的启蒙主义抵抗文学的典范，被广泛而积极地接受，却是不争的事实。

第五章　申彦俊和辛岛骁与鲁迅的交往及他们笔下的鲁迅

一、鲁迅亲笔信的照片

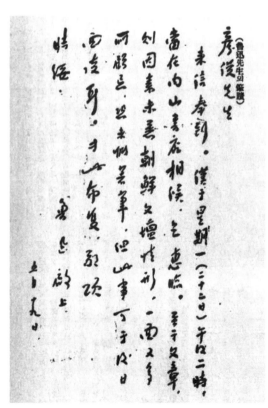

鲁迅写给申彦俊的信（1933年5月19日）

1934年4月，申彦俊（1904—1938）在《新东亚》杂志上发表《中国大文豪鲁迅访问记》（以下简称《鲁迅访问记》），并在文章中刊登"鲁迅亲笔信"及真实照片。日本的辛岛骁（1903—1967）也于1949年6月在日本的《桃源》杂志上发表了一篇《回忆鲁迅》的文章，在文章中也刊登了鲁迅亲笔信和照片。他们访问鲁迅的时间几乎相差无几，都在1933年上半年。《鲁迅访问记》和《回忆鲁迅》真实地记录了1933年上半年的鲁迅实况，因此对比研读这两篇文章，甚有意味。

从1929年到1935年，申彦俊从事《东亚日报》在中国上海特派员记者工作，在整整六年的时间里，集中精力报道了中国新闻并作

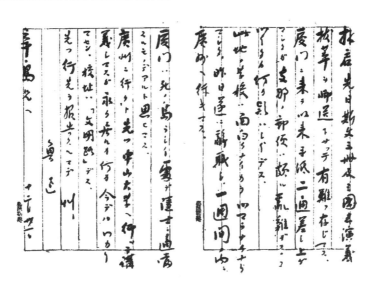

鲁迅写给辛岛骁的信

相关评论。① 他在 1933 年 5 月采访鲁迅，并把此次"鲁迅访问记"刊登在 1934 年 4 月的《新亚东》杂志上。在《鲁迅日记》中也有记载申彦俊和鲁迅之间书信往来的事实。人民文学出版社 2005 年出版的《鲁迅全集》之中，还记录了鲁迅写给申彦俊的一封信。② 在《鲁迅访问记》里，申彦俊初次见到鲁迅时的印象描述如下：

> 他那满是皱纹的额头，深深凹进去的双颊，已是半白的花白头发，刻画着其波澜重重的前半生。他的身材是连五尺都不到的矮个，他的胡子是只看一眼就能记住的，在中国人当中是少有的浓重的美髯。他在肉体上是一个很平凡的人，找不出任何特别的地方。只不过是五尺高的这位矮个，就是大文豪鲁迅。③

① 申彦俊认为中国革命必须依靠民众的力量。因此，他批判脱离民众运动的蒋介石南京政府，像中国和韩国这些经济落后的地区，生产问题更迫切于分配，协同组合运动比阶级斗争更有效，所以他倾向于强调民众运动的国民党左派。参照：민두기. 신언준(1904-1938) 과 그의 중국 관계 논설에 대하여［M］//신언준 현대 중국 관계 논설선.서울：문학과지성사，2000：17.

② 1981 年人民文学出版社出版的《鲁迅全集》未刊登此信，而 2005 年人民文学出版社再编《鲁迅全集》时，把《鲁迅访问记》和鲁迅的半身素描像一并刊登。这幅画像是设计过鲁迅著译书封面的陶元庆所画。申彦俊觉得这幅画像与鲁迅的实际形象非常相吻合，就一起刊登了这幅画。

③ 申彦俊. 鲁迅訪問記［J］. 新東亞，1934(4)：151.

　　申彦俊把"大文豪鲁迅"的外貌描写得非常平凡，这也许是他见到鲁迅的真实感受，另一方面也有可能是作者刻意将鲁迅描写成无产阶级作家的形象。继而申彦俊道："与外貌不大一样，他是一位健谈的人。他在谈话时的态度，好像同孩子们娓娓交谈一样，充满着天真味，没有一点邪气。"①从中强调鲁迅与外貌不同，言辞有力、态度诚恳，竟显得天真。

　　1933 年 1 月 23 日，在首尔京城帝国大学任教的辛岛骁第三次拜访了鲁迅。鲁迅也在日记中记录了这段交往史。② 他在日记中记录辛岛骁第三次拜访时的情形："夜治肴六种，邀辛岛、内山至寓夜饭。"③辛岛骁在 1949 年 6 月发表的《回忆鲁迅》中，对那天的拜访经过叙述道：

　　　　有一天夜里，在他那隐秘的家中谈论中国现实，谈得很晚。那是在民族主义文艺运动被提倡，鲁迅发表了许多所谓手榴弹式的文章与论证的时候，因而关于民族主义文艺原形能够作许多研究。鲁迅把放在手边的左联的机关刊物、传单等拿了出来，连使用匿名的文稿执笔者实际上是哪一个，都一一给我说明了，而且在回去时他把那些资料都给了我。关于怎样把它们安全地带回朝鲜这件事，我费了不少苦心；但好歹总算带回来了。我不知道当晚的谈话和带回来的东西，在我以后写 1928 年后的中国文艺运动史时有着怎样的用处。不过这贵重的资料，当我离开朝鲜时，就那样地收拾在行李里面搁着，如今连它们在哪里我也不晓得了。④

　　辛岛骁拜访鲁迅四个月后，申彦俊访问了鲁迅。他在《鲁迅访问记》里描述

---

　　①　申彦俊. 鲁迅訪問記[J]. 新東亞，1934(4)：152.

　　②　鲁迅寄给辛岛骁的信，收录在 2005 年版《鲁迅全集》。这封信也收录在 1981 年版《鲁迅全集》。

　　③　鲁迅. 日记[M]//鲁迅. 鲁迅全集(16). 北京：人民文学出版社，2005：356.

　　④　辛岛骁. 鲁迅追憶[J]. 桃源，1949(創刊號)：13-14；辛岛骁. 回忆鲁迅[M]//北京鲁迅博物馆鲁迅研究室. 鲁迅研究资料(13). 天津：天津人民出版社，1984：212；陈梦熊.《鲁迅全集》中的人和事：鲁迅佚文佚事考释[M]. 上海：上海社会科学院出版社，2004：295. 辛岛骁之所以说"在我以后写 1928 年后的中国文艺运动史时有着怎样的用处"，此时，他应该是起了整理 1928 年到 1931 年的中国文坛的文章，撰写《中國現代文學の研究：國共分裂から上海事變まで》(1938 年 10 月 19 日完稿)作为他博士学位论文的念头。

道"寻找到鲁迅隐居的房子"①，随后详细介绍了和他对话的内容。

> 在谈话中，他痛快地说破了中国的政局、知识阶级、世界革命等。留在我记忆中的他的谈话内容是，痛骂了中国知识分子阶层的无力，尤其是用长时间责骂了主张民族主义的政治家和文人等。然后他说："就像蒋介石已经不能领导中国革命一样，资产阶级文人的意识已经变成了虚无的梦幻。"就这样，他说破了资产阶级文人的没落，力陈了无产阶级文学的勃兴，表现了左翼文豪的本色。②

辛岛骁和申彦俊分别在 1933 年 1 月和 5 月拜访过鲁迅，因而他们叙述鲁迅的事情大体上很相似。他们都持着鲁迅是批判民族主义文艺、拥护左翼文艺的观点，对鲁迅住处的描写也是大同小异，辛岛骁把鲁迅的住处描述为"隐秘的家"，而申彦俊描述为"隐居的房子"。他们都强调鲁迅隐居的现象，从而说明了会面是在极其隐蔽的情况下进行的。

申彦俊和辛岛骁访问鲁迅的时间点十分相近，谈论的内容也十分相似。他们想要塑造的鲁迅形象又有什么样的相似性和差异性？又要如何评价他们的来访？日本的三宝政美在《鲁迅与朝鲜记者的会面》一文中写道："申彦俊和鲁迅的面谈是中朝两国文人间的个人交流，并无紧要内容。谈归谈，也没记入鲁迅的日记里。鲁迅的日记中没有相关记录，只是写了'晴，无事。'(1933.5.22)避而不谈与申彦俊交流的事情。从这件事情上看到历史不幸的又岂止我一人。"③虽然三宝政美把申彦俊和鲁迅的会面贬为"中朝之间的无关紧要的个人交流"，但这一会面却反映了当时参与韩国独立运动的申彦俊对鲁迅的关注和韩国人对鲁迅的期望，因而具有重要的意义。

陈梦熊在《鲁迅与日本汉学家辛岛骁》一文中写到，鲁迅与辛岛骁的交流"体现了中日两国进步文学的交流和人民之间的亲密友谊"。④ 张杰也在《鲁迅与辛岛

---

① 申彦俊. 鲁迅訪問記[J]. 新東亞，1934(4)：150.

② 申彦俊. 鲁迅訪問記[J]. 新東亞，1934(4)：152.

③ 三寶政美. 鲁迅と朝鮮人ジャーナリスト出會い[J]. 東方，1984(8)：23.

④ 陈梦熊.《鲁迅全集》中的人和事：鲁迅佚文佚事考释[M].上海：上海社会科学院出版社，2004：281.

骁》一文中提到鲁迅不仅与东京帝国大学教授盐谷温保持着学术上的交流，还和他的学生，而且又是女婿的辛岛骁也有密切联系，"这种翁婿两代都与鲁迅密切联系的情况，也是中日文化交流史上的佳话之一"。① 鲁迅和辛岛骁交流的时间点比较敏感，那时的日本侵略中国的野心已昭然若揭。但从他们两位的交流性质而言，却是一场中日两国知识分子之间的文化交流，为人们所瞩目。辛岛骁在1933年1月拜访鲁迅之后，回到首尔京城帝国大学出任教授，并逐渐涉足"朝鲜文人协会"，积极投入日本"国策"宣传中。基于上述历史事实，把这次交流称为"进步文学交流的表现"，就显得尤为不妥。

二、申彦俊和鲁迅的面谈

申彦俊在《鲁迅访问记》里写道："我一来到鲁迅隐居的房子，先是由房子的主人，某日本人夫妇出来引见。当我走上鲁迅先生居住的二楼时，便有一位像仆人模样的老人迎接了我……看来他居住的房间既是卧室和客厅，又是研究室和编辑室，而且还兼用作生火做饭的厨房。卧床前摆着一张饭桌，其周围放有七把椅子，除此之外满屋都是书，筑成了一个书城。背对着黑黑的书城，他与我面对面坐了下来。"②那么申彦俊到底是在什么地方和鲁迅会面的呢？在2005年出版的《鲁迅全集》中，在鲁迅1933年5月19日寄给申彦俊的书信里注释为"申彦俊是朝鲜《东亚日报》在华国特派员记者，在蔡元培介绍下，1933年5月22日下午，在上海内山书店与鲁迅会面。"③根据鲁迅寄给申彦俊的书信内容，此处注释并没有纰漏。书信内容如下：

> 彦俊先生：
>
> 　来信奉到，仆于星期一(二十二日)午后二时，当在内山书店相候，乞惠临。至于文章，则因素未悉朝鲜文坛情形，一面又多所顾忌，恐未能著笔，但此事可于后日面谈耳。专此布复。敬颂。

---

① 张杰. 鲁迅：域外的接近与接受[M]. 福州：福建教育出版社，2001：49.
② 申彦俊. 鲁迅訪問記[J]. 新東亞，1934(4)：150-151.
③ 鲁迅. 书信[M]//鲁迅. 鲁迅全集(14). 北京：人民文学出版社，2005：245.

时绥

鲁迅启上（五月十九日）①

依照信件内容，可以推断申彦俊和鲁迅会面地点是内山书店。然而申彦俊在《鲁迅访问记》里并没有表明会面的场所就是内山书店，只是提到"到鲁迅隐居的房子时"，某日本人夫妇出来引见，"我走上鲁迅先生居住的二楼"。那么，申彦俊与鲁迅会面的地点到底是在哪里呢？② 我们可以推测，当时申彦俊去的地方就是鲁迅为了储藏书籍而备的"藏书室"。

1933 年 4 月 11 日，鲁迅从上海北四川路的拉摩斯公寓搬到施高塔路（现在的山阴路）的大陆新村 9 号，此时，他另备藏书处，与住处分在两地。这间藏书室是三层小洋楼，属日本人版本所有，他是内山书店主人内山完造的朋友。鲁迅

---

① 鲁迅. 书信[M]//鲁迅. 鲁迅全集（14）. 北京：人民文学出版社，2005：245；刘运峰. 鲁迅佚文全集（下）[M]. 北京：群言出版社，2001：661.

② 신일철(申一澈).루쉰(鲁迅)과 신언준(申彦俊)의 만남 [J]. 극동문제（極東問題），1995（4）：128. 此文写道："申彦俊在隐蔽的内山书店的密室里与鲁迅进行了面谈。"三宝政美写道："1933 年 5 月 22 日，下午 2 点，鲁迅和申彦俊在内山书店 2 楼里第一次进行了面谈。"（《鲁迅与朝鲜记者的会面》，《东方》1984.8，第 22 页）他也认为申彦俊和鲁迅面谈的地点是内山书店的 2 楼。申一澈和三宝政美都根据《鲁迅访问记》和鲁迅致申彦俊的信件内容及文章的表面脉络，说鲁迅和申彦俊面谈的地点是内山书店，这与事实有些出入。金时俊在《论申彦俊的〈鲁迅访问记〉》一文中谈道，申彦俊描述和鲁迅面谈的场所有失可信性。当时鲁迅已搬迁到大陆新村 9 号的新住处，"何况鲁迅不居住的地方，描述出很多生活用品，如寝床、家具、食器等。也许为了更加强调无产阶级的形象需要，但多少感到荒唐"（《中国现代文学》第 22期，第 13 页）。金时俊可能没想到当时鲁迅租了个藏书室。闵斗基对《申彦俊现代中国关系论述选》中的《鲁迅访问记》注释道："申彦俊会面鲁迅的隐身处是内山书店后胡同的二楼，今天已设为鲁迅纪念馆。"（《申彦俊现代中国关系论述选》第 187 页）闵斗基也持有申彦俊见到鲁迅的地点与上述的事实不相符的观点。现在上海的鲁迅纪念馆在上海鲁迅公园内甜爱路 200 号，鲁迅的故居在山阴路大陆新村 132 弄 9 号。内山书店后胡同的"二楼"是内山书店的主人曾居住的地方，他们夫妇居住的房子正对着内山书店后门，红瓦房、灰色墙面的三层楼房。鲁迅平时经常出入这个地方，偶尔也在这儿会过客人，可是鲁迅会见申彦俊的地点并不是此处。虽然鲁迅在内山书店的"一室"里会见过客人，譬如辛岛骁于 1929 年夏天拜访鲁迅时，鲁迅和郁达夫一起谈话的地点就是内山书店"一室"。"我去年夏天（1929 年 9 月 12 日）在上海某书店的一室里见到了他（郁达夫），恰好鲁迅也在场。三人围绕桌子边抽烟边谈，不知不觉中谈起学生运动……"（辛岛骁《论中国新文艺》，《朝鲜与满洲》1930.2，第 66 页）1929 年鲁迅还没有"藏书室"，曾在日本留过学的郁达夫和鲁迅，在日本人经营的内山书店"一室"与东京帝国大学出身的辛岛骁一起谈话的事情显得比较合理。

现在的内山书店

位于大陆新村 9 号的鲁迅故居

用内山书店职员镰田诚一的名义借了位于二楼的一间房，作为藏书室。鲁迅搬家之前，把自己的大部分藏书都搬到北四川路狄思威路 776 号（现在的溧阳路 1359 号），这里与大陆新村 9 号的距离很近。上海市地方志办公室编写的《虹口区志》，对鲁迅"藏书室"的记录如下："藏书室有两扇门，朝北的门通向楼梯间，平时由北门进出，另一扇门通向二楼中间阳台，常年关闭。东南两面有窗，设施简陋；一张桌子、一把椅子、一个文具盒、一个烟灰缸，沿壁四周，都是木质书箱，由上而下，叠到房顶……藏书室平时门锁紧闭，屋内光线暗淡，即使白天也得开灯。"[1]申彦俊会晤鲁迅的隐居处描写则是"二楼的房间，

---

①　上海市地方志编纂委员会. 第九章 上海鲁迅纪念馆·纪念地·鲁迅文化研究·三鲁迅藏书室[M]//上海市虹口区志. 北京：方志出版社，2011：1179-1180.

卧床前摆着一张饭桌，其周围放有七把椅子，除此之外满屋都是书，筑成了一个书城"，可见两间房屋描写十分相近。鲁迅的儿子周海婴也跟随父亲去过几次"藏书室"。他写道："是二楼一间普通的房间，面积约有几十平方米，沿壁四周，都是木制书箱……刚一进门，虽是白天，室内光线很不够，几乎看不清楚里边的东西。"①周海婴记忆里的"藏书室"与申彦俊描述的"满屋都是书，筑成了一个书城""背对着黑黑的书城"基本相吻合。虽然周海婴说"室内没有可供长时间读书用的桌椅，没有烟缸，茶具和热水壶之类的日常用品"，②这应该是由于时间间隔较长，房间内布局发生改变的缘故。申彦俊拜访鲁迅是在 1933 年 5 月 22 日，也就是鲁迅刚刚建立"藏书室"还不到两个月的时候。刚建"藏书室"时，考虑到书房的用途摆放过一些桌椅。周海婴应该是过了一段时期之后，才去的"藏书室"。经过一段时间后，因为"藏书室"使用率不是很高，不再需要桌椅，因而极有可能把没用的家具都搬回到了大陆新村居处。因为周海婴所见的"藏书室""由于久已不住人吧，只感到房间里有点潮湿阴冷，且因久不开窗，还有一股发霉的气味"。③

鲁迅的"藏书室"（2012 年 2 月）

①　周海婴. 鲁迅与我七十年连载二：溧阳路藏书处［N］. 光明网-生活时报，2001-11-01.
②　周海婴. 鲁迅与我七十年连载二：溧阳路藏书处［N］. 光明网-生活时报，2001-11-01.
③　周海婴. 鲁迅与我七十年连载二：溧阳路藏书处［N］. 光明网-生活时报，2001-11-01.

那么鲁迅通知申彦俊会面地点时，为什么没告知"藏书室"，而是"内山书店"？申彦俊是通过民权保障同盟事务局，经蔡元培才知道鲁迅的秘密地址。他如此描写当时的情形："我向蔡元培氏询问了鲁迅的住处。他告诉我说，国民政府已下达了对他的通缉令（逮捕令），所以他的住处是绝对保密的。但蔡元培氏相信笔者的为人，遂悄悄告知了他的秘密住处。"①申彦俊从蔡元培处得知鲁迅的秘密地址，就当即给他写信提出了见面的要求。鲁迅复信说："'虽避居度日，却随时有遭横祸的危险'，但若先生有什么要说的或要求，可用书面提出来。"②当时鲁迅非常忌讳暴露自己住处，③因此，鲁迅的大部分人事往来都通过内山书店进行，所以通知申彦俊的会面地址，也当然是内山书店。然而鲁迅的"绝对保密"的"密室"就在内山书店里，那么申彦俊也无法公开鲁迅的来信。公开鲁迅的来信，就等于公开鲁迅的住处，也违背对蔡元培的承诺。因此，申彦俊能够公开标有会晤地址的鲁迅的信件，说明这个地方并非鲁迅真正的"密室"。虽然申彦俊按照书信的地址找到的是内山书店，但他们真正会面的地点是在另一处。

如同鲁迅在信中说的"但若先生有什么要说的或要求，可用书面提出来"的那样，他特别警戒外来人员，所以在内山书店等候的不是他本人，而是派引路的"某日本人夫妇"。当时提到的"某日本人夫妇"很可能就是内山书店的内山完造夫妇。申彦俊在《鲁迅访问记》里写道："他（鲁迅）正避居于北四川路×××号某某日本友人的密室里，过着亡命的生活。"④此处"日本友人的密室"所指的正是前文所说的以内山书店职员镰田诚一的名义借的"藏书室"。"藏书室"就在内山书店的附近，所以申彦俊一到内山书店，就由"某日本人夫妇"引路，到达"日本友人的密室"，即"藏书室"，以便与鲁迅进行交流。

鲁迅与申彦俊见面后，也十分关注朝鲜的局势。申彦俊在《鲁迅访问记》中记述道："他向笔者询问起朝鲜的情形。当他听到用朝鲜文出版的书籍越来越少

①　申彦俊. 鲁迅訪問記［J］. 新東亞，1934（4）：150.

②　申彦俊. 鲁迅訪問記［J］. 新東亞，1934（4）：150.

③　实际上当时并没有发布对鲁迅的"逮捕令"。日本人增田涉回忆，1931 年，他为了翻译《中国小说略史》时经常出入鲁迅住宅。他在文中写道："上海的一家日文报纸的记者某君，要我给他向鲁迅介绍。我向先生说一声，他说他不在自己的家里接见，可以在内山书店会见。"（增田涉. 我的恩师鲁迅先生［M］//史沫特莱. 海外回响：国际友人忆鲁迅. 石家庄：河北教育出版社，2000：190.）

④　申彦俊. 鲁迅訪問記［J］. 新東亞，1934（4）：150.

了，朝鲜的文艺，乃至整个文化，正在被日本化时，他说：'决不要为此而悲观。不管是日本文字也好，俄国文字也好，毫无关系。我倒干脆希望，在中国，中文被取消，不管它是英文还是法文，比中文更好的文字得到普及。'他就这样驳斥了国粹主义。"①事实上，鲁迅于 1929 年 5 月到北京时逗留在"未名社"，恰好遇见了居住在此处的韩国的金九经，他们谈到深夜，想尽可能多地了解朝鲜局势。根据李霁野回顾："当时有个朝鲜人，因为不满意日本人的措施，脱离了日本人所办的大学来到北京，一时没有办法，就住在未名社。鲁迅先生和他谈了很多话，主要是了解朝鲜的情况。"②鲁迅如此关心朝鲜局势，在弄清现实的同时，强调一个国家的独立不在于语言的形式，而在于国民的精神意识。③ 对于朝鲜文字的书籍越来越少的现状，"决不要为此而悲观"的言辞鼓励了申彦俊。鲁迅见到申彦俊后就特别嘱咐，希望朝鲜文坛的作家，无论哪位，能在自己筹办的《中国文坛》杂志上发表一篇文章，介绍朝鲜文艺的历史及现势。他还答应写些短篇文章投稿给《新东亚》。④ 从中可以看到鲁迅也很想了解朝鲜。令人遗憾的是，虽然鲁迅非常关心朝鲜的现势及朝鲜的文艺，但在日记里，只写了"22 日晴，无事"⑤，没有留下关于这段访谈的任何记录。⑥

三、鲁迅的无产阶级作者形象

申彦俊作为在中国的特派员，重点报道中国国情的同时，还积极筛选可作为典范的人物，向自己的"同胞"介绍。他于 1933 年 2 月在《新家庭》上发表了《中国巾帼革命家宋庆龄女士》，文章中写道："在现代中国数以千万的新女性之中，

---

① 申彦俊. 鲁迅訪問記[J]. 新東亞，1934(4)：152.

② 李霁野. 鲁迅先生与未名社[M]. 长沙：湖南人民出版社，1980：222.

③ 홍석표. 鲁迅의 식민지 朝鮮 인식에 관한 연구. [J]. 中國語文學誌，2008(26)：160.

④ 申彦俊. 鲁迅訪問記[J]. 新東亞，1934(4)：152.

⑤ 鲁迅. 日记[M]//鲁迅. 鲁迅全集(16). 北京：人民文学出版社，2005：378.

⑥ 翻阅鲁迅 1933 年 5 月的日记，只有与东亚日报社和书信来往的记录。5 月 16 日"下午得东亚日报社信"，5 月 17 日"上午复东亚日报社信"，5 月 18 日"得东亚日报社信"，5 月 19 日"下午寄东亚日报社信"。(鲁迅. 日记[M]//鲁迅. 鲁迅全集(16). 北京：人民文学出版社，2005：377.)

我想介绍一位在中国民族运动的历史长河里颇有名望和魅力的巾帼革命家。我在这里尤其想向各位女同胞们介绍的，她那伟大的'中国革命的母亲'，不是她为了保持社会地位和名誉的坚持不懈的奋斗，或者作为一个家庭的贤妻良母，而是一个民族、一个国家的'母亲'形象。"①他也想通过《鲁迅访问记》进一步把鲁迅形象介绍给韩国同胞。那么，申彦俊想通过《鲁迅访问记》介绍鲁迅怎么样的形象呢？

问：那么，先生您认为文学具有伟大的力量吗？

答：是的，我认为它对唤醒大众是最为必要的技术之一。

问：先生您的创作方法是？

答：我是写实主义者。只是把所见到的和所听到的如实地记述下来罢了。

问：听别人说，先生您是人道主义者，是这样吗？

答：不过，我是绝对地反对像托尔斯泰、甘地那样的人道主义的。我是主张战斗的。

问：在中国文坛上，具有代表性的无产阶级作家是谁？

答：丁玲女士才是唯一的无产阶级作家。我是小资产阶级出身的作家，写不出真正的无产阶级作品。我只能算是左翼方面的一个人。②

申彦俊在谈话之间，虽然谦虚地谈到"不懂文艺的笔者无法评论文豪的文艺"，但他对于鲁迅的理解还是比较正确的。申彦俊首先介绍鲁迅："他好像是一位握着手术刀，给每个遇到的人（当然，这些人都是患者）连麻药都不施就直接解剖其患部的怪医生……他施行的解剖虽冷酷无情，但他那尖锐的手术刀所刺破的患处，是既疼痛又使人感到痛快的。"③他把鲁迅描写成解剖中国国民性的冷酷的现实主义者，评《阿Q正传》道"写实主义者鲁迅以忠实的笔墨、冷情无私的笔致，彻底地暴露了中国人的真相"。④ 更有意思的是，申彦俊直接问鲁迅"听别

①　민두기. 신언준 현대 중국 관계 논설선. [M]. 서울：문학과지성사, 2000：192.

②　申彦俊. 鲁迅訪問記[J]. 新東亞, 1934(4)：151-152.

③　申彦俊. 鲁迅訪問記[J]. 新東亞, 1934(4)：150.

④　申彦俊. 鲁迅訪問記[J]. 新東亞, 1934(4)：152.

人说，先生您是人道主义者，是这样吗?"从而得到鲁迅的既不否认人道主义，又主张战斗的答案。

申彦俊认为鲁迅是主张战斗的人道主义者，在他的笔下鲁迅是"纯粹的乡村老农人"。申彦俊说"他的寝具也是质素的中国式，连床上的被褥、帐子同样都是棉制品。他所使用的器皿也与中国下层人的一模一样，值钱的贵重品则一件也看不到。他的生活，已完全是无产阶级式的。他不仅用口、用笔为无产阶级呐喊，而且他自己的身体、自己的生活即已无产阶级化了"①。申彦俊描述鲁迅质朴的面貌和俭朴的生活方式时，可以看出他在特意刻画鲁迅无产阶级作家形象。所以申彦俊问"您是人道主义者?"之后，紧接着提问道："在中国文坛上，具有代表性的无产阶级作家是谁?"

鲁迅认为丁玲是无产阶级作家，强调自己只是左翼成员。鲁迅说"写不出真正的无产阶级作品"，也许是他当时内心的真实的剖白。在接受采访前的两个月，也就是 1933 年 3 月 22 日，在英文译本《短篇小说选集》的序言中，讲述了类似的观点。鲁迅在此译文的序言中写道，自己写不出真正的无产阶级作品，想学好邯郸优雅的步子，但学不好，只好爬回去。② 可称得上质朴的形象比喻。申彦俊毫不犹豫地将站在"左翼派"中的鲁迅塑造成无产阶级作家的形象。申彦俊强调，鲁迅不仅阐明资产阶级文人的没落，还力陈无产阶级文化的兴旺。

---

① 申彦俊. 鲁迅訪問記[J]. 新東亞，1934(4)：150. 申彦俊在此描述鲁迅的外貌道："看起来好长时间没理发，还是他的习惯，头发长得都盖住了耳朵，散乱还有灰。"描述应该与真实相貌差距无多。鲁迅在 1933 年 5 月 1 日的日记里写道："下午春阳馆照相、理发，到高桥齿科医院治疗义齿，买《漫画沙龙集》第一集，花 70 毛钱，晚洗脚，刮风。"(《日记》，《鲁迅全集(16)》第 375 页)，又在 5 月 26 日日记里写过"姚克一起到大马路照相"(《日记》，《鲁迅全集(16)》第 378 页)，1933 年 5 月 1 日，鲁迅为了纪念国际劳动节照了相，5 月 26 日为埃德加·斯诺(Edgar Snow)编译的《活的中国》而再一次照了相，这一照片编入 1976 年文物出版社出版的鲁迅相册《鲁迅 1881—1936》的第 87-90 号照片里。看 5 月 1 日的照片，虽然是理发后照的相，但头发依旧盖过耳朵。5 月 26 日照片里的头发理得特别短，耳朵几乎都露出来了。因此 5 月 22 日申彦俊见到鲁迅时，头发长得盖住耳朵的描述非常准确。

② 参照鲁迅英译本《短篇小说选集》自序，《集外集拾遗》《鲁迅全集(7)》。"但我也好久没有做短篇小说了。现在的人民更加困苦，我的意思也和以前有些不同，又看见了新的文学的潮流，在这景况中，写新的不能，写旧的又不愿。中国的古书里有一个比喻，说：邯郸的步法是天下闻名的，有人去学，竟没有学好，但又已经忘却了自己原先的步法，于是只好爬回去了。我正爬着。但我想学下去，站起来。"

　　申彦俊极力刻画鲁迅的意图与他自己对当时中国时局的认识十分吻合。1934年，申彦俊在《现代中国思想与人物》一文中，分析当时中国思想思潮和特征，把思想界分为封建、法西斯和无产阶级三大势力，侧重说明了无产阶级势力："广泛被普及的马克思主义思想思潮，已不可能用警察来取缔，也不可能用军队的镇压来抵挡。可是一般知识阶层里具有机会主义心态的人们，在南京政府严峻的胁迫下，做出了妥协。昧着良心，歪曲事实，以便维持自己的生活和安全。按照自己的良心畅所欲言的作家、思想家等一切知识分子，基本都上了断头台，剩下的人要么入监狱，要么亡命于外国或租界。"①经过上述分析，申彦俊认为中国现阶段思想界处于有气无力的状态之中，"但现在的沉浸并不是'永灭'。四亿多的大众总会有所作为的。日益加深的农村经济破灭，资本主义列强的欺压和掠夺，封建统治的暴虐，诸如强压政策必将导致强烈的反叛力"，② 从而渴望着中国民众的抵抗。因为"掌握中国革命领导权的国民党在外界受帝国主义的诱惑和压迫，在内部因军阀和政客们的纷争，逐渐堕落腐败，渐渐失去他的革命性和群众的拥戴，继而失去革命的领导地位"。③ 申彦俊对中国民众的力量抱有乐观的态度，也意识到了无产阶级的思想逐渐走向主流。基于上述分析，申彦俊极力刻画了鲁迅的无产阶级作家形象，并介绍到了韩国。

四、辛岛骁访问鲁迅及对中国新文艺的译介

　　1936 年 10 月 19 日凌晨 5 时 25 分，鲁迅与世长辞。那天，京城帝国大学中国语文学系的教授辛岛骁作为外国人，最早发来唁电④。辛岛骁能够迅速得到鲁迅逝世的消息，并第一时间发出唁电，与守着鲁迅先生临终的内山书店老板内山完造不无关系。鲁迅停止呼吸后，内山完造马上就把鲁迅讣告刊登在上海发行的日文版早间报刊上。这是新闻界里最早刊登鲁迅讣告的报道。鲁迅的讣告最先在

---

　　① 申彦俊. 현대 중국의 사상과 인물 : 그 사적 발전과 현세 [M]//민두기. 신언준 현대 중국 관계 논설선. 서울: 문학과지성사, 2000; 160.

　　② 申彦俊. 현대 중국의 사상과 인물 : 그 사적 발전과 현세 [M]//민두기. 신언준 현대 중국 관계 논설선. 서울: 문학과지성사, 2000; 160.

　　③ 申彦俊. 수난기의 중국 [M]//민두기. 신언준 현대 중국 관계 논설선. 서울: 문학과지성사, 2000; 132.

　　④ 鲁迅先生纪念委员会. 鲁迅先生纪念集[M]. 上海：上海书店复印, 1979; 1.

日文版报界刊登，辛岛骁也很快得到消息。辛岛骁对鲁迅的讣告立刻做出反应，说明他与鲁迅的关系特别亲密，这是毋庸置疑的事实。

辛岛骁访问鲁迅三次，有数次的通信往来。1926 年 8 月，辛岛骁还在东京帝国大学就读时期，就曾代表他的老师盐谷温先生给鲁迅送去了礼物。这是他第一次访问鲁迅。1929 年在首尔的京城帝国大学就任讲师后，辛岛骁利用暑假时间第二次访问鲁迅①，1933 年 1 月在京城帝国大学晋升为助教授后第三次访问鲁迅②。鲁迅在 1926 年 8 月 17 日的日记里写道："收到辛岛骁君捎来盐谷温送来的《全相平话三国志》一套，冈野也一起来到。"③这是第一次提到辛岛骁的名字。两天后，19 日"上午辛岛骁过来后，我们一起用午餐。饭后，我把排印版《西洋记》和《醒世姻缘》各一套，作为礼品送给了他"。④ 此次鲁迅不仅宽待盐谷温先生派来的学生辛岛骁，还和他探讨了很多有关中国小说史的话题。此后，他们之间有很多书信往来。1929 年 8 月，辛岛骁第二次访问鲁迅之后，回到朝鲜的首尔，在 1930 年《朝鲜与满洲》杂志的 1 号、2 号、3 号上发表了《论中国的新文艺》，介绍了中国文坛。他在这篇文章里着重谈论鲁迅，在文章里他叙述了 1926 年鲁迅即将离开北京前往厦门的前一天，与他会面的情景。他写道："我和鲁迅的相见，是在他流落他乡的数日之前。他那炽热的眼睛里放着光辉。忙碌中，他谈论着时势，说着关于文艺的话。这些都是对一个异邦青年的深深的教诲。"⑤辛

---

① 辛岛骁. 鲁迅追憶[J]. 桃源，1949（創刊號）：12. 辛岛骁叙述"我第二次见到鲁迅是昭和 3 年（1928 年）夏天。那年春季大学毕业后到京城就任，我利用暑假到上海拜访过鲁迅"。辛岛骁第二次拜访鲁迅的时间不是 1928 年夏天，而是 1929 年的夏天，就是这年春季他就任京城大学讲师。

② 辛岛骁于 1930 年在朝鲜发行的杂志《朝鲜与满洲》的 1 月号、2 月号、3 月号上发表了《论中国新文艺》，此时表明的身份是"京城帝国大学法文学部讲师"；又在 1931 年 2-6 月号上发表过《中国的犯罪文学》，此时表明的身份是京城大学助教授，因此推测他是新学期开始的 1930 年 10 月才任助教授的。根据 1931 年发行的京城帝国大学编的《京城帝国大学一览》第145 页，辛岛骁在法文学部助教授名单里，表明的身份是"中国语文学讲座、文学士、辛岛骁、福冈"。在 1933 年发行的《京城帝国大学一览》（第 166 页）上，辛岛骁名列助教授名单里，而1939 年发行的《京城帝国大学一览》（第 229 页）列在教授名单内，在 1941 年发行的《京城帝国大学一览》（第 254 页）依旧在教授名单内。

③ 鲁迅. 日记[M]//鲁迅全集（15）. 北京：人民文学出版社，2005：633.

④ 鲁迅. 日记[M]//鲁迅全集（15）. 北京：人民文学出版社，2005：634.

⑤ 辛岛骁. 支那の新しい文藝に就て[J]. 朝鲜及满洲，1930（1）：70；译文转引自：张杰. 鲁迅：域外的接近与接受[M]. 福州：福建教育出版社，2001：50.

岛骁还提到鲁迅到厦门、广东后寄来信件。此后，1929 年夏天，鲁迅回到上海后辛岛骁访问他时的感受："他那充满了热情的眼睛，像从前一样放出欢迎我的光辉。我在北京时期没有见过无产阶级的文艺书籍，这次在书架上出现了，使我深深地感到时势的迁移变化。素有新人称号的、受到举世欢迎和崇拜的他，体会到流落厦门、广州的寂寞。回到上海之后，又被新兴的左翼青年敲打，他即使还怀着不曾改变的抱负和热情，也已经逐渐感到了身边的秋意。必须这样说，鲁迅的经历，正是中国新文艺发展的历史。"①辛岛骁看到鲁迅变化的面貌，针对从钱杏邨等左翼批评家处受到的攻击，反问道："鲁迅啊鲁迅，你要去何处呢？你的世界已经行不通了。"②但他不顾这一切，还是高度赞扬了鲁迅的贡献。他说道："鲁迅啊，不管是谁在胡说什么，您在中国新文艺里，起到了最让人难忘的作用。因此，您奔向何方，大家依旧会爱戴您，依旧会尊重您，思念您的一切的。"③辛岛骁在《论中国的新文艺》一文中，非常明确地说明了中国文坛的状况和鲁迅的近况。

辛岛骁第三次访问鲁迅是在 1933 年 1 月 23 日晚。鲁迅备了好几道菜，为辛岛骁接风洗尘，第二天还送给他佛经的翻刻本。辛岛骁在《回忆鲁迅》里，详细地叙述了当时的情景。那天晚上，辛岛骁在鲁迅"隐秘的家"中听鲁迅谈有关中国现实的话题到很晚。鲁迅批判国民党政府提倡的民族主义文艺运动，取出"左联"机关志和传单等资料，将其内容一一加以说明，并把资料交给了辛岛骁。然后鲁迅还邀请辛岛骁观看上海话剧团体联合组织的义演。这场话剧的公演有两个目的，一是为纪念一·二八上海事变一周年，二是为了救济东北难民。辛岛骁有点犹豫，一个日本人参与中国人集聚公共场合会不会不太妥当，"鲁迅却边笑边劝我，说是不碍事，一定要去看看"④。第二天，辛岛骁在郑伯奇的陪同下，观看了公演，"还被邀到后台，受到欢迎"，又从田汉手中得到有关话剧的许多资

　　①　辛岛骁. 支那の新しい文藝に就て[J]. 朝鮮及滿洲，1930(1)：70；译文转引自：张杰. 鲁迅：域外的接近与接受[M]. 福州：福建教育出版社，2001：52.

　　②　辛岛骁. 支那の新しい文藝に就て[J]. 朝鮮及滿洲，1930(1)：71；译文转引自：张杰. 鲁迅：域外的接近与接受[M]. 福州：福建教育出版社，2001：53.

　　③　辛岛骁. 支那の新しい文藝に就て[J]. 朝鮮及滿洲，1930(1)：71；译文转引自：张杰. 鲁迅：域外的接近与接受[M]. 福州：福建教育出版社，2001：53.

　　④　辛岛骁. 鲁迅追憶[J]. 桃源，1949(創刊號)：14-15；辛岛骁. 回忆鲁迅[M]//鲁迅研究资料 13. 天津：天津人民出版社，1984：213；陈梦熊.《鲁迅全集》中的人和事：鲁迅佚文佚事考释[M]. 上海：上海社会科学院出版社，2004：296.

料。辛岛骁在《朝鲜与满洲》杂志 1933 年 3 月号上发表的《中国和朝鲜的新剧》一文，就以这场慈善演出为依托介绍了中国新剧。这篇文章里也包含着辛岛骁回到首尔后，根据 2 月 9 日观看的朝鲜剧艺术研究会公演写出的朝鲜新剧介绍。显而易见，辛岛骁在朝鲜所发表的有关中国新文化的文章，就是他根据鲁迅对中国文坛状况的介绍整理而成。辛岛骁对中国新文艺的理解，都是以鲁迅为媒介而形成的，因此他能够生动详细地介绍中国新文化。

五、辛岛骁的评论和他的"国策"宣传

辛岛骁回到首尔之后，寄去了给鲁迅的孩子海婴的一些玩具以及鱼子等礼品。鲁迅于 1933 年 2 月 14 日的日记里写道："得辛岛骁君从朝鲜寄赠之玩具二盒六枚，鱼子一盒三包，分给镰田及内山君各一包。"① 值得一提的是，在鲁迅的日记里，这是最后一次提及辛岛骁。② 辛岛骁获悉鲁迅的讣告之后，作为外国人在最快的时间，就是当天的下午第一个发来唁电，这就足以说明鲁迅在辛岛骁心目中的地位。可是，辛岛骁第三次访问鲁迅之后，在鲁迅的日记里再也没有出现辛岛骁的名字，也见不到和他来往的痕迹。这也许说明他们之间的交流已处于停止状态。鲁迅为何收到辛岛骁从朝鲜送来的礼品之后没有回信？是不是鲁迅出于什么意图特意疏远辛岛骁？第三次访问结束之后鲁迅是不是发现了辛岛骁隐情背后的一些"真相"？

辛岛骁很注重与鲁迅的交流，以及从中受到的教海。他在介绍中国新文艺时，鲁迅和"左翼"文艺占据了很大分量。他在 1935 年 5 月《现代中国诸思想》一文中介绍中国思想界时，积极地介绍了抵抗国民党的左翼思想。他在 1933 年夏天，写左翼巾帼作家丁玲突然消失的事件时，直接借用外国记者们的说法，指出她已落入国民党法西斯代表组织"蓝衣社"的魔掌之中。他说："此类思想镇压的暴风袭击，不仅仅局限在激进的左翼作家身上，在全般文艺运动的各个部门中也将会继续引发。这两则报道中，有一位被害者比较有名气，因此事发后才会在第

---

① 鲁迅. 日记[M]//鲁迅. 鲁迅全集(16). 北京：人民文学出版社，2005：361."得辛岛骁君从朝鲜寄赠之玩具二盒六枚，鱼子一盒三包，分给镰田及内山君各一包。"

② 鲁迅. 日记[M]//鲁迅. 鲁迅全集(17). 北京：人民文学出版社，2005：109；陈梦熊.《鲁迅全集》中的人和事[M]. 上海：上海社会科学院出版社，2004：280.

一时间被很多人知晓，成了耸人听闻的消息。我们不得不认清，我们看不着、听不到的无数的残酷虐待，昨天已发生，今天还在进行。"①当时辛岛骁思想比较进步，批判了国民党的文化镇压、思想压迫等问题。

《城大(京城帝国大学)教授评判记(三)》中对辛岛骁助教授的评价

然而，让人不得不注意的是，辛岛骁还有一张隐藏的面孔。在朝鲜发行的杂志《朝鲜与满洲》1937年4月号上，曾刊登过评判辛岛骁的文章。日本的冈本滨吉在《城大教授评判记(三)》里，对辛岛骁助教授的评判如下：

> 给鲁迅的葬礼发唁电，又介绍中国无产阶级文化，因而被中国文学研究者们称之为神奇的变种。他是福冈人。虽然他讲授中国文学史、中国小说、楚辞等，但不是左翼，不少人说他是法西斯。有的评判他虽然极力采取同情左翼的姿态，但其本心是反动家。称他为捉摸不透的人物较为妥当……重要的是应该真正地爱护民众。②

冈本滨吉评判辛岛骁时说"虽然极力采取同情左翼的姿态，但其本心是反动家"，还向辛岛骁提出了"应该真正地爱护民众"的要求。对辛岛骁的这些评判非常符合实际情况，此后辛岛骁的所作所为也证实了这一点。从1937年10月起，辛岛骁为日本的"战时文坛体制"与津田刚一起参与组成御用文学团体，站在"内

---

① 辛島驍. 現代支那の諸思想[J]. 綠人, 1935(2)：11, 15.

② 岡本濱吉. 城大教授評判記(三)[J]. 朝鮮及滿洲, 1937(4)：60-61.

鲜一体"等日本"国策"宣传的前列，他作为干事曾活跃于 1939 年组成的"朝鲜文人协会"。"朝鲜文人协会会则"第二条规定"本会旨在推动国民精神总动员，并促进文人之间的相互亲慕与共同进步"。"朝鲜文人协会"的主要目的是践行"国民精神总动员朝鲜联盟"的主旨。① 京城帝国大学学生中村卯一，1939 年列席参加过"朝鲜文人协会"组成演讲会。他回顾当时的情景道："当时我去听这个演讲会是怀揣着这样的想法，面对现在的时局像辛岛骁教授和李光洙这样的著名文人会说出多少真心话，会对自己的言语负多少责任。由于怀揣着这样的心态听讲座，使我产生了一种看话剧的感觉。感觉'朝鲜文人协会纪念演讲会'就像以文化人为演员的专题话剧……我还想象着像辛岛骁教授那样的学者，先不论性格缺陷等问题，既然他已经参加了协助推动'国策'的所谓的文人协会这一政治性活动，并成了干部，是否会借助自身的力量，去努力缓解压在朝鲜民众身上的压迫和剥削。"②兴许可以想象辛岛骁只不过是贯彻"国策"的一个助力演员，也可以想象他有主观意图，想要成为朝鲜文人们的协助者，但本质是他"性格使然""通过协助'国策'的政治活动，成为一名干部"。起初"朝鲜文人协会"服务于国民文学和"总力战"，后于 1943 年 4 月 17 日改成"朝鲜文人报国会"，为树立"皇道文学"打前站，③ 辛岛骁就任这一团体的理事长一职。

据辛岛骁回忆，他们第三次访问鲁迅是在内山完造的安排下，相约在上海四马路(现在的福州路)的某个饭店。辛岛骁看到前行的鲁迅瘦弱的背影，产生了想要叫"先生"的冲动。他说："鲁迅用那细小的颈部和瘦弱的肩部，承担起中国被压迫民众，不，是全世界人类的苦闷。他瘦弱的形象不是强烈地吸引过我吗？"④虽然辛岛骁说在鲁迅那里得到了深深的教诲，但他反而带头动员"被压迫"的"朝鲜民众"参与日本当局的殖民政策。

辛岛骁在《回忆鲁迅》文章的结尾处，吐露了忏悔之情，说那份忏悔之情让

---

① 박광현. 조선문인협회와 '내지인 반도작가'[J]. 현대소설연구, 2010(43)：90-91.

② 中村卯一，「第四章 民族のしがらみ」，『遠い日の東アジアで』. https://kamome.org/heishi/asia/04.html. 2025-03-13.

③ 신희교. 日帝末期小說研究[M]. 서울：국학자료원, 1996：30-31.

④ 辛岛骁. 鲁迅追憶[J]. 桃源, 1949(創刊號)：15；辛岛骁. 回忆鲁迅[M]//鲁迅研究资料 13. 天津：天津人民出版社, 1984：214；陈梦熊.《鲁迅全集》中的人和事：鲁迅佚文佚事考释[M]. 上海：上海社会科学院出版社, 2004：296.

他"流出了冷汗"，"有身如刀割之感"。他写道："鲁迅将民族的苦恼视为自身的苦恼，为此忧心地活了一辈子。当反省到自己曾多次接触过鲁迅，并深受其教诲，而今却在做些什么时，我不禁流出了冷汗。鲁迅是个不论处在怎样的境遇都好学不倦的人。现在我身上有着多少那样的精神呢？虽然我也读、写到将近天亮，但只考虑这是糊口之资而努力，那是可叹的。想到那长眠在地下的安静、温和的颜容，并且其中还蕴藏着激烈的申斥之意而凝视着我，就有身如刀割之感。"①1949 年 6 月，在日本已战败，毛泽东的革命取得成功的趋势日趋明朗化的时候，辛岛骁或许会想起鲁迅。回顾自己曾经鼓吹"内鲜一体"的日本"国策"，在前沿动员朝鲜民众的罪行，感到剜肉般的疼痛。可是，我们很难判断辛岛骁的忏悔带有多少真实性。虽然他描写说忏悔到"流出冷汗"和"身如刀割之感"，但忏悔原因却是因为"只考虑糊口之资"的"努力"。他应该忏悔未能以鲁迅精神为榜样，肩负起被压迫大众的苦难，应该反省自己装出进步人士怜悯左翼的姿态，实际上做着兜售压迫"朝鲜民众"的"国策"的机会主义勾当。辛岛骁却以忏悔自己懒惰于学习，没能以鲁迅为榜样为借口，想稀释自身的过错。凸显他和鲁迅的关系，以此来凸显自己。辛岛骁在《回忆鲁迅》中提到，他第二次访问鲁迅时，承诺过把鲁迅的学术著述《中国小说史略》译成日文，然而"《中国小说史略》的翻译方面，曾经准备跟东京和九州的同学们共同译出；可是占重要地位的我，对于那样的工作，还不如对于当前的朝鲜民族问题方面的关心多"。② 因此，不得不把翻译的事转交于自己的同学增田涉。他所说的所谓"当前的朝鲜民族问题方面"指向含糊不清，并不明朗。在《回忆鲁迅》一文里，他讴歌了鲁迅肩负被压迫大众苦难的精神，说到了自己为了解决朝鲜的民族问题，而无暇翻译《中国小说史略》。由此可见，他想制造自己也在为被压迫的朝鲜解决问题而奔波的假象。

陈梦熊在《鲁迅和日本汉学家》一文中，用附录的形式转载了译成中文的《回

---

① 辛岛骁. 鲁迅追憶[J]. 桃源，1949（創刊號）：15；辛岛骁. 回忆鲁迅[M]//鲁迅研究资料 13. 天津：天津人民出版社，1984：214；陈梦熊.《鲁迅全集》中的人和事：鲁迅佚文佚事考释[M]. 上海：上海社会科学院出版社，2004：297.

② 辛岛骁. 鲁迅追憶[J]. 桃源，1949（創刊號）：13；辛岛骁. 回忆鲁迅[M]//鲁迅研究资料 13. 天津：天津人民出版社，1984：212；陈梦熊.《鲁迅全集》中的人和事：鲁迅佚文佚事考释[M]. 上海：上海社会科学院出版社，2004：294.

忆鲁迅》和《国民党政府的文化政策与中国文坛的动向》的文章，并依托这些文章，意味深长地谈论了鲁迅和辛岛骁的交流过程，他在文章中分析《国民党政府的文化政策与中国文坛的动向》。辛岛骁站在同情左翼文艺运动的立场上，揭露和批判了国民党反动的文化政策，他写道："这正是他接受了鲁迅先生对现实斗争看法的思想影响的结果。这篇文章的发表，对日本、朝鲜的宣传，无疑会产生良好的作用，也体现了中日两国进步文学交流和人民之间的亲密友谊。"①如果只读译成中文的上述两篇文章，那么陈梦熊对辛岛骁的评价是十分恰当的。可是进一步深入了解辛岛骁在朝鲜参与各类活动的情景和思想倾向，其结论或许会截然不同。张杰也在《鲁迅与辛岛骁》一文中，把鲁迅与盐谷温和辛岛骁两代人交流的经历介绍为"中日文化交流史上美丽的一朵花"。在文末他引用了鲁迅日记里提到的辛岛骁从朝鲜给鲁迅儿子海婴寄来儿童玩具的事情，以此草草结尾，没有涉及他在朝鲜参与活动后的所作所为。② 陈广宏作为日本占领朝鲜时期的朝鲜境内中国学研究人员，介绍辛岛骁时也只是侧重介绍有关他中国学研究方面的业绩，未谈及他在朝鲜带头宣传"国策"的事实。③ 也许他们在此只是谈论中国学研究方面的理论，不涉及其余活动，也算情有可原。但不得不提的是，上述文章在谈论鲁迅和辛岛骁交流以及辛岛骁在中国学方面研究的成果时，都只字不提在京城帝国大学就职的辛岛骁在朝鲜活动的情况以及他思想倾向的问题。要正确评价辛岛骁与鲁迅交流，就必须明确辛岛骁兜售日本的"国策"的活动和他的思想倾向性问题。这样才能理解，鲁迅为何收到辛岛骁从朝鲜寄来的礼品之后，没有回信的深层含义。

---

① 陈梦熊.《鲁迅全集》中的人和事：鲁迅佚文佚事考释[M].上海：上海社会科学院出版社，2004：281.

② 张杰.鲁迅：域外的接近与接受[M].福州：福建教育出版社，2001：54.

③ 陳廣宏.韓國"漢學"向"中國學"轉型之沈重一頁：日據朝鮮時期京城帝國大學的"中國學"研究及其影響[J].韓國研究論叢，2005（1）：264."毕业于东京帝国大学文学部中国文学科，传承了盐谷温。于1926年学习期间通过盐谷温的介绍到中国认识了鲁迅。曾担任京城帝国大学中国语文学讲座的助教授、教授，主要研究中国近代文学，尤其中国小说……"陈广宏介绍辛岛骁等京城帝国大学里研究中国学的日本人，并把参考资料陈列在注释内，就是李庆的《日本汉学史》第1-3集（上海外语教育出版社，2002-2004年版），严绍璗的《日本的中国学家》（中国社会科学出版社，1980年版）等。陈广宏根据中国出版的资料，详细地介绍了辛岛骁研究成果，但没有提及他在朝鲜担任朝鲜文人协会的干事，积极参加日本"国策"活动的事实。

六、差异与对话

1933 年上半年，申彦俊和辛岛骁在间隔不久的时间内分别访问过鲁迅，此后他们却走向截然不同的道路。申彦俊积极参加韩国的独立运动，在进步性的立场上向朝鲜介绍鲁迅，以及中国的政治、时事和思想动向。而辛岛骁起初积极介绍中国新文艺，重视左翼文学和鲁迅，后渐渐露出机会主义的倾向，积极参与日本的"国策"宣传活动。

我们不能把申彦俊访问鲁迅的事件，仅仅理解为"无关紧要的中朝之间的个人交流"，这件事情体现了加入韩国独立运动的申彦俊早已领悟到鲁迅的境界，也反映当时韩国人对鲁迅的期盼。值得一提的是，当时申彦俊对中国民众的力量抱有很乐观的态度，并预见到了无产阶级势力将占据中国局势的思想主流，因此极力刻画了鲁迅的无产阶级作家形象，并将其译介给韩国读者。

辛岛骁发表的有关中国新文艺的文章，都是他到北京、上海见到鲁迅，通过与鲁迅交谈了解到的中国文坛状况后，整理叙述而成的文稿。可以说都是以鲁迅为中介完成了著述。鲁迅和辛岛骁交流时，日本侵略中国的意图昭然若揭，所以这场被誉为"中日民间层面知识界之间的交流"活动，就显得格外引人注目。然而，根据辛岛骁作为京城帝国大学的教授而积极投身组织"朝鲜文人协会"，参与日本"国策"宣传等行为，不难判断他的思想倾向。虽然他在文中写道"鲁迅用细小颈部和瘦弱肩部承担着全中国的被压迫大众和世界人类的苦恼"，这让他得到了"深深的教诲"，但他自己却投身到了兜售日本帝国主义"战时体制"的第一线。

如今我们用质疑的眼光看待近代民族国家，因此也不能把历史和民族问题绝对化。但近代被扭曲了的历史经历，依旧有意无意地影响着东亚各国确立整体性，所以不可避免地牵涉历史和民族问题。申彦俊和辛岛骁，虽然在相近的时期，以相似的内容与鲁迅进行了交流，但二人选择了截然不同的道路。不得不让人再次反思民族和历史的问题。这也说明为了建构东亚新的关系，需要东亚各国求同存异，跨越民族国家的界限进行沟通和对话。

认同感的确立，始于认清差异和区分他者。所谓区分差异并非排他性的，而是在两者产生差异的交界处留出相互交融的可能，在产生区分的交界处提供对话的良性契机。真正意义上的整体性是，分辨出"差异"、呈现出区分后，在产生区分的交界处提供可互动的良性契机，建构起对话。鲁迅曾引用中国古代典籍《左传》中"王—公—大夫—士—皂—舆—隶—僚—仆—台"的排序，说明了中国身份秩序体系，探究其运转原理，从而论证了中国历史展开的内在逻辑。在身份秩序体系中最为卑微的"台"没有臣，不是太苦了么？无须担心的，有比他更卑的妻、更弱的子在。而且其子也很有希望，他日长大，升而为"台"，便又有更卑更弱的妻子，供他驱使了。所谓的运转原理就是"如此连环，各得其所，有敢非议者，其罪名曰不安分"。① 鲁迅指出，以等级差别为原则的整体性，只会不断衍生出不同性质种类的其他奴隶。为了终结这样的死循环，鲁迅不断思索着如何才能打破这样的僵局，实现真正意义上的民主性的区分。鲁迅"承担全中国的被压迫大众和世界人类的苦恼"的抵抗精神，理应被继承为东亚的"抵抗传统"，为未来东亚共存建立新的关系，为敞开"对话"提供一种宝贵的精神资源。

---

① 鲁迅. 灯下漫笔[M]//鲁迅. 鲁迅全集(1). 北京：人民文学出版社，2005：227-228.

第六章　李陆史与鲁迅的文学精神

一、李陆史与鲁迅的邂逅及其文学探索

李陆史(1904—1944)是韩国现代史上具有代表性的民族抵抗诗人。1944年1月，在驻北京的日本领事馆那黑暗冰冷的监狱里，李陆史结束了他未满40岁的生命。他留下的诗歌、随笔，以及他对鲁迅、对中国现代文学和各类时事的评论文章，数量不多，总共不过一本书的分量，然而，这些作品是他在日本帝国主义接连不断的追查和森严的管制下，拖着"被追赶的心，疲惫的身子"(《路程记》)写出来的，因此具有宝贵的价值。

李陆史曾于1926年秋至1927年春，在北京的中国大学留学，1932年10月到翌年4月，在位于南京郊区的"朝鲜革命军事干部学校"接受过培训。回国后，他一方面积极参加韩国的独立运动，一方面发表诗歌、随笔等文学作品，并向韩国国内介绍中国现代文学及鲁迅文学，还发表了一些评论文章。[1] 1933年4月，李陆史作为朝鲜革命军事干部学校的第一届毕业生离校回国。路经上海时，他参加了当时《朝鲜日报》主办的一项有奖小说征稿活动，奖金为1000元。当时李陆史提交的小说《无花果》进入了决赛，然而评委们认为，和其他五篇进入决赛的作品相比，他这篇质量最差，因此未能获奖。[2] 但这篇小说具有重要意义，李陆

---

[1]　홍석표. 근대 한중 교류의 기원：문학과 사상 그리고 학문의 교섭［M］. 서울：이화여자대학교출판부，2015：45-106. 作者在该著作里考证了李陆史在北京中国大学留学以及与鲁迅相遇、李陆史的诗歌与中国现代文学的关系研究，以此为基础，翔实地考察了李陆史文学追求的艺术性和思想性的统一。

[2]　이육사. 一千圓 懸賞小說 選後感［N］. 朝鲜日报，1934-01-01. "《无花果》是五篇入选作品中最次的一部，无论从作品的性质还是从文章的内容来说，都毫无可取之处。小说中描绘的生活状态与朝鲜实情相左，且故事情节涣散，充斥着与作品背景不符的不必要的人物形象。"

史刚刚从军事干部学校毕业就去参加有奖征稿活动，说明李陆史一直有志于文学创作。这篇小说是他 1933 年回国后定稿提交的。李陆史刚刚从军事干部学校毕业就去参加有奖征稿活动，这一点比较特殊。当时朝鲜军事学校的主要任务是培养朝鲜革命(民族解放)所需要的社会活动家，因此与文学创作没有直接的关系。而李陆史从军事干部学校毕业以后，没有直接投入社会实践，却立志从事文学创作。李陆史毕业前夕，义烈团团长金元凤曾询问他今后的去向，当时李陆史回答："为了朝鲜的独立，应回到朝鲜去，向朝鲜的工人、农民宣传独立思想。"于是，金元凤说："希望你回到朝鲜后，全身心投入义烈团活动。"①而此时李陆史却暗下决心：我可以去积极地宣传民族独立思想，但我将与武装革命运动保持一定距离。

李陆史与鲁迅会面的万国殡仪馆现貌(2012 年)

---

① 國史編纂委員會. 李活 신문조서(1934) [M]//韓民族獨立運動史資料集 30. 果川：國史編纂委員會，1997：157.

1933 年 6 月李陆史在上海时，中国的民主人士杨杏佛遭到暗杀，灵堂设在上海万国殡仪馆内，李陆史前去吊唁，在那里邂逅了鲁迅。后来，在鲁迅去世四天以后，即 1936 年 10 月 23 日，李陆史在《朝鲜日报》上发表了《鲁迅追悼文》。该文虽题为追悼文，但其实是一篇对鲁迅文学的评论文章。悼辞原是追悼死者的，而李陆史的《鲁迅追悼文》不仅是在哀悼鲁迅，还系统论述了鲁迅的文学和精神，已远远超出了一般悼辞的范畴。文章直接从鲁迅的《狂人日记》《呐喊》《二心集》《华盖集续编》《而已集》等作品中引用一些文章，来对鲁迅的文学精神以及创作原则进行了详细的分析，表现出对鲁迅文学的深刻理解。可见他的"悼辞"不是鲁迅去世后即刻作出反应而写下的，是他阅读鲁迅的文学作品、经过认真分析和研究而整理出的一种研究成果。

李陆史在《鲁迅追悼文》中介绍鲁迅文学时，引用了一位年轻人的话，这位年轻人在鲁迅去广东时，接待过鲁迅。他写道："当《狂人日记》初在《新青年》发表的时候，本来不知道文学是什么东西的我，读了就觉得异常兴奋，见到朋友，对他们说：'中国文学要划一个新时代了。你看过《狂人日记》没有？'在街上走时，便想对过路人发表我的意见……"①这篇引文取自《鲁迅在广东》②，这本书由钟敬文编辑，1927 年 7 月由上海北新书局出版。该书收录了 12 篇文章，都是鲁迅抵达广东后由当地青年撰写的有关鲁迅的文章，除此之外，还有鲁迅的演讲稿 2 篇以及杂文 2 篇。李陆史摘取的上述引文取自宋云彬编写的《鲁迅先生往哪里躲？》，与原文比对，不难发现这一译文应该是出自李陆史手笔，基本上都是直译了原文，为了文章更加生动，就加了"就举起笔"四个字。《鲁迅在广东》的第一版出版时间是 1927 年 7 月，因此不能排除李陆史在 1933 年的 6 月在上海与鲁迅先生会面之后，在 10 月回国之前购置图书的可能性。1936 年初，李陆史曾去过满洲，并将《朝鲜日报》大邱支局的同事李善长介绍给了梦阳、吕运亨、一轩以及许珪。由于此事走漏了风声，李陆史被西大门刑务所关押了一周的时间③。基于此，也不能排除上述图书是李陆史 1936 年走访满洲时购置的可能性。同年 7

---

① 김용직·손병희. 李陆史全集[M]. 서울: 깊은샘, 2008: 211. 在此章节中，在引用《李陆史全集》中的内容时，我们对部分单词或句子进行了适当的梳理和调整。

② 钟敬文. 鲁迅在广东[M]// 鲁迅研究学术会论著资料汇编 1(1913—1936). 北京: 中国文联出版公司, 1985: 258.

③ 심원섭. 원본 李陸史 전집[M]. 서울: 집문당, 1986: 412.

月，李陆史由于身体虚弱不得不前往东海松涛园疗养一段时间。随后于 10 月回到首尔，发表了《鲁迅追悼文》，12 月发表了鲁迅的短篇小说《故乡》的译文。因此，不排除李陆史借东海松涛园疗养之机细读鲁迅作品的可能性。1941 年 4 月 25 日夜里，李陆史在元山临海庄完成了评论《中国现代诗歌的一断面》，并在次日，也就是 1941 年 4 月 26 日在元山听涛庄翻译了满洲作家古丁的短篇小说《小巷》，基于此不难判断，这些资料是李陆史前往满洲时购置的材料。

鲁迅追悼文(《朝鲜日报》1936.10.23)

1939 年 10 月，李陆史曾在《文章》杂志发表过名为《横厄》的文章。在该文中，李陆史依旧以"年前作古的中国文豪鲁迅"为例，摘录了鲁迅的一段文字：他去世两年前的夏天，写过一本散文集，名为《病后日记》。文中有如下一段文字：

> ……看来现在我被国家和社会看得不那么重要，甚至连亲戚和知心的朋友们也逐渐地疏远我……但最近由于我的病引起了人们的注意，这样看来生病也并不是什么坏事。但是以往一说生病，不是重病就是急病，立刻与生死

相关，少了些趣味。但是很多贵骨们都闹个多病，看来我自己也可以掺和到
生病之雅趣之中。……

　　看来根据鲁迅的话，病有时候其效用也不少。但是我生来就享受"贱待"
体魄，一年 365 天竟没有卧病不起的记录。可怜得连这点幸福也消受不起。①

　　上述引文中的生病的效用性问题，也曾出现在李陆史作品中。"苍白的月光
透过窗户照进我的房间，罹患的内心疲惫的躯体，十年的漫长岁月里我只感到自
己满身是疾病，因为生病也是一种福气，至少可以在毫无人气如同坟墓般的房间
里独自做梦。"②李陆史引用的鲁迅作品原文到底是出自哪里呢？《鲁迅全集》中有
部叫《且介亭杂文》的杂文集，其中有两篇文章与上述引文的内容相符。分别是
《病后杂谈》和《病后杂谈之余》，经仔细比对不难发现，李陆史所读的《病后日
记》可能是《病后杂谈》。《病后杂谈》和《病后杂谈之余》都是 1934 年 12 月完成的
作品，且收录这两篇文章的《且介亭杂文》出版于鲁迅去世后的 1937 年 7 月，因
此，李陆史所提及的"去世前两年的作品"这一说法并不成立，同时，在鲁迅去
世前两年，也就是 1934 年夏天出版的散文集也并不存在。虽然有 1934 年 10 月
出版的杂文集《二心集》，时间上也比较接近，但杂文集中并没有收录与《病后日
记》相关的内容。基于此，可以推测李陆史读到的文章极有可能是 1937 年夏天出
版的《且介亭杂文》和在其中收录的写于 1934 年的《病后杂谈》，只是作者记得不
够仔细，有所混淆，才会出现"读了去世前两年的夏天完成的散文集《病后日
记》"这样的错误。李陆史引用的鲁迅文章段落很难在《病后杂谈》中找到逐一对
应的句子，但大意基本相近。虽然尚需进一步的考证，但基本可以推断出李陆史
写《横厄》时，并未直接引用鲁迅的文章，而是进行了转述。那时拘留调查制度
严酷，李陆史被迫辗转流离，很难有机会查找原文一一比对，正因如此，他才会
错将鲁迅的《病后杂谈》当成《病后日记》，并且也只是记录了大意，没能准确引
用原文。

　　李陆史应该是 1933 年与鲁迅经过一番交流，产生了一些触动，回国后开始
埋头阅读鲁迅作品。与此同时，他开始认真思考和探索自己的文学方向。他从小

①　李陸史. 横厄[M]//김용직·손병희. 李陸史全集. 서울: 깊은샘, 2008: 164.
②　李陸史. 靑蘭夢[M]//김용직·손병희. 李陸史全集. 서울: 깊은샘, 2008: 168-169.

就爱读儒家经典和古诗，还有《普鲁塔克英雄传》《凯撒》《拿破仑》等西方文学作品，像保罗·魏尔伦(Paul Veriaine)、约翰·济慈(John Keats)、威廉·巴特勒·叶芝(William Butler Yeats)、雷米·德·古尔蒙(Remy de Gourmont)、尼采(Friedrich Wilhelm Nietzsche)等西方作家的诗歌也经常放在案头上翻阅，同时也勤奋阅读日本作家的作品。① 随着自身文学素养的提高，他开始热衷于阅读中国现代诗以及鲁迅的作品。

二、国民性改造话语与透彻的自我认知

众所周知，鲁迅在自己的代表作《阿Q正传》中所描写的阿Q形象是中国民族性的真实写照，也是人类普遍具有的人性写照。《东亚日报》驻上海特派记者申彦俊曾在1933年5月22日采访鲁迅。当时鲁迅说："阿Q这个人物是以生活在我自己的故乡鲁镇的一个人作为原型的。其实，阿Q不仅仅是中国人的普通相，他是不仅在中国人之中，而且在其他任何民族之中也可常常见得到的普通相。"②鲁迅揭示了中国国民性(民族性)低劣的那一面，也揭示了人类普遍具有的懦弱本性。从这一角度可以说阿Q形象不仅是中国人灵魂的写照，也是对世界各民族普遍具有的负面本性所进行的一场辛辣讽刺。在现代韩国，阿Q形象不仅被理解为"中国人的灵魂"，而且已超出这一范畴，成为体现人类懦弱生存状态的一种典型形象。

比如，20世纪30年代，曾探讨农民文学理论的朴承极在自己的随笔《山村的一夜》中写道："有一个人(后来才知道他是某某兄的宗兄)突然向一个正在讲救火故事的老头儿发起火来，那老头儿蹲在那里，停止叙述，低下头不吭声了。他剃着光头，面颊黄瘦，后背驼得像驮子一样，衣服脏得像锅底那么黑，脚脖子上系着稻草拧成的裤脚带，沾着土的破布袜上套着一双破胶鞋。我联想到《阿Q

---

① 古丁在翻译短篇小说《小巷》(《朝光》，1941.06)时，在前文部分加了几句作者简介道："总觉得作品风格(作者写的是맨도리，疑为拼写错误，正确的拼写应该是맨드리，表示穿好衣服后用手打理出来的线条感，在此表示作品的纹路或风格)与芥川龙之介相近，可能与其主题出自满洲这样的独特地域有关。处理故事情节的那种妙劲与龙之介很是相似，不禁让读者联想到龙之介。"(김용직·손병희. 李陸史全集[M]. 서울: 깊은샘, 2008: 103.)

② 申彦俊. 鲁迅訪問記[J]. 新東亞，1934(4): 152.

正传》里的阿Q定会是这个样子。这人好可怜。"①阿Q成了当时在韩国随处可见的普遍人物形象。难怪春园李光洙也曾嘲笑自己"蠢如阿Q"。看来,用阿Q嘲笑愚蠢,并非偶然。金素云的《春园·李光洙的片貌》一文中有这样一段叙述:"《中央公论》的编辑通过我约到了春园的一篇文章……但那篇文章远远未能满足《中央公论》的要求,他们要的是像鲁迅作品那样有深度的随笔,而春园那篇写的却是'如果你我睡在一起,一只臭虫就会吸我的血,也吸你的血'这样一种'内鲜一体信仰论'之类。"②"几年后,在我来首尔时,顺便去孝子洞春园家访问了春园,是为撰写《春园论》搜集材料。春园得知我的来意后,不好意思地苦笑着说:'要写就写得像《阿Q正传》那样。'听他这么一说,我的心像被针扎了一下。他接着又说:'我像阿Q那么愚蠢。'春园的这句话……"③春园说自己是"阿Q"那样的傻瓜,这意味着他在反省和讽刺自己在日本帝国主义强占时期的那些亲日行为。可见,当时"阿Q"已成为一般名词,被看作低劣人性的典型。

其实,1922年春园曾在《开辟》杂志上发表过《民族改造论》,主张朝鲜人应改造自己的民族性并要为此彻底抛弃朝鲜时期形成的虚伪、懒惰、利己等那些民族性中负面的东西,恢复历史悠久的包容、禁欲、讲究礼节等优良的民族性。与此同时,由日本帝国主义统治的朝鲜总督府出版的《朝鲜人》,其作者高桥亨(历任京城帝国大学教授)在书中极力歪曲和否认"朝鲜人"的民族性,主张只有在日本人的启蒙和引导下朝鲜人才能去克服这种民族性。他还发表谬论,说朝鲜人历来存有两种心态,一是"思想僵化",二是"思想依附",他认为"朝鲜人只要在朝鲜半岛上生存着,这种特性就会一直延续下去"。他还说,朝鲜人爱搞形式主义,缺乏审美,懦弱,具有朋党心理且公私不分,而这六种特性将随着日本帝国统治的不断加强和深化,逐步消失。④ 这是在日本殖民时期日本人对朝鲜人的基本看法,他们把西方帝国主义对国民性的探讨搬来改换成自己的观点。那么,通过《阿Q正传》疾呼改造中国国民性的鲁迅,是否也通过日本留学而迂回曲折地接受了西方帝国主义观点了呢?

---

① 朴承極. 山村의 一夜(下)[N]. 동아일보, 1938-04-13.
② 金素雲. 春園·李光洙의 片貌: 푸른 하늘 銀河水[J]. 자유세계, 1952(3):165.
③ 金素雲. 春園·李光洙의 片貌: 푸른 하늘 銀河水[J]. 자유세계, 1952(3):166.
④ 다카하시 도루(高橋亨). 식민지 조선인을 논하다 [M]//서울: 동국대학교출판부, 2010:89-90. 参考附录《朝鲜人》的日语原版后做过若干修改。

　　鲁迅在日本留学时期便开始思考"改造国民性"问题。因此从表面上看，他持这种看法也不无道理。然而，鲁迅所追求的"改造国民性"，并未仅仅停留在对中国人进行启蒙和呼吁，它从彻底地解剖自己、提高自我认识、进行自我反省做起。这一点与西方帝国主义或日本帝国主义的做法截然不同。促使鲁迅放弃求医转向文学创作的契机——"幻灯片事件"，使他更多地关注怎样唤醒中国人麻木的国民性，而不再限于揭露日本帝国主义的侵略本性。鲁迅小说集《呐喊》自序中有这样一段叙述：他在日本留学时有一次看到一部幻灯片，片里日本军竟然在中国的土地上且是在许多中国人面前公然杀害中国人，借口是该人为俄军打探军事情报。看过这个幻灯片之后，鲁迅强烈地意识到首当其冲的是改造中国人麻木的精神状态，为此，他开始倡导文艺运动。对于当时的那一场面，他是这样描写的："一个绑在中间，许多站在左右，一样是强壮的体格，而显出麻木的神情。据解说，这绑着的是替俄国做了军事上的侦探，正要被日军砍下头颅来示众，而围着的便是来赏鉴这示众的盛举的人们。"①鲁迅并没有把笔锋直接指向加害者日本帝国主义来抗议和抨击他们不正当的恶劣行径，而是把这一事件当作一个契机来对受害者中国人麻木的国民性作出了严厉的批评，他还呼吁中国人要深刻地反省自己。② 可见，鲁迅重视的是审视自我，反观内在，进行彻底的自我反省，而不是只把视线转向外在，一味地抨击日本帝国主义。

　　鲁迅曾经说："我的确时时解剖别人，然而更多的是更无情面地解剖我自己。"在鲁迅的处女作《狂人日记》的最后一段，那个坚决反对吃人肉的"狂人"这样说道："我未必无意之中，不吃了我妹子的几片肉，现在也轮到我自己……"可见其觉醒程度。"有着四千年吃人履历的我，当初虽然不知道，现在明白。"③这是一句名言。鲁迅通过"狂人"这番话道出了自己的觉醒，反省自己可能也在无意识中出席这种吃人肉的宴会。他的自我认识是非常彻底的。鲁迅的国民性改造思想就是建立在这种透彻的自我认识基础之上的。

　　要达到真正的自我认识，首先要对自我进行解剖，而这种解剖是伴随着痛苦的。他在《野草》的《墓碣文》中以诗的形式形象地表现了这种痛苦：

　　① 鲁迅. 自序[M]//鲁迅. 鲁迅全集(1). 北京：人民文学出版社，2005：438.
　　② 홍석표. 근대 한중 교류의 기원：문학과 사상 그리고 학문의 교섭[M]. 서울：이화여자대학교출판부，2015：212.
　　③ 鲁迅. 狂人日记[M]//鲁迅. 鲁迅全集(1). 北京：人民文学出版社，2005：454.

　　"……有一游魂，化为长蛇，口有毒牙。不以吃人，自吃其身，终以殒颠。……/……离开！……/……抉心自食，欲知本味。创痛酷烈，本味何能知？……/……痛定之后，徐徐食之。然其心已陈旧，本味又何由知？……/……答我。否则，离开！……"①

　　这是诗的作者将刻在死者坟前那块残缺的石碑上的碑文转写在了这里。鲁迅通过设置这样一种怪异的情景阐述着解剖自我的剧烈疼痛。他在阐述"自我解剖"要去承受刀剖心脏的疼痛，然而，即使是承受了，心脏已腐朽，也很难再去感受心脏的原味，如此这般，真正的自我解剖是很难去实践和完成的。这段描述有如千古绝唱，道出了自我解剖的真正意义。20世纪40年代金光洲翻译出版过《鲁迅短篇小说集》，他曾对《阿Q正传》作这样的评论："这部小说用一把犀利的刀毫不留情地剖出中国民族性当中虚伪、卑屈、自尊自大、低劣的那一面。这不仅是鲁迅对自己所进行的一场残忍、可怕的解剖，也是向全世界大胆揭示了中国国民性的优劣之处，可谓是一部真正的杰作。"②作者认为鲁迅文学以彻底的自我剖析为出发点，他非常正确地指出了鲁迅文学的本质。正因为鲁迅对国民性的批判立足于彻底的自我剖析，也就是说，自我剖析做得越彻底就越能触及人性最根本的东西，所以，鲁迅的批判就成为不仅是针对中国人，也是针对全人类的具有普遍性的一种批判。

　　在这一点上，鲁迅对国民性的批判与西方帝国主义或日本帝国主义所鼓吹的"国民性改造论"是有区别的。脱离自我剖析，这种思想就会去严格区分作为改造主体的"我"和作为改造对象的"你"，其结果，主体会与启蒙主义的统治势力相勾结，或者摇身一变直接让自己登上统治阶级的权威地位。而那位也曾提倡"国民改造论"的李光洙之所以走上与日本帝国主义殖民统治势力相勾结的道路，正是因为他没有进行彻底的自我解剖，空谈改造国民性。与此相反，鲁迅是首先对自身进行了彻底的剖析，并通过这种剖析赤裸裸地揭露了低劣的国民性，因此鲁迅始终能够让自己坚定地站在对抗统治势力的立场上。他从20世纪20年代开

---

①　鲁迅. 墓碣文[M]//鲁迅. 鲁迅全集(2). 北京：人民文学出版社，2005：207.
②　金光洲. 鲁迅과 그의 작품[J]. 白民，1948(1)：23-24.

始，就与北京军阀政府进行斗争，20 年代后期又与刚刚成立的国民党政府对立，而从 30 年代中期直到他离世，他一直与中国左翼作家联盟内部的党权势力进行不屈不挠的斗争。实现"你""我"一体化，率先彻底进行自我剖析，这样一种国民性改造思想会使变革主体不断涌现，来对抗旧的统治势力。鲁迅文学《狂人日记》中的"狂人"、《长明灯》中的"疯子"、《秋夜》中的"枣树"、《过客》中的"过客"、《这样的战士》中的"战士"，《铸剑》中的"宴之敖者"等形象都是这样一种变革主体。

从李陆史身上我们也能够发现鲁迅这种透彻的先行的自我认识。1938 年李陆史在为尹昆岗诗集《挽歌》所写的评论文章开头处写道：

> 永远的悲哀！这是每个人都要面对的难题。一代又一代，岁月的迁移，让一切人性都变成悲凉的祭缯和祭物。我们所有的骄傲、憧憬以及未知的国家，在这新时代的暴风中倒下，犹如野菊花上那一颗颗未曾被星光照耀的露水。然而，无论这是多么悲哀的现实，只要是真实的，那么谁都无法抗拒。
>
> 尽管如此，我们的诗人昆岗却无法只任泪水廉价地流淌。他歌唱《大地》，呼唤春天，让鲜花盛开。有时大声疾呼："大海呀！年轻人的意志啊！"①

李陆史的悲哀正像"那野菊花上的露水一样，未曾享受星光的照耀"，这是对生存本身的一种悲哀，它从何而来，不言自明。李陆史通过诗人尹昆岗之口吐露出自己的悲哀。而正是因为这种悲哀，他时而胸怀希冀、展望未来，时而梦想美丽的乌托邦，时而拼命地去挣扎、去斗争。他在评论尹昆岗的另一诗集《冰华》时写道："只有孤独的人才会明白/只有孤独的人才能理解/……/这颗寻找悲伤空地的心啊/像黄鼠狼般隐藏。"这悲悲切切的呐喊声，又怎能不让人侧耳倾听。而《冰华》最后一段有"飞龙腾空"一句，李陆史谈道，这一形象不仅征服了作者本人，也征服了大多数诗人。但事实上，且不要说是一条龙，或许连一只泥鳅都不会出现，这也是无可奈何的，只有彻底走出这种境地，才能让"朝鲜诗"更上

---

① 李陆史. 自己深化의 길: 崐崗의『輓歌』를 읽고[N]. 朝鲜日报，1938-08-23.

一层楼。① 这说明他已认识到现实中"连一只泥鳅"都不会出现，这种认识应该是来自透彻的自我解析。李陆史认为，如果不从这种彻底的自我认识出发，朝鲜诗真正的发展就无从期待。

李陆史在之前发表的诗《南汉山城》中写道："你是一条具有帝王风貌的蛟龙/而那颗成了化石的心却长满青苔//孕育升天之梦的洌水啊/几乎把喉咙喊破//晚霞被卷起/可是哪里又有风雨的迹象？"②，"帝王风貌的蛟龙"早已变成化石，那滔滔江水喊破天空，却无回天之力。"飞龙腾空"的梦想不过是一场白日梦。这就是现实。然而，"播种贫穷之歌"（《旷野》）或"歌颂一颗星"的努力却是要从这里开始。1928 年，中国的左翼文学批评家钱杏邨曾发表《死去了的阿 Q 时代》，批评鲁迅的散文诗集《野草》充满了"虚无主义"，但是我们不能单从字面上去理解鲁迅的虚无主义。与此相同，对于李陆史所描写的"连一只泥鳅都不会出现"的现实，对于这种自我认识也不能简单地理解为虚无主义。自我认识越彻底，虚无主义色彩就会看似更浓重。但是鲁迅或李陆史作品中的虚无主义色彩或对现实的绝望情绪并不是一种颓废无望的情绪，而是走向新生活迈出的第一步，是为了重生，为了前进所做的一种抗拒和挣扎。李陆史的精神境界建构在彻底的自我认识基础上，这一点很像鲁迅，甚至可以说跟鲁迅相比也毫不逊色。李陆史之所以能够在《鲁迅追悼文》中很有深度地评论鲁迅文学，其根本原因就在于此。

三、文学与政治的关系及创作原则

李陆史在《鲁迅追悼文》中提出一个问题，即鲁迅是如何解决艺术与政治之间的关系的？然后他指出："对鲁迅来说，艺术不是政治的奴隶，艺术至少是政治的先驱。而且他既没混同两者，也没有将两者一分为二。因此他写出了许多优秀的、进步的作品。"李陆史认为，这便是鲁迅的创作原则。他还强调说，这是一个"多么令人刻骨铭心的寓示！"③在这里重要的并不是李陆史从鲁迅那里受到了

---

① 李陸史. 尹崑崗詩集『水華』기타 [M]//김용직·손병희. 李陸史全集. 서울: 깊은샘, 2008: 245(人文評論, 1940-11).

② 李陸史. 南漢山城[M]//김용직·손병희. 李陸史全集. 서울: 깊은샘, 2008: 72.

③ 李陸史. 鲁迅追悼文[M]//김용직·손병희. 李陸史全集. 서울: 깊은샘, 2008: 219.

怎样的影响，而是他如何概括总结鲁迅的创作原则，并从中获得共鸣达到一种觉醒。他在《鲁迅追悼文》中对鲁迅文学的评价可以概括为三点：第一，阐述了鲁迅的代表作《狂人日记》和《阿Q正传》的内容和思想意义；第二，在文学和政治的关系问题上，分析探讨了鲁迅的立场和创作原则；第三，介绍并阐释了鲁迅成为一名文化战士的过程以及为建构真正的普罗文学所作出的努力。

李陆史在《鲁迅追悼文》中作了简短的"鲁迅略传"，回忆在上海杨杏佛灵堂邂逅鲁迅的情形和当时的那份激动，他还对当时中国的现实以及与鲁迅的关系做了叙述："确有无数的阿Q已从鲁迅那里学会了如何把握自己的命运，开辟自己前进的道路。中国所有的劳动阶层都感觉到了南京路上的柏油路已在自己的脚底下震动，那些哀悼属于他们自己的伟大文豪逝世的心灵，像黄浦滩上的红色波涛，一齐涌向施高塔路新村9号。"①接着，他引用《狂人日记》"狂人发现在中国历史上到处写有仁义道德这种字样，而在那字里行间却又写有'吃人'二字"，鲁迅最后用"救救孩子"这句做了全篇的结尾。李陆史说，这"在思想上，比'炸弹、宣言'都更加猛烈地冲击了当时依旧是'孩子'的中国青年人"。他认为这是该作品的意义所在。他分析《阿Q正传》后说，"这部大作反映了辛亥革命前后封建社会生活，描写了封建社会具有什么样的必然会崩溃的特征"，"而且最真实地描写了当时革命及革命思潮是怎样表现在民众心理上和生活琐事中的"。② 李陆史以《狂人日记》和《阿Q正传》为中心，非常正确地分析了这些作品对中国社会所产生的深刻影响和现实主义创作的独特风格，高度评价了鲁迅文学的伟大成就。

他指出："通过鲁迅作为作家的创作态度，我们须进一步关注并体会他一贯的作家精神，这对我们是一件非常重要的事情。现在，我们朝鲜文坛的情形是，人人都在议论艺术和政治的关系，该混同还是该一分为二，这个问题看似已有定论，却又看似尚未得到解决。那么，像鲁迅这样有坚定信念的人是怎样处理艺术和政治之间关系问题的呢?"③在提出这样一种问题之后，李陆史一步步深入分析了鲁迅在艺术和政治关系问题上的看法和立场。李陆史谈到，鲁迅在日本留学时曾立志攻读医学来为中国人治病，还曾说如果发生战争将义不容辞奔赴战场，曾

① 李陆史. 鲁迅追悼文[M]//金容稷·孙炳熙. 李陆史全集. 서울: 깊은샘, 2008: 210.
② 李陆史. 鲁迅追悼文[M]//金容稷·孙炳熙. 李陆史全集. 서울: 깊은샘, 2008: 213.
③ 李陆史. 鲁迅追悼文[M]//金容稷·孙炳熙. 李陆史全集. 서울: 깊은샘, 2008: 214.

立志向中国人宣传维新思想。李陆史说"这是少年鲁迅浪漫的人道主义激情"，然而经过"幻灯片事件"鲁迅的梦想破灭了，之后他开始提倡文艺。李陆史引用鲁迅《呐喊》中自序的一段内容进行说明。他说，鲁迅在日本留学时期在开展文艺活动时所做的翻译工作也是"带着政治目的进行的"，尤其在《狂人日记》中疾呼"救救孩子"，这不仅使"普通青年觉悟到肩负着重大的责任"，而且号召"青年要从几千年封建社会桎梏中获得解放"，促使"中国青年站在群众性社会运动的最前沿，大胆、积极地去进行领导和组织工作"。李陆史把阐述的重点放在鲁迅文学对中国青年的深远影响上。

　　李陆史还整理阐述了鲁迅在艺术（文学）和政治关系问题上的观点和立场："对鲁迅来说，艺术不是政治的奴隶，艺术至少是政治的先驱者，他没有混同两者，也没有将两者一分为二，因此他创作出了许多优秀的、进步的作品，他的文豪地位也随之提高……"[1]。在当时的朝鲜文坛，艺术和政治的关系问题是一大焦点，各方都在寻找答案，李陆史试图通过概括鲁迅的思想来揭示一种答案。当然，这也是立志从事文学创作的李陆史本人所面对的急需解决的问题。当时，李陆史一方面要坚持开展独立运动，一方面要从事文学创作，所以对两者作出合理的定位，成为他的当务之急。同日本帝国主义进行正面的斗争，这样的独立运动当然是最重要的政治实践，而文学创作能否成为其有效的工具和手段？作为诗人若要持续进行诗歌创作首先要确保艺术性，而坚持独立运动这样一种政治行为会不会直接影响文学创作使之处于政治理念过剩状态，从而破坏其艺术性呢？这些问题尚未厘清，就无法使李陆史专心致力于文学创作。为了解决这些问题，李陆史悉心阅读和分析鲁迅的文学作品，他想通过这种努力来寻找朝鲜文坛所面临的，也是他所面对的急需解决的问题——政治与艺术的定位问题。他想通过确认鲁迅的立场，向朝鲜文坛揭示一条新的出路，并确定自己的文学方向。也就是说，在政治和艺术的关系问题上，他想通过鲁迅的观点来验证自己的看法。而鲁迅的观点给已经走上"文学之路"的李陆史注入了一种坚定的信念和信心。

　　1927年，在某一演讲会上鲁迅曾探讨文学与革命的关系问题，他说："在这革命地方的文学家，恐怕总喜欢说文学和革命是大有关系的，例如可以用这来进行宣传，鼓吹，煽动，促进革命和完成革命。不过我想，这样的文章是无力的，

　　①　李陸史. 鲁迅追悼文 [M]// 김용직 · 손병희. 李陸史全集. 서울: 깊은샘, 2008: 216.

因为好的文艺作品，向来多是不受别人命令，不顾利害，自然而然地从心中流露的东西；如果先挂起一个题目，做起文章来，那又何异于八股，在文学中并无价值，更说不到能否感动人了。"①鲁迅认为宣传和煽动的文学，从文学的角度说只能失败，所以归根结底对革命（政治）也起不到什么作用。但是，当文学独立于革命（政治）而创作出具有文学价值的作品时，它却可以唤起人们的共鸣并能够去影响革命。文学应该首先成为真正的文学，而它对革命的影响只能是间接的。但是，文学只要能成为真正的文学，就可以通过灵魂深处的共鸣来持久地影响读者。这就是鲁迅心目中文学与政治的关系。

鲁迅谈中国的革命文学时说："那时候的革命文学运动，据我的意见，是未经好好地计划，很有些错误之处的。例如，第一，他们对于中国社会，未曾加以细密的分析，便将在苏维埃政权之下才能运用的方法，来机械地运用了。"②当时左翼文学批评家成仿吾一改自己提倡的浪漫主义立场，转为提倡革命文学。鲁迅对此严加批评，认为这是一种"才子+流氓"的做法。李陆史也曾在《鲁迅追悼文》中引用鲁迅的这一说法："可惜的是现在的作家，连革命的作家和批评家，也往往不能，或不敢正视现实社会，知道它的底细，尤其是认为敌人的底细。"③鲁迅认为，要敢于正视中国社会现实，这样才能够确保文学的真实性，才能创作出真实的文学来。

李陆史于1937年曾写过一篇随笔《嫉妒的叛军城》，他在随笔中这样描绘他亲身经历过的那一场深夜里袭向海岸的台风："这条路似乎是我所经历的最短的一瞬间，台风呼啸的那个夜晚，天地漆黑，仿佛创世记中的第一夜，城市在黑暗中摇晃，暴雨像一道道箭矢飞射下来。我经过旷野跑向海边。丛生的荆棘缠绕双脚，步伐艰涩而趔趄。也许文学之路也是如此！手中的电筒像我的良心那样只能照亮我的脚尖。然而快要到达海边的时候，浪涛呼啸，似是叛军的城堡在倒塌。大海只有在雷电击打、青光照射白色泡沫时才会露出它寒光四射的一面！也许我仍旧行走在那个夜晚那台风中的海边！"④这里，李陆史形象地描绘了自己坎坷的

---

① 鲁迅. 革命时代的文学[M]//鲁迅. 鲁迅全集(3). 北京：人民文学出版社，2005：437.

② 鲁迅. 上海文艺之一瞥[M]//鲁迅. 鲁迅全集(4). 北京：人民文学出版社，2005：304.

③ 鲁迅. 上海文艺之一瞥[M]//鲁迅. 鲁迅全集(4). 北京：人民文学出版社，2005：308.

④ 李陸史. 嫉妬의 叛軍城[M]//김용직·손병희. 李陸史全集. 서울：깊은샘，2008：137-138.

一生，艰难的"文学之路"。被荆棘缠足，步履维艰，这便是文学之路，而文学又总离不开现实。但是正如那盏只能照亮双脚的手电筒那样，文学也明显具有自身的局限性。走文学之路，李陆史也已清楚地看到这种局限性。但他还是下决心走下去。"尽管会感到无比的孤独和悲哀，会尝尽天下所有艰难困苦，但只要能写出一首问心无愧的诗就够了。这算什么？"①他认为，诗歌虽然在独立革命中显得微弱无力，但既然是文学，就应该写得"问心无愧"，作家应创作出真正的文学作品来。所以李陆史评论鲁迅说："在他的小说中没有哪一种主张仅流于概念或显得牵强、生硬，使人不能不承认他是一位创作技艺高超、文学成就卓越的作家。"②

那么，李陆史所理解的鲁迅的创作原则是什么呢？左翼批评家钱杏邨持着阶级文学思想观念攻击鲁迅说："鲁迅的作品没有阶级性，那阿Q身上哪有什么阶级性可言？"对此，李陆史反驳道："在鲁迅的作品中，我们就是擦亮眼睛也看不到一点无产阶级的特性，这是事实。"他又说，评论一个作家的作品应把它放到当时的时代背景中去，"在鲁迅进行创作的那个时代，中国还不存在我们今天所能下定义的那种无产阶级。"对李陆史来说，鲁迅是不是无产阶级作家这无关紧要。他认为，首先要弄清鲁迅创作的是不是真正的文学，是否真正是优秀的作品。李陆史认为，"关键是，他（鲁迅）在文学创作上到底持有怎样一种真实、明确的态度"③为了深入理解鲁迅的创作原则，他大段地引用了鲁迅的文章，下面转引一部分内容：

> "现存的左翼作家，能写出好的普罗文学来么？……所以革命文学家，至少是必须和革命共同着生命，或深切地感受着革命的脉搏的。……但是，虽是仅仅攻击旧社会的作品，倘若知不清缺点，看不透病根，也就于革命有害。……但倘是一个战斗者，我以为，在了解革命和敌人上，倒是必须更多的去解剖当面的敌人的。……唯有明白旧的，看到新的，了解过去，推断将来，我们的文学的发展才有希望。我想，这是在现在环境下的作家，只要努

---

① 李陸史. 季節의 五行[M]//김용직·손병희. 李陸史全集. 서울: 깊은샘, 2008: 161.
② 李陸史. 鲁迅追悼文[M]//김용직·손병희. 李陸史全集. 서울: 깊은샘, 2008: 213.
③ 李陸史. 鲁迅追悼文[M]//김용직·손병희. 李陸史全集. 서울: 깊은샘, 2008: 216-217.

力，还可以做得到的。"①

这段话选自鲁迅1931年7月发表的《上海文艺之一瞥》。李陆史引用这段文章谈道："这简洁的一段话，便是文豪鲁迅所讲的创作原则。这是多么使我们足以刻骨铭心的寓示！"②，他进一步强调了这段话的重要意义。正视现实，透彻地认识社会的病根，正确地剖析对方，然后真实地描写社会和现实。这就是鲁迅的创作原则，这使鲁迅写出了一个个"真正的作品"来。

鲁迅的创作原则给李陆史留下了深刻的记忆，后来这一原则也成了李陆史的创作原则。这一点清楚地反映在李陆史所写的电影评论中。李陆史认为艺术首先要真实地体现人们的生活。他以小说为例说道："19世纪庞大的小说文学价值，归根结底不就是因为它们真实记录了现实生活吗？"③现代小说走的是两条不同的发展道路，一条以"性格"为中心，另一条以"行动"为中心。前者向心理小说发展，后者向大众小说发展。然而李陆史说："但是还有一个非常重要的事实，那就是自然主义的'现实主义'出现在人们面前。它破坏了迄今为止的一切的'浪漫'，让小说变成一种忠实记录现实的东西。"④在此，李陆史不知不觉地表达出了自己的意愿，即要去创作"忠实记录现实"的小说。紧接着他在评论电影作品时针对电影《阿郎》谈道："不能单纯地只把它看作一部具有异国情调的影片，它将人们真实的生活毫不夸张地反映了出来！"⑤可见，他把"真实反映现实生活"作为评论电影的重要标准。还有，他在评论电影《大地》(根据赛珍珠的小说改编的电影)时说："在那些情节中人们看到的不仅是王龙一家的命运，更多的是看到了中国民众的命运，它带着惊人的'真实性'，使人感动。"⑥对于李陆史来说，追

---

① 李陸史. 鲁迅追悼文[M]//김용직·손병희. 李陸史全集. 서울: 깊은샘, 2008: 217-219.

② 李陸史. 鲁迅追悼文[M]//김용직·손병희. 李陸史全集. 서울: 깊은샘, 2008: 219.

③ 李陸史. 藝術形式의 變遷과 映畵의 集團性[M]//김용직·손병희. 李陸史全集. 서울: 깊은샘, 2008: 231.

④ 李陸史. 藝術形式의 變遷과 映畵의 集團性[M]//김용직·손병희. 李陸史全集. 서울: 깊은샘, 2008: 231-232.

⑤ 李陸史. 藝術形式의 變遷과 映畵의 集團性[M]//김용직·손병희. 李陸史全集. 서울: 깊은샘, 2008: 232.

⑥ 李陸史. 藝術形式의 變遷과 映畵의 集團性[M]//김용직·손병희. 李陸史全集. 서울: 깊은샘, 2008: 238.

求创作"真实描写生活"的作品，这是他重要的创作原则，而要坚持这一原则首先要确保艺术的独立性。李陆史强调说，真正伟大的艺术电影或有良心的电影应由这个国度里一批有良心的年轻的剧作家来制作和完成。而且"剧本文学不应受到任何束缚和阻碍，要在艺术上独立"。① 李陆史重视的是不受外部压迫、自由独立的艺术，所以他在介绍和评论中国现代诗的时候，对追求诗的完美性、带有唯美主义色彩的徐志摩的诗给予了高度的评价，这并不是偶然的。② 可见，李陆史的创作原则与鲁迅是在同一个轨道上。

最后，李陆史以鲁迅于1926年三·一八惨案之后猛烈攻击军阀政府的事实为例，进一步说明了鲁迅成为"文化战士"的历程。鲁迅曾在革命发源地广东以他的一些体验谈道："杀戮青年的，似乎倒大概是青年"。李陆史针对这句话写道："曾经是进化论者的鲁迅对自己的思想立场进行了深刻的反思和扬弃，使自己进入了一个更加成熟的新阶段。"他还说："这激起了我对他最大的敬意。"李陆史还指出，进入新的阶段，鲁迅为了进一步阐释什么叫无产阶级的文学，应该怎样去进行文学创作等问题，翻译介绍了普列汉诺夫、卢纳查尔斯基的文学理论和苏维埃的文艺政策，他所做的这些努力为建构中国普罗文学作出了很大的贡献。李陆史还严厉指责钱杏邨等中国左翼文学评论家对鲁迅的批评，他说："曾叫嚷'如果不打倒鲁迅，中国就不会出现普罗文学'的那些得了文学幼稚病的患者们自己却先倒下去了。"③李陆史高度评价鲁迅能够脱胎换骨，使自己成为"文化战士"，积极投入社会实践，努力探索真正的文学。李陆史还号召："如果冲锋在前的勇敢的卫士倒下了，就应该有更多新的勇士前赴后继，勇往直前，勇士们啊，站出来吧！"④李陆史还从鲁迅身上看到了"斗士"和"勇士"的真正面貌。

---

①　李陸史. 藝術形式의 變遷과 映畵의 集團性［M］//김용직·손병희. 李陸史全集. 서울：깊은샘，2008：242.
②　李陸史. 中國現代詩의 一斷面［M］//김용직·손병희. 李陸史全集. 서울：깊은샘，2008：269-270。李陆史在这篇文章中指出，不论外界如何评价谁谁的重要性，在中国徐志摩的诗歌最接近于现代诗。徐志摩留给中国现代诗坛的那些作品，不论其内容如何，就其在形式、技巧方面的贡献，以及在用韵和排列等方面所做出的创造性贡献都是值得称道的，并且具有历史性的价值。
③　李陸史. 魯迅追悼文［M］//김용직·손병희. 李陸史全集. 서울：깊은샘，2008：221.
④　李陸史. 大邱社會團體概觀［M］//김용직·손병희. 李陸史全集. 서울：깊은샘，2008：278.

李陆史曾在随笔《皋兰》中表明自己对"自然"和"历史"的态度，他说："生活变得如此安静，便滋生出一种寄托自然的心境，不知不觉中发现自己不再匆匆路过泉石。虽不会对琪花瑶草空有希冀，也不会像'纳尔'那样去写'山中日记'，更不会像'耐雄'那样传播森林哲学，知其原因在于我的观察不及他们，但我还是不曾与大自然达到卿卿我我的程度，这恐怕与历史有关。也许对我来说，时间性的东西要比空间性的东西更为重要。"①对李陆史来说，自然是空间的，静止的，消磨日子的，观照性的。他无法将自己的心完全寄托给大自然，原因在于更为重要的历史紧紧包围着他。历史是时间性的，是动态的。当他与时间性的历史相纠缠时，在历史这一动态的范畴内他就不能不使自己投入社会实践中去。而对于"悲哀"，李陆史用诗的形式如此描述："即使只是蜘蛛网缠绕双脚/也像是戴上了沉重的脚镣"②，"何处可以屈膝/何处可以落脚"③。就像诗中所表露的那样，他的悲哀来自历史，因此不能在大自然中自愈，只有在与历史纠缠，发生关系时才能找出一条摆脱悲哀的路来。正像鲁迅通过他整个的文学生涯，作为一名"文化战士"奋斗了一生那样，李陆史也是通过自己的文学创作，为朝鲜的独立运动奉献了一生。这是因为他们的创作生涯都与时间性质的历史紧紧地联系在一起。

四、强韧的精神形象和诗歌的思想性

中国的李长之于1936年1月出版了《鲁迅批判》一书，书中谈到鲁迅"宁愿孤独，而不喜欢'群'"④。"就在这种意味上，我愿意确定鲁迅是诗人，是主观而抒情的诗人，却并不是客观的多方面的小说家。"⑤李长之谈及鲁迅的气质特点是孤独的，认为这是使诗人鲁迅、战士鲁迅得以出现的重要因素。所以他说："鲁迅永远对受压迫者同情，永远与强暴者抗战。"⑥鲁迅这种气质上的特征和精神，通过他的文学，创造出了具有坚忍不拔的精神的人物形象。《狂人日记》中的"狂

---

① 李陆史. 皋蘭[M]//김용직·손병희. 李陆史全集. 서울：깊은샘，2008：201.
② 李陆史. 年譜[M]//김용직·손병희. 李陆史全集. 서울：깊은샘，2008：28.
③ 李陆史. 絶頂[M]//김용직·손병희. 李陆史全集. 서울：깊은샘，2008：29.
④ 李长之. 鲁迅批判[M]. 北京：北京出版社，2003：139.
⑤ 李长之. 鲁迅批判[M]. 北京：北京出版社，2003：143.
⑥ 李长之. 鲁迅批判[M]. 北京：北京出版社，2003：159.

人"说着"我可不怕，仍旧走我的路"继续前行；《过客》中的"过客"用水填补所流的血，连少女递给他的布片都拒绝了，继续向坟墓走去；《铸剑》中的"黑色人"（即宴之敖者）面对那个被国王杀了父亲而要报仇的孩子说："你还不知道么，我怎么地善于报仇。你的就是我的；他也就是我。我的魂灵上是有这么多的人，我所受的伤，我已经憎恶了我自己！"说着，把自己的头砍下来报仇雪恨。这些人物形象都具有不屈不挠的斗争精神。

在李陆史的文学作品中，那些坚韧不拔、勇往直前的孤独者形象也非常突出。如，"人是多么的孤单"（《黄昏》）中所描写的孤独；"心怀故乡的黄昏，你有多么的悲苦"（《斑猫》）或"除却凝结的悲哀，这块破旧的土地，已一无所有。"（《歌颂一颗星》）等，都流露出浓重的悲哀情绪。① 那么李陆史的孤独感和悲愤之情是从何而来的呢？显然是出于现实无处安放，被迫前行，却又求路无门的现实困境。这份孤独是李陆史自己的选择，他认为自己是孤独的"门外汉"。"若那扇门内有我们必须看守的宝物，而当人们都在屋内看守时，唯我一人在门外把守。这难道不也是我的责任？如果是，我情愿去做人生的门外汉。"②是升华到民族层面的孤独，代言的是一个饱受现实践踏，丧失自由的民族悲鸣。在《蝙蝠》中"孤独的幽灵"蝙蝠象征着"永远的波希米亚魂灵"和"行将灭亡的白衣民族"，所以诗人的孤独与祖国的孤独同在一个轨道上。

在此，有必要比较一下李陆史和鲁迅作品中所描写的那些奋斗不息、勇往直前，具有坚强意志的孤独者形象。李陆史在小说《黄叶笺》中通过幽灵在梦中提到的"他们"的故事表现了这种不屈不挠、勇往直前的精神。

> 饥饿与寒冷像无情的皮鞭抽打着他们。……他们无处落脚……然而，悲哀、饥饿与寒冷却把他们男女老少的心连在了一起。风雨中那些暗淡的内心，却存有一线希望，那就是干活维持生命，这便是鼓励他们前行的动力。……
>
> "走，走快一点，直到看见光亮。"一个人粗声粗气地说道。

---

① 李陆史在《黄叶笺》中也写道"请随手抓取一篇夹在你们的书桌上，当黄叶随风飘摇时，看看恸哭着的，充满悲壮的传记……"（김용직·손병희. 李陸史全集[M]. 서울：깊은샘, 2008：93-94.）

② 李陸史. 門外漢의 手帖[M]//김용직·손병희. 李陸史全集. 서울：깊은샘, 2008：145.

"当然，就该这样。"又有几个人呼应他。接着是沉默，然而沉默中他们仍在心里说"走。"

人们咬着牙使出全身的力气向前走着。不知走过了多长的路，也不知该走的路还有多长。他们只顾拼命地向前走着。而他们当中没有一人只顾自己。①

接着，作者"我"继续着他的叙述："幽灵"从那一有关"他们"的"又长又痛苦的梦"中醒来，起身走进"漆黑的夜晚，这里似乎永远冰冷，永远都不会破晓，我在夜幕中独自前行。"②李陆史通过"他们"形象地描写了继续前进的坚强意志，并通过"幽灵"进一步扩大强化了这种精神。在这里，"幽灵"成了孤独者的典型，他拥有坚强的内心，这也是李陆史本人内在的自我。之所以说"幽灵"即是李陆史内心的自我，这是有根据的。他在自己的随笔《门外汉的手帖》中写道："我已迈开沉重的脚步，似在沙漠里走了许多年，疲倦向我滚滚袭来。"③他还坦白："我要离开这个村庄，到那茫茫的大雪原去。像是走进未曾有人到过的原始世界。不知有没有人跟随我去？没有也无妨，我将永远地在这条路上前行。"④

李陆史所描写的《黄叶笺》中的"幽灵"形象与鲁迅在《野草》的《过客》中所描写的"过客"形象如出一辙。有一"老翁"劝"过客"说，你再往前走也不一定能走到底，不如回去。然而"过客"沉思片刻说道：

那不行！我只得走。回到那里去，就没一处没有名目，没一处没有地主，没一处没有驱逐和牢笼，没一处没有皮面的笑容，没一处没有眶外的眼泪。我憎恶他们，我不回转去！⑤

过客不顾老翁的劝阻，说："我只得走了，况且还有声音常在前面催促我，

① 李陸史. 黃葉箋[M]//김용직·손병희. 李陸史全集. 서울：깊은샘，2008：99-101.
② 李陸史. 黃葉箋[M]//김용직·손병희. 李陸史全集. 서울：깊은샘，2008：102.
③ 李陸史. 門外漢의 手帖[M]//김용직·손병희. 李陸史全集. 서울：깊은샘，2008：142.
④ 李陸史. 門外漢의 手帖[M]//김용직·손병희. 李陸史全集. 서울：깊은샘，2008：145.
⑤ 鲁迅. 过客[M]//鲁迅. 鲁迅全集(2). 北京：人民文学出版社，2005：196.

叫唤我，使我停不下。"①他把少女递给他包扎伤口的布片都还给了她。然后，在落日的黑暗中向着西边的坟墓继续前行。鲁迅的"过客"很像尼采的"超人"。尼采说，"超人"并不是能够操纵历史的大英雄或拥有神秘力量的超能力者，而是一个生长在这片土地上依靠自己的力量去成就完美的人，是理想化的人物。他为了挣脱过去的桎梏和现实的束缚，痛苦挣扎，最终克服自我获得精神上的升华，他具有卓越的精神世界和力量。② 尼采的"超人"在鲁迅作品中以"狂人""这样的战士"、复仇的化身"黑色人"等多种形象出现。李陆史在诗作《乔木》中写道"宁愿春天也不要开花""内心从未反省""风也不忍将你动摇"，③ 在随笔《山寺记》中写道："永远拒绝接受别人的怜悯，乃至同情，能彻底做到这一点，便是悲剧的英雄。"④我们读到这些内容时，似乎又邂逅了尼采的"超人"或鲁迅的"过客"。

融入中国人日常生活的鲁迅精神(2012年，上海)

李陆史为了更加形象地塑造那些永不停息、奋勇向前的人物形象，在《季节的五行》中用"金刚心"表现了这种精神境界：

我能给野狗让路，即使没有人看到我这种谦让，即使面对的是正面扑来的虎豹，我也决不会因为恐惧而后退一步。我爱我的路，是的，我的心，深

---

① 鲁迅. 过客[M]//鲁迅. 鲁迅全集(2). 北京：人民文学出版社，2005：196.

② 鄭東湖. 니이체 연구[M]. 서울：探求堂，1983：187.

③ 李陸史. 喬木[M]//김용직·손병희. 李陸史全集. 서울：깊은샘，2008：34.

④ 李陸史. 山寺記[M]//김용직·손병희. 李陸史全集. 서울：깊은샘，2008：190.

爱着这条路，我知道走这条路是要付出牺牲和代价的。为此，我要培养自己
的气魄，宁肯去创作发自"金刚心"的、属于我自己的诗歌，也决不去写遗
言。倘若写不成，就让我死后变成化石，即便不能让埋葬我的泥土芬芳，谁
又能说我什么？①

李陆史的精神境界已如"金刚心"那样坚定，因而任何外部权力、压迫、阻
力和苦难都不能让他停下前进的脚步。然而，他那些出自"金刚心"的诗全都以
牺牲为代价，因此可以说这些诗就是他的遗言，已不需要形式上的遗书了。他的
诗歌创作是以死亡为前提的，即使完不成，他死后也会变成化石，变成滋养新生
命的养分，使埋葬自己的泥土变得更加肥沃。总之，李陆史以死亡为前提创作诗
歌，表现出他要在这条需要牺牲自己的绝路上坚持走下去的决心。这就是李陆史
所达到的"金刚心"之精神境界。

鲁迅曾在《〈野草〉题辞》中借"野草"死亡和腐朽的生命历程来表现自己的精
神境界。"野草"从其他生命的腐朽中吸收营养并争先恐后地生长，然后再经过
死亡和腐朽使自己成为其他生命的养分。作为个体的"野草"其死亡和腐朽令人
惋惜和悲哀，然而"野草"通过自己的死亡和腐朽去孕育新的生命以保证同类生
命的延续。② 所以鲁迅对于"野草"的死亡和腐朽说道："我坦然，欣然。我将大
笑，我将歌唱。"鲁迅借"野草"的死亡和腐朽所表现的精神境界同李陆史"死后变
成化石，让埋葬我的泥土芬芳"的精神境界是相同的。

而使李陆史拥有这种不屈不挠的精神，促使他奋勇向前的动力是什么呢？那
应该是以彩虹（或星星）为表象的某种东西。彩虹表现在"看来冬季是钢铁铸造的
彩虹"（《绝顶》），"然后，当清晨的天边挂起彩虹/就让我们踏着彩虹去无尽地分
离"（《芭蕉》），"炊烟袅袅，萦绕屋顶""在那里画上晴天里的彩虹"（《季节的表
情》）。这里的彩虹意味着"不能违背的约定"（《花》），"是借助生命，永不停歇
的日子"（《花》），是要持续追求的某种东西。李陆史为了那些因为彩虹而穿上蓝
袍来找他的客人"在银盘上放上雪白的麻布毛巾"（《青葡萄》），"歌唱将要拥有一

① 李陸史. 季節의 五行[M]//김용직·손병희. 李陸史全集. 서울: 깊은샘, 2008: 162.
② 홍석표. 천상에서 심연을 보다: 루쉰의 문학과 정신[M] 서울: 선학사, 2005:
194.

颗没有主人的星"(《歌颂一颗星》)，"将一首无罪的歌像珍珠般撒向新的地球"
(《歌颂一颗星》)，把海潮声当作"祝福巨人诞生的合奏"(《海潮词》)，因为对彩
虹有着坚定不移信念，他为"千古之后/让一超人骑着白马而来/在这旷野上放声
歌唱""我在这里把贫穷之歌播种"(《旷野》)。彩虹对李陆史来说，就像鲁迅的
"过客"聆听催他向前的声音，走向黑暗中的坟墓那样，李陆史对彩虹也持有坚
定的信念，所以能够冒着生命危险，承受着现实中的苦难，继续前进。

　　至此，我们有必要进一步弄清李陆史文学与鲁迅文学的关系。如果我们按时
间顺序读李陆史的诗，就会发现一个非常重要的事实。那就是他的诗歌创作于
1936 年后期，进入了新的阶段，这时期的诗歌与过去相比发生了很大变化。李
陆史在 1933 年 12 月发表的《黄昏》中写道："打开我小屋的窗帘/精心地迎接黄
昏/……黄昏啊，仅在投入你温暖怀抱的时间里/请把一半的地球交给我这滚烫的
嘴唇。"①这首诗更多地在抒发个人感情。而 1935 年 6 月发表的《春愁三题》的第
一首诗写道："清晨，巷子里传出野芹贩子长长的叫卖声/奶奶浑浊的瞳仁在空中
寻找着什么/也许是在想念狱中长子的味觉。"②在这里，作者用美丽的诗句淡淡
地描绘出了一幅悲哀而困苦的现实生活景象，令读者心碎，但没有强烈地表现诗
人坚强的精神世界。1936 年 1 月发表的《失题》中写道："后街巷子冷清的酒家
里/荒年被卖来的女孩/被大学生淫乱的眼神围住/那些眼神在思想先导的打探下
战栗。"③依旧着重于淡淡地描写现实景象。直到这个时期为止，李陆史的诗歌创
作仅限于淡淡地描写现实，并将自己的感情寄托于那些诗句。

　　而 1936 年 12 月发表的《歌颂一颗星》，李陆史的诗歌境界一下子上升到新的
高度。李陆史在这首诗中写道："拥有一颗星就拥有了一个地球/除却凝结的悲
哀，这块破旧的土地，已一无所有/我们扯着嗓子放声高唱/唱出迎来新地球的欢
乐的歌声。"④李陆史的诗从此摆脱了淡淡描写现实景象的写法，开始有力地展现
诗人的精神世界，表现出了很强的思想性。这一特点更加突出地表现在他后来发
表的诗作《海潮词》中："戴着脚镣挪动脚步的囚徒们那沉重的脚步声！/那斑斓

---

①　李陸史. 黄昏[M]//김용직·손병희. 李陸史全集. 서울：깊은샘，2008：21-22.
②　李陸史. 春愁三题[M]//김용직·손병희. 李陸史全集. 서울：깊은샘，2008：59-60.
③　李陸史. 失题[M]//김용직·손병희. 李陸史全集. 서울：깊은샘，2008：61.
④　李陸史. 한개의 별을 노래하자[M]//김용직·손병희. 李陸史全集. 서울：깊은샘，
2008：63.

地刺绣着往日记忆的怪异声响！/是要把约定解放的那一夜阴谋/在这黎明前，想再次在耳边细语吗？"①《蝙蝠》(1937.4)②也具有同样的特点，"如今已像阿伊努人的家系一样可悲！/可怜的蝙蝠啊！行将灭亡的白衣民族啊！"他借助蝙蝠的命运表现了祖国的命运。在《路程记》(1937.12)中，诗人又将一路走来的人生描写成"人生的琐屑，像一块破旧的帆布悬挂在那里"，不过是"粘在锈蚀的海螺壳上的一个蜘蛛"，然而"被追赶的心，疲惫的身子/一口气爬上想念的地平线/而臭水沟像热带植物那样缠绕双脚"。③无论诗人走过来的人生有多么空虚，或有多不值一提，甚至像"臭水沟"缠绕双脚那样，但他也要决不停止"一口气爬上想念的地平线"的那种前进的步伐。

《绝顶》(1940.1)和《乔木》(1940.7)是李陆史诗歌思想性达到巅峰的作品。

被严酷季节的皮鞭抽打，

最终卷到了北方。

天也累了到此止步的高原，

站在万丈冰雪悬崖峭壁上。

何处可以屈膝，

何处可以落脚。

---

① 李陸史. 海潮詞[M]//김용직·손병희. 李陸史全集. 서울: 깊은샘, 2008: 66.

② 李陸史. 蝙蝠[M]//김용직·손병희. 李陸史全集. 서울: 깊은샘, 2008: 80. 朝鲜总督府警务局整理了1928年9月到1938年1月间的检阅情况，出版了名为《朝鲜出版警察月报》的内部刊物。在月报中仔细记录了哪年哪月哪日哪个报纸或杂志中哪些文章因为什么理由被删减或取消发表的事件，也记录着单行本出版物中哪些作品的哪些部分，由于哪些理由被删减、查压，或是剥夺出版权等事件，还有日本警察局查收的宣传纸中有哪些不当内容，以及在哪些国外出版物中查到了关于诽谤朝鲜总督府的内容。这些记录摘录了不当文章的原文部分或是简要地翻译成了日文。据"月报"108期(1937.09)记载，《蝙蝠》没能通过1937年8月的审查，记录附上了该诗的简略译文。从译文中可以看出没能通过审查的诗文正是李陆史的《蝙蝠》，基于此可以看出，李陆史的《蝙蝠》本应早于1937年8月出版，但没能通过审查，也就未能面世。

③ 李陸史. 路程記[M]//김용직·손병희. 李陸史全集. 서울: 깊은샘, 2008: 26.

如此闭目思想，

看来冬季是钢铁铸造的彩虹。

——《绝顶》

从 1936 年后期开始，李陆史的诗歌创作从着重描写现实景象转变为强化思想性的契机是什么呢？我们不能不想到他与鲁迅文学的邂逅，正如上面谈到的那样，这在《鲁迅追悼文》中表现得十分明显。他们的邂逅是在一种通过共鸣而觉醒的层次上，而不是单纯的影响关系。正如李陆史在《答〈诗学〉调问》中谈到的那样，他没有"私淑的诗人"①，也就是说，他没有敬慕、追崇的诗人，也没有受教于哪位诗人，他的诗歌境界不是因某一个人的影响而建构起来的。但是，恰在李陆史诗歌境界向新的高度上升的时候有了他与鲁迅的邂逅，因此也就有了后来的《鲁迅追悼文》。李陆史在大量阅读鲁迅文学作品的同时，对鲁迅有关艺术与政治的关系的论点以及他的创作原则进行了梳理并有了深入的认识，最后通过共鸣和觉醒，逐步把创作和行动统一起来，走向加强思想性的新方向。

五、同一条轨道上的文学精神

李陆史的《鲁迅追悼文》是李陆史诗歌创作上升到新的高度的分水岭。李陆史自接触鲁迅文学作品后，正式开始了作为"文学实践"的诗歌创作，后来又走上加强作品思想性的道路。值得一提的是，鲁迅作品中那些具有坚强的意志和精神、勇往直前的人物形象以及他们敢于牺牲自己的精神境界同样也出现在李陆史的作品中。这意味着，李陆史的文学作品与鲁迅的作品可以放在同等高度上去探讨。

但是，在探讨他们作品时必须要考虑，李陆史当时所处的创作环境非常恶劣。对李陆史来说，写诗本身就是对现实的抗拒，是一种实践性的行为，对于这一点他如此写道："为了这种行为，我需要无限广阔的空间，但我没有立锥之地。

---

① 李陸史. 『詩學』 앙케에트에 대한 대답[M]//김용직·손병희. 李陸史全集. 서울: 깊은샘, 2008: 379.

连一只供跳蚤屈膝的地方都没有。我这穷困潦倒的命运啊，只能在狭窄的房间里像一只黑熊滚来滚去。"①可见，他所处的环境无法跟鲁迅相比。因此从某种意义上说，他的作品在数量上远不及鲁迅也是理所当然的，但是李陆史在那种恶劣的条件下却在文学精神上达到了可与鲁迅相媲美的境界，这是非常了不起的。我们在谈论现代民族抗争诗人的时候，总要把李陆史放在首位，其原因便在于此。

最后我想谈一谈，从20世纪30年代后半期起，开始学习鲁迅文学的李明善和李陆史的关系。李明善就读于京城帝国大学本科二年级的时候，在1938年12月5日的《朝鲜日报》"学生专栏"中发表过一篇名为《关于鲁迅》的小论文。这是他写的第一篇关于鲁迅的文章，是一篇短评。他在文中写道："鲁迅的小说大抵收录于《呐喊》和《彷徨》，除此之外有几篇历史小说。但这些都是他狮子奋迅之势，卷土重来的过去作品。之后，尤其是他去世之前的那三年里'疲于用脚奔波，无暇用手做文章'，没能写下一篇让人注目的小说。"②此文中值得引起注意的是李明善用引用号标注的"疲于用脚奔波，无暇用手做文章"一句。有趣的是，这个句子曾出现在李陆史的《鲁迅追悼文》中："中国现代文学之父，大家都公认的批评家的批评，他(鲁迅)作为作家的生涯是如此短暂。1926年3月，他留下最后的一笔《离婚》之后，作为教授和作家，不得不为华丽人生点上句号。从此他'疲于用脚逃亡，无暇用手做文章'。"③李陆史也在此用引号标注了"从此他疲于用脚逃亡，无暇用手做文章"这段话，由此不得不让人推测李明善发表在《朝鲜日报》的文章是参照李陆史的文章。《朝鲜日报》和《东亚日报》是京城帝国大学法文学部的朝鲜学生最常阅读的报纸之一。④ 可以推测，李明善应该是预科毕业前夕读过李陆史发表于1936年10月末的《鲁迅追悼文》。李明善虽然把"逃亡"改成了"奔波"，但大体上引用了原文。李明善在1937年预科班毕业后转入了汉语文学专业攻读本科学位。按时间段分析，他是在1936年末，预科班毕业前夕阅

① 李陸史. 季節의 五行[M]//김용직·손병희. 李陸史全集. 서울: 깊은샘, 2008: 162.
② 李明善. 魯迅에 對하야[M]//李明善全集(2). 서울: 보고사, 2007: 46-47.
③ 李陸史. 魯迅追悼文[N]. 朝鮮日報. 1936-10-29.
④ 정근식·정진성·박명규·정준영·조정우·김미정.식민권력과 근대지식: 경성제국대학 연구[M]. 서울: 서울대학교출판문화원, 2011: 554.

读了李陆史追悼鲁迅的文章。他上大学的时候发表了《关于鲁迅》《现代中国的新进作家》(《每日新报》，1938.12.11)、《中国新进作家萧军的风格》(《每日新报》，1939.2.19)等作品。他的毕业论文题目就是《鲁迅研究》(1940.03)。他攻读汉语言文学的本科学位也是缘于他对中国现代文学的爱好，那么他极有可能阅读过李陆史追悼鲁迅的文章《鲁迅追悼文》，并从中得到了一些启迪。

第三篇

20世纪40年代韩国与鲁迅

第七章　金光洲对现代中国文艺的批评以及对鲁迅小说的翻译

一、弃医从文

金光洲(1910—1973)于 20 世纪 60 年代初在《京乡新闻》连载了一篇题为《情侠志》的武侠小说,从而在韩国文坛上掀起了一股武侠小说热。而早在 20 世纪 30 年代,金光洲曾经移居上海,一面在韩国的报刊上发表小说、散文和诗歌,一面开展中国现代文艺的批评与译介以及鲁迅短篇小说的翻译和刊载。同时,他还在中国的报刊上发表现代中国文艺评论和韩国文坛介绍。尤其在"8·15"解放①以后,他与李容珪一同翻译并出版了韩国最早的《鲁迅短篇小说集》(全 2 册)单行本,为鲁迅文学在韩国的译介和传播作出了重要的贡献。金光洲的现代中国文艺批评或鲁迅小说翻译一直以来未曾受到太多关注,然而,金光洲作为中国现代文学研究者的形象及其在现代韩国鲁迅接受史上的地位,有必要进行更为积极的阐明。

20 世纪 20 年代中期,就读于首尔京城第一高等普通学校的金光洲放弃学业,继而于 1929 年②留学上海。直到 1937 年中日战争爆发,日军侵占上海,金光洲在 1938 年 1 月被迫离开为止,他在上海生活了约九年。之后,金光洲辗转中国各地,1945 年 8 月朝鲜光复后才回到韩国。起初,金光洲打算学医。他的一位兄

---

① 1948 年 8 月 15 日,大韩民国宣告成立。韩国摆脱日本的 36 年殖民统治,获得了民族解放。

② 金光洲. 上海時節回想記(上)[J]. 세대,1965(29):246. "不管学什么专业,唯有能去上海这一事实令我高兴。那一年(1929 年?)7 月,嫂子为我打好了行李。"

长在吉林市开诊所，他想在兄长的资助下学医，于是入读上海的南洋医学院。但是他的中文水平有限，很难听懂课程内容，学业陷入困境。恰在此时，他结交了文学青年金明水①，他为金光洲打开了另一个世界——文艺。金光洲认为首要任务是学习中文，学医次之。于是他开始大量阅读鲁迅、郭沫若、郁达夫、巴金、冰心等著名作家的作品②，并于 1931 年 1 月翻译鲁迅的两部短篇小说《幸福的家庭》和《在酒楼上》。《在酒楼上》的译本末尾标明"1932 年 8 月 3 日译"。金光洲在1929 年到上海留学之后开始学习中文（来到上海之前，在吉林时曾聘请家庭教师学习中文，为期 3~4 个月③）。仅用 3 年多的时间学习和提高中文阅读能力，并且能够达到翻译鲁迅小说的程度，不可谓不是极大的进步。当初打算学医的金光洲，把医学抛在脑后，开始大量阅读和翻译文学作品。鲁迅当年弃医从文，为的是中国人的精神觉醒。金光洲与鲁迅相似的人生轨迹，虽说是巧合，却也颇为耐人寻味。

他有一篇名为《既然生在此地》的诗文，足见他对文艺的喜爱，这首诗刊登在 1933 年 2 月 5 日的《朝鲜日报》上。金光洲翻译的鲁迅短篇小说《幸福的家庭》也在同一期结束连载。单论作品的完成度，很难说是一部优秀的诗文，但通过这首诗可以窥见金光洲的文艺观，因此意义比较大。有位朋友劝"我"想一想寒风中抱着一袋小米赶路的妻子和因为饥饿而哭闹的幼子，"折断手中那杆不值钱的笔，学学高利贷！"对此，"我"答道：

　　　　生在此地，我从不诅咒——
　　　　生在此时，我从不抱怨——
　　　　残疾之地！
　　　　矛盾之时！
　　　　然而，那却是点燃我情热之火的力量……
　　　　力量……

　　　　朋友！我不会抛弃我的诗笔
　　　　直到我坚韧的心脏停止跳动

---

①　金明水. 두 電車, 인스펙터[N]. 東亞日報, 1930-02-06.
②　金光洲. 上海時節回想記(上)[J]. 세대, 1965(29)：251.
③　金光洲. 上海時節回想記(上)[J]. 세대, 1965(29)：245.

我不会折断手中的笔

朋友！请你不要嘲笑！

嘲笑那啃食着小米饭写诗的诗人，一个愚钝的诗人！

我们的歌将成为领路人

在为自由与和平而抛洒热血的战斗中

成为领路人，领路人

朋友！请不要嘲笑！

嘲笑那捡拾着"MACAW"烟头的诗人，一个愚钝的诗人！

我们的歌不会是甜美的自慰……

我们的歌不会是温吞的陶醉……

—— 致 H①

　　朋友劝"我""学学高利贷"，面对那甜美的诱惑，"我"毫无动摇，坚毅地立志成为一个宁愿啃食"小米"也要"写诗的愚钝的诗人"。"残疾之地！矛盾之时！"现实反而成为"点燃情热之火的力量"。诗人表现出了强烈的信念，"直到坚韧的心脏停止跳动"，也不会折断手中的笔。诗人用"诗笔"讴歌，为的是成为"为自由与和平抛洒热血的战斗"中的领路人。诗人所向往的"为自由与和平而抛洒热血的战斗"，其意义不甚明确，看似抽象、模糊②，不过这首诗却展示了金光洲对文艺的热切渴望以及他的启蒙主义志向。在同一时期发表的诗歌《春天必将来临》中，金光洲吟诵道："在这片中风患者般晃荡的土地上/在我们渐渐被蛀蚀的灵魂里/复苏的春天也必将来临……"③同样表达了要通过文艺实现民族启蒙的志向。此外，金光洲在 1933 年 10 月 9 日观看上海戏剧协社的《怒吼吧！中国！》第 17 次演出后写道："就整部剧而言，无须谈论成功与否，也无须评价它是不是一部落后于外国的剧。仅就听到了新兴中国年轻人威武的吼声——即使吃不饱，也

---

①　金光洲. 이 땅에 태여낫거던[N]. 朝鲜日报, 1933-02-05.

②　当时的金光洲与无政府主义系列的韩国人独立运动团体交流，"自由与和平"的观念可以说源自无政府主义思想的影响。

③　金光洲. 봄은 오리니[N]. 朝鲜日报, 1933-02-19.

要为民族的启蒙呐喊，听到那一声呐喊，就足以令我兴奋。"①通过这一段话也能看到他的启蒙主义志向。

金光洲在1934年4月号《新东亚》上发表了一篇题为《那时的上海之春》的随笔。此文有助于理解金光洲在翻译鲁迅小说及创作诗歌时的情景。文中称，他在五六年前的春天入读医学院，却没有认真读书，到学校上课的日子一周也不过一两天。一直资助学费的兄长得知后，停止了一切资助，金光洲成了一个"无业游民"。"那一年春天，被房东赶出出租屋，到处找朋友借宿，过着食不果腹的日子，即使处境如此艰难，也要带上文学书籍。现在的处境，虽说也不是十分稳定，但不知为何，每到春暖花开时，那时的上海之春都会浮现在眼前。"②在一篇1933年1月14日发表在《朝鲜日报》上的诗歌《被践踏的四叶幸运草》中，金光洲也描述了当时的情形。诗人用满是污泥的鞋底践踏"您"给的"幸福之草"——"四叶幸运草"，说道："我不向往幸福/不向往丰衣足食的幸福/不向往甜蜜的爱情/……当你饿上一天！/饿上两天！/请将那五月的太阳般明朗的志气和毅力/倾泻在我的身上，身上！/请将那火烧的铁块儿般刚强的志气和毅力/倾泻在我的身上，身上！"③金光洲在诗中以独白的方式表达自己火热的意志，立志将苟且的安危置之度外，去追求更加远大的理想。由此可见，1931年至1932年的金光洲放弃学医，转向了文学创作，不仅翻译鲁迅的小说，还向韩国介绍中国文学。而他当时的处境却如同"无业游民"，居无定所、食不果腹。已然投身于文学的金光洲，为了生计也只能加倍努力撰稿和投稿。他在竭力撰文向韩国介绍中国文学、翻译鲁迅小说的同时，还创作诗歌、随笔、小说等作品。上述《既然生在此地》正是他对自己弃医从文决然态度的表白，从中可以窥探到他投身文艺的内心契机。这首诗和金光洲翻译的鲁迅小说《幸福的家庭》译本最终回都发表在《朝鲜日报》同一期，也许这是向同样弃医从文的鲁迅致敬。之后，他全心投入创作当中，在韩国的报刊上接连发表《上海和那个女人》(《朝鲜日报》，1933.3)、《长发老人》(《朝鲜日报》，1933.5)、《夜深人静时》(《新东亚》，1933.10)、《铺道的忧郁》(《新东亚》，1934.2)等短篇小说。

①　金光洲. 南國片信(二)[N]. 朝鮮日報，1933-10-25.
②　金光洲. 그 時節의 上海의 봄[J]. 新東亞，1934(4)：155.
③　金光洲. 짓밟힌 四葉 클로-버[N]. 朝鮮日報，1933-01-14.

上海时期的金光洲投身文艺之后，除了创作，还热衷于批评和译介中国文艺以及翻译鲁迅小说①。20世纪30年代，金光洲和丁来东开始在中国文学译介领域崭露头角。除此之外，金光洲还积极地用中文撰写文艺评论，并投至中国的报刊。他回忆自己在中国人陆颂亚的帮助下撰写中文稿件的经历："不过是一篇用200字规格的稿纸撰写七八页的短文，题目是《影片泛滥时代》。猛烈批判了电影批评中的商业性问题。"他还写道，自己曾用"金光洲""洲""淡如""波君"等四个笔名，随意挑选作品撰写电影评论、介绍、导演评论等经历。②转向文艺之后，金光洲开始用中文撰稿，在中国刊物上发表文艺评论和介绍韩国文坛的文章，还出版了一部电影论著《映画化妆法》。③通过上述论述可以看出，金光洲选择文艺

---

① 金光洲. 上海時節回想記(上)〔J〕. 세대, 1965(29)：267-268. "一方面时常在《新东亚》上发表短篇，还热衷于在《东亚日报》学艺版上介绍中国文学、作家、文坛动向等。丁来东在北京积极地介绍中国文学和作家，也是在那个时候。"

② 金光洲. 上海時節回想記(上)〔J〕. 세대, 1965(29)：269. 金光洲用中文撰写的文章，近日由中国山东大学的金哲教授发掘其中的一部分并进行了详细的介绍：김철. 중국 현대 문예 매체에 발표된 김광주의 문예 비평에 대한 소고 〔J〕. 한중인문학 연구, 2015(47)：239-265.

③ 根据迄今为止的整理，金光洲有关中国文艺及中国文坛的介绍、鲁迅作品翻译、中国文艺评论、韩国文坛介绍等文章和著作有：《中国文坛的回顾：1929年以后》(钱杏邨述，金光洲译，《朝鲜日报》，1931年3月28日—4月1日)、《中国新文艺运动概论》(华汉述，金光洲译，《朝鲜日报》，1931年5月12—26日)、《中国无产阶级文艺：运动的过去及现在》(《朝鲜日报》，1931年8月4—7日)、《中国新剧运动的前途》(郑伯奇著，金光洲译，《中央日报》，1931年12月14日)、《现代中国戏剧与剧作家》(金光洲译，《朝鲜日报》，1932年3月16—25日)、《在酒楼上》(鲁迅著，金光洲译，《第一线》3卷1号，1931年1月)、《幸福的家庭》(鲁迅著，金光洲译，《朝鲜日报》，1933年1月29日—2月5日)、《中国剧团一瞥：以上海剧界为中心》(《东亚日报》，1933年12月8—10日)、《中国文坛现势一瞥：一年来的论坛、创作界、刊物界等》(《东亚日报》，1935年2月5—8日)、《朝鲜文坛的最近状况》(中文，《文艺电影》第1卷第4期，1935年3月1日)、《给志在文学的青年》(中文译文，原作者为杉山平助，《第一线》第1卷第2期，1935年)《电影与他的国民性》(中文译文，《时事旬报》第31期，1935年)、《1935年欧洲的影坛》(中文，《时事旬报》第20期，1935年)、《现代中国受难期的剧作家：论田汉及其戏剧》(《东亚日报》，1935年11月16—23日)、《世界文坛动向报告(其二)：中国文坛的最新动向》(《东亚日报》，1936年2月20—26日)、《中国的国防文学，非常时期中国文坛的近况》(《东亚日报》，1936年7月15—23日)、《中国文坛的统一战线》(中文，《西北风》第13期，1936年)、《映画化妆法》(中文，商务印书馆，1938年7月)、《中国文壇の新作家》(《朝光》97号，1943年11月1日)、《鲁迅短篇小说集》(第一、二辑，金光洲、李容珪译，首尔出版社，1946年)。

批评作为走入中国文坛的门径，并为之付出了巨大努力。就近代韩中文艺交流及学术交流的层面而言，金光洲的这一努力不应该被忽略。

二、文艺同人杂志《波希米亚人》及无政府主义文艺观

金光洲曾结识安重根的侄子安偶生并与之一起开展文艺活动。安偶生也是一位世界语者。金光洲原本就对学医没有太多兴趣，一直想入读南京的中央大学英文系。金光洲回忆道："当时，我与安偶生一同为上海出身的（朝鲜人）青年团体创办月刊《东方》，正忙着整理和编辑稿件。然而我放下手中的一切，仅给安偶生留下一张便条便动身，次日下午抵达南京。"①安偶生擅长世界语，曾以 Elpin 为名，与冯文洛、方善境、潘狄书、徐声越等中国的世界语者一同用世界语翻译鲁迅小说，在香港出版《鲁迅小说选》(Lu sin Elektitaji Noveloji)。金光洲在上海时，无论在思想上还是在文学上，都与安偶生志同道合。

金光洲发现自己难以实现入读南京中央大学文科的愿望后，便重回上海。之后他就完全放弃入读大学的想法，开始全心全意投身文艺活动，创办了文艺同人杂志《波希米亚人》，这是金光洲文艺最具代表性的活动之一。《波希米亚人》是金光洲与全昌根、金明水、安偶生、韦惠园、李容珪、吴成龙、黄允祥等一同创办的刊物。对此，金光洲回忆道：

> 　　然而，以北永吉里 10 号，我的亭子间为中心聚集的一群"波希米亚人"，他们绝非行动的放纵主义者，或可称之为精神的"波希米亚人"。"不愿接受日帝统治的年轻一代"，这是我们一致主张的精神和生活态度，而我们的生活信念是各自努力寻找正确的道路。"祖国"对于我们而言也并不是那么有魅力的存在。至于那些冠冕堂皇的爱国者或革命斗士之流，对于他们的伪善和自以为是，我们也是反感的。……说起来，我们在上海法租界之类的地方可谓是毫无用处的多余人。法租界的年轻人，要么以茫然的光复祖国作为梦想，要么以生命的延续作为目的，再就是在身为革命家后代的优越感中，得过且过地混日子。在他们当中，大声谈论戏剧、文学、艺术、人性的自由等

---

① 金光洲. 上海時節回想記(上)[J]. 세대, 1965(29)：265.

的一群"波希米亚人"才是理应被蔑视的存在和异端。①

北永吉里 10 号的现貌(2016 年)

金光洲是在何时创办文艺同人杂志《波希米亚人》并全面开始文艺活动的呢？金光洲在《上海时期回想记》中写道："《扬子江》杀青一年后，李庆孙突然从上海的弄堂中消失了。"②之后，金光洲入读中央大学的梦想破灭，"回到上海，没有了李庆孙，法租界的一隅仿佛空空如也，空虚且凄凉"③。《扬子江》是全昌根与李庆孙合作于 1931 年拍摄的电影，在中国被禁，于 1931 年 5 月在韩国上映。1932 年 4 月 29 日，尹奉吉投掷炸弹炸死日军大将。李庆孙受此事件的牵连，为躲避追捕而逃亡泰国。据此可以推测，金光洲完全放弃学业以及创办《波希米亚人》是在 1932 年春夏之交。金光洲一边创办《波希米亚人》(共发行 6 期或 7 期)，一边还组织"波希米亚人剧社"上演自己的作品《虫蛀的果实》④。1934 年 10 月 19

①　金光洲. 上海時節回想記(上)[J]. 세대, 1965(29)：267.

②　金光洲. 上海時節回想記(上)[J]. 세대, 1965(29)：263.

③　金光洲. 上海時節回想記(上)[J]. 세대, 1965(29)：266.

④　金光洲. 上海時節回想記(上)[J]. 세대, 1965(29)：268.

日的《东亚日报》上刊登了一篇题为《朝鲜人剧团"波希米亚人剧社"在上海成立，27日开始定期公演》的报道。① 而金光洲开始在韩国文坛发表诗歌、随笔、小说是在1933年1月。概而言之，金光洲于1932年的春夏之交创办文艺刊物《波希米亚人》，实验性地开展文艺创作，第二年以此为基础开始在韩国文坛发表作品。

那么，在这一时期支撑金光洲文艺活动的文艺观是什么？② 金光洲为迎接新年，在1933年1月7日的《朝鲜日报》上刊登了一篇题为《新春片感（上）》的文章，犀利地批判了那些自称为"主义者"的人："有些人为了自己认定的主义主张，以百折不屈的精神勇往直前，我真心尊敬这样的人。有些人对主义和主张，毫不含糊，坚决执行，我真心尊敬这样的人。而有些人沉浸在茫然的时代风潮，毫无觉醒，全然不知'主义'的意义何在，盲目地追随某种主义或主张，我想称他们是世界上最可怜的人。盲从！那就是自我与个性的破灭，而不是别的什么！"③ 金光洲将那些顺应时代风潮、盲目追随主义和主张的人，贬斥为"主义者"，呼吁人们要追求自我与个性，而不是"盲从"。在随后的《新春片感（完）》中，金光洲以《艺术愚感》为小题目，表达了更为完善的艺术论。

不可否认，无视社会生活，无视时代性，仅仅从个人生活出发的艺术是毫无价值的。

然而，为迎合虚无缥缈的观念和意识而写就的艺术，与前者一样，也只能是毫无价值的艺术。那些不论价值与否，只要不是符合某种政治运动宣传的作品，或不是遵照数学公式般的规范书写的作品，一律视为艺术至上主义

---

① 　上海에 朝鮮人劇團 보헤미안劇社 誕生[N]. 동아일보，1934-10-19. "当地的韦惠园、金光洲、全昌根等立志戏剧艺术的几位人士，为了在国际性的层面上介绍朝鲜人戏剧艺术，组织'波希米亚人剧社'，并将于本月27日在当地小西门少年宣讲室第一次公演。上述韦、金、全诸位在戏剧艺术研究中均颇有建树。在国际大都市上海公演朝鲜的戏剧尚属首次，引发了人们非常大的兴趣和波动。"

② 　金光洲在1931年8月在《朝鲜日报》上连载《中国无产阶级文艺》一文。1931年10月28日的《东亚日报》的"文艺消息"一栏称，金光洲参与了无产阶级文艺刊物《新兴文坛》的创刊计划。有研究者据此将金光洲视为具有普罗文学倾向的作家。然而，事实并非如此。"多年在上海研究中国新兴文学后回国的金光洲、柳山房、上海的李庆孙、诗人黄锡禹等，经过多位人士的努力行将创办'无产阶级列塔利亚'文艺刊物《新兴文坛》。据悉，临时事务所设在积善洞160，金健的房屋。"

③ 　金光洲. 新春片感（上）[N]. 朝鲜日报，1933-01-07.

的行为，都不过是一种先入为主的偏见。

艺术理应具有阶级性、社会性，这一点无可否认。然而，离了"马克思""列宁"就是艺术至上主义，却是过于武断的判断。

艺术不是为某一君王而存在，也不能成为某一政党的政治宣传工具。艺术是所有人的艺术。

艺术不仅仅是观念或意识。一件作品如果冠以"艺术"之名，那么它无论出自谁、哪个阶级，都无法抹杀它的艺术价值，除非它是某一政治运动的纲领。

由一位洞悉世界的作者为读者撕开的赤裸裸的真实世界，且书写中不带半点奴性！我想要读，想要写的作品就是这样的作品。

艺术不是为艺术自身或为其价值而存在。它不应该成为政治运动的奴隶。艺术是为全人类而存在。①

金光洲在文中强调，沦落为政治运动宣传工具的艺术无法成为真正的艺术；艺术应该是万人的艺术，不是特定阶级的艺术；作者应该深入观察人的生活，作品应该是这样的人写就的生活报告。这一论调鲜明地体现了金光洲的文艺观。马克思主义文艺理论重视政治宣传，将无产阶级的阶级意识推到最前沿。而金光洲是在否定马克思主义文艺理论，力求艺术的独立性。在之前于1931年发表的《中国无产阶级文艺》一文中，金光洲分析了中国无产阶级文艺运动（革命文学运动）在20世纪20年代后期，仅兴起三年后便面临完全停滞的原因。他说："首当其冲应该是客观环境带来的高度压迫。然而，除了'普罗文学乃阶级之武器'这一缥缈的观念（虽然这不只是中国文坛的问题，而是任何人都需要深入思考的问题）之外别无彻底的理论根据，也缺乏独特作品之内容、形式的建设，也可谓最为重大的原因。"②金光洲分析的中国无产阶级文艺运动停滞的原因有二：一是提倡民族主义文艺运动的国民党政府对无产阶级文艺施加的政治镇压；二是主张"文学乃阶级之武器"的普罗文学自身理论根基薄弱，无法指导具体的创作。从文章的脉络而言，显然是旨在强调普罗文学自身的问题。

---

① 金光洲. 新春片感(完)[N]. 朝鲜日报, 1933-01-08.
② 金光洲. 中國平로文藝(4)：運動의 過去와 現在[N]. 朝鲜日报, 1931-08-07.

　　金光洲文艺思想的源流是什么呢？探讨这一问题需要联系韩国人在上海开展的无政府主义运动。20世纪30年代初，金光洲初到上海。当时，李会荣、郑华岩等无政府主义韩国独立运动家们纷纷聚集到上海，金光洲得以与他们交往。①金光洲在《上海时期回想记》中回忆了自己与无政府主义者郑海里的思想交流："郑海里是一个彻底否定权力与支配的自由主义者和人权平等主义者……我们没有标榜任何团体，两人之间无形中形成了一支思想的异端部队。在那间昏暗的房子里，郑海里和我埋头撰写声讨书。"②据文中的记述，金光洲和郑海里撰写了针对自称独立运动家和革命家的"不纯分子"以及甘当独裁衙役的青年团体的声讨书，还撰写了呼吁打倒日本帝国主义和清除内奸的檄文。这些文章以虚构的社团"南华韩人青年联盟"的名义四处散布。后来，金光洲还聚集一群热血青年组建名叫"南华"的隐形行动队，领导人是郑华岩和李何有。毋庸置疑，他们与白凡（即金九）之间有着直接的联系。③可通过郑华岩的回忆印证金光洲与上海的无政府主义者之间的联系和交流。他在回忆上海的无政府主义者时，提到金光洲："我们首先在北京休息几日，之后去了上海。李会荣先于我们抵达，白贞基为了治疗结核病也早已抵达上海。此外，杨汝舟、柳子明、金芝江、柳絮（柳树人）、严亨淳、李容俊、罗月汉、元心昌、朴基成、郑海里、李何有、金光洲、柳山房等一干血气方刚的无政府主义者们聚到了一起。我与他们协商，在原有的'无联'（在中国朝鲜无政府主义者联盟）下组建'南华韩人青年联盟'，在它的旗下设立南华俱乐部并创办《南华通讯》。……'南华韩人青年联盟'倾向于引导青年人直接采取行动。而且这一切都与白凡有着直接联系。具体来说，经过1932年5月与白凡的共同策划，以'南华联盟'为中心组建了'锄奸团'。意思是除掉民族的叛贼，也就是'奸'。"④金光洲对上海时期的回忆和郑华岩对上海的韩国无政府主义者们的回忆几近一致。金光洲在1931年9月"南华联盟"成立时与郑海里、李何有等无政府主义者一起活动。然而，当"南华联盟"于1932年5月组建"锄奸团"，且开始采取一系列直接行动之后，金光洲决定与这些活动保持距离，转而

---

① 최병우. 김광주의 상해 체험과 그 문학적 형상화 연구[J]. 한중인문학연구, 2008(25)：101-106.
② 金光洲. 上海時節回想記(上)[J]. 세대, 1965(29)：256-260.
③ 金光洲. 上海時節回想記(上)[J]. 세대, 1965(29)：260.
④ 김학준 편집해설. 혁명가들의 항일회상[M]. 서울：민음사, 2005：378-379.

创办《波希米亚人》，开始展开文艺活动。正如上述引文中金光洲关于《波希米亚人》的回忆，对"冠冕堂皇的爱国者、革命斗士的伪善和自以为是"的反感，应该就是金光洲对当时心境的委婉表达。

金光洲在接触郑海里、李何有等韩国无政府主义者时，受到了无政府主义思想的影响。因此，他才会在投身文艺活动之后，极为认同无政府主义文艺理论。金光洲在《艺术愚感》中表明的艺术论，其根源显然也是无政府主义文艺理论。例如，1929 年出版的《中国文艺论战》(李何林编)一书中收录有 5 篇无政府主义文艺评论，通过这些文章可以确认金光洲的文艺观与无政府主义文艺理论之间的密切关联。值得注意的是，《中国文艺论战》中也录有上述郑华岩的引文中提到的韩国人无政府主义者柳絮(柳树人)的两篇无政府主义文艺评论。这两篇文章是《检讨马克思主义的阶级艺术论》和《艺术的理论斗争》。柳絮在《检讨马克思主义的阶级艺术论》中抨击了李初梨将辛克莱尔(Upton Sinclair)的艺术论视为金科玉律的论调。《拜金艺术》的作者辛克莱尔主张"一切的艺术是宣传"。柳絮在文中反驳道"由于民众个体的修养不同，艺术的表现，必然发生差异"。犀利地批判了"千篇一律"的马克思主义文艺理论。"再看朝鲜与日本马克思主义者的主张吧，他们也总逃不出这个定义。我以为这种类同附和的盲从，是侮辱了艺术的进展，并且强制民众成为机械一样的一致，从这种盲从的艺术理论内始终不会发现什么有创造性的理论；如此，则艺术的理论不能成立，而艺术的创作就更是谈不到了。"①柳絮彻底否定和拒绝"盲从"。柳絮的观点完整地体现在金光洲的《新春片感》中。《中国文艺论战》中的另一篇文章，尹若的《无产阶级文艺运动的谬误》同样否定无产阶级文艺，提出"为大众"的、"要求一个自由的人间社会生活"的无政府主义民众艺术论。"一种新的民众艺术论，彼的目的是为大众，不是为的某阶级。……而彼的理想，是要求一个自由的人间社会生活。……我们并不需要文艺作斗争的工具，我们只要从文艺的本身和民众的需要(对于文艺的享乐)上证明现代社会的现实生活之应被否定便得了。"②从上述情形可以看出，与韩国无政府主义者们交流并向无政府主义倾倒的金光洲，在 1931 年开始从事中国文艺

---

① 柳絮. 检讨马克思主义的阶级艺术论：批评忻启介君的无产阶级艺术论 [M] // 李何林. 中国文艺论战. 绥化：东亚书局，1932：480.

② 尹若. 无产阶级文艺运动的谬误 [M] // 李何林. 中国文艺论战. 绥化：东亚书局，1932：474-475.

的研究之后，逐渐接受"中国文艺论战"主张的无政府主义文艺理论，并将其作为自己的文艺观。

正如杂志《波希米亚人》的题号，金光洲一直坚持的文艺观是"摆脱一切束缚，尊重自我与个性，追求艺术的纯粹性"。分析金光洲的文艺观，必须兼论无政府主义文艺理论的直接影响。金光洲在考察 20 世纪 30 年代前半期中国文坛的过程中（将在下一节中详述）看到了中国普罗文学运动的消沉和国民党政府的政治民族主义文艺运动的弊端，从而对无政府主义文艺理论产生更深层的认同。金光洲的无政府主义文艺观否定文艺的政治宣传工具化。这类主张显然也受到了鲁迅的影响。在中国革命文学论战中，围绕文艺与政治的关系问题展开过激烈的辩论，鲁迅主张"文学无力说"，强调文艺之于现实政治的独立性。金光洲在 1934 年组建"波希米亚人剧社"，把自己创作的《虫蛀的果实》搬上舞台。对此，他表示："这是首场呈献给法租界侨胞们纯粹的戏剧舞台，远离了任何政治，也远离了爱国斗士。"①这是他通过具体的创作表达自己文艺观的一场实践。他虽然较早地认识到了启蒙运动的重要性，但他不认同现实政治压迫文艺艺术性的行为。

金光洲在上海时期形成的无政府主义文艺观一直延续到"8·15 解放空间"，令他坚决否定艺术的政治性。"艺术的政治性！我想去相信它。然而在命令与利害以及某种条件下是无法产生艺术品的。我认为，这是艺术人宿命般的骄傲，也是唯有艺术人才可获得的崇高和纯洁。说它是孤高主义，是艺术至上，怎么说都无妨。我却要反问：成为某一党派或集团的宣传工具，投身违背自己意愿的艺术运动，这与因倭政（指日本帝国主义殖民统治）的强压而参与违背自己意愿的艺术运动，又有什么不同？"②金光洲之所以否定艺术作为宣传工具的政治性，是因为那样做会抹杀作家的艺术自由。他认为，在强权或命令的压制下产出的文艺、在功利的驱使下产出的文艺、在出人头地和立身扬名等虚无缥缈的个人欲求的驱使下产出的文艺，都是文艺的堕落。因此，他强调"为文学的文学""为评论的评论"，努力坚守艺术的自律性和真诚性。③ 他主张，文艺一旦与现实政治产生紧密的联系，必将成为"党"或"派"的帮手，只能大量产出"传单式杂文"。④ 他一

① 金光洲. 上海時節回想記(上)[J]. 세대, 1965(29)：268.
② 金光洲. 고요한 마음[M]//春雨頌. 서울：白民文化社, 1948：8-9.
③ 金光洲. 문학·작가·평론[M]//春雨頌. 서울：白民文化社, 1948：64-65.
④ 金光洲. 문학·작가·평론[M]//春雨頌. 서울：白民文化社, 1948：66.

再否定作为政治运动的文学，大声疾呼"朝鲜文学首先要回归到文学""朝鲜的评论首先要回归到评论"。他批判作为政治运动的文学是"亵渎自由""亵渎进步""亵渎文学"。无须赘言，这一观点源于他的无政府主义文艺观，也源于他对日本帝国主义殖民地文艺政策及其弊端的剖析。

三、对 20 世纪 30 年代中国文坛的评价和对韩国文坛的介绍

最初，金光洲通过翻译作品向韩国文坛介绍中国文艺，如《中国文坛的回顾：1929 年以后》《中国新文艺运动概论》《现代中国戏剧与剧作家》。但是随着深入学习中国文艺，对中国文坛的认识也随之加深，金光洲开始在韩国文坛上发表自己撰写的文章，如《中国无产阶级文艺：运动的过去和现在》《中国剧团一瞥：以上海剧界为中心》《中国文坛现势一瞥：一年来的论坛、创作界、刊物界等》《现代中国受难期的剧作家：论田汉及其戏剧》《中国文坛的最新动向》《非常时期中国文坛的近况》等。其中，《中国文坛现势一瞥》和《中国文坛的最新动向》最能反映当时的金光洲对现代中国文学的理解。

在《中国文坛现势一瞥》(1932.2)中，金光洲分析 1934 年的中国文坛陷入混沌、朦胧乃至衰退的原因，认为国民党的民族主义文艺运动难辞其咎。据他的诊断，当时的大部分刊物是宣传国民党所谓的主义和纲领的喉舌，由于它们都具有政治党派的背景，罕有完全以文艺建设为目标的刊物，况且一部分甚至滑落为迎合读者猎奇心理的低俗媒体。他还对民族主义文艺运动作出了具体的论述。从 1930 年春至 1931 年，蒋介石的独裁政治不仅杀害了左翼作家，还掀起了史无前例的文化镇压。继阶级文学运动之后，民族主义文艺运动粉墨登场，以《现代文艺》《文艺月刊》《前锋月刊》《长风》等刊物作为自己的鹰犬。"中国文坛的这股民族主义倾向，绝非以真正的民族艺术建设作为基础，而只是公然宣扬'新生活运动''孔子祭的复兴'等国民党文化政策所鼓吹的国粹主义。"①金光洲将当时中国文坛的民族主义文艺运动视为蒋介石文化镇压措施之一，犀利地批判其为文艺的

---

① 金光洲. 中國文壇의 現勢 一瞥：1 年間의 論壇·創作界·刊行物界 等(一)[N]. 동아일보，1935-02-05.

沦落，即文艺沦落为政治、党派的宣传工具。在金光洲看来，共产主义文学运动
也带有类似的倾向。"考察当今的民族主义文艺运动时，只要想一想 1928 年至
1930 年正值鼎盛期的中国共产主义文学运动，任何人都会对政治与文学的关系
问题产生新的思考：'文学虽无法脱离人类历史而存在，亦不可成为某一政治党
派的宣传工具'。"①金光洲认为，民族主义文艺运动和共产主义文学运动同样让
文学隶属于政治，变成宣传工具，从而粗暴地扼杀文学的自律性。在如此混乱的
状态下，好在还有一些人谈论巴尔扎克，视其为"真正的现实主义倾向"。② 金光
洲不觉间对巴尔扎克"真正的现实主义倾向"给予了肯定。在金光洲看来，无论
中国国民党的民族主义文艺，还是共产主义的阶级文学，一旦成为政治党派的宣
传工具，就无法成就"真正的现实主义倾向"，于是在介绍小说创作时，着重叙
述老舍的幽默小说和巴金的无政府主义小说。③

　　1936 年 2 月，金光洲在《东亚日报》上发表了一篇题为《中国文坛的最新动
向》的文章。在文章中，金光洲对 1935 年度的中国文坛做了系统的评价和介绍。
与前一年度相同，1935 年的中国文坛依旧处于史无前例的混乱与停滞状态。其
主要原因就是蒋介石的文化管制。"在蒋所谓'文化管制'的名目下，独裁政治的
镇压势力波及文化运动的各领域。笔者虽然曾反复指出，在此还需要再次强调：
这一年来的中国文坛，阻碍其全面健康发展的客观原因中，首当其冲的就是'文
化管制'。"④金光洲继而指出，在蒋介石的文化管制下，作为自己新的文化欲求，
中国大众要求文学最大限度地关注社会政治或经济局势，做出直接的叙事与解
释。为满足大众的这一需求，要根据"文学的本质"寻求文学的全新发展。过去
的共产主义文学早已证明："宣言纲领性的文学"是行不通的。⑤因此金光洲认为，
在中国文学艺术的各领域，尤其在电影、戏剧领域，艺术家们在过去的数年来千
篇一律地以反帝或反封建为题材。相比于表现什么，更重要的是如何表现。金光

---

① 金光洲. 中國文壇의 現勢 一瞥：1 年間의 論壇·創作界·刊行物界 等(一) [N].
동아일보，1935-02-05.

② 金光洲. 中國文壇의 現勢 一瞥：1 年間의 論壇·創作界·刊行物界 等(一) [N].
동아일보，1935-02-05.

③ 金光洲. 中國文壇의 現勢 一瞥：1 年間의 論壇·創作界·刊行物界 等(四) [N].
동아일보，1935-02-08.

④ 金光洲. 中國文壇의 最近動向(一) [N]. 동아일보，1936-02-20.

⑤ 金光洲. 中國文壇의 最近動向(一) [N]. 동아일보，1936-02-20.

洲还以电影为例，探讨千篇一律的、公式化的文艺所暴露出的问题。"浪漫的爱情戏也要有帝国主义的炮火做背景，也要有凶残无比的封建人物，只有如此赤裸裸地表现'打倒帝国主义''打倒封建势力'，才会被评价为有意义的电影。然而一直以来，掩耳盗铃般自欺欺人的态度，随着大众文化水平的渐渐提高，在所难免地暴露出自身的弱点。"①金光洲的批评论调源自他对文学本质的认识，亦即拒绝"宣言纲领性的文学"，注重"如何表现"的问题。批评家们要求作家想要创作农民题材的作品，就要到农村去。金光洲认为这种要求毫无意义。"作家们取材，不可能遵照批评家下达的命令。无论在哪国的文坛，这都是常识。批评家的指令虽然使得近期的中国文学对新的领域——农村产生了些许关注和兴趣，这一现象却不能被视作中国农民文学运动的开端。"②金光洲对中国文坛的批评，以"文学的本质"为出发点，以"如何表现"为着重点，评价中国作家及作品时摆脱了政治意识形态的影响。

例如，对于萧军的《八月的乡村》、萧红的《生死场》、张天翼的《清明时节》等三部 1935 年发表的小说，金光洲作出了如下评价：

> 尤其《八月的乡村》是公认的 1935 年度中国创作界最优秀的作品。作者在热情和信念的驱使下，多方描写渐渐衰亡的农村，完成了一部长达 15 万字的长篇小说。被誉为中国文坛第一人(？)的鲁迅，盛赞这部作品称："为我们展现了中国的部分和全部、现在和未来、死路与活路。"《生死场》是一部描写东北地区农民惨状的作品，笔法充实，丝毫不亚于前者。《清明时节》揭露了中国农村的所谓"乡绅"阶级的丑陋生活。张天翼无须赘言，他是中国文坛屈指可数的中坚作家。这一方面的所有作品都出自知识分子的头脑。他们的生活与农民的生活相去甚远，描写农村生活难免会缺乏真实性，一不小心就会流于空洞的口号或观念性的解释。正因为如此，批评家们指出这些作品在素材的处理上显得不够自然。③

---

① 金光洲. 中國文壇의 最近動向(四)[N]. 동아일보, 1936-02-23.

② 金光洲. 中國文壇의 最近動向(四)[N]. 동아일보, 1936-02-23.

③ 金光洲. 中國文壇의 最近動向(四、五)[N]. 동아일보, 1936-02-23, 25.

　　金光洲在给予高度评价的同时也指出了这些作品的局限性：知识分子作家描写农村生活，难免有些不自然。金光洲的文学批评，立场极为鲜明，即注重真实性，而不是口号化或观念性的解释。此外，在评价剧作家田汉时，金光洲表现出自己重视"同路人"的批评立场。金光洲称，来访的俄罗斯初期革命小说家鲍里斯·皮利尼亚克（Boris Pilnyak）的"同路人（意义相同于朝鲜的'同伴者作家'）"态度给当时正处于"左右"为难之境的田汉带来了巨大冲击。"从此获得新的力量，他（田汉）认识到对于民众而言最容易接近，且相比于其他艺术形式更具大众性的就是电影，继而凭借这一新的形式反映自己苦闷的心境。同时努力走近民众，哪怕只有一步。"①换言之，田汉结束彷徨，开创新的道路，得益于他确立的"同路人"作家式思想基础，继而借助电影这一具有大众性的艺术形式，在反映个人心境的同时贴近民众。金光洲认为，作家自觉地发现民众是实现艺术的真诚性以及构建大众文学的先决条件，所以才会如此肯定田汉的转型。无须赘言，金光洲翻译和介绍田汉的剧本《湖上的悲剧》（《朝鲜文坛》第 24 号，1936.7），源于两人对艺术的共同感受。

　　此外，金光洲还主张日本对中国文坛的批评与事实不符，有夸张之嫌。他指出，日本《改造年鉴》（1936 年）中的"中华民国一项，欠妥且指代不明"，"暂且不论各小项的不足，《农民文学的勃兴》一节确有夸大其词之嫌。对当今中国文坛的上述现象冠以'农民文学之名'，兴许并无不妥。但笔者认为，这还只是个别作家的倾向性问题，还不足谓之以文坛潮流之名"。② 也就是说，金光洲当时身处中国文坛的中心——上海，可以近距离地直接观察中国文坛，进而依据学术自主意识，否定日本人的观点，尽可能客观地介绍中国文坛。

　　有趣的是，金光洲在批评和介绍中国文坛时，始终不忘朝鲜文坛，一直采取两者相互比较的视角。首先，金光洲关注中国作家以朝鲜为背景的作品，旨在凸显中国人对朝鲜的关心。他指出，在题材方面，中国的作家们以朝鲜作为背景，描述朝鲜特殊的殖民地情境，用来与中国作比较或暗指中国。当然，他们不了解

① 金光洲. 現代中國受難期의 劇作家：田漢과 그의 戱曲을 論함（三）［N］. 동아일보，1935-11-19. 金光洲也曾翻译田汉的作品《湖上的悲剧》。如同 1936 年 5 月 21 日《东亚日报》的报道，这部作品是剧艺术研究会第 11 次公戏剧目之一：劇研第十一回公演 劇本一部變更「湖上의 悲劇」으로 代充［N］. 동아일보，1936-05-21.
② 金光洲. 中國文壇의 最近動向（四）［N］. 동아일보，1936-02-23.

朝鲜的文学，因此仅凭来自地理或历史的知识，依据新闻报道或他人的传言，能够书写出朝鲜的情感吗？毫无疑问，近乎不可能。然而，他们对朝鲜的关心日渐升高，却是令人鼓舞的。① 他对中国和朝鲜的文坛作出如下比较：

> 上文大致描绘了 1935 年中国文坛的概貌。如果与朝鲜文坛(笔者有关文坛的知识虽然极度贫乏)加以比较，近期的中国文坛，除去因政治上的特殊性引起了世界的关注，以及在数量和规模上占了优势之外，很难说取得了领先于朝鲜文坛的世界性成果。张赫宙虽然处处言说历史轨迹与朝鲜几近相同的中国新文化运动及其优越性，慨叹朝鲜文坛的沉寂，而笔者的立场却并不那么悲观，这绝非唯我独尊的盲目自负。朝鲜和中国的文坛所处的民族境遇和历史条件有所不同，文坛特质亦各不相同，这种判断可谓常识。总而言之，无论从哪一方面来讲，中国和朝鲜都有着重要的历史、地理之关联。也因此相比于任何国家的文学，从两国的文学中更容易发现生活情感和呼吸的共通点。笔者将持续关注中国新文学运动的未来新进展。②

张赫宙慨叹朝鲜文坛的沉寂，强调中国新文学运动的优越性。金光洲对此表示异议，并主张：中国和朝鲜虽有着诸多文化的同质性，却也要承认朝鲜民族特殊的处境和历史条件。因此，金光洲对朝鲜新文学运动的未来持有乐观的态度。金光洲身处中国文学的现场，得以对中国文坛的实际情况有更深的认识和了解，进而得以从民族的自我意识出发，对中国和朝鲜的文坛加以比较。

金光洲对朝鲜文坛有着非常深刻的理解，这一点可以从他在中国刊物上发表的朝鲜文坛介绍中加以确认。1935 年 3 月，金光洲在上海发行的杂志《文艺电影》的第 1 卷第 4 期上发表了一篇题为《朝鲜文坛的最近状况》③的文章。这是最早的一篇韩国人用中文撰写并刊登在中国刊物上的朝鲜文坛批评文章，可谓意义重大。之前也有一些介绍韩国文坛的文章刊登在中国的刊物上，但是均为中国人译自日本刊物的日文文章。金光洲用中文写作，或许是对鲁迅所提出的邀请的回

---

① 金光洲. 中國文壇의 最近動向(五)[N]. 동아일보, 1936-02-25.
② 金光洲. 中國文壇의 最近動向(六)[N]. 동아일보, 1936-02-26.
③ 최미령. 김광주의「朝鮮文壇的最近狀況」[J]. 반교어문연구, 2015(41)：587-606.

应。申彦俊在《鲁迅访问记》中写道："（鲁迅）特别嘱咐，希望朝鲜文坛的作家，无论是哪位，能在自己筹办的《中国文坛》杂志上发表一篇文章，介绍朝鲜文艺的历史及现势。"①金光洲在文中表示："另外一点，在 1934 年的文艺评论界最值得关注的是'大众语问题'。对此，上海的申彦俊兄写过一篇简明的介绍并发表在本报之上，所以我认为无须赘言。"②申彦俊当时作为《东亚日报》特派员常驻上海。金光洲称申彦俊为"兄"，可见两人相识，而且金光洲的《那时的上海之春》与申彦俊的《鲁迅访问记》同时刊登在《新东亚》1934 年 4 月号上，金光洲应该注意到了《鲁迅访问记》里，鲁迅希望由朝鲜作家介绍朝鲜文坛的期望。此外，1934 年 3 月 5 日刊登在《东亚日报》上的文坛消息《在中国朝鲜人文艺协会成立》称，金光洲是"在中国朝鲜人文艺协会"的发起人（金明水、全昌根、安偶生、丁来东、金光洲）之一。该组织的具体宗旨有四项："第一、向国外介绍朝鲜文学；第二、向朝鲜文坛介绍以中国文学为首的各国文学，或研究各国文学；第三、共同研究朝鲜文学；第四、联络在中国的文艺人"③。也就是说，金光洲发表《朝鲜文坛的最近状况》，是践行"协会"的第一宗旨。金光洲旨在全面准确地介绍朝鲜文坛，其实践性的努力值得称道。申彦俊采访鲁迅并撰写《鲁迅访问记》是在1933 年 5 月 22 日，《新东亚》发表《在中国朝鲜人文艺协会成立》是在 1934 年 3月 5 日，几乎早了一年的时间。据此考虑，金光洲组建"在中国朝鲜人文艺协会"，努力向中国介绍朝鲜文坛，或许也源于他与申彦俊的交流。换言之，金光

---

① 申彦俊. 魯迅訪問記［J］. 新東亞，1934（4）：152.

② 金光洲. 中國文壇의 現勢 一瞥：1 年間의 論壇・創作界・刊行物界 等（四）［N］. 동아일보，1935-02-08.

③ 在中國朝鮮人文藝協會組織［N］. 동아일보，1934-03-05. 该报道以"上海通讯"为栏目名，极有可能是由金光洲提供的信息。因为在同一期的《东亚日报》上还刊登有金光洲翻译的《中国女性作家论》（作者为贺玉波）连载，"在中国朝鲜人文艺协会"的所在地为"法租界北永吉里 10 号"及"北平民国大学内"。"法租界北永吉里 10 号"是金光洲在上海的亭子间住址，也是《波希米亚人》同人们的聚会地点。"北平民国大学"则为丁来东留学的大学。据此可以推测，该组织可能是由金光洲主导发起。从"金明水、全昌根、安偶生、丁来东、金光洲"等发起人名单来看，"在中国朝鲜人文艺协会"应该是金光洲联合上海的《波希米亚人》同人及北京的丁来东组建的。该组织之后的具体活动不得而知。就当时的局势而言，很难以协会的名义开展活动。在那种情况下，金光洲联合在中国的朝鲜文艺人共同开展活动，其努力值得赞扬。而在当时，金光洲与丁来东之间已经有联系和协作，其原因应该是两人之间的无政府主义思想这一意识形态"公分母"以及同为中国现代文学研究者的联合意识。

洲在与申彦俊接触的过程中更加切实地感受到了其必要性。

在《朝鲜文坛的最近状况》一文中，金光洲首先表示，中国大陆的一些人也应该了解朝鲜民族特殊的历史环境和朝鲜文人的苦衷——经济和思想的重压，极其不自由的出版环境等问题。在具体介绍李光洙、廉想涉、金东仁、玄镇健、金东焕等成名作家时，作者写道："朝鲜文坛的大部分成名作家徘徊在民族主义、艺术至上主义或人道主义，无法为最近的文坛贡献出生机勃勃的作品。"在介绍朝鲜的青年作家时，首先关注的是小说家李无影，认为他是保质保量的多产作家，也是一个具有"同路人"倾向的作家。关于小说家李箕永，金光洲称其为朝鲜无产阶级艺术同盟（即卡普）中最具力量的作家，他的作品既不会强加作者空洞而又生硬的所谓思想，笔力又极其不凡，其代表作有短篇小说集《民村》及长篇小说《现代风景》《故乡》等。文章还特别关注张赫宙，称其为"值得瞩目的作家"，并表示其作品已经被翻译成中文并发表在《文学》杂志上。众所周知，他不仅是朝鲜文坛的优秀作家，在日本文坛也持续发表了描写朝鲜农村现状的作品。① 金光洲还介绍了朴花城、崔贞熙、姜敬爱、白信爱、毛允淑等女性作家的创作及活动。文章用较大的篇幅介绍了评论界的情况，文中称，朝鲜文艺评论界最为突出，也是最为低劣的现象就是门派林立，各自为营。这绝非朝鲜文坛独有的劣根性，凡是缺乏道德与社会文化建设观念的国民，普遍具有类似的弊病。而近来的朝鲜文艺评论界也在反省这类问题，各方都在探索文艺评论正确的前进方向。这或许也是金光洲对中国文艺评论界的某种批判话语。金光洲列举了在评论界无序的情况下，仍以真挚的态度从事评论工作的朝鲜评论家：属于左派的白铁、林和、安含光、韩雪野、金基镇、朴英熙、俞镇午等，其余还有李轩求、洪晓民、咸大勋、梁柱东等。随后，金光洲列举了发表在 1934 年度朝鲜文艺评论界的文学理论文章，其中包括朴英熙、咸大勋、俞镇午、李轩求、林和、安含光等评论家的作品。② 如此看来，相对于成名作家，金光洲更重视年轻作家；关注"同路人"作家，又对那些"无产阶级"文学阵营中艺术成就更为出色的作家给予了更高的评价。同时，他注重描写农村现状的作品，更多笔墨用在介绍左派及中间派的

---

① 金光洲. 朝鲜文坛的最近状况[M]//金柄珉，李存光. "中国现代文学与韩国"资料丛书(10)：评论及资料编·评论卷Ⅲ. 延吉：延边大学出版社，2014：277-278。

② 金光洲. 朝鲜文坛的最近状况[M]//金柄珉，李存光. "中国现代文学与韩国"资料丛书(10)：评论及资料编·评论卷Ⅲ. 延吉：延边大学出版社，2014：279.

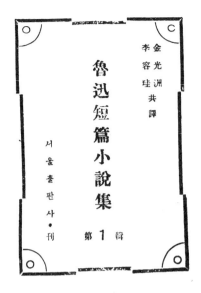

鲁迅短篇小说集 第 1 辑封面

批评家。

最后，金光洲介绍了韩国的中国文学研究者。在谈及"海外文学派"时，金光洲介绍了中国文学方面的研究者丁来东、李庆孙、金台俊、梁白华(梁建植)，还表示自己尤其关注中国文学研究者们。金光洲自身一直在从事中国文艺的批评和介绍，其对同人们的关注可谓理所当然。同时，这对于中国文坛而言无疑也是重要的信息。金光洲蜻蜓点水式地介绍了李庆孙对鲁迅作品和魏金枝的《奶妈》等作品的介绍情况。接着说道："丁来东的中国文学研究中最值得一读的是《鲁迅论》。此外，他还介绍了中国文坛的普遍动向及各位作家的创作。"①金光洲在"8·15"解放初期编译《鲁迅短篇小说集》时邀请丁来东作序，应该同样出于对《鲁迅论》(指的是《鲁迅及其作品》)学术价值的高度认可。

四、对"鲁迅精神"的思考与《鲁迅及其作品》

金光洲在《中国文坛现势一瞥》中，围绕鲁迅的杂文创作活动，介绍了鲁迅。他认为，鲁迅作为左翼作家从事文艺活动是为了转换人们的思想。"随笔文学的代表人物有曹聚仁、陈子展、徐熊庸等人。除此之外，鲁迅在转换方向之后，沉寂多年(虽说有其特殊的客观原因)，终于在 1934 年拿出随笔及杂文集《准风月谈》《南腔北调集》，这也是值得关注的现象。这两部随笔集收录了鲁迅所独有的讽刺短文。笔者认为，通过这两本书多少可以了解到他近期所经历的痛苦，以及中国文人在受难期遭受的苦闷。"②对于鲁迅没能写出新的作品，金光洲表示惋

① 金光洲. 朝鲜文坛的最近状况[M]//金柄珉，李存光. "中国现代文学与韩国"资料丛书(10)：评论及资料编·评论卷Ⅲ. 延吉：延边大学出版社，2014：280.

② 金光洲. 中國文壇의 現勢 一瞥：1 年間의 論壇·創作界·刊行物界 等(四)[N]. 동아일보，1935-02-08.

惜。同时，金光洲介绍鲁迅的杂文，将其纳入文学创作的范畴之内，认为杂文是鲁迅抒发时代苦闷的文章。此外，金光洲介绍鲁迅在文学翻译方面取得的成就，道："在文学翻译方面，以上述《译文》月刊为中心，鲁迅以外的各国文学研究者们发表译稿。鲁迅则以自费翻译、出版了卢那察尔斯基的《被解放的堂吉诃德》……"①金光洲在《现代中国受难期的剧作家：论田汉及其戏剧》（《东亚日报》，1935.11.16）一文中间接地介绍了鲁迅的近况。"到了1930年，中国掀起一股史无前例的文化专制镇压风暴。一时间，曾经声名显赫、风靡全中国的左翼文化运动四分五裂，各自消散。田汉与堪称'中国左翼作家联盟'主将的鲁迅一起，为了躲避灾难和不幸，各自隐遁，直到今年被转移到南京。"②此外，金光洲在介绍鲁迅1935年度的文艺活动时，评价鲁迅为"中国文坛第一人"，"今年鲁迅似乎依旧无意创作。在刊物的短评栏上发表一篇文章，以其一流的讽刺笔法谈论'文人相轻'的问题。此外，鲁迅写了几篇杂文并用生涩的日文在《改造》杂志上发表了短文。除了这些，再无值得关注的工作。"③值得注意的是，金光洲为评价中国文坛和鲁迅文学，还参阅了当时在上海不易找到的日本刊物。也就是说，金光洲认为鲁迅在谋求思想转向之后，尽管他有一流的讽刺笔法，但除去创作一些短文形式的杂文，从事一些文学翻译之外，再无显著的文学成就。这一评价中隐含有金光洲对鲁迅的惋惜之情。而在其深层意义上，或许还有金光洲对转向左翼作家的鲁迅的否定态度。

鲁迅在革命文学论战时期批判革命文学派，金光洲对鲁迅的文艺意识深表同感，也试图积极呼应鲁迅精神。1938年2月连载于《东亚日报》上的《离上海》是金光洲的一篇随笔。体裁虽为随笔，却是一篇金光洲呼应鲁迅精神而写就的文章，因此颇值得关注。后来在解放初期发表的随笔《上海时期回想记》中，金光洲写道："蜷缩在母亲的铁床上，一天之内写完三十多页的随笔《离上海》，用挂号邮件寄给了《东亚日报》社。现在想来应该也是一篇很伤感的文章。那是我在

① 金光洲. 中國文壇의 現勢 一瞥：1 年間의 論壇·創作界·刊行物界 等(四)[N].동아일보, 1935-02-08.
② 金光洲. 現代中國受難期의 劇作家：田漢과 그의 戲曲을 論함(一)[N]. 동아일보, 1935-11-16.
③ 金光洲. 中國文壇의 最近動向(六)[N]. 동아일보, 1936-02-26.

中国用我国文字写的最后一篇文章。"①金光洲说直到最后也没有看到这篇文章的印刷版②。其实，文章在《东亚日报》1938 年 2 月 18 日至 23 日版中连载。从文章结尾处标明的创作时间"1 月末，于天津客舍"可知原稿是 1938 年 1 月在天津撰写完成的。

金光洲的《离上海：在流浪的港口》(《东亚日报》1938.2.19)

金光洲在《上海时期回想记》中回忆道，自己当时想尽办法要将 70 岁的老母送回韩国。"在整个中国大陆动荡不定的情况下，区区一个金光洲离开上海又何足挂齿。然而，我咬牙切齿地写下了这篇文章(《离上海》)，仿佛在发泄对日本领事馆的仇恨。"③日军占领上海之后，金光洲不得已离开上海，还要把老母亲送回国。在那紧迫的情况下，金光洲想到的是"鲁迅高洁的精神"。

①　金光洲. 上海時節回想記(下)[J]. 세대, 1966(30)：354.
②　金光洲. 上海時節回想記(下)[J]. 세대, 1966(30)：354.
③　金光洲. 上海時節回想記(下)[J]. 세대, 1966(30)：354.

此刻，我站在等待起航的船甲板上，眺望暮色渐深的浦东一带。鲁迅在离世数月前，曾与到访上海的野口米次郎说过一段话，想起这段话，我这游子的内心某一处就隐隐作痛。

自古在中国，所谓成功者的人物，其大部分，无论政治或文化哪一方面，非强盗，即诈欺汉，两者之一。顶可怜的是一般民众。……不过，我在另外一面的意义上，这样想，幸而一般的民众与政治完全没有关系。他们不论政治上的主权者是哪一种人，总像蜂蚁一般活下去。不过反过来想，我以为虽到中国灭亡的那一天，但中国人是永远不会灭亡的。[参照鲁迅文章日文原文的汉文译文(1935，流星)进行改动]

总而言之，虽为文坛第一人，却未曾拥有一时一刻的稳定生活，时而隐身躲避，时而改名换姓，直到最后一天也依旧拖着长长的灰蓝色长衫，双手插入袖口冥思苦想，鲁迅！"孩子长大，万不可去做文学家。"甚至在留下遗言时也未曾忘记文学。他的心境该有多么苦涩！为了坚守节操，再苦再痛也视"清廉"如生命，给妻子留下"不得因为丧事，收受任何人的一文钱"的嘱托之后才瞑目。鲁迅！那高洁的精神！①

在 1935 年 10 月 21 日的鲁迅日记中也曾出现过野口米次郎的名字。"午，朝日新闻支社仲居君邀饮于六三园，同席有野口米次郎、内山二氏。"②野口米次郎在 1935 年 10 月访问上海时，在内山完造的引荐下见到鲁迅。当天与鲁迅交流过后，回国的野口米次郎在 1935 年 11 月 12 日的《朝日新闻》上发表了一篇题为《与鲁迅谈话》的文章。之后，中国人流星又将其抄译，以《一个日本诗人与鲁迅的会谈记》为题发表在 1935 年 11 月 23 日的上海《晨报·书报春秋》上。③ 然而，金光洲使用的是"中国"一词的日本语词汇"支那"，所引用的内容也没有全部出现在流星抄译的《一个日本诗人与鲁迅的会谈记》中④。据此可以猜测，金光洲参考的应该是日本语原文。当然，刊登流星抄译文章的《晨报》在上海颇具影响力，

---

① 金光洲. 上海를 떠나며: 流浪의 港口에서[N]. 동아일보，1938-02-18，19.

② 鲁迅. 日记[M]//鲁迅. 鲁迅全集(16). 北京：人民文学出版社，2005：557.

③ 鲁迅. 书信[M]//鲁迅. 鲁迅全集. 北京：人民文学出版社，2005：385.

④ 野口米次郎. 一个日本诗人与鲁迅的会谈记[M]//鲁迅研究学术论著资料汇编 1. 北京：中国文联出版公司，1985：1198.

金光洲也曾在此发表电影评论和文艺短评等中文文章,①所以不排除金光洲读到流星抄译本的可能性。事实上，鲁迅对野口米次郎发表在《朝日新闻》上的文章并不十分满意。在给增田涉的日文信件中，鲁迅写道："和名流的会面也还是停止为妙。野口先生的文章没有将我所讲的全部写进去，所写部分，恐怕也为了发表的缘故，而没有按原样写。先生的文章，则更加那个了。我觉得日本作者与中国作者的意见，暂时尚难沟通，首先是处境和生活都不相同。"②即便是野口米次郎的文章，也没能完好地反映鲁迅的本意，文中引用的鲁迅之言给金光洲的印象显然是非常深刻的。

　　金光洲为何在离开上海的瞬间想起"鲁迅高洁的精神"？金光洲虽然长期在上海开展文艺活动，却只是一个失去祖国的"波希米亚人"。把70岁高龄的老母送回国，同志们也纷纷离去，金光洲离开空空荡荡的上海，只身踏上流浪之路。"蜂蚁一般活着"的"可怜民众"(鲁迅语)一语深深地刺痛孤独彷徨的金光洲，深深地触发了他心中同病相怜之感慨。鲁迅虽为中国文坛第一人，却从未享受过稳定的生活。然而，鲁迅至死坚守节操，追求独立自尊，甚至在遗言中也不忘提醒人们文学之艰辛与困苦。对于即将踏上流浪之路的金光洲而言，鲁迅的精神无疑是一盏指路灯。

　　"垂头丧气、疲惫不堪地行走在夜幕下的异国流浪客哟！你那忧郁的心思哟！将那灰暗的哀伤和沉重的忧郁留赠给这座流浪的港口，你疲惫的船头又要朝向哪一座港口？源源不断的乡愁哟！你就在这北国的寒风中静静地、静静地消失吧！——1月，天津旅窗……"③《离上海》以这一段文字结尾。随着日本占领上海，居住在上海的韩国人被迫离开上海。金光洲一直以来有意与行动主义保持一段距离。因此，在上海沦陷后，金光洲无法与韩国独立运动家们取得联系，只好

---

　　①　金光洲. 上海時節回想記(上)[J]. 세대, 1965(29)：269-270. "当时的《晨报》是仅次于《申报》的一流期刊。《申报》发行16版的早报，《晨报》同样是早报，发行8版，每天有一个版面整个留给电影栏，致力于介绍和批评好的电影和电影的理论，而不是娱乐、趣味。……《晨报》还有一个名叫'晨蚁'的版面。我找机会介入这一版面，发表了外国作家论、作品介绍等简单的文章和一些私生活随笔之流的文章。两方面加起来，每月的稿费有40余元，有时多达50余元……"

　　②　鲁迅. 书信[M]//鲁迅. 鲁迅全集(14). 北京：人民文学出版社，2005：381.

　　③　金光洲. 上海를 떠나며: 流浪의 港口에서(完)[N]. 동아일보, 1938-02-23.

孤身踏上流浪之路。说《离上海》是当时金光洲的誓言，似乎也不为过。不愿意听命于任何人，只身面对日本帝国主义的压迫和飘忽不定的未来，金光洲是要用鲁迅精神——至死不渝、坚守节操、追求独立自尊作为自己生命的指南针。在一篇写在解放初期的文章中，金光洲也隐约表达了同样的意愿。"对我而言，流亡绝非贸然行动，可以尽情仰望别样的天空，就足够让我喜欢流浪。在异域苍穹下，没有人企图支配我、命令我，无声无息地从这座城市流落到那座港口，在不断的流动中思念曾经的落脚点。永远活在飘摇的记忆当中，对我的灵魂而言绝对是一种诱惑。不仅如此，像我这样不起眼的流浪者，日寇也不愿意轻易放过。日寇的爪牙时不时毫无缘由地袭扰我。我那些可爱的同胞们，甘当'皇军'的爪牙。正是他们让我不得安生，逼迫我，驱逐我。每当那时，我就打起行装，去寻找异域的另一片天空。"①在上海，金光洲翻译鲁迅的小说，介绍和评论中国文坛，视鲁迅为"中国文坛第一人"。金光洲被迫离开上海，鲁迅精神能够让他得到些许精神慰藉。正是因为对鲁迅精神有着如此清晰的认识和认可，金光洲才能够在解放初期极为恶劣的出版环境下，携手李容珪这位"波希米亚人"同人，出版《鲁迅短篇小说集》。

那么，在金光洲的眼中，鲁迅精神和鲁迅的文学精神之本质到底是什么？1948 年 1 月，金光洲在《白民》上发表了一篇题为《鲁迅及其作品》的文章。文章首先对《阿 Q 正传》《狂人日记》等鲁迅小说做了简单的介绍，之后，对鲁迅小说的总体特征和鲁迅的文学精神作出如下概括：

> 在鲁迅留下的这几篇简短的小说中，我们能够清晰地看到，他对人间社会明哲而准确的解剖，以及对中国国民性毫不心慈手软、残忍、可怖、犀利的揭露。在一部作品中得益于完成这些，依赖于他对文章的缜密、利落的构思，以及一针见血的讽刺和看似粗糙实为简洁明了的文词结构。毫无疑问，在与一切人间生活之伪善、悲屈、堕落的抗争中，丝毫不会妥协，不认失败的鲁迅的文学精神，必将与中国民族同在，必将在其作品中不断涌现。②

---

① 金光洲. 盧山春夢[M]//春雨頌. 서울：白民文化社，1948：33.
② 金光洲. 魯迅과 그의 作品[J]. 白民，1948(1)：24-25.

金光洲先是对鲁迅小说的内容和文体特征进行了概括：在内容上以彻底的自我剖析、透彻的自我认识为主要特征；在文体上以辛辣且犀利的讽刺为主要特征。在此基础上，金光洲对鲁迅的文学精神作出了准确的概括。金光洲还高度评价了鲁迅的杂文创作，以及他作为散文家在中国新文学运动中的地位。金光洲直接引用了《热风》和《坟》中的几段文字并主张："概而言之，我所要重申的是，贯穿鲁迅一生的是一种苦闷：如何从内容上而不是从形式上忠实地探究新中国。他是一位伟大的文学家，为了追求人性和国民性的真谛，勇敢地在不幸中战斗不息。"①金光洲在《鲁迅及其作品》中最为清晰地论述了自己对鲁迅文学的特征及鲁迅精神之本质的认识。

金光洲心中最为重要的鲁迅思想特质是什么呢？《鲁迅短篇小说集》的第二辑中收录有鲁迅的代表作《狂人日记》和《阿Q正传》。在此书目录的前一页，金光洲引用了鲁迅《随感录·生命的路》中的一段文字，以遵循进化原理的"生命之路"为意象，肯定了人类追求完美的信念。"生命的路是进步的，总是沿着无限的精神三角形的斜面向上走，什么都阻止他不得。自然赋予人们的不调和还很多，人们自己萎缩堕落退步的也还很多，然而生命决不因此回头。无论什么黑暗来防范思潮，什么悲惨来袭击社会，什么罪恶来亵渎人道，人类的渴仰完全的潜力，总是踏了这些铁蒺藜向前进。"②金光洲在《鲁迅及其作品》一文中介绍鲁迅散文时也曾引用过这段话。金光洲反复引用这段话，是因为这段话最能清晰地体现金光洲对鲁迅思想的认识。有趣的是，这段文字与申彦俊的《鲁迅访问记》中描述的鲁迅的人生观或世界观也是一致的。金光洲也应该读过这篇文章。申彦俊问及鲁迅的人生观或世界观，鲁迅回答说："我相信人生如同行走。一步复一步，在前进的路上架桥修路就是人生的事。"③鲁迅将人生比作修路前行，金光洲对此比喻印象深刻，遂据此来把握鲁迅的思想特质。

金光洲在中国的"C市"迎来了解放，归国途中曾停留在朝鲜半岛北部（现在的朝鲜境内）。期间金光洲写了一篇题为《新生事物》的随笔，揭露占领朝鲜半岛北部的"红色军队"的野蛮行径，讽刺所谓"追求进步"者们的伪善。金光洲再次引用了《随感录》中的一段文字："我想种族的延长，便是生命的连续，的确是生

---

①　金光洲. 魯迅과 그의 作品[J]. 白民, 1948(1)：26.

②　金光洲, 李容珪, 譯. 魯迅短篇小說集 第2輯[M]. 서울：서울출판사, 1946：11；鲁迅. 生命的路[M]//鲁迅. 鲁迅全集(1). 北京：人民文学出版社, 2005：386.

③　申彦俊. 魯迅訪問記[J]. 新東亞, 1934(4)：152.

物界事业里的一大部分。何以要延长呢？不消说是想进化了。但进化的途中总须新陈代谢。所以新的应该欢天喜地地向前去，这便是壮，旧的也应该欢天喜地地向前去，这便是死；各各如此走去，便是进化的路。"①金光洲表示，自己是在火炉边翻看鲁迅《随感录》时偶然读到这段文字并加以引用的。金光洲大声疾呼："我想，此时此刻我们所要做的就是拯救民族、拯救自己。不是将国家交给他人，而是去争取真正的新生事物，抛弃一切陈腐的偏见以及对陈旧的我之主张、我之主义的奴性盲从。"②金光洲的引文出自鲁迅《随感录·四十九》③。鲁迅主张，宗族的延长意味着生命的延续，需要新陈代谢，所以"旧的"要给"新的"让道，要催促他们前进。前进途中有遇到深渊，就要用尸体去填平它。鲁迅认为，根据进化的原理遵循"生命的路"，才是真正的"进步"。鲁迅的《随感录》促发了金光洲对进化原理的思考，亦即思考鲁迅所谓"生命的路"的"进步"，从而呼吁人们不要墨守成规，呼吁老一代要给新一代让路。鲁迅在"五四"文学革命时期，立足于"生命的路"这一进化论的观点，思考"进步"的问题，彻底否定人们对腐朽的偏见、陈旧的主张及主义的奴性盲从。鲁迅的思想进一步坚定了金光洲的思想信念——抛弃一切既成理念(包括共产主义在内)，去开拓新的道路。概而言之，金光洲旨在通过阅读以"五四"文学革命时期的鲁迅文学为中心的文本，从当时鲁迅的文学和思想中探寻鲁迅精神的本质。解读金光洲在《离上海》中提到的"鲁迅高洁的精神"抑或他在《鲁迅及其作品》中概括的"鲁迅的文学精神"，都应该遵循上述思想脉络。

五、《鲁迅短篇小说集》的出版与翻译情况

金光洲最早翻译的鲁迅作品是《幸福的家庭》(1933.1)和《在酒楼上》(1933.1)。这是继柳树人译的《狂人日记》(1927.8)、梁白华译的《阿Q正传》(1930.1)、丁来东译的《伤逝》(1930.3)和《过客》(1932.9)之后的又一部鲁迅作品译作。之后在韩国得到译介的鲁迅作品还有丁来东译的《孔乙己》(1934.2)、李陆史译的《故乡》(1936.12)、均乡浩译的《革命时代的文学》及《现代史》

---

① 金光洲. 春雨颂[M]. 서울：白民文化社，1948：63.

② 金光洲. 春雨颂[M]. 서울：白民文化社，1948：63.

③ 鲁迅. 随感录四十九[M]//鲁迅. 鲁迅全集(1)北京：人民文学出版社，2005：354-355.

（1946.7）、金光洲与李容珪合译的《鲁迅短篇小说集》（第一、二辑，1946.8、1946.11）、李明善译的《鲁迅杂文选集》（1949年，未出版）等。如此看来，金光洲在韩国鲁迅文学翻译方面取得的成果可谓巨大。

　　金光洲在《中国文坛现势一瞥》一文中介绍中国的创作界时曾表示："本文只是概略性地介绍在文坛受到较多好评的重要作品。日后若有机会，我想系统地翻译优秀作品，以介绍其全貌。"①但是到了解放初期，金光洲才得以系统地翻译中国现代文学。《鲁迅短篇小说集》的第一辑和第二辑分别在解放一年后的1946年8月和11月出版，收录了鲁迅小说中的全部主要作品，作为在韩国首次出版的单行本鲁迅作品集，具有非常重要的历史价值。小说集的第一辑收录有《幸福的家庭》《故乡》《孔乙己》《风波》《高老夫子》《端午节》《孤独者》；第二辑收录有《狂人日记》《皂》《阿Q正传》。金光洲原本计划翻译《呐喊》和《彷徨》中的全部作品，并将其编为第三辑，最终未能按计划完成。考虑到当时恶劣的环境，能出版鲁迅小说卷本已实属不易。

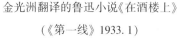

金光洲翻译的鲁迅小说《在酒楼上》

（《第一线》1933.1）

《第一线》1933年 新年号（1月）

　　① 金光洲. 中國文壇의 現勢 一瞥：1 年間의 論壇·創作界·刊行物界 等（四）[N]. 동아일보，1935-02-08.

1947 年 10 月 17 日出版的《东亚日报》上刊登了一篇题为《鲁迅纪念演讲会》的消息："近代中国文坛巨人鲁迅先生离世 11 周年！本月 18 日，为纪念巨人离去的日子，文理科学院中国文学研究会将举办演讲会及音乐会。"①随后，丁来东的文章《回忆伟大的中国作家鲁迅》(上、下)分别发表在 1947 年 10 月 21 日、22 日出版的《东亚日报》上。丁来东在文中写道："鲁迅是中国新文化运动以来最伟大的作家。在现代世界作家中，他也是最具特色的作家之一。鲁迅逝世(1936 年 10 月 19 日)已 11 周年，首尔大学文理科学院中国文学研究会将于本月 18 日下午 2 时举办纪念鲁迅演讲会。"②也就是说，《东亚日报》刊登的消息中的"文理科学院"指的是首尔大学文理科学院，鲁迅纪念演讲会由时任首尔大学中文系教授的丁来东主办。在鲁迅逝世 11 周年之际，报纸上接连刊发纪念鲁迅演讲会的消息和丁来东的相关文章，可见解放初期的韩国读者对鲁迅文学的关注可谓非同一般。《鲁迅短篇小说集》的出版使韩国的读者们了解和认识鲁迅，进而为纪念鲁迅演讲会的举办提供了客观条件。丁来东在《鲁迅短篇小说集》第一辑卷的序文——《鲁迅与中国文学》中指出："文学创作堪称了解中国的最佳渠道。就当下时局而言，不是通过欧美文学，而是通过中国的文学创作去准确地认识与我们相邻的中国，可谓十万火急的问题……相比于通过报纸上的短篇报道去观察中国或者通过所谓的'主义'去极其有限地评价中国，更为明智的观察方法应该是，通过鲁迅这样伟大作家的作品去看清楚流淌在中国人血脉中的血液，查看中国的内政，了解中国人的性格，直面中国的真面目。"③丁来东认为鲁迅作品是理解中国及中国人的最佳渠道。就这一脉络来讲，《鲁迅短篇小说集》的出版无疑具有极为重要的意义。

接下来探讨金光洲翻译鲁迅文学作品的具体过程。1933 年 1 月，金光洲开始在《朝鲜日报》上连载鲁迅小说《幸福的家庭》的译作。金光洲在《译者前言》中说明，译作是以上海朝旭书店 1931 年版鲁迅短篇小说集《幸福的家庭》为底本的。换言之，金光洲翻译的是中文原著。金光洲还表示，鲁迅的文学当时已经译介到

---

① 魯迅記念講演會[N]. 동아일보, 1947-10-17.

② 丁來東. 偉大한 中國作家 魯迅의 回憶(上)：그의 紀念講演會를 열면서[N]. 동아일보, 1947-10-21.

③ 丁來東. 魯迅과 中國文學[M]//金光洲, 李容珪, 譯. 魯迅短篇小說集 第 1 輯. 서울：서울출판사, 1946：5-6.

韩国："记得在 1931 年春，在本报学艺栏中，刊登过北平的丁来东和上海的李庆孙两位文人对鲁迅的详细研究和介绍①。"金光洲介绍称，鲁迅小说中的代表作《阿Q正传》、处女作《狂人日记》早已在国外广为人知，《幸福的家庭》也是鲁迅的短篇小说中"不可忽略的优秀作品之一"。金光洲还指出，"不取材于恋爱"是鲁迅作品的特征之一。金光洲借用 20 世纪 30 年代初的评论界对鲁迅文学的普遍评价指出："从某种意义来说，鲁迅已经是中国文坛的老作家。相对于变化无穷的中国现状而言，鲁迅的作品所表现的只是某一过去时代的残影，看似无须费力去译介。然而无论从它用生动的笔触活用简短、平凡的题材来讲，还是从它在观察人生时体现出来近乎嘲讽的幽默来讲，这部《幸福的家庭》都可以说是颇具价值的作品。"②金光洲所言丁来东、李庆孙对鲁迅的研究和介绍，指的是丁来东的《鲁迅及其作品》(《朝鲜日报》，1931 年 1 月连载)和李庆孙的《之后的鲁迅：读丁君的鲁迅论》(《朝鲜日报》，1931 年 2 月连载)。金光洲在上海时曾经与李庆孙同住一屋，一同研读中国小说、关注中国文坛及文学动向。③ 金李两人很有可能就丁来东的《鲁迅及其作品》一文交换过意见。丁来东在《鲁迅及其作品》中列出了鲁迅小说的几项优点。其中有一条是："第三，很少写有关女性的作品。这一点难说是优点，却可视其为特色。"④金光洲将"不取材于恋爱"列为鲁迅小说的特征之一，应该是参考了丁来东的观点。这一事例表明，当时韩国的中国现代文学研究者们彼此之间是通过报刊、杂志共享研究成果的。

《幸福的家庭》讽刺了一位作家的虚伪心态，主人公不顾现实生活的困境，一味地想象幸福的家庭。《在酒楼上》描写的是一个新知识分子的堕落，曾参加新文化运动的主人公，渐渐被封建意识俘获。金光洲在一定程度上接受了当时中国革命文学派的观点，称鲁迅的小说不过是"过去某一时代的残影"。但是对《幸福的家庭》和《在酒楼上》，金光洲却给予了极高的评价。鲁迅小说的这类主题与后来金光洲创作的短篇小说的主题看似有所关联。如《铺道的忧郁》(1934.2)讲述了上海的朝鲜知识青年的生活之苦，主人公"哲"的妻子临产，却因为弄不到入院费而纠结万分；《南京路的苍空》(1935.6)中，主人公"明秀"是大学毕业生，

① 鲁迅著，金光洲 譯. 幸福된 家庭[N]. 朝鮮日報，1933-01-29.
② 鲁迅著，金光洲 譯. 幸福된 家庭[N]. 朝鮮日報，1933-01-29.
③ 金光洲. 上海時節回想記(上)[J]. 세대，1965(29)：260-261.
④ 丁來東. 鲁迅과 그의 作品[M]//丁來東全集 Ⅰ. 서울：금강출판사，1971：357.

却因为家人的沉沦而离开家庭去寻找新的生活，他的父母和妹妹沉迷于歌舞、赌博和毒品，无法自拔。①可见，鲁迅以知识分子为题材的小说引起了金光洲不小的共鸣。

金光洲在"8·15 解放空间"里编译和出版《鲁迅短篇小说集》，源于他对鲁迅文学现实价值的深刻领悟。《鲁迅短篇小说集》第二辑附有丁来东写的题解《阿 Q 正传与狂人日记》。丁来东在文中引用了方璧《鲁迅论》中的一段文字："他（鲁迅）的著作充满了反抗的呼声和无情的剥露。反抗一切的压迫，剥露一切的虚伪！老中国的毒疮太多了，他忍不住拿着刀一遍一遍地、不懂世故般、用自己的身体刺向这些毒疮。"②通过这段引文，可以间接地确认金光洲对鲁迅文学价值的态度。破旧立新是解放初期的韩国所面临的历史使命，鲁迅文学所蕴含的彻底的反抗性以及对毒疮深刻的揭露，完全能够引起韩国读者们的共鸣。另外，《鲁迅短篇小说集》的翻译技巧也值得称道。译者尊重中文原著，译文准确无误。同时，为了增强小说的形象化效果，译者有时也果断采用意译。换言之，金光洲（及李容珪）的韩国语译文准确、优美，译著的完成度高于柳树人的《狂人日记》或梁白华的《阿 Q 正传》（从日文版转译）等。③如《孔乙己》中对鲁镇酒家的描写④，译文不仅忠于原文，还采用小说化的秀丽笔法，增强了语境和场面的艺术效果。《鲁迅短篇小说集》的出版为韩国的读者们铺开了一条准确、系统地理解鲁迅文学的路径。

---

① 최병우. 김광주의 상해 체험과 그 문학적 형상화 연구[J]. 한중인문학연구, 2008（25）：116-117.

② 丁來東. 阿 Q 正傳과 狂人日記[M]//金光洲、李容珪，譯. 鲁迅短篇小說集 第 2 辑. 서울：서울출판사，1946：5-6.

③ 梁白华从日文译本转译并连载于《朝鲜日报》（1930-01）的《阿 Q 正传》中有多处误译。

④ 鲁迅. 孔乙己[M]//金光洲、李容珪，譯. 鲁迅短篇小說集第 1 辑. 서울：서울출판사，1946：65. 韩文译文："그러나 이 집에 오는 손님의 대부분은 옷도 변변히 입지 못했을 뿐만 아니라 주머니도 얄팍해서 그처럼 호화로운 씀씀이 꾼이 못 된다. 그러나 긴 두루메기（長衫）를 입은 사람들만은 호기 있게 들어와서 술청 옆에 있는 안방으로 들어가서 술을 가져오라 안주를 가져오라 하여 늑장을 부리고 노닥거리면서 술을 마신다."（翻译成中文是："但是来到这一家的大部分客人，不仅穿得不起眼，口袋也浅薄，不是那么好奢的花销客。唯有穿长衫的人们，豪迈地走进来，坐到酒台隔壁的里屋，要酒、点菜、磨磨蹭蹭、絮絮叨叨地喝酒。"原文："但这些顾客，多是短衣帮，大抵没有这样阔绰。只有穿长衫的，才踱进店面隔壁的房子里，要酒要菜，慢慢地坐喝。"）

六、韩中文学的相互理解

金光洲在上海与中国的戏剧人、电影人交流与合作，还作为主导者组建了"在中国朝鲜人文艺协会"，形成了一个包括北京的丁来东等在内的合作网络。尤其是金光洲发表的《朝鲜文坛的最近状况》一文，还得到了当时韩国国内的文人们的关注。小说家李无影是金光洲在《朝鲜文坛的最近状况》中给予好评的作家。有一次，李无影在大邱见到张赫宙，张赫宙拿出了一本杂志给李无影看，就是那本刊登《朝鲜文坛的最近状况》的《文艺电影》。"我们还商讨了创刊文学杂志的事情。（张赫宙）说正好手中有几本杂志，拿出了中国的纯文艺杂志《文学》《文艺电影》等期刊。《文学》是四六倍版（指的是 188mm×257mm 规格）、500 页的大型刊物，其中收录了 19 篇篇幅达百余张（指 200 字规格稿纸 100 余张，并非杂志实际页数）的短篇小说，此外还有评论、批评、传记等，可谓名副其实的文艺杂志。反观我们朝鲜刊物的文艺版面，短篇小说的篇幅被限定为二三十张（指 200 字规格稿纸的张数），而且只能刊登一两篇。相比之下，何止是羡慕，简直是慨叹。（张赫宙）给我读了金光洲发表在《文艺电影》上的朝鲜文坛介绍。他白话文之出色令我惊讶。"①李无影的这段描述表明，当时的韩国文人们颇为关注韩国文学在中国的传播以及中国的文艺刊物。到了 20 世纪 30 年代，韩国文坛对中国文坛的关注热度之高可谓前所未有。金光洲面向韩国展开中国现代文艺评论，面向中国展开韩国文坛介绍，在两国文坛之间发挥了桥梁作用，可谓功不可没。

概而言之，本文所关注的焦点是金光洲作为中国现代文学及鲁迅文学研究家的面貌。为此，本文考察了金光洲的中国文艺批评、鲁迅小说翻译和文艺活动的理念基础——无政府主义理念及其与中国文坛批评的关联、面向中国的韩国文坛介绍、对鲁迅精神的思考、《鲁迅短篇小说集》的编译及历史意义等。关于金光洲的鲁迅文学批评，还有一篇文章值得关注。那就是金光洲为 1972 年出版的《阿Q正传（及其他）》一书撰写的"解题"。从内容来看，这篇文章借鉴了诸多已有的研究成果，并不全是金光洲自己的观点。即便如此，文章可谓给当时的韩国读者们提供了一条准确理解鲁迅文学精髓的路径。在文章中，金光洲称鲁迅是一个理

---

① 李無影. 嶺南走看記(二)［N］. 동아일보, 1935-05-02.

想主义者，在思想上具有强烈的自我，将一切希望视为幻象并予以拒绝，追求彻底揭露现实之丑恶，绝望于眼前的现实，又要拒绝绝望，继续前进。金光洲认为，鲁迅的自我就是这样一种矛盾的统一体，鲁迅是一个行动的自由主义者。①之后，金光洲犀利地剖析了鲁迅文学及其本质。"在作品中他（鲁迅）形象地表达了反儒教思想，无论它是类似于陈独秀的传统儒教批判，还是某种外来的思想，都没有立足于儒教以外的其他思想，都没有止步于相对的批判。他描述反儒教思想，不是为了切实地感受自己的痛苦或自我救赎，不直接透露有目的且有意而为之的行动。在鲁迅作品的底层，蕴含着这样一种思想：原本就不存在所谓的救赎，那不过是一种幻想。从别处寻求救赎，那是奴隶的道德。那些心智柔弱的读者会因此而遭受沉重的打击，但同时也会因此而获得本质的觉醒和勇气，立志靠自己的力量重新站起来。自由从这自律之根本出发，人才能够踏上新的创造之地。"②金光洲对鲁迅文学的特性作出了高度概括：拒绝来自外界的救赎或宣言一样喊出的理想，努力通过痛苦的自我剖析和从里到外彻底的自我否定来自主地建构理想。通过自我否定来建构中国的现代，这是鲁迅思想的特质之所在。金光洲表示："鲁迅完成了对封建制度和儒教的根本性否定，又通过否定成为新民族文化创造的起点。近代思想在中国的本土化，需要那种否定性的媒介。就这一意义来说，鲁迅可谓'五四'文学革命的最佳代表。"③这篇"解题"虽然简短，却一语道破鲁迅文学的真谛，给韩国的读者们指明了一条正确领悟鲁迅文学之本质的路径。

那些在中国活动并从事中国现代文学研究的韩国人，他们面向韩国译介和评论鲁迅文学，他们的思想谱系如何？这是笔者要谈论的最后一个问题。吴相淳是通过俄罗斯诗人爱罗先珂结识鲁迅的。作为世界主义者和无政府主义者而广为人知的爱罗先珂当时在中国活动。最早翻译鲁迅小说《狂人日记》的柳树人直接参与"中国文艺论战"，站在无政府主义文艺理论的立场上批判了马克思主义文艺理论。丁来东在北京加入无政府主义组织，发表过一篇题为《鲁迅及其作品》的长篇评论，还翻译了鲁迅的三篇作品《伤逝》《过客》和《孔乙己》。吴相淳、柳树

---

① 金光洲 譯. 阿Q正傳(外). 서울：同和出版公司，1972：191-192.

② 金光洲 譯. 阿Q正傳(外). 서울：同和出版公司，1972：192.

③ 金光洲 譯. 阿Q正傳(外). 서울：同和出版公司，1972：193.

人、丁来东三人都曾倾向于无政府主义思想。金光洲也曾与上海的韩国无政府主义独立运动团体有过联系，其对中国文坛和鲁迅小说的评论和译介，立足点也是无政府主义文艺意识。金光洲可谓继承了几位前辈的思想谱系。概而言之，他们都是接受无政府主义思想的韩国研究者。他们关注五四时期的鲁迅文学，源于他们对鲁迅的世界主义或无政府主义思想倾向的认同。鲁迅文学具有彻底的自我认识和强烈的批判精神。在民族独立和现实变革成为首要任务的历史时期，鲁迅文学具有鲜明的现实意义。他们重视鲁迅文学的原因就在于此。

第八章　李明善的学术建构与鲁迅研究

一、韩国最早的中国现代文学研究者

20 世纪 30 年代，李明善（1914—1950）入读韩国京城帝国大学预科，继而升入本科中国语文学系（中文系），主修中国现代文学。1945 年"8·15"朝鲜光复后，李明善曾任首尔大学中文系教授。1950 年"朝鲜战争"爆发后，李明善在战乱中"越北"（指韩国人越过"三八线"进入朝鲜的行为），自此音讯全无。如世人所知，在李明善短暂的 36 年生涯里，其在中国现代文学及韩国古代文学领域均取得了丰硕的学术研究成果。如在中国现代文学方面，他的本科毕业论文是韩国第一篇研究鲁迅的学位论文；解放初期，他编译完成了《中国现代短篇小说选集》（已出版）和《鲁迅杂文选集》（1949 年，未出版）。而在韩国古代文学领域，他不仅致力于韩国古典小说如《春香传》等方面的研究，同时还出版了一部立足于阶级史观的韩国古典文学史论著——《朝鲜文学史》（朝鲜文学社，1948）。

然而一直以来，国内外学术界对李明善的关注与研究可谓不尽如人意。这与李明善被认定为左翼学者，并在"朝鲜战争"期间决然"越北"的行为有着极为紧密的关联。早在就读京城帝国大学期间，李明善就倾向于阶级史观，接受了社会主义思想的洗礼与改造。1949 年就职

李明善（在京城帝国大学
就读预科时留影）

于首尔大学后，其曾被认定为左翼作家而被迫辞职。"朝鲜战争"期间，在朝鲜军队占领首尔时，他还曾担任首尔大学的负责人。当朝鲜军队从首尔撤离后，他断然选择"越北"。2007 年，金俊亨编辑出版了《李明善全集》（全 4 册），为研究李明善奠定了基础。李明善在大学时的研究方向是中国现代文学，后期转向朝鲜文学。此外，他在韩国学术界对鲁迅文学的研究和译介等方面作出了巨大贡献。可见，学界更需要关注的应该是作为中国现代文学研究者的李明善。在韩国的现代大学制度下，李明善是第一个以鲁迅文学为研究对象来撰写毕业论文的学生。因此，实证性地考察李明善作为中国现代文学研究者和鲁迅文学研究者所开展的学术活动，可谓具有重大意义。在本章，笔者将以李明善在京城帝国大学就读期间的学习活动为研究中心，考察他的学术动向、思想影响关系及其对鲁迅文学的关注等方面，以追踪和探寻他的学术活动脉络和思想变化谱系。

二、知识分子认同性与民族性自我意识

1937 年 2 月，李明善在杂志《金星》第一期发表了处女作——诗篇《知识》。当时他即将从预科升入本科，这也是他公开发表的第一部作品。诗歌中，李明善将所谓实际的"知识"比作"烟""雾"，以讽刺其虚无性。诗的后半部如下：

> 知识！
> 曾有人把你唤作力量。
> 我哑口无言，只有哈欠连连。
> 曾有人把你称作德性。
> 我瞠目结舌。
> 知识！
> 哦，你这浮夸的呼喊哟！
>
> 力量就是鲜血
> 你逃离鲜血。
> 德性就是情感的热焰。
> 你逃离热焰。

知识！

你就是语言，是语言的影子。

知识！

你是语言的烟。

你是语言的雾。

此外，你什么都不是。①

这首诗表达了所谓"知识"的虚幻性，感伤色彩颇为浓厚。通过这首诗歌，可以感受到李明善即将升入本科中文系前夕的意识状态。"知识"是学术研究的对象，而即将在学问的道路上迈出第一步的李明善，给自己提出了这样一个根本性的问题："所谓的'知识'究竟是什么?"对此，他回答道："所谓'知识'不过是'烟'、是'雾'，是'浮夸的呼喊'；逃离'鲜血'和'力量'的'知识'，不过是'语言的影子'"。而这正是所谓实际"知识"运作的方式。参悟到这一点，足以触发以追求"知识"为己任的知识分子的反思。"知识"不过是"语言的影子"。这一讽刺和否定将李明善引向对真正的知识——作为"鲜血""力量"乃至"情感的热焰"的知识的追求。虽然诗中对所谓"知识"的讽刺，不过是李明善思想意识的某一片段，但从中却可以体会到即将踏上求学之路的李明善对自我身份的苦恼与思索。

同样的思想意识，在他的文章《现代学生的面貌》(《每日申报》②，1938.3.27)中也有所流露。在《现代学生的面貌》中，李明善对"他们"，即"现代学生"们给予了辛辣的讽刺："以庸俗为理由，逃避现实""既不具备俗人的广度，也不具备哲人的深度""仿佛一个在俗人和哲人之间漂浮不定的氢气球""昏昏欲睡，说梦话似的念叨着概念和定义"。李明善劝诫道："死亡不是别的什么，是瞌睡的延长，郁郁无终的瞌睡。"③李明善讽刺有气无力的"学生"知识分子，引导他们反思，亦即知识分子作为追求学术者的身份确认。李明善在1938年4月发表的《春天，庸俗的春天》一文中也表达了类似的意思。作者向往"庸俗的春天"，那是"群众的季节、杂音的时节"。而所谓诗人们的呻吟，不过是为了倾诉寂寞

---

① 李明善. 知識[M]//李明善全集(4). 서울：보고사，2007：119.

② 《每日申报》于1938年4月16日起更名为《每日新报》。

③ 李明善. 현대 學生의 面貌[N]. 每日申报，1938-03-27；李明善. 李明善全集(2)[M]. 서울：보고사，2007：246.

和孤独，他们创作诗集也只是为了迎合女学生们的趣味。他们的"纤弱"气质、"怀古的诗情"与"群众"的"杂音"是水火不容的。所以对于诗人们而言，春天是令人作呕的季节。然而，不同于这些所谓的"诗人"，李明善更重视"群众"和"杂音"的价值。

> 然而对我而言，不想以庸俗为理由去丑化春天。或许因为自己就是一个无比庸俗的人，我更愿意走在一条有一群男子汉大声喧哗、骂骂咧咧的胡同里，而不是一条人迹全无、鸦雀无声的大街上。
>
> 一个人，他首先是人。因为是人，所以要到人声鼎沸的地方去！这就是人。与其成为非人的、超人的所谓诗人，我宁愿去做群众中的一个人，杂音中的一种声音。年轻的女子，虽然讨厌被人嘲弄，却依旧走小胡同，而不是大街。她那种心态才真正具有人味儿。
>
> 春天来了。无比庸俗的我们的春天来了。那些感觉到恶心的人，就让他们去呕吐好了。不必理会。让我们这些俗人们聚在小胡同里，吟诵我们的春天、我们的诗歌吧。①

身为京城帝国大学的学生，即便带有些许精英意识，也是情有可原的，但是李明善却强烈表明要打破精英意识，他将自己界定为群众中的一个人、杂音中的一种声音。他认为，知识分子应该行走在小胡同里，而不是漫步在大街上。这是李明善作为知识分子的自我意识——对"庸俗"的底层民众的价值认同的文学形象化。除了诗歌《知识》之外，李明善在1937年2月出版的《金星》第一期上还发表了一篇短评，题为《拿破仑小论》②。文章以拿破仑为例，强调英雄的时代已经一去不复返。"是的！英雄的时代已经远去。至少可以说，古代英雄的时代已经远去。亚历山大的时代已经永远离去。凯撒的时代也不会复返。我们就此懂得了一个道理：拿破仑的失败并非他个人的偶然的失败，而是有其普遍的根本原因。

---

① 李明善. 봄, 俗된 봄[N]. 每日申报, 1938-04-03；李明善. 李明善全集(2)[M]. 서울：보고사, 2007：247，249.

② 李明善在就读本科一年级时，曾经在《每日申报》(起着朝鲜总督府机关报的作用)的"史话野谈"有奖征文中以一篇题为《让宁大君的宗孙》的作品获得三等奖(1937年11月7日)。李明善在升入中国语文学系的同时表现出批评与创作并行的积极性。

我们懂得了拿破仑的失败绝非源于他天赋之欠缺，也绝非源于才能之不足。在自由平等的 18 世纪，他逆时代潮流而行，犯下了暴行，这才是他失败的原因之所在。"①正如"拿破仑"注定要在新的时代潮流，即在新的历史条件下遭受失败一样，如今，英雄的时代同样一去不复返。由此可见，李明善的民众意识可谓合情合理。

1938 年 5 月 15 日，李明善在《每日新报》上发表了一篇文章，题为《没有理想，没有热情，也没有诗歌的风景》，描述了京城帝国大学的校园风景，其中所蕴含的思想意识与上述两篇文章同出一辙。李明善在文章中以自嘲和讥讽的口吻批判了当代大学生的状态，称他们是一群"没有诗性""没有热情""知性的失败者"。这既是自我反省，也是对理想的知识分子形象的摸索。"我曾经把城大或城大的学生称作'没有诗性的幸福的人'。现在看来，应该把它改为'没有诗性的可怜人'。在他们空虚、索然无味的生活中，不是'没有诗性'，而是'连诗性都无法拥有'，连梦想都无法拥抱。没有理想，没有前途的'没有热情的穷人'！知性的失败者！你的名字叫大学生！"②李明善曾通过诗歌批判"知识"的虚幻性，也曾表明要成为"群众中的一人"。换言之，李明善一直在苦苦追索知识分子的认同性及社会作用。李明善在解释"dilettante"一词时又一次提出了相同的问题。"想一想我们所使用以及当成问题的'dilettante'，他指的是那么一群知识分子。他们心中有热情，也有感恩之心。但迫于时代的压力，或是由于自己性格内在的矛盾，变得颇为多虑且缺乏实践性。他们共同的特点是聪明、富于理性，所以能够轻易地洞察出事物的内在逻辑。同时，这些长处又可以成为短处，使得他们意志分裂，难以制定行动目标，即便制定了目标，也会蹑手蹑脚，无法勇往直前，逆流而上。……概而言之，'dilettante'是头脑清晰的胆小者或逃避者。在学生当中，所谓的秀才就是其第一候补。"③李明善看似在解释"dilettante"一词，实际上却是在暗示自己所期盼的理想的知识分子形象。在即将升入京城帝国大学中文系之际，李明善对所谓"知识"的虚幻性和知识分子的软弱性有了更深层次的体悟，同时通过对知识分子认同性的反思，他还将自己的知识及学术实践联系到"庸俗

---

① 李明善. 나폴레온 小論[M]//李明善全集(2). 서울：보고사，2007：240.

② 李明善. 理想도 情熱도 詩조차 업는 風景[N]. 每日新報，1938-05-15；李明善. 李明善全集(2)[M]. 서울：보고사，2007：254.

③ 李明善. 用語解說'되렛탄트'[N]. 每日新報，1938-05-22；李明善. 李明善全集(2)[M]. 서울：보고사，2007：255-256.

的"底层民众，表明了自己对实践和行动的强烈意志。

1938年10月16日，李明善在《每日新报》上发表了《高桥亨先生简历：写在先生年满退休前夕》。李明善首先回顾了高桥亨教授的讲课风格："去年一年一直在听先生的课……先生的课自始至终没有一句闲谈，极为严肃。"继而，又根据自己的立场对高桥亨教授的学术立场作出评价：

> 就拿去年听的"朝鲜文学概论"课来说。在我看来，先生的立场大体上应是儒学家的立场。当然，儒学家的立场也并不意味着陈旧的或批判的立场。对于儒教本身，先生似乎也持有批判态度。对儒家所谓道文一致，先生似乎也是完全反对。先生断言，导致朝鲜文学未能充分发展的障碍之一便是这道文一致。
>
> 即便如此，先生的根本立场依然是儒学家的立场。人生观、社会观乃至文学观，大体上都是儒学家的立场。①

李明善清醒地认识到，高桥亨教授一方面批判儒家文学观的核心"道文一致"，判定这一核心是阻碍朝鲜文学发展的原因所在；但另一方面，高桥亨教授自身又坚守儒家传统的文学观。其实，李明善是借此来间接地批评高桥亨教授在文学立场上的自相矛盾，同时又间接地表明了自己的文学立场。李明善通过日本教授的教学走入现代学术，但并没有一味地盲从，而是具备了批判性的视角。

日本研究者村山知义在京城帝国大学发表演讲时就《春香传》拍摄成电影的问题提出了三个观点，李明善也对此发表了自己的见解。村山知义在演讲中指出：第一，要确定《春香传》的创作年代；第二，要描绘富有人情味的春香形象；第三，要把背景进行朴素化处理。对此，李明善首先指出："对于村山先生的意图本身，我不想妄加评论。因为随着导演的不同，《春香传》可以有无数种变化。"②李明善继而具体列举《春香传》各异本的特征，建议村山知义予以参考。"无论是春香还是

---

① 李明善. 高橋亨先生의 프로필：先生의 停年引退를 앞두고[N]. 每日新報，1938-10-16；李明善. 李明善全集(2)[M]. 서울：보고사，2007：269-270.

② 李明善. 村山知義氏에게：春香傳 映畵化를 앞두고[N]. 每日新報，1938-11-06；李明善. 李明善全集(2)[M]. 서울：보고사，2007：272.

李道令，都没有被描绘成超时代的、超社会的理想人物，而是某一时代、某一社会的人，充满着朴素的野趣。概而言之，我建议村山先生应该参考和利用这几种异本。"①此时的李明善，不过是一个本科在读生，但却能给村山知义提出建议，并表示村山指出的问题早已包含在《春香传》的异本中。由此可知，李明善的文化自豪感和学术主体性不言自明。

在给村山知义提出建议后的第二天，李明善在《朝鲜日报》上发表了一篇题为《"谢谢"与感恩之生活》的评论。当时，日本人的"宗教演讲"或加藤田堂等演讲中，都主张朝鲜人应该在生活中更多地使用"谢谢"一词。李明善指出，朝鲜人之所以不太使用"谢谢"一词，是因为朝鲜人的语言习惯。"朝鲜人不经常使用'谢谢'，也只是习惯而已（指的是语言习惯），绝不是因为缺乏感恩之心。就朝鲜人的语言习惯而言，经常使用'谢谢'一词的人，反倒会被人们视为轻薄之人。事实上，也确实是只有轻薄之人才乱发'谢谢'。劝告朝鲜人要多使用'谢谢'，不是使其过上感恩之生活，而是过上轻薄的生活。反倒是不使用'谢谢'的生活，才是朝鲜人的感恩生活。我敢断言，他们的演讲是最为浅薄且鄙俗的愚论。"②李明善批驳日本人没有充分考虑朝鲜的文化背景，自以为是地肆意评判朝鲜文化。这显然是李明善民族自我意识的表露。

李明善拥有强烈的民族自主意识去反驳日本学者的观念，也正是这份强烈的民族自主意识，让他不得不去强调"朝鲜文学研究"中的自尊（德语叫"Stolz"）问题。"无论如何，我们必须怀着'Stolz'去研究，去主张，我们的时调、我们的'故事书'，都是优秀的文学，丝毫不亚于任何他人的文学。我们一直以来对自己、对自己的东西太过谦卑，太缺乏'Stolz'。最后，我还要强调：研究朝鲜文学的人，无论是谁，首先要怀着'Stolz'去挑战。'Stolz'！'Stolz'！"③李明善起初以中国现代文学作为研究方向，后来转向朝鲜文学研究。对朝鲜文学，以及对朝鲜固有的民族文化的强烈自豪感，可以看作李明善的重要精神基石。

---

① 李明善. 村山知義氏에게：春香傳 映畵化를 앞두고[N]. 每日新報，1938-11-06；李明善. 李明善全集(2)[M]. 서울：보고사，2007：273.

② 李明善. 論說：'고맙습니다'와 感謝의 생활[N]. 朝鮮日報，1938-11-07；李明善. 李明善全集(2)[M]. 서울：보고사，2007：276.

③ 李明善. 무엇보다 自尊心을！[N]. 每日新報，1939-01-05；李明善. 李明善全集(2)[M]. 서울：보고사，2007：281.

三、来自金台俊的思想及学术影响

　　1938 年 12 月 5 日，李明善在《朝鲜日报》"学生之页"栏目上发表了名为《关于鲁迅》的小论文。当时，李明善是京城帝国大学本科二年级的学生。《关于鲁迅》是李明善发表的第一篇有关中国现代文学的文章。之后，李明善又陆续发表了《现代中国的新进作家》(《每日新报》，1938.12.11)、《中国新进作家萧军的风格》(《每日新报》，1939.2.19)等文章以及毕业论文《鲁迅研究》(1940.3)。其实，李明善首次提到鲁迅的名字是在《〈春香传〉与异本问题·艳情小说是非》(《东亚日报》，1938.7.16)一文中。李明善在文章中指出：朝鲜古典小说《春香传》具有中国艳情小说的一切要素。"借用鲁迅的惯用语称其为'才子佳人小说'也并无不可。"①李明善一开始关注的只是鲁迅作为中国小说研究家的身份，而并未将其看作具有代表性的中国作家。若想考察《春香传》，必然要涉及其与中国小说的关联。于是李明善在研究中借用了鲁迅的惯用语。鲁迅凭借《中国小说史略》，被公认为中国古典小说研究的权威。换言之，无论是在朝鲜文学研究领域，还是在中国现代文学批评领域，鲁迅之于李明善都是一个十分重要的人物。

　　此外，又有哪些人影响了李明善的学术思想呢？首先要关注的是李明善在京城帝国大学时的学长——崔昌圭和金台俊。崔昌圭在《外国文学专修之辩(3)》(1939)一文中讲述了自己选择中文系的缘由。"我想，从现代的立场上研究中国文学是有必要的。尤其是过去被汉学家们所轻视的小说和戏剧更有必要研究。我还认为这一方面应该有不少材料。其次，鉴于介绍到这里(指朝鲜)的中国现代文艺作品极少，我也想做一做这方面的事情。"②崔昌圭可谓率先领悟到了中国小说、戏剧乃至中国现代文艺作品译介的重要性。金台俊在《外国文学专修之辩(6)》中也表示："将目标放在古代文学的整理和新文学的介绍上。"③如此看来，崔昌圭和金台俊选择中文系的目的，都是从现代的视角研究和整理中国古代文学以及向朝鲜介绍中国的新文学(现代文学)。而李明善选择中文系的动机，应该与崔、

---

　　① 李明善. 春香傳과 異本問題·艷情小說 是非[N]. 東亞日報，1938-07-16；李明善. 李明善全集(2)[M]. 서울：보고사，2007：30.

　　② 崔昌圭. 外國文學專攻의 辯(3)[N]. 東亞日報，1939-11-01.

　　③ 金台俊. 外國文學專攻의 辯(6)[N]. 東亞日報，1939-11-10.

金两位学长一致。由此可见，他们在精神层面给李明善的影响可谓非常巨大。

崔昌圭是京城帝国大学中文系的第一届毕业生。在校时，崔昌圭曾创办唯物史观学习团体——经济研究会，还曾在《东亚日报》上连载长篇游记《长江万里》（1930.8.23—1930.10.20，共34回）。在游记中，崔昌圭始终站在中国民众的立场讲述自己在中国的所见所闻。金台俊是京城帝国大学中文系的第三届毕业生。他的文学研究注重社会、经济等历史背景，其《朝鲜小说史》（《东亚日报》，1930.10.31—1931.2.25，共68回，1933年出版单行本。）就是这一文学史观下的产物。金台俊始终坚持阶级史观，学术成就极为丰富。京城帝国大学的朝鲜学生原本就极少，因此他们在民族意识方面的觉醒程度普遍较高。并且，各同门之间的联系非常紧密，前后辈之间存在着非常直接的影响关系。① 正如"经济研究会"的创办者崔昌圭给学弟金台俊的影响极大一样，金台俊在思想与学术方面给李明善的影响同样极为深远。与崔昌圭一样，金台俊也曾参与京城帝国大学学生刊物《新兴》的编辑工作，二人都是"朝鲜语文学会"的成员，还经常在《朝鲜语文学会报》上发表文章。李明善入读京城帝国大学预科的时间是1934年。1934年之后，《新兴》和《朝鲜语文学会报》未能正常发行。而当李明善在1937年升入本科后，也未曾有机会直接参与这两本刊物的编辑工作。但是李明善在预科毕业前夕（1936年末至1937年初）便已经在大众媒体和刊物上发表了文章。继几位同门学长之后，李明善也积极开展学术活动。由此可见，学长们对他或直接或间接的影响不容忽视。

相较于崔昌圭，李明善与金台俊的关系更为密切。1938年，原本讲授"朝鲜文学"课程的朝鲜语言文学系教授高桥亨年满退休。1939年，金台俊被聘为讲师，作为高桥亨的继任者讲授"朝鲜文学"课程。② 朝鲜人金台俊被聘为日本教授

---

① 京城帝国大学第五届学生李崇宁曾回忆自己的大学生活："我可以断言，（当时的学生）热情和气魄与当今的学生是不同的。当时，助手（类似于助理）赵润济把我们几个新生叫到研究室，给我们讲关于民族文化的态度，还发给我们《歌曲源流》的油印本，要求我们拿回去研读和互相探讨。我心想：'哎哟！真是好可怕的学长！'"（李崇寧. 大學街의 把守兵[M]. 서울：민중서관，1968：20-21.）通过李崇宁的回忆可以窥见当时京城帝国大学学生们的热情和气魄。同时，当时的学长对学弟们的影响之大，也可以窥见一二。

② 京城帝國大學 编. 法文學部職員[M]//京城帝國大學一覽. 서울：京城帝國大學，1939：231-235；京城帝國大學 编. 法文學部職員[M]//京城帝國大學一覽. 서울：京城帝國大學，1940：235.

的继任者，是一件颇受世人瞩目的事情。况且，金台俊系中文系出身，受聘担任"朝鲜文学"课程的讲师，也实属特例。李明善一直关注朝鲜文学，早在 1938 年 7 月，本科二年级时就曾撰写论文《春香传与异本问题》。李明善的学术倾向，或多或少受到了来自同门学长金台俊的影响。金台俊著有《朝鲜汉文学史》和《朝鲜小说史》等论著，不仅在朝鲜文学研究领域取得了卓越的成就，在中国现代文学研究和介绍方面取得的成果也颇丰。这样的金台俊，对于刚刚入门的李明善而言，无疑是极佳的学术榜样。李明善就读于中文系，在大学期间公开发表的第一篇论文却是《春香传与异本问题》。通过这一选题也可以推断出金台俊对李明善的学术影响。同时，通过现有资料也可以证明这一推断。李明善曾把自己读过的书和论文整理并记录在笔记本上，题名为"月浦山"。《月浦山》现存两本。根据《月浦山 (2)》①中的记录可以确定，李明善研读过金台俊的论文《春香传的现代解释》(《东亚日报》，1935 年) 和《文学革命后的中国文艺观》(《东亚日报》，1930 年)。

　　例如，在考察《春香传》的异本时，李明善就广泛地参考了金台俊的观点。"一直以来，前辈们并不是全然未关注《春香传》的异本。金台俊在小说史 (指的是《朝鲜小说史》) 中列举了《春香传》的 20 余种异本。然而先人大多只是主张《春香传》存在多种异本这一事实，而无视各异本在形式和内容上的差异，甚至看似混淆异本中的社会性、阶级性等方面的差异。或许正是因为这无视和混淆，先人

---

① 김준형. 길과 희망: 李明善의 삶과 문학세계[M]//李明善. 李明善全(4). 서울: 보고사, 2007: 505-506. 收录在《月浦山(2)》上的书籍与论文具体如下: 大高岩的《中国新文學運動の展望》(1935)、增田涉的《中国文學史》(世界文艺大辞典 第 7 卷)、李人傑的《中國無産階級及びその運動の特質》(《改造》, 1926 年)，佐野学的《マルクス無神論と其歪曲》(《改造》, 1927 年)，百濱知行的《インテリゲンフイアの歴史性と階級性》(《改造》, 1930 年)，青野秀吉的《辨證法的唯物論の創作方法ロフいて》(《改造》, 1932 年)、《藝術と行動》(《改造》, 1934 年)、《朝鮮經濟の現段階論》(《改造》, 1934 年)，松山平助的《デイレダント論》(《改造》, 1935 年)、大内隆雄的《魯迅と その時代》(《満蒙》, 1931 年)、郭沫若的《中国文學革命と我等のイデイオロギ》(《満蒙》, 1930 年)、大高岩的《中國新興プロレタリア文藝運動の展望》(《満蒙》, 1930 年)、辛島骁的《中國普羅列搭利亞文學の一瞥: 蔣光慈小說》(《斯文》, 1932 年)、辛島骁的《中国の笑話集》(《朝鮮与満洲》, 1932 年)、月灘的《大战以后的朝鲜文艺运动》(《东亚日报》, 1929 年)、李殷相的《十年来的朝鲜诗坛总观》(《东亚日报》, 1929 年)、春园的《对文学的二三所见》(《东亚日报》, 1929 年)、天台山人的《〈春香传〉的现代解释》(《东亚日报》, 1935 年)、天台山人的《文学革命后的中国文艺观》(《东亚日报》, 1930 年)。

的《春香传》研究往往会非常抽象和独断，甚至极易陷入封闭的自我逻辑当中。"①通过这段文字，我们可以明确李明善的学术志向：充分肯定金台俊的成就，并在前人的研究基础上进行更深入的研究。换言之，李明善在《春香传》的异本研究中，始终保持着一种对金台俊学术成就的批判性视角。

李明善虽然专攻中国现代文学，但其对朝鲜文学的研究也同样十分深入。这一事实也可以作为考察李明善与金台俊之间学术影响关系的重要线索。《朝鲜古典文学管见》是李明善在"8·15解放空间"里撰写却未能发表的文章。李明善在附件里详细地介绍了自己参考的九部论著。② 其中，李明善高度评价金台俊的《朝鲜汉文学史》和《朝鲜小说史》，其所占的篇幅也最多。对于《朝鲜汉文学史》，李明善表示："如上所述，此论著具有划时代的意义。金台俊虽为新进学者，对过去汉文学的学术素养也极为深厚。有了这一基础，他在处理朝鲜文学的问题时便可以做到游刃有余。他堪称撰写朝鲜汉文学史的不二人选。"③李明善认为，虽然金台俊是新人，但其精通旧汉文学，即中国古代文学，堪称撰写朝鲜汉文学史的最佳人选。这种观点无异于强调中文系出身的研究者在朝鲜汉文学研究方面的相对优势。这也可以说是中文系出身的李明善，对其后来选择撰写《朝鲜文学史》的一种精神自豪感。

在介绍金台俊的《朝鲜小说史》时，李明善推测金台俊写小说史的难度要大于写汉文学史。究其原因，有以下几点：第一，小说文本不易搜集和整理；第二，小说文本多为手抄本，不同的异本内容差别颇大，不易比较和分析差异；第三，小说文本没有书目，不易掌握总体规模；第四，几无可参考的先行研究；第

---

① 李明善. 春香傳과 異本問題·漢文本과 諺文本[N]. 東亞日報，1938-07-23；李明善. 李明善全集（2）[M]. 서울：보고사，2007：33-34.

② 李明善所列九种参考书有：库兰（Coréenne）著、金寿卿译，《朝鲜文化史序说》（1946年，凡章阁）；前间恭作著《鲜册名题》（影印本，京城大学藏）；朝鲜总督府编，《朝鲜图书解题》（1919年）；安自山（安廓）著，《朝鲜文学史》（1922年，韩一书店）；金台俊著，《朝鲜汉文学史》（朝鲜语文学会丛书1，1931年，汉城图书株式会社）；金台俊著，《朝鲜小说史》（文学会丛书2，1933年，清进书馆）；金在喆著，《朝鲜戏剧史》（朝鲜语文学会丛书3，1933年，汉城图书株式会社）；赵润济著，《朝鲜诗歌史纲》（1937年，东光堂书店）；郑如湜著，《朝鲜唱剧史》（1944年，朝鲜日报社）。

③ 李明善. 朝鮮 古典文學 管見[M]//李明善. 李明善全集（3）. 서울：보고사，2007：490.

五，神话与传说作为渊源在小说研究中具有重要的意义，却一直被忽略。继而，李明善对《朝鲜小说史》的学术成就做出如下评价："如上所述，金台俊凭借自己的能力克服种种难关，最终完成了小说史的撰写。关于这一成果，有人评价它过于粗略，也有人痛斥它夹带一些无稽之谈。如果想一想金台俊在完成过程中遭遇的巨大困难，这一成果就应该足够让我们满足。"①同时，李明善也指出了《朝鲜小说史》中仍需完善的部分：第一，对中国文学的接受及翻译的系统研究；第二，小说的商业化过程以及印刷本与手抄本的比较研究；第三，对几部鲜为人知的长篇小说的研究。对于第一条，李明善进一步说明道："需要谈及时，只是罗列空洞的理论，也没能清晰地阐述其前后关系。而且，中国文学对朝鲜文学的影响等无比重要的问题，多数没能得到阐明。"②李明善不愧是中文专业出身，格外关注中国文学与朝鲜文学的相互关系。例如，其在评述金在喆(京城帝国大学朝鲜语言文学系，第三届)的《朝鲜戏剧史》(1933年)时指出："过于忽视中国戏剧在朝鲜的传播与翻译③。"李明善虽然具有鲜明的民族主体意识，却一直坚守学术研究的根本——重视客观事实。

李明善认为，上述金台俊和金在喆的论著之所以不够完善，不只是因为当时的学术活动面临种种困难，同时也因为这几部论著完成于金台俊和金在喆大学毕业初期，未能经过更为充分的学术思考和凝练。因此，李明善对赵润济(京城帝国大学朝鲜语言文学系，第一届)的《朝鲜诗歌史纲》给予了极高的赞誉。《朝鲜诗歌史纲》(1937年)是赵润济潜心研究十余年的成果。但是李明善也没有一味地肯定赵润济，而是指出："首先，或许是作者(指赵润济)的学风过于厚重，受到封建的、官僚的、道学的世俗学说的影响，虽然是一个接受过新文学洗礼的年轻研究者，却缺乏令人眼前一亮的批判精神。"④作为示例，李明善列举了《朝鲜诗

---

① 李明善. 朝鮮 古典文學 管見[M]//李明善. 李明善全集(3). 서울：보고사，2007：492.

② 李明善. 朝鮮 古典文學 管見[M]//李明善. 李明善全集(3). 서울：보고사，2007：492.

③ 李明善. 朝鮮 古典文學 管見[M]//李明善. 李明善全集(3). 서울：보고사，2007：494. 李明善称："中国的元杂剧是非常发达的。对其的接受与翻译对朝鲜戏剧的发展有着极大的影响。曾经多次对《西厢记》(圣叹外书)进行过详尽注释和翻译。以元曲的方式修饰的《沈后传》(《沈清传》)、《春梦录》(《春香传》)等，都是完成度较高的例子。"

④ 李明善. 朝鮮 古典文學 管見[M]//李明善. 李明善全集(3). 서울：보고사，2007：495.

歌史纲》中丝毫没有提及青楼诗人黄真伊、轻视民谣等问题。关于轻视民谣的问题，李明善批判道："在朝鲜，甚至在文化、思想领域也受到了两班和官僚的霸权统治，导致民谣受到轻蔑。越是在这样的国家，越需要认真搜集和整理民谣，将民谣堂堂正正地安排在应有的位置上。这才是撰写文学史的人最重大的任务之一。"①此外，赵润济将"含蓄"和"素雅"列为朝鲜文学的特色。对此，李明善认为赵润济的这一观点值得商榷。同时，李明善还认为，赵润济对形式与内容的关联性的考虑欠缺，从而导致了形式与内容论述的相互脱节。概而言之，在当时的朝鲜文学研究者中，李明善最肯定的是金台俊的研究成果。这样的认同源于两人的共同点：同为中文系出身，在学术方法和思想认识等方面存在着诸多相通之处。这同样表明了学长金台俊对李明善或直接或间接的学术影响。

四、民众意识及思想谱系

上文提到，京城帝国大学第一届毕业生崔昌圭曾于 1931 年在《东亚日报》连载过一篇名为《长江万里》的长篇中国游记。崔昌圭在这篇游记中讲述了自己从上海出发，在逆长江而上的旅途中途经各城市里的所见所闻。文中随处可见作者重视中国"大众势力""民众力量"的思想倾向。例如，作者在重庆两句间的见闻：

> 重庆市的文化设施，主权掌握在军阀手中。正处于资本主义黎明期的文化设施，现状可谓杂乱无章。至少，封建主义已经处于穷途末路。那么，正处于资本主义黎明期的重庆，其发展是否会重蹈所有现代资本主义城市的覆辙？对此，笔者持否定态度。如今，新的思潮如激流般涌入重庆。大势所趋，重庆正在飞跃般发展。我相信，刚刚崭露头角的大众势力，将和这座城市一起，不，会以更快的速度发展壮大，从而在最短时间内与所有城市并驾齐驱。我断言，在此过程中发生的所有事态及其引发的矛盾与斗争，必将给我们诸多可吸取的教训。②

---

① 李明善. 朝鲜 古典文學 管見[M]//李明善. 李明善全集(3). 서울: 보고사, 2007: 496.

② 崔昌圭. 長江萬里(23)[N]. 東亞日報, 1931-09-29.

那么，可消灭军阀者，是否只有民众？反正，既然这军阀必然不可永久存在。四川军阀的末路对我们来说，将是最值得关注的事实。民众消灭军阀的过程中的实践，将给我们提供不少经验和教训。……然而，在这片封闭的别有洞天里，忙于填饱自己肚子的军阀们，他们的黄粱梦在世界之必然趋势——民众的急速觉醒下渐渐破碎。①

期待"世界之必然趋势——民众的急速觉醒"，崔昌圭的思想倾向与金台俊相同。金台俊曾强调，从历代史书中探寻历史法则或民众生活的发展样貌虽然很难，"我们也应该以犀利的现代科学之眼光，如沧海寻珠般从史书里的点点滴滴中找到它，并加以批判"②。显然，金台俊在研究朝鲜古典文学时非常注重"现代科学之眼光"，即历史唯物论和阶级论的观点。金台俊曾主张："首先，要从对各时代经济的分析出发，掌握各时代的特征，进而从人类历史发展史的共同法则中探究社会发展阶段，同时探究孕育和成长在朝鲜固有环境中的文化的特征。"③"相信民众的力量，重视时代背景和经济基础。"崔昌圭和金台俊这一思想倾向同样体现在李明善大学期间撰写的，如《春香传与异本问题》等文章中。

《春香传与异本问题》是李明善在大学时期撰写的文章中，最具体系性和学术论文性质的文章。文章首先提出了《春香传》的属性问题：《春香传》应该归入哪个分类？究竟是"艳情小说"还是"才子佳人小说"？是"宣扬民众意识的小说"还是"阶级解放小说"？李明善认为，《春香传》具备了"艳情小说"的一切构成要素，丝毫不亚于中国的《莺莺传》《霍小玉传》等文学作品，因此可以借用鲁迅的说法将其看作"才子佳人小说"。然而，《春香传》展示了"凄惨的阶级斗争"，又具有"宣扬民众意识的场面"，"因此，相比于才子佳人的风流记录，《春香传》所表现的是作为阶级解放小说的真面目。"④李明善进一步指出，要从阶级解放的观

---

① 崔昌圭. 長江萬里(25)[N]. 東亞日報，1931-10-01.

② 金台俊. 古典涉獵 隨感[N]. 동아일보，1935-02-09—16；丁海廉. 金台俊文學史論選集[M]. 서울：現代實學社，1997：255.

③ 金台俊. 古典涉獵 隨感[N]. 동아일보，1935-02-09—16；丁海廉. 金台俊文學史論選集[M]. 서울：現代實學社，1997：262.

④ 李明善. 春香傳과 異本問題·漢文本과 諺文本[M]//李明善. 李明善全集(2). 서울：보고사，2007：31-32.

点理解《春香传》，需区别和分析其汉文版和韩文版的不同异本。然而包括金台俊《朝鲜小说史》等在内的所有前人研究中，都未能充分探讨异本问题。"韩文版和汉文版的异本之间存在相当大的差异。无须赘言，其差异源于不同阶级的利益对峙。"①具体而言，他列举了"中央印书馆本"和"朴氏本"两种异本，"以颇为写实的笔触描写了平民阶级的意识形态"。这两种异本"摒弃了两班官僚的艳情小说所具有的诸多要素，阶级解放或宣扬民众意识的要素多于其他版本。……它所包含的是怎样一种意识形态，它具有多少宣扬民众意识的要素，这是最为重要的问题。"②李明善举例说明了《春香传》的异本中堪称表达阶级斗争及民众意识的几个场景并强调："这几段正是作为阶级解放小说、揭露现实问题小说所应具备的关键，也是《春香传》中最为闪亮的部分。无论是从现代的视角解释《春香传》，还是尽心尽力公演《春香传》，最需要关注的也是这几个部分。"③李明善通过分析《春香传》的异本，以实证的方式阐明了《春香传》的属性——《春香传》完全可以被评价为宣扬民众意识和阶级解放的小说。概而言之，李明善在大学时期就已经倾向于阶级史观，确立了民众意识和阶级解放思想。

在之后发表的《关于鲁迅》一文中，李明善延续了与前篇相同的立场。文章写道：《彷徨》时期的鲁迅，"将作品的题材领域逐渐从一般大众转向知识阶层，自身也陷入抑郁和消沉，鲜活的生活情感日渐稀薄。随之，他那极具写实性的笔触也流于形式主义和技巧主义，徒劳地想要以此来寻求自己的文学之道。如《幸福的家庭》《肥皂》等作品——让人联想到曼斯菲尔德的短篇小说——描写那些蛰伏在家庭中的小市民，以及他们飘忽不定的且微妙的心理描写。又如《兔和猫》《鸭的喜剧》等作品，极具技巧性地表现虚无感。"④李明善认为，从大众到知识阶层的转向是鲁迅文学的失败。《彷徨》之后的散文集《野草》，"只有灰暗的过去，

---

① 李明善. 春香傳과 異本問題・漢文本과 諺文本[M]//李明善. 李明善全集(2). 서울：보고사，2007：35.
② 李明善. 春香傳과 異本問題・漢文本과 諺文本[M]//李明善. 李明善全集(2). 서울：보고사，2007：36.
③ 李明善. 春香傳과 異本問題・漢文本과 諺文本[M]//李明善. 李明善全集(2). 서울：보고사，2007：42.
④ 李明善. 魯迅에 對하야[M]//李明善全集(2). 서울：보고사，2007：45.

毫无新生的现在，前路上只有坟墓"①。相比于之前鲁迅描写一般大众的作品，《彷徨》和《野草》是一种退步，里面"只有停滞、孤独以及虚无的世界"②。

李明善为何如此评价鲁迅文学？关于当时的中国社会局势，李明善写道："由于'创造社'事变，人心极度紧张、激动。"③可以看到，李明善颇为信赖那些提倡革命文学(无产阶级文学)的中国左翼批评家们的观点。上文曾提到，李明善将自己读过的书籍和论文目录整理成册，取名为"月浦山"。通过《月浦山(2)》所列目录可知，李明善曾集中关注和研读中国的新兴文学。其中包括金台俊1930年在《东亚日报》连载的文章《文学革命后的中国文艺观》和大内隆雄1931年刊登在期刊《满蒙》上的《鲁迅及其时代》。④ 众所周知，金台俊在《文学革命后的中国文艺观(14)》中断言："在无产阶级文艺的全盛期，鲁迅再无往日的得意，充其量只是正在没落的小布尔乔亚最后的呐喊和在野草丛生的歧路上无奈的彷徨。说鲁迅的作品不具备现代意义，丝毫不为过。"⑤大内隆雄在《鲁迅及其时代》一文中对鲁迅给予苛刻的评价。他在分析《野草》时借鉴中国左翼批评家钱杏邨的文章《死去了的阿Q时代》主张，鲁迅的人生是灰暗的，他没有能力为别人指明出路或前途，只能在彷徨中走向坟墓。李明善评价《野草》中"只有灰暗的过去，毫无新生的现在，前路上只有坟墓"，显然是借鉴了金台俊和大内隆雄的观点。当时的李明善在历史认识上已经向民众史观倾斜，在阶级立场上以民众阶级(无产阶级)为重。在此思想基础上，李明善接受和借鉴金台俊和大内隆雄对鲁迅的批评，并以此为基础确立了自己对鲁迅的理解。

在与《关于鲁迅》同一时期发表的《现代中国的新进作家》中，李明善延续了一贯的立场，在介绍中国现代新进作家的作品时，注重作品对民众的描写。如在评价周文的作品时，其表示："作者丰富的农村生活体验和军队生活体验，直接作用于作品当中，使得作品更加深刻和多彩。这是那些所谓的'精英'所不具备

---

① 李明善. 魯迅에 對하야[M]//李明善全集(2). 서울：보고사，2007：45.
② 李明善. 魯迅에 對하야[M]//李明善全集(2). 서울：보고사，2007：45.
③ 李明善. 魯迅에 對하야[M]//李明善全集(2). 서울：보고사，2007：45.
④ 김준형. 길과 희망：李明善의 삶과 문학 세계[M]//李明善. 李明善全集(4). 서울：보고사，2007：505-506.
⑤ 天台山人(金台俊). 文學革命 後의 中國文藝觀(十四)：創作界의 一瞥，主로 小說[N]. 東亞日報，1930-12-04.

的，周文所独有的特长。"对于蹇先艾的作品《盐的故事》，李明善评价道："虽不无英雄主义之嫌，却深刻地揭露了中国的军阀及与之勾结的商贩们对大众的残酷剥削。"关于端木蕻良的《浑河的急流》，李明善介绍道："村民们从绝望的深渊中爬起来，最终团结一致，组织起义。"①可以说，李明善在"8·15 解放空间"里撰写《朝鲜文学史》时，强调民众的概念绝非偶然。同时，李明善在《朝鲜文学史》中批判《洪吉童传》，也是基于民众的概念做出的评价。"不得不说，洪吉童被自己的儒教意识形态所牵绊，盲目敌视佛教和寺院。他将本应指向两班官僚的矛头，指向了同为被压迫者的贱民和僧侣，还轻举妄动，在毫无必要的情况下显露能耐"②，"这表明，作者许筠在思想上根本就没有摆脱儒教。他对社会抱有不满情绪，不是因为他站在人民大众的立场上，而是源于他在政治上的不走运。"③概而言之，李明善以阶级史观为基础的民众意识与崔昌圭、金台俊有着直接或间接的关联。认识李明善的学术、思想倾向，必须从京城帝国大学中文系同门之间的思想谱系入手。

需要特别指出的一点是，在阶级史观下开展的学术活动，会促使研究者走上激进的社会实践运动道路。1934 年，金台俊出版了《朝鲜歌谣集成》，1939 年出版了《青丘永言》和《高丽歌词》。此后，金台俊再无独立完成的论著，反而转向朝鲜历史与文化的研究。④ 同时，金台俊逐渐从纯学术研究转向社会实践运动。例如，1940 年 5 月，金台俊以京城帝国大学讲师的身份参加了"京城 Com-group（京城朝鲜共产党重建委员会）"。⑤ 其实，金台俊的社会活动早有先例。1934

① 李明善. 現代支那의 新進作家[N]. 每日新報, 1938-12-11；李明善. 李明善全集(2)[M]. 서울：보고사, 2007：49-52.
② 李明善. 朝鮮文學史[M]//李明善全集(3). 서울：보고사, 2007：254.
③ 李明善. 朝鮮文學史[M]//李明善全集(3). 서울：보고사, 2007：255.
④ 김용직. 김태준 평전[M]. 서울：일지사, 2007：229-230. 金台俊在此期间撰写的文章有：《大院君书院毁撤令之意义》(《新兴》, 1935 年 5 月)、《真正的丁茶山研究之路》(《朝鲜中央日报》, 1935 年 9 月)、《朝鲜历史的变迁过程》(《朝鲜日报》, 1935 年 6 月 16-20 日)、《秋夕与乡村》(《朝鲜中央日报》, 1935 年 9 月)、《檀君神话研究》(《朝鲜中央日报》, 1935 年 12 月 6-14 日)、《史学研究的回顾、展望、批判》(《朝鲜中央日报》, 1936 年 1 月 1-29 日)、《乐浪遗迹之意义》(《三千里》, 1936 年 4 月)、《朝鲜民乱史话》(《朝鲜中央日报》, 1936 年 5 月 27-7 月 4 日)、《箕子朝鲜辨》(《中央》, 1936 年 5 月)、《对原朝鲜人的考察》(《四海公论》, 1936 年 7 月)、《新罗花郎制度之意义》(《新兴》, 1937 年 1 月)。
⑤ 김용직. 김태준 평전[M]. 서울：일지사, 2007：287-288.

年，以京城帝国大学的三宅教授为中心成立了反帝同盟。当时，金台俊也曾因此受到牵连而接受调查。如此激进的社会实践活动必然会给李明善带来不利的影响。1940 年，李明善大学毕业。同年 7 月和 8 月，李明善以"李鲁夫"为笔名发表了《现代中国的女性作家》(《朝鲜日报》、1940. 7. 5)、《周作人论》(《人文评论》、1940. 8)；11 月以"鲁夫"为笔名翻译并发表了中国现代作家老舍的短篇小说《开市大吉》(《人文评论》)。之后直到 1945 年解放，李明善几乎没有发表文章。众所周知，日本帝国主义曾宣布"战时动员体制"，并于 1940 年 10 月组建了"国民总力朝鲜联盟"，并颁布和实施了"朝鲜思想犯预防拘禁令"(1941. 2. 12)、"大东亚共荣圈建设"(1942. 1. 20)、"朝鲜食粮管理令"(1943. 8)等一系列措施，企图全面控制和压迫朝鲜的政治、经济、社会、文化等各领域。由此可见，李明善停笔的原因应该与日本帝国主义的控制与压迫有关。日本帝国主义对左翼思想家的迫害尤为残酷。1941 年初，金台俊因参加"京城 Com-group"、开展地下活动而被捕入狱，这给李明善带来了极大的冲击。

五、京城帝国大学中国语文学系的课程与鲁迅研究

毕业于京城帝国大学中文系的朝鲜人原本就不多，而其中，开展学术活动并在报纸杂志上发表文章的也只有崔昌圭、金台俊、车相辕、裵澔、李明善等几人。崔昌圭是第一届学生，1924 年进入预科，1929 年 3 月本科毕业；金台俊是第三届学生，1926 年进入预科，1931 年 3 月本科毕业；车相辕是第八届学生，1931 年进入预科，1936 年 3 月本科毕业；裵澔是第十届学生，1933 年进入预科，1938 年本科毕业；李明善是第十一届学生，1934 年进入预科，1940 年 3 月本科毕业。[1] 从他们的毕业论文题目中可以窥探出他们在大学期间关注的学术领域。根据现有资料可知，崔昌圭的毕业论文是《元曲研究》[2]，金台俊的毕业论文题目为《盛明杂剧研究》[3]，车相辕的毕业论文题目为《三侠五义研

---

[1]　이충우·최종고.다시보는 경성제국대학[M].서울：푸른사상，2013：부록：조선인 입학생 명단.

[2]　崔昌圭在当时京城帝国大学朝鲜人学生创办的刊物《新兴》第 2 期上发表了一篇题为《元曲楔子考》的文章，应该与他的毕业论文有关。

[3]　靑丘學會.京城帝國大學法文學部卒業論文[J].靑丘學叢，1931(4)：186.

究》《清末民初的文艺》①，李明善的毕业论文题目为《鲁迅研究》。当时中文系学生的毕业论文选题多与中国小说、戏剧或中国近现代文学有关。这一选题倾向应该与时任京城帝国大学教授的日本人辛岛骁有关。辛岛骁承担的课程是"中国语文学讲座"，主要讲授中国小说、戏剧、中国近现代文学。

若想确认这一影响关系，需要考察 20 世纪 30 年代京城帝国大学法文学部开设的有关中国文学的课程。《青丘学丛》曾刊登京城帝国大学法文学部开设的科目名称。其中，哲学系、史学系、文学系开设的与东方文化相关的课程题目及教授如下表。课程名称后括号里的数字表示每周的时数。

年 度	课 程 名 称	主 讲 教 授
1931 年②	中国近代文学概论(2)	辛岛骁(助教授)
	中国戏剧讲读(2)・盛明杂剧第一集	辛岛骁(助教授)
	中国小说演习(2)	辛岛骁(助教授)
	中国古文辞说(2)	田中丰长(教授)
	文选讲读(3)	田中丰长(教授)
1932 年③	中国文学史(2)	田中丰长(教授)
	中国剧与小说的关系(2)	辛岛骁(助教授)
	中国文学讲读演习(2)白雨斋词话	辛岛骁(助教授)
	中国文学史演习(2)中国文学进化史	辛岛骁(助教授)
1933 年④	中国文学概论(2)	辛岛骁(助教授)
	中国新文学运动的回顾	辛岛骁(助教授)
	元曲演习(2)	辛岛骁(助教授)
	诗经讲读演习(2)	藤冢邻(教授)
	汉诗讲读(3)	田中丰长(教授)

① 青丘學會. 昭和十年度 京城帝國大學法文學部卒業論文[J]. 青丘學叢，1936(23)：174.

② 青丘學會. 京城帝國大學法文學部卒業論文[J]. 青丘學叢，1931(4)：187.

③ 青丘學會. 京城帝國大學法文學部卒業論文[J]. 青丘學叢，1932(8)：205.

④ 青丘學會. 京城帝國大學法文學部卒業論文[J]. 青丘學叢，1933(12)：196.

续表

年　度	课 程 名 称	主 讲 教 授
1934 年①	中国文学史概说(2)	辛岛骁(助教授)
1935 年②	中国文学概论(2)	辛岛骁(助教授)
	中国小说解题(2)	辛岛骁(助教授)
	杂剧演习(2)	辛岛骁(助教授)
1936 年③	中国文学史概说(2)	辛岛骁(助教授)
	明代杂剧研究(2)	辛岛骁(助教授)

由上表可知，与中国文学相关的课程多数由辛岛骁讲授。除了"中国文学史概说""中国文学概论"等基础课程外，辛岛骁还讲授中国小说、戏剧、中国近现代文学等专修课程。④ 可以说，辛岛骁讲授的课程是中文系学生的必修课。因而，他们在决定毕业论文选题时，自然也会受到辛岛骁的影响。

李明善的毕业论文《鲁迅研究》，显然与辛岛骁讲授的课程有关。李明善就读京城帝国大学期间，即 1937—1940 年 3 月(本科三年级是 1939 年，以撰写毕业论文为主，未听取课程)辛岛骁的讲义内容，目前已无从查证。由于《青丘学丛》在 1937 年 7 月日本帝国主义全面侵华并启动"战时动员体制"之后便停刊了。但是根据上表可以推断，辛岛骁的主讲课程应该还是中国小说、戏剧及中国近现代文学等。同时，辛岛骁还是李明善毕业论文的指导教师，因此必然会影响其毕业论文的选题。

通过上述表层关系，我们有必要进一步确认李明善与辛岛骁之间更为根本且深层的影响关系。李明善为何会选择鲁迅作为研究对象？根据《李明善全集》的编纂者金俊亨的研究可知，李明善曾研读过辛岛骁的文章——《中国无产阶

---

① 青丘學會. 京城帝國大學法文學部卒業論文[J]. 青丘學叢，1934(16)：128.
② 青丘學會. 京城帝國大學法文學部卒業論文[J]. 青丘學叢，1935(20)：196.
③ 青丘學會. 京城帝國大學法文學部卒業論文[J]. 青丘學叢，1936(24)：200.
④ 根据金台俊学籍上的听讲科目，可以推定 1928、1929 年度京城帝国大学中国语文学系开设的科目；1928 年度(本科第一学年)听讲的科目有"中国文学讲读""中国戏曲""中国文学讲读·中国小说""中国文学讲读""中国文学史""中国文学演习"；1929 年度(本科第二学年)听讲的科目有"中国文学概论""中国文学讲读·元曲""中国文学特别讲座·明曲概说"。

级文学一瞥：蒋光慈小说》(1932年)、《中国笑话集》(1932年)、《国民政府的文化政策与中国文坛的动向》(1935年)、《中国农民文学与青年作家艾芜》(1939年)等。金俊亨指出："李明善在辛岛的课内发表的文章《萧军》，后来经过修改，以《中国新进作家萧军的风格》为题发表在《每日新报》上。在辛岛的影响下，李明善对中国文学的关注程度也日渐加深。后来，李明善见到了他一生敬爱且视为楷模的鲁迅。李明善与鲁迅的会面，显然也源于辛岛的影响。"①为证明辛岛骁对李明善的绝对影响，金俊亨曾引用了历史学家金圣七日记中的一段话。"在我们看来，李明善与其说是辛岛——我们念书时中国文学系研究室里的日本人当中也是最大的恶人——的助手，不如说是打杂的伙计。在研讨会之类的场合里，他自始至终张着大嘴。那副模样，令我们颇为难堪。"②李明善在京城帝国大学期间曾任辛岛骁的助手，因此辛岛骁对李明善的影响不可谓不大。

即便如此，也没有必要急于断定李明善对鲁迅的关心完全源于辛岛骁的影响。正如金圣七的回忆，辛岛骁当时被京城帝国大学的朝鲜学生视为"日本人当中最大的恶人"。鉴于李明善在大学时期已经表现出鲜明的知识分子认同性及民族主体意识，很难说他关注鲁迅是受到辛岛骁影响的结果。李明善是一个阶级史观鲜明的朝鲜学生，辛岛骁选用李明善担任自己的助手，难免有欲盖弥彰之嫌。从辛岛骁的行为和周边人物的评价来看，也不无存在这种可能。日本帝国主义施行所谓"战时动员体制"之后，辛岛骁组建了"朝鲜文人协会"，并积极开展迎合日本帝国主义"国策"宣传的活动。冈本滨吉在《城大教授评判记(三)》中评价辛岛骁称："他讲授中国文学史、中国小说、楚辞等，却有不少人说他不是左翼，而是法西斯。甚至有人说，无论怎样摆出看似同情左翼的姿态，从根本上讲他就是一个反动家。"③归根结底，李明善对鲁迅的关注，还需从他与中文系学长们之间的思想、学术影响关系中加以分析。

① 김준형. 길과 희망：李明善의 삶과 문학 세계[M]//李明善. 李明善全集(4). 서울：보고사, 2007：504.
② 김준형. 길과 희망：李明善의 삶과 문학 세계[M]//李明善. 李明善全集(4). 서울：보고사, 2007：502；정병준 해제.김성칠.역사 앞에서[M]. 서울：창작과비평, 2009：107-108.
③ 岡本濱吉. 城大教授評判記(三)[J]. 朝鮮及滿洲, 1937(4)：60-61.

辛岛骁在京城帝国大学任职时期，未曾发表专门研究鲁迅的文章①。辛岛骁曾先后三次拜访鲁迅，时间分别为1926年8月、1929年9月、1933年1月。正如本书第五章中所述，辛岛骁在第三次访问鲁迅后，再未与鲁迅交流，也再未关注鲁迅的文学活动。金俊亨认为，以1938年暑假为界，李明善前后期的学术活动发生了巨大的变化。"虽然继续热衷于搜集口传资料或古典资料等活动，但是李明善不再是一个稚气未脱的大学生，而是颇为成熟的研究者。同时，李明善的写作原本以教养和培养为焦点，之后将首要的关注点转移到中国文学上。"②继而，金俊亨主张，发生这一变化的原因是李明善与辛岛骁的交往。"这一问题尚无明确的答案。唯有一点可以断定，那就是李明善当时遇到了一生中对他影响最大的老师——辛岛骁。"③金俊亨认为，李明善入读中文系后，是在辛岛骁的指导下主修了中国现代文学。李明善就读京城帝国大学期间，辛岛骁以1928年至1931年的中国文坛为研究对象，完成了其博士论文《中国现代文学的研究：从国共分裂到上海事变》。这篇论文于1938年10月19日完稿，翌年1月作为博士学

---

①　辛岛骁在京城帝国大学任职时期撰稿给《朝鲜与满洲》杂志的文章有：《中国の新しい文藝に就て》(1930年1、2月，第266、267号)、《新しい中国の文藝に就て》(1930年3月，第268号)、《中国の犯罪文》(四、五、六、八)(1931年2、5、6、7、11、12月，第279、282、283、284、288、289号)、《中国の笑話集》(1932年1月，第290号)、《日本文學より中国文學へ》(1932年2月，第291号)、《北京观劇記》(1932年5月，第294号)、《中國作家と東京》(1932年10月，第299号)、《中国と朝鮮の新劇》(1933年3月，第304号)、《北平印象記》(1933年6月，第307号)、《周作人氏と現代中国》(1934年9月，第322号)、《修学旅行》，1935年4月，第329号)、《中国の夏游の思出》(1935年8月，第333号)、《现代中国社會の一面》(1935年11月，第336号)《现代中国小說〈最後の列車〉》(1936年3月，第340号)、《现代中国の小說·丁玲の〈母親〉》(1936年7月，第344号)、《中国事變を語る座談會》(1937年11、12月，第360、361号)、《中国事變を語る座談會》(1938年1月，第362号)、《中国教育小說》(1938年8月，第369号)、《中国教育小說》(1938年9月，第370号)、《中国教育小說》(1938年11月，第372号)、《中国人观》(1938年12月，第373号)、《中国軍と中国を語る座談會》(1939年2、3月，第375、376号)、《现代中国の文壇》(1939年5月，第378号)、《"椿姬"と"不如歸"》(1939年9月，第382号)、《映畫教育の施設を急げ》(1940年8月，第393号)。(郑根殖，等.殖民权力和近代知识：京城帝国大学研究[M].首尔：首尔大学出版文化院.2011：435-436.)
②　김준형.길과 희망：李明善의 삶과 문학세계[M]//李明善.李明善全集(4).서울：보고사，2007：501.
③　김준형.길과 희망：李明善의 삶과 문학세계[M]//李明善.李明善全集(4).서울：보고사，2007：502.

位论文提交到东京帝国大学。① 由此可以认为，李明善关注中国文学的初始动机来自辛岛骁的学术影响。然而，李明善在当时也已经开始关注鲁迅和中国现代文学。如在《〈春香传〉与异本问题》一文中积极借用鲁迅常用的词语，又如其关注金台俊的学术成果并批判性地加以探讨。李明善从阶级解放的观点阐释了《春香传》，这在很大程度上借鉴了金台俊的观点。李明善第一篇研究鲁迅的文章——《关于鲁迅》也参考了金台俊撰写的《文学革命后的中国文艺观》等文章。换言之，对于李明善在现代学术研究方法和中国现代文学的启蒙方面而言，虽然指导教师辛岛骁的影响不可忽略，但是就李明善的思想倾向来说，他关注鲁迅乃至选择研究鲁迅作为自己毕业论文的选题的最根本原因，还是来自以金台俊为主的京城帝国大学中文系的学长们的思想及学术影响。

---

① 辛島昇. 解說[M]//. 中國現代文學の研究：國共分裂から上海事變まで. 東京：汲古書院，1983：449.

第九章　李明善的鲁迅批评与其对鲁迅文艺立场的接受

一、李明善的鲁迅研究及两个阶段

作为中国现代文学研究者，李明善发表的第一篇文章以鲁迅为主题，本科毕业论文也是《鲁迅研究》，这在当时堪称特例。李明善有关中国现代文学及鲁迅的文章，在大学以及刚刚毕业时期的论文与 1945 年"8·15"解放以后的论文有着显著的区别。自 1937 年 4 月入读京城帝国大学本科学习中国现代文学起，至 1940 年 3 月毕业为止，李明善先后发表了包括毕业论文在内的 5 篇文章。其中有 3 篇是在他毕业后的 1940 年年内发表的。有关中国现代文学的第一篇文章《关于鲁迅》(1938.12.5) 发表于本科二年级末期，同一时期还发表了《现代中国的新进作家》(1938.12.11) 和《中国新进作家萧军的风格》(1939.2.19)，一年后即 1940 年初，李明善提交毕业论文《鲁迅研究》，并发表了《鲁迅的未完成作品》(1940.1) 一文。毕业后的 1940 年 7 月和 8 月，李明善以"李鲁夫"为笔名发表了《现代中国的女性作家》和《周作人论》，同年 11 月又以"李鲁夫"为笔名翻译和发表了老舍的短篇小说《开市大吉》的译作。①关于"李鲁夫"或"鲁夫"系李明善的笔

---

① 将李明善有关中国现代文学及鲁迅的文章，按时间先后排列如下：《关于鲁迅》(《朝鲜日报》，1938 年 12 月 5 日)、《现代中国的新进作家》(《每日新报》，1938 年 12 月 11 日)、《中国新进作家萧军的风格》(《每日新报》，1939 年 2 月 19 日)、《鲁迅研究》(京城帝国大学学士学位论文，1940 年 1 月)、《鲁迅的未完成作品》(《批判》第 11 卷 1 号，1940 年 1 月)、《现代中国的女性作家》(李鲁夫，《朝鲜日报》，1940 年 7 月 5 日)、《周作人论》(李鲁夫，《人文评论》，1940 年 8 月)、《开市大吉》(老舍著、鲁夫译，《人文评论》，1940 年 11 月)、《中国的女性解放》(《生活文化》创刊号，1946 年 1 月)、《中国现代短篇小说选集》　　(转下页)

名，学界一直以来无人指出。在此，笔者要正式加以确认。

根据迄今为止的调查结果显示，李明善在1941—1945年"8·15"解放期间没有在刊物上发表过文章。一直到1946年1月，李明善才发表了《中国的女性解放》。不久，首尔大学建校，李明善担任中文系教授，开始全面开展中国现代文学研究，进而将其延伸到韩国的现实问题。为此，他开始谈论中国的女性解放问题，阐述中国"新文学运动"的得失。他拟将中国文学作为韩国民族文学建设的他山之石。因此，他揭露中国"民族主义文学"的负面性，积极地介绍中国抗战文学论战，即"国防文学"与"民族革命战争中的大众文学"之间的论战。同时，他将鲁迅的杂文视为"勇敢地反抗中国当局文化镇压"[①]的记录，通过其阐明鲁迅的"战斗的批判精神"。此外，李明善还曾撰文纪念鲁迅夫人许广平不屈的抗日精神。概而言之，在日本帝国主义败亡后的"8·15解放空间"里，李明善在介绍中国现代文学及鲁迅文学的同时，始终没有忘记韩国在当时所面临的问题。也就是说，李明善的鲁迅文学研究大致可分为两个阶段：其一是就读于京城帝国大学的时期，其二是担任首尔大学教授的时期。在首尔大学任职的时期，李明善对中国现代文学研究既是学术活动，同时也具有社会实践活动的意义。

二、早期的鲁迅批评及《中国现代短篇小说选集》的翻译

李明善在"8·15解放空间"之前共发表了八篇有关中国现代文学的文章，其中的三篇是关于鲁迅的文章。第一篇是《关于鲁迅》，虽然是短评（小论文），却能够证明李明善在把主攻方向定为中国现代文学之后，首选的关注对象就是鲁迅。1938年至1939年初，李明善本科二年级期间，就在各种刊物上发表了多

（接上页）（宣文社，1946年6月）、《中国新闻学革命的教训》（《文学》创刊号，1946年1月）、《民族文学与民族主义文学》（《新朝鲜》，第4号，1947年2月）、《中国的抗战文学：
"国防文学"与"民族革命战争的大众文学"的论争》（《文学评论》，1947年6月）、《救国文学与国防文学》（李鲁夫，《朝鲜中央日报》，1938年6月）、《鲁迅的文学观：关于文学批评》
（《文学》，第8号，1948年第6期）、《鲁迅夫人景宋女士履历》（《新女苑》创刊号，1949年3月）、《鲁迅杂文选集》（完稿未出版，1949年5月）。

① 李明善. 鲁迅의 文學觀：文藝批評에 對하야[M]//李明善全集（2）. 서울：보고사，2007：131.

篇文章，由于三年级时要撰写毕业论文，故 1939 年没有发表任何作品。而李明善的毕业论文《鲁迅研究》因已失传，其具体内容不得而知，甚是可惜。1940 年 1 月刊登在《批判》杂志上的《鲁迅的未完成作品》，由于发表时间与提交毕业论文的时间相近，推测应该是李明善在撰写毕业论文过程中撰写的文章。因此，通过《关于鲁迅》和《鲁迅的未完成作品》，可以窥探大学时期的李明善对鲁迅的认识。

　　值得注意的是，李明善对鲁迅的认识在《关于鲁迅》和《鲁迅的未完成作品》中有着不小的差异。在《关于鲁迅》一文中，李明善首先指出，鲁迅的文学活动所迈出的第一步是以"为人生的文学、为社会的文学"为目标的，"这是鲁迅在写于 1933 年的《我怎么做起小说来》和《大鲁迅全集》(改造社版)序文中的自我告白。"①李明善强调，鲁迅早期的文学活动植根于"人道主义"。因此在评价《呐喊》时指出："这些小说如同其书名《呐喊》，挑战封建思想与习惯，毫不留情地对其加以最辛辣的讽刺和嘲笑。举世闻名的《阿 Q 正传》也写于那时。可以说，主人公阿 Q 是中国的封建思想与习惯的人格化体现。"②李明善继而指出，鲁迅当初创作的是"为人生的文学"，而到了《彷徨》中的作品，则逐渐转向"为文学的文学"，"题材从一般大众逐渐转向知识阶级，陷入忧郁和沉滞"。李明善还批评道："在歧路上彷徨的鲁迅停下疲劳的双足，毫无理想和希望，唯有对过去的回忆、疑惑以及沉滞、孤独、虚无的世界。"③如上文所述，李明善对《彷徨》时期鲁迅的否定与中国的左翼批评家钱杏邨在《死去了的阿 Q 时代》一文中表达的观点一脉相承。金台俊的《文学革命后的中国文艺观》及大内隆雄的《鲁迅及其时代》等文章中都包含有类似的观点。"'阿 Q 的时代已经远去，早已成为往事。我们必须了解我们的时代，去埋葬阿 Q。'文坛上有人如此呐喊。"④李明善对鲁迅的最终评价近乎苛刻："至此，往日的第一线干将鲁迅，不得不发现自己悲惨的状态——落后于时代的残兵败将。"⑤当然，李明善也没有全盘否定鲁迅，而是简单地介绍了鲁迅在革命文学论战之后的思想转变。李明善表示，鲁迅后来彻底摆脱

①　李明善. 魯迅에 對하야［M］//李明善全集(2). 서울：보고사，2007：44.
②　李明善. 魯迅에 對하야［M］//李明善全集(2). 서울：보고사，2007：44.
③　李明善. 魯迅에 對하야［M］//李明善全集(2). 서울：보고사，2007：45.
④　李明善. 魯迅에 對하야［M］//李明善全集(2). 서울：보고사，2007：45-46.
⑤　李明善. 魯迅에 對하야［M］//李明善全集(2). 서울：보고사，2007：46.

小市民意识，毕生奋斗在中国文学运动的第一线。尽管如此，李明善还是认为，鲁迅虽然回归到为人生的文学、为社会的文学，却因为中国社会的巨变，已经无法坚持以往的人道主义方向。同时，作为小说家的鲁迅，由于"疲于奔命，连一部值得关注的小说都没能写出"。①李明善强调的是鲁迅的命运——虽竭尽全力，却终究无法适应中国的时代变化。

然而我们可以发现，相比于李明善在大学时发表的《鲁迅的未完成作品》，他在《关于鲁迅》一文中刻画的鲁迅形象已经有了不少变化。前者中的鲁迅是"残兵败将"，后者则凸显鲁迅的"战士"形象。李明善在《鲁迅的未完成作品》一文的开篇处指出，鲁迅在发表《呐喊》《彷徨》两部短篇小说集之后，除了几部历史小说之外，直到最后也没有专注于文学创作，而是全力发表杂文（或社会时评）。李明善所关注的是鲁迅后期创作活动的核心体裁——杂文。他首先介绍两篇鲁迅在去世前夕（1936 年 10 月 19 日）创作的两篇杂文《死》和《女吊》，旨在强调鲁迅的"战士"形象。《死》写于 9 月 5 日，《女吊》写于 9 月 20 日，是鲁迅在病床上每天必须打针治疗的情况下完成的。想来，即便是一生都在战斗的战士，在死亡临近之时思考的问题也是死亡，梦想幼年时在老家观看的室外剧中的女吊。《死》中含有鲁迅那著名的七条遗嘱，发出了充满战斗精神的宣言——至死也不会饶恕敌人。"②之后，李明善简单地阐述鲁迅计划在《死》和《女吊》之后完成的两篇杂文《母爱》和《穷》。李明善还详细地介绍了鲁迅未能完成的三部长篇小说。第一部是历史小说，描写唐代的文明。对此，李明善评价道："鲁迅计划这部作品是很久以前的事情。他当时疲于呐喊，任由彷徨，可谓人生中最消极、陷入虚无感最深的时期。在那样的时期策划历史小说，与胡适假借国故整理的美名谋求逃避如出一辙。我认为两者都不是值得肯定的倾向。"③这部历史小说指的是鲁迅曾计划撰写的长篇小说《杨贵妃》。李明善的这一评价与《关于鲁迅》中的观点一脉相承。而在介绍鲁迅在晚年策划的"一部类似于中国近代知识分子年代史的长篇"时，李明善对鲁迅给予了高度评价，称赞他具有"不屈不挠的战斗精神"。李明善介绍说，该作品旨在描绘中国四代知识分子的形象：以章太炎等为代表的第

① 李明善. 鲁迅에 對하야[M]//李明善全集(2). 서울：보고사，2007：46-47.
② 李明善. 鲁迅의 未成作品[M]//李明善全集(2). 서울：보고사，2007：56.
③ 李明善. 鲁迅의 未成作品[M]//李明善全集(2). 서울：보고사，2007：58.

一代，鲁迅所处的第二代，瞿秋白所在的第三代，以及 20 世纪 20 年代的知识分子为第四代。李明善指出，鲁迅的作品虽然多以农民、工人、女佣等为题材，而他所更为关注的是读书人，并且以他们为作品的题材。

> 在那一部计划撰写的长篇中，试图通过一个读书人大家庭的衰败过程，让各类知识分子总动员，以揭示 60 年来中国社会的变迁，记录知识阶层的真实的历史，可谓唯有亲历自章太炎以来的四代知识分子时代的鲁迅才能写就。仅凭此作品的流产，鲁迅之死就堪称不可弥补的莫大损失。鲁迅身患不治之症，受尽折磨，却在病床上策划如此鸿篇巨著，他那不屈不挠的战斗精神，令人叹服不已。①

记录近 60 年来中国知识分子阶层真实的历史，唯有鲁迅堪当此任。李明善一直以来也在思考知识分子的问题，鲁迅之死无疑是令他无比惋惜的"莫大损失"。李明善还介绍了鲁迅的长篇小说《红军西征记》的写作计划。鲁迅的计划是在这部小说中描述从江西到陕西的红军长征。李明善写道，为完成这部作品，鲁迅"亲自到当地调查并搜集大量材料"，"最近获悉，这一计划由别的作家继续完成。想必鲁迅也会在九泉之下也会感到欣慰"。②鲁迅计划完成一部描述红军活动的作品，李明善肯定这一计划，间接对鲁迅的思想转变给予了肯定。

概而言之，李明善在撰写毕业论文《鲁迅研究》的过程中得以对鲁迅有了更深层的认识，于是在《鲁迅的未完成作品》中重又将鲁迅塑造为"战士"。在当时有人指责晚年的鲁迅疏于创作的情况下，李明善详细介绍鲁迅的几部未完成作品，显然是在肯定鲁迅的晚年。综上所述，李明善的毕业论文《鲁迅研究》的主要研究对象，应该是《彷徨》《野草》之后的鲁迅文学，即鲁迅向左翼文学阵营的转变以及杂文创作。

至此，有必要探讨李明善于 1946 年 6 月翻译、出版的《中国现代短篇小说选集》。此书序言的落款为"1946 年 5 月 5 日，于首尔大学研究室，译者"。可见，这是李明善在首尔大学任职期间的译著。《中国现代短篇小说选集》全书共两部：

---

① 李明善. 鲁迅의 未成作品［M］//李明善全集(2). 서울：보고사，2007：58.
② 李明善. 鲁迅의 未成作品［M］//李明善全集(2). 서울：보고사，2007：59.

第一部收录有蒋光慈的《鸭绿江上》、郭沫若的《牧羊哀话》及《鸡之归去来》；第二部收录有鲁迅的《故乡》、老舍的《开市大吉》、巴金的《复仇》、叶绍钧的《赤着的脚》。李明善在《现代中国的新进作家》一文中写道："由于读不到当地的刊物，对中国现代文学，尤其是最近的文学全然不知。仅仅凭借文化生活出版社的数十卷《文学丛刊》和几本日文译本的小说（此外别无材料），哪怕只是勾勒中国现代文学的轮廓，也是一件颇为困难的事情。"①

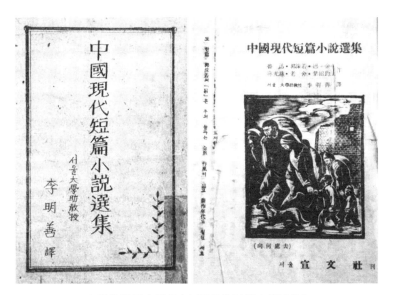

李明善翻译出版的《中国现代短篇小说选集》

由此可见，李明善在学习中国文学的过程中，除中文原作之外，还曾参考日文译作。在《中国新进作家萧军的风格》一文中，李明善介绍了萧军的两部短篇小说集《羊》《江上》收录的作品题目时写道："其中，《羊》刊登在《改造》上，《同行者》刊登在《文艺》上。两部作品均作为中国小说的杰作得到译介，大约在两三

---

① 李明善. 现代支那의 新進作家[M]//李明善全集(2). 서울：보고사，2007：48.《文学丛刊》是巴金担任文化圣后出版社总编辑之后在鲁迅、郭沫若的帮助下于1935年末至1949年期间编辑、出版的文学丛书。此丛书以20世纪20年代以来青年作家的作品为主，包含诸多青年作家的处女作或成名作，如鲁迅的《故事新编》、曹禺的戏剧《雷雨》《日出》以及卞之琳的《鱼目集》、臧克家的《运河》等诗集，短篇小说集有艾芜的《南行记》、萧军的《羊》、芦焚（师陀）的《谷》、巴金的《神·鬼·人》《发的故事》等，散文集有悄吟（萧红）的《商市街》等。丛书所收录的作家多为左翼作家或进步作家。

年前刊登。"①文章还介绍了萧军的长篇小说《第三代》是由小田狱夫翻译并作为《大陆文学丛书》的第二卷出版的。李明善积极参考中国现代小说的日文译作由此可见一斑。此外，李明善特意提到萧军以满洲为背景的作品，认为那些作品一定会令韩国人感兴趣，原因是韩国人与满洲有着诸多渊源。"毫无疑问，他在现代中国文坛是最活跃的作家，拥有众多读者。况且他作为满洲出身的作家，以最鲜活的笔触生动地描绘出满洲的马贼、军阀、农民、流浪者、工人等各类人的生活与性格。我们这些与满洲渊源颇多的人阅读他的作品，必定会有更多兴趣。"②《中国现代短篇小说选集》第一部中的三部作品均为以朝鲜作为素材的小说。如此安排显然也是有意而为之，体现出李明善对中国现代文学与韩国的关联所给予的关注和重视。

李明善在《中国现代短篇小说选集》的目录后面附上了一篇《解说》，简略地介绍了所收录的作品。关于选集的最后一篇作品——叶绍钧的《赤着的脚》，李明善写道："近日，第二次国共合作正取得更多进展。回顾这部作品，意在纪念第一次国共合作。"③ 1924 年，在孙文的主导下中国共产党和国民党实现了第一次国共合作。1927 年，蒋介石发动"4·12 政变"，假借"清党"之名，在国民党内部清除共产党，第一次国共合作因此而决裂。《赤着的脚》以第一次国共合作为时代背景，刻画了孙文等主要人物。后来以 1936 年的"西安事变"为契机，中国国内要求一致抗日的呼声高涨，蒋介石不得不接受第二次国共合作。1941 年 1月初，国民党军队制造"皖南事变"，对共产党的"新四军"发起突然袭击，第二次国共合作戛然中止。从"第二次国共合作正取得更多进展"这段描述可以看出，《中国现代短篇小说选集》的部分作品的翻译及《解说》在 1940 年时就已经完成。在作品集的序言中，关于第二部中收录的老舍、巴金、叶绍钧等作家，李明善写道："熬过残酷且漫长的抗战，受尽磨难却无一落伍。"④《序言》写于作品集出版之际，即 1946 年 5 月 5 日，提到了中国的抗战胜利和日本的战败。综上，《中国

---

① 李明善. 支那의 新進作家 蕭軍의 作風[M]//李明善全集(2). 서울: 보고사, 2007:
54.

② 李明善. 支那의 新進作家 蕭軍의 作風[M]//李明善全集(2). 서울: 보고사, 2007:
54-55.

③ 李明善 譯. 解說[M]//中國現代短篇小說選集. 서울: 宣文社, 1946: 6.

④ 李明善 譯. 序言[M]//中國現代短篇小說選集. 서울: 宣文社, 1946: 1.

现代短篇小说选集》的翻译工作以及"解说"在 1940 年就已经完成。当时，李明善刚刚从京城帝国大学毕业，也是中国的第二次国共合作正在进行当中。

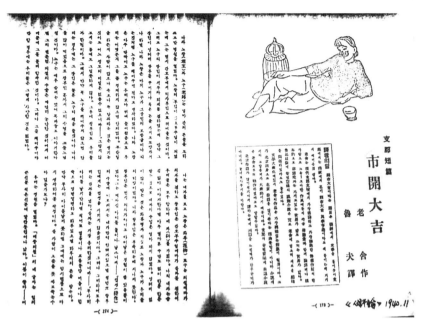

李明善翻译的老舍短篇小说《开市大吉》(《人文评论》1940.11)

　　还有资料可以证明这一点。1940 年 11 月号《人文评论》杂志上刊登有老舍的短篇小说《开市大吉》，译者为"鲁夫"。同样的作品在李明善的《中国现代短篇小说选集》中也有收录。前者的《译者语》与后者的《解说》，内容大同小异。①两者的译文也基本一致。可见，译者"鲁夫"的《开市大吉》就是李明善的译作。另外，1940 年 7 月连载于《朝鲜日报》上的《现代中国的女性作家》和《人文评论》1940 年 8 月号上的《周作人论》，作者均为"李鲁夫"，都应该是李明善的文章。《现代中国的女性作家》一文对丁玲、冰心等的作品做出了非常中肯的评价，体现出作者作为中国现代文学研究者的专业性。《周作人论》一文，无论是内容还是文体，

---

　　①　《译者语》与《解说》两篇文章都谈到如下几个问题：第一，题目《开市大吉》取自商家开张时张贴的文字"开市大吉、万事亨通"；第二，老舍是幽默大家，也是鲁迅死后中国最活跃的作家；第三，老舍作为出生于北京的作家，创作了真正的白话小说，为大众文学的建设作出了最大的贡献。

都明显带有李明善的特色。例如，将"论语派"的周作人、林语堂等称为"陶渊明的后裔"（李明善在 1948 年 7 月发表的《鲁迅的文学观》一文中也将"论语派"称为"陶渊明的后裔"）。又如，文中使用"生新"等特别的词汇。①大学毕业后，李明善不再具有学生身份，研究活动更容易引起日本帝国主义的注意。在思想镇压日渐加剧的时期里，李明善不得不使用笔名。概而言之，大学毕业后的李明善在中国文学翻译及研究中一直使用"李鲁夫"或"鲁夫"等笔名。

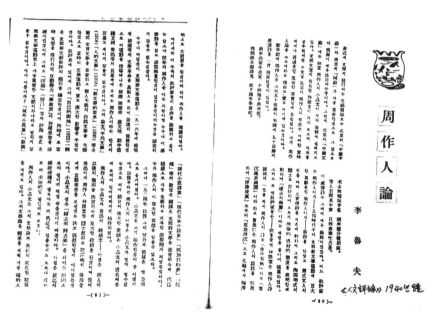

李明善《周作人论》（人文评论 1940.08）

在上文提及的《序言》中，李明善表示："将此薄薄的《中国现代短篇小说选集》编为两部。第一部中的三篇小说是中国作家以朝鲜为题材的小说中比较有名的作品。将此外可以代表中国文坛的四位作家的作品编入第二部。"②对于《鸭绿江上》《牧羊哀话》的翻译，李明善写道："翻译此两部作品，为的是纪念朝鲜解放，其意义等同于纪念'三一运动'。"对于《鸡之归去来》，他表示："风格全然有

---

①　李明善还曾以"李鲁夫"为名翻译叶绍钧的短篇小说《古代英雄的石像》，刊登在 1946年 1 月号《女性公论》上。

②　李明善 譯. 序言[M]//中國現代短篇小說選集. 서울：宣文社，1946：1.

别于前面两篇，创作时期也晚了许多，显示出中国作家对朝鲜的认识在准确性方面取得的进步。况且，作品所描述的在日朝鲜劳工问题，通过此次战争进一步加剧。所以就解放而言，作品具有很好的纪念意义。"①关于鲁迅、老舍、巴金、叶绍钧，李明善写道："熬过残酷且漫长的抗战，受尽磨难却无一落伍。假如鲁迅还在世，他必定会站在他们的排头。"②从《序言》的内容可以看出，李明善编译《中国现代短篇小说选集》的目的非常明确。首先，翻译和介绍以朝鲜为题材的作品，以纪念朝鲜解放；其次，纪念抗日精神。《序言》写于"8·15"解放初期，不仅体现出当时李明善的现实认识，也证明了他的中国现代文学研究与民族问题的紧密关联。最后，他的中国现代文学研究建立在鲜明的民族主体意识之上，将民族解放视为核心的问题意识。

作品集的内页标出的作者名单，顺序为鲁迅、郭沫若、巴金、蒋光慈、老舍、叶绍钧。目录页的后一页印有鲁迅的《故乡》中那一句名言："希望——其实地上本没有路，走的人多了，也便成了路。——摘自鲁迅《故乡》结尾。"显然，李明善在编译《中国现代短篇小说选集》时非常重视鲁迅。当时，刚刚得到解放的朝鲜百废待兴。鲁迅关于"希望"的描述，对于李明善而言其意义可谓非同寻常。关于鲁迅的《故乡》，李明善的解说如下：

（鲁迅）声名显赫，是中国最大作家，堪称中国新文学之父。当初，鲁迅作为民族改良主义者参与1927年与创造社的大论战，转向左翼以后也从未屈服于国民党的野蛮镇压。直到中日战争爆发前夕逝世，鲁迅以一己之身代表着中国文坛的良知。想一想朝鲜的李光洙，鲁迅实在令我们感叹不已。《故乡》以及著名的《阿Q正传》是鲁迅的代表作。他素以冷静彻底的讽刺闻名，在《故乡》中却展示出抒情的一面，所以这部作品可谓理解他人性的重要文献。作品所描绘的是鲁迅自己的故乡，"我"即鲁迅自己，所以这部作品可以说是一部"身边小说"。在鲁迅的诸多作品中尤其钟爱《故乡》的读者，想必不仅译者一人。③

① 李明善 譯. 序言[M]//中國現代短篇小說選集. 서울：宣文社，1946：1.
② 李明善 譯. 序言[M]//中國現代短篇小說選集. 서울：宣文社，1946：1.
③ 李明善 譯. 解說[M]//中國現代短篇小說選集. 서울：宣文社，1946：3-4.

李明善将鲁迅评价为中国新文学之父、毅然反抗国民党政治镇压的中国文坛之良知，这与他在《鲁迅的未完成作品》一文中刻画的鲁迅形象如出一辙。之所以在众多鲁迅作品中选择翻译《故乡》，是因为李明善认为它最能体现鲁迅文学的特色——冷静彻底的讽刺和现实主义，同时可以展现其人性化的一面。

三、"新文学革命"论及文学大众化追求

李明善在"8·15解放空间"里公开发表的第一篇文章是《中国的女性解放》（1946.1）。李明善首先简要地介绍了陈独秀在新文化运动时期对儒教的批判，继而写道："与此同时，以妇女的觉醒与解放为目的的运动也积极地得到开展，对贞女烈妇的谴责、一夫多妻制的打破、恋爱的自由、娼妓的废除等诸多问题被人们所谈论。"①文章还介绍了这一运动的具体实践，如女学生的短发、娼妓废除运动以及北京大学教授张竞生博士的言论。张竞生曾撰写《性史》，发表"性交神圣""性欲美学"等主张。李明善在介绍上海的一所小学为消灭女子的虚荣心而开展的"废除一切装饰运动"的逸事之后写道："据说，在共产派的根据地武汉，为实施他们的主义而断然实行此壮举。也有人说这是一位顽固的道德先生为侮辱共产主义而传播的dema（demagogy：为煽动大众而采取的虚假宣传或人身攻击——译者注）。"②李明善借用中国的情形讽刺朝鲜称："近来在朝鲜，似乎也有一些愚蠢的男人，他们因为相信共产主义国家是'共产共妻'而战战兢兢。当然，这也是dema。"③李明善指出，单论几件逸事，中国的女性解放运动看似陷入一种"消耗性的形式主义"当中。不过那只是某一方面的问题。从另一方面来讲，它大胆、彻底地贯彻着其初衷，取得了诸多成果。例如，谢冰莹以及丁玲在延安的活动。以《一个女兵的自传》《新从军日记》等作品闻名的谢冰莹，为了反抗封建社会的种种压制，愤而投身革命。在文章的结尾处，李明善写道："8月15日之后，朝鲜的女性解放运动也重新得到开展。我希望它能取得优良的成就，而不要落入形式主义，从而只能被当作宣传材料。对于那些一股脑儿地主张'恋爱自由'的女

---

①　李明善. 中國의 女性 해방[M]//李明善全集（2）. 서울：보고사，2007：60.
②　李明善. 中國의 女性 해방[M]//李明善全集（2）. 서울：보고사，2007：62-64.
③　李明善. 中國의 女性 해방[M]//李明善全集（2）. 서울：보고사，2007：64.

学生，她们的态度，我实难苟同。然而，对于那些手里捧着泛黄的《烈女传》说教的道学家先生们，我同样嗤之以鼻。"①

李明善在"8·15解放空间"里发表的第一篇中国现代文学评论是《中国新文学革命之教训》。李明善将中国新文学运动的进程划分为三个阶段：文学革命阶段、革命文学阶段、新闻学革命阶段。李明善认为，文学革命阶段即五四运动时期。在这一时期，文化界开展了民主主义革命。与政治、经济、社会等领域一样，文学领域的民主主义革命也"不完整"。为克服"不完整"的文学革命，以瞿秋白为中心的理论家们提倡"语文改革运动"。"语文改革运动""发端于大众文学乃至大众化问题"，李明善将其命名为"新文学革命"。李明善简要地提及夹在"文学革命"和"新文学革命"中间的"革命文学运动"。他指出："革命文学是一种倾向文学。因为急于要打倒资产阶级文学，它忽略了一个事实：中国社会的特殊性导致了文学革命在不完整的状态下终结。对于语言和文学，革命文学完全没有去考虑。"②李明善认为，"新文学革命戒除掉这急于求成的态度，将文学革命中途放弃的难题摆到桌面上，从根本上解决了问题。"③在总体上介绍文学革命的进程之后，李明善阐述了"新文学运动的经过"。为此，李明善大段引用瞿秋白的《大众文艺的问题》。李明善认为，此文堪称"新文学革命运动之正式宣言"。摘录一段如下：

> "新的文学革命不但要继续肃清文言的余孽，推翻所谓白话的新文言，更要严重地反对旧小说式的白话。一切都用现代中国活人的白话来写，尤其是新兴阶级④的话来写。新兴阶级不比一般'乡下人'的农民。'乡下人'的语言是原始的、偏僻的。而新兴阶级在五方杂处的大都市里面，在现代化的工厂里面。"⑤

---

① 李明善. 中國의 女性 解放[M]//李明善全集(2). 서울：보고사，2007：65.
② 李明善. 中國의 新文學革命의 敎訓[M]//李明善全集(2). 서울：보고사，2007：73.
③ 李明善. 中國의 新文學革命의 敎訓[M]//李明善全集(2). 서울：보고사，2007：73.
④ "新兴阶级"在瞿秋白的原文中是"无产阶级"。当时，首尔正处于美国的托管之下，"反共"氛围渐趋浓厚。李明善在引用时将"无产阶级"改为"新兴阶级"，目的应该是回避过于敏感的词汇。
⑤ 李明善. 中國의 新文學革命의 敎訓[M]//李明善全集(2). 서울：보고사，2007：77.

在阐述瞿秋白的主张之后，李明善指出，中国的大众语问题已经延伸到汉语的拉丁化问题。他写道："1934 年时具体实施的拉丁化就是'反对白话'和'提倡大众语'取得的成就。这正是鲁迅所说的'汉语的新生'"。为进一步说明汉语的拉丁化问题，李明善直接引用了鲁迅的观点："我们倒应该以最大多数为根据，说中国现在等于并没有文字……和提倡文言文的开倒车相反，是目前的大众语的提倡，但也还没有碰到根本的问题。待到拉丁化的提议出现，这才抓住了解决问题的紧要关键。"①瞿秋白提出，应该以"新兴阶级"的语言作为中国的新语言，继而谈论汉语的拉丁化问题。而鲁迅则是瞿秋白观点的支持者。李明善以两人的观点为中心阐述中国的"新文学运动"。鲁迅的观点等于是李明善为证明瞿秋白所提倡的"新文学革命"的正确性而拿出的证据。

有必要强调的一点是，李明善没有止于客观地介绍中国"新文学革命"的内容和鲁迅的观点，而是将其与朝鲜的当下问题相关联。李明善首先阐述了自己对朝鲜新文学运动的理解。"朝鲜的新文学运动要比中国年长十年。文学革命的探讨和实践也应该早于中国。不同的是，中国属于半殖民地社会，朝鲜为完全的殖民地。文学革命如果在中国无法完整，在朝鲜必然要有过之而无不及。至少在原则上只能如此认定。"②李明善认为，朝鲜作为殖民地的特殊性导致文学革命的不完整性远胜于中国，"新文学革命"在朝鲜是"更为紧迫的问题"。于是"如同中国的革命文学运动，1930 年前后时期的朝鲜左翼作家们同样没有重视语言、文字问题，仿佛谈论那些问题是有产阶级的任务，采取一种事不关己的态度。这是无可争辩的事实。然而在今天，这样的态度必须得到改正，所有进步的文化人都要团结一致，开展新文学革命运动，还要对全社会强调它的必要性。"③

李明善还主张，朝鲜应该学习中国的先例，迫切需要开展一场以"大众语"为目标的"新文学革命"。他说，"多亏朝鲜不只拥有令人恐怖的遗产——汉字，还有一个值得感激的遗产——韩文，文字革命从一开始就不会成为问题"，"普通语、大众语等问题在中国早有探讨，在朝鲜还从未有过正规的讨论"，"解放的朝鲜文化应该以新文学革命为起点，大胆地迈出第一步"。④李明善将中国新文

①　李明善. 中國의 新文學革命의 敎訓[M]//李明善全集(2). 서울：보고사，2007：78.
②　李明善. 中國의 新文學革命의 敎訓[M]//李明善全集(2). 서울：보고사，2007：79.
③　李明善. 中國의 新文學革命의 敎訓[M]//李明善全集(2). 서울：보고사，2007：79.
④　李明善. 中國의 新文學革命의 敎訓[M]//李明善全集(2). 서울：보고사，2007：80.

学运动的进程划分为三个阶段，朝鲜的新文学运动要以第三阶段，亦即"新文学革命"为前进的方向。换言之，李明善是要将中国新文学运动的进程及鲁迅的立场，当成韩国新文学运动前进方向的重要参照系。

在发表《中国新文学革命之教训》之前，李明善在 1946 年 3 月 17 日出版的《中央新闻》上发表了一篇题为《古代小说的大众性》的文章。在这篇文章中，李明善深入地探讨了文学的大众性与朝鲜的文学遗产的关系。

> 时至今日，朝鲜的新文学一直在英法德等欧洲文学的影响下成长，难免过于偏向知识分子阶层。因此我认为，当前最为紧迫的任务就是文学的大众化乃至大众文学的建设。这文学的大众化，不应该仅仅流于面向大众增加趣味性或为大众代言。想要实现真正的文学大众化，作者要深入大众，和他们打成一片，用他们的眼光看待人情世故。换言之，如果作者游离在大众之外，真正的文学大众化是不可能实现的。①

李明善的这一主张让人联想到毛泽东 1942 年在延安讲话中提出的四项原则之第二条：中国的革命文学家与艺术家必须到工农兵群众中去，到火热的斗争中去，到唯一的最广大最丰富的源泉中去，观察、体验、研究、分析一切人、一切阶级、一切群众、一切生动的生活形式和斗争形式、一切文学和艺术的原始材料，然后才有可能进入创作过程。② 李明善不愧为中国现代文学研究者，探寻朝鲜文艺建设的理论依据，他所关注的是中国的文艺运动。

而李明善同时强调，构成文学大众性的实质内容，还是要从"朝鲜文学"中寻找。他一方面主张"现代俄罗斯文学"可以为朝鲜文学的大众性追求提供不少经验，同时也主张必须重新发现和继承朝鲜古代小说中的大众性。

> 也有人慨叹：古往今来，朝鲜未曾有过一个莎士比亚、一个歌德。他们都是仍旧做着欧洲系列近代文学之美梦的人。要知道，朝鲜的莎士比亚是新

---

① 李明善. 古代小說의 大衆性[N]. 中央新聞, 1946-03-17；李明善. 古代小說의 大衆性[M]. 李明善全集（2）. 서울：보고사, 2007：67.

② 毛泽东. 在延安文艺座谈会上的讲话[M]//文学运动史料选：第四册. 上海：上海教育出版社, 1981：530-531.

进门的儿媳妇或邻居家的老仆。他们虽然是无名作家、无名鉴赏家，却又一辈子都是彻彻底底的大众，而不是知识分子阶级。因此，他们完全可以被誉为真正的大众文学之先驱。概而言之，只要能适当地处理古代小说中的封建因素，我们就能够从中继承一笔预料之外的宝贵的文学遗产。①

无论是欧洲文学、俄罗斯文学还是中国文学，对于李明善而言，充其量不过是设定朝鲜文学运动方向时的参照系，即使它们可以为朝鲜的文学运动指明前路，也无法构成实质性的内容。文学的大众性恰恰要以"朝鲜独有的东西"作为起点。当务之急是重新认识和发现朝鲜的古代小说，通过它所留下的文学遗产实现文学的大众性。

四、中国文艺论战及"民族革命的大众文学"

李明善在 1947 年 2 月出版的《新朝鲜》上发表了一篇题为《民族文学与民族主义文学》的文章。李明善在文中指出，必须严格区分民族文学与民族主义文学，民族主义文学包含国粹主义，是需要警惕的对象之一。②只有严格地区分民族文学与民族主义文学，才能准确地评价 1924 年以来迎来十年蓬勃发展的朝鲜无产阶级文学运动的历史意义。③他的这一认识，旨在将阶级文学置于民族文学的中心位置。换言之，阶级文学一直反抗日本帝国主义的文化镇压，而民族主义文学并非如此。所以阶级文学才是真正的民族文学。"以阶级文学为核心的民族文学与野兽般的日本帝国主义文化镇压进行了抗争。如果混淆民族主义文学与民族文学，阶级文学就会被误认为是背叛民族的反革命文学，其为朝鲜的民族革命而立下的辉煌的功绩就会被无视。"④李明善进而指出，当下所需要的民族文学必须与

---

① 李明善. 古代小說의 大衆性[N]. 中央新聞, 1946-03-17；李明善. 古代小說의 大衆性[M]. 李明善全集(2). 서울：보고사, 2007：67.

② 李明善. 民族文學과 民族主義文學[M]//李明善全集(2). 서울：보고사, 2007：111.

③ 李明善. 民族文學과 民族主義文學[M]//李明善全集(2). 서울：보고사, 2007：111-112.

④ 李明善. 民族文學과 民族主義文學[M]//李明善全集(2). 서울：보고사, 2007：113.

"大众文学"相结合。

> 概而言之，"民族文学"作为朝鲜现阶段文学运动的口号而被提倡。我认为，如果更具体地加以界定，它应该是"民族革命的大众文学"。而"民族革命"的两大方向，必须是反封建主义和反帝国主义。一旦脱离此方向，绝对不可能在朝鲜建设真正的民主独立国家。在今天，这一道理无须赘言。同时，只要民族革命指向反封建主义、反帝国主义，"民族文学"就必须立足于人民大众，必然成为大众文学。我们近期必须大力开展文学大众化运动，其理由也在于此。①

李明善指出，虽然说"民族主义"与封建主义对立从而成为近代国家建设的精神基石，然而在现阶段的朝鲜，"民族主义"已然成为民族革命的绊脚石。因为民族主义一旦与外来帝国主义势力串通一气，就会成为朝鲜民族革命的敌人。因此，李明善呼吁要建设立足于"人民大众"的"民族革命大众文学"。

值得注意的是，李明善在设定"民族文学"建设的方向时，积极地接纳了鲁迅在 20 世纪 30 年代中国文艺论战中提出的观点。李明善首先介绍了鲁迅对所谓"民族主义文学运动者"给予的猛烈批判。1930 年 6 月，他们在上海发表所谓"民族主义文学运动宣言"，并创办《文艺月刊》《前锋月刊》等杂志，为国民党政府的文化政策效力。"他们堂而皇之地撰写讴歌成吉思汗西征的暴力赞歌。毫无疑问，这类反动的文学运动必然会短命。众所周知，鲁迅当时曾痛击这群无耻之徒。"② 李明善主张以"民族革命大众文学"作为民族文学的方向，显然也是参考了鲁迅在 1936 年"左联"的"国防文学"论战③中提出的"民族革命战争的大众文学"。继《民族文学与民族主义文学》之后，李明善又发表了《中国的抗战文学：'国防文

---

① 李明善. 民族文學과 民族主義文學 [M]//李明善全集 (2). 서울：보고사，2007：113.

② 李明善. 民族文學과 民族主義文學 [M]//李明善全集 (2). 서울：보고사，2007：114.

③ 1936 年在"左联"内部发生的论战。周扬、夏衍、郭沫若等"左联"领导班子提倡的"国防文学"与鲁迅、冯雪峰、胡风等提出"民族革命战争中的大众文学"之间的论战，又称"两个口号"论战。

学'‧'民族革命战争中的大众文学'论战》，同样积极地接纳鲁迅的观点。

《中国的抗战文学》刊登在1947年6月号《文学评论》。而在文章末尾标注的创作日期为"1945年12月5日"。在文章的附记中，李明善还写道："将这篇匆匆忙忙写于'8‧15'解放之初的旧文重又找出来，实在是迫不得已。况且今天在朝鲜，各方正围绕'民族文学'的口号开展诸多讨论，想必中国的这场论战也会被多方参考。所以，翻出一篇原本就粗略的介绍性文章，确实有些不负责任。"①李明善的意图显而易见，就是参考中国的"国防文学"与"民族革命战争的大众文学"之间的论战，构筑自己在解放初期"民族文学"论战中的立场。为此，他在文章中通过直接引用来介绍"左联"内部论战双方的观点和主张。如周扬一派的胡洛、郭沫若、徐懋庸等提倡的"国防文学"和胡风、鲁迅有关"民族革命战争中的大众文学"的主张。他继而指出："仅就结论而言，国防文学是民族自我慰藉的文学、非卖国的文学或反帝的文学，也就是广义的爱国文学。"②虽然先推出结论，李明善还是用较长的篇幅介绍了鲁迅的主张。当时，鲁迅打破长时间的沉默并参与论战。李明善表示，鲁迅的《论现在我们的文学运动》(1936.6.10)可以清晰地说明"民族革命战争中的大众文学"的内涵，并引用了其中的一段：

> "左翼作家联盟"五六年来领导和战斗过来的，是无产阶级革命文学的运动。这文学和运动，一直发展着；到现在更具体彻底地、更实际斗争地发展到民族革命战争的大众文学。民族革命战争的大众文学，是无产阶级革命文学的另一发展，是无产革命文学在现在时候的真实的更广大的内容。……绝非革命文学要放弃它的阶级的领导的责任，而是将它的责任更加重、更放大，重到和大到要使全民族不分阶级和党派，一致去对外。这个民族的立场，才真是阶级的立场。③

① 李明善. 中國의 抗戰文學：'國防文學''民族革命戰爭의 大衆文學'의 論爭[M]// 李明善全集(2). 서울：보고사，2007：130.
② 李明善. 中國의 抗戰文學：'國防文學''民族革命戰爭의 大衆文學'의 論爭[M]// 李明善全集(2). 서울：보고사，2007：120.
③ 李明善. 中國의 抗戰文學：'國防文學''民族革命戰爭의 大衆文學'의 論爭[M]// 李明善全集(2). 서울：보고사，2007：123.

　　李明善还引用了鲁迅的另一篇文章《答徐茂庸并关于抗日统一战线问题》中的一大段文字:"另一个作者解释'国防文学',说'国防文学'必须有正确的创作方法,又说现在不是'国防文学'就是'汉奸文学',欲以'国防文学'这一口号去统一作家,也先预备了'汉奸文学'这名词作为日后批评别人之用。这实在是出色的宗派主义的理论。我以为应当说:作家在'抗日'的旗帜,或者在'国防'的旗帜之下联合起来;不能说:作家在'国防文学'的口号下联合起来,因为有些作者不写'国防为主题'的作品,仍可从各方面来参加抗日的联合战线。"①鲁迅主张,既要在抗日或国防的旗帜下联合起来,又要保障作家的创作自由。李明善对此给予了肯定:"无异于对围绕两个口号开展的激烈论战作出了最后的评判,充分地发挥了他的权威性。"②李明善还评价道:"首先,论战的结果是通过进一步明确'我们为抗日救国联合起来''在文学上我们主张各人、各派的自由发展与自由创作'等主张,克服了'国防文学'万能主义和部分理论家的急躁性。"③李明善的意图可谓明显。就是要积极支持鲁迅的立场——批判周扬一派的主张,否定"国防文学",给予作家以创作的自由,这其实是在积极地支持鲁迅的立场。

　　早在大学时期发表的文章《中国新进作家萧军的风格》中,李明善就已经表达了对"国防文学"的批判立场:"他(萧军)虽然未曾直接否定'国防文学',却委婉地表达过对它的反感:我不懂那些进步的理论,也不希望别人对我的作品贴上那样的标签。以这次'事变(指日本帝国主义的侵华战争)'为契机,他的态度又会出现怎样的转变,作品会发生怎样的变化?这些都非常值得关注。"④李明善介绍萧军对"国防文学"的反感,其实是在简要地表达自己的立场。李明善还介绍萧军"深受鲁迅喜爱,与鲁迅有师徒之情"⑤,以表明两人立场之间的关联。

　　① 李明善. 中國의 抗戰文學: '國防文學' '民族革命戰爭의 大衆文學'의 論爭[M]//李明善全集(2). 서울: 보고사, 2007: 125.

　　② 李明善. 中國의 抗戰文學: '國防文學' '民族革命戰爭의 大衆文學'의 論爭[M]//李明善全集(2). 서울: 보고사, 2007: 124.

　　③ 李明善. 中國의 抗戰文學: '國防文學' '民族革命戰爭의 大衆文學'의 論爭[M]//李明善全集(2). 서울: 보고사, 2007: 129.

　　④ 李明善. 支那의 新進作家 蕭軍의 作風[M]//李明善全集(2). 서울: 보고사, 2007: 55.

　　⑤ 李明善. 支那의 新進作家 蕭軍의 作風[M]//李明善全集(2). 서울: 보고사, 2007: 53.

换言之，李明善对"国防文学"的批判是积极地接纳鲁迅的观点的结果，而这一观点早在李明善在大学期间学习鲁迅的过程中就已经获得。李明善在"8·15解放空间"里"将中国的先例作为他山之石"积极地加以介绍和参考，① 主张把朝鲜的民族文学建设成为"民族革命的大众文学"，这意味着他将鲁迅的观点内化后转变成了自己的逻辑。

五、对鲁迅杂文的翻译及对"战斗的批判精神"的接受

1948 年 7 月，李明善在《文学》杂志(第 8 期)上发表了《鲁迅的文学观：关于文艺批评》一文。在这篇文章中，李明善从鲁迅在 1927—1936 年创作的杂文中挑选了几篇文艺评论，分析和探讨了他的文学观。这些杂文是鲁迅"在蒋介石政府恐怖的文化镇压下坚持英勇抗争"的过程中撰写的。李明善直接引用鲁迅在与"新月派""现代派""论语派"等论战时发表的文章，旨在从中辨析鲁迅的文学观。"通读这些文章，就能够清晰地认识鲁迅的文学观。他所一贯坚持的战斗的批判精神，犹如利刃般在字里行间散发寒光。他虽不是文艺批评方面的专家，但向敌人实施决定性的打击时，却胜似专家，实在令人惊奇不已。他之所以自始至终占据着中国文坛的中心，秘密或许正在于此。"②"新月派"主张"文学没有阶级性"，标榜"健康与尊严"。鲁迅则质问"健康与尊严是哪个阶级的?"看穿"新月派"的阶级本质。鲁迅揭露"现代派"所谓"为文学的文学"的真相，揭露"论语派"其实是一群"于祖国的命运紧闭双眼，以陶渊明的后代自居，汩没于风流韵事"的人。李明善通过鲁迅的这些主张间接阐述了鲁迅的文学观。最后，李明善断言："鲁迅生活在一个无法无天的世界里。在那个世界里，当权者可以肆意妄为，蛮横无度，与中世纪相比亦有过之而无不及。在无法无天的世界里，相比于小说，鲁迅更需要用杂文当作锋利的斗争武器。"③

---

① 李明善. 民族文學과 民族主義文學[M]//李明善全集(2). 서울：보고사，2007：115.

② 李明善. 鲁迅의 文學觀：文藝批評에 對하야[M]//李明善全集(2). 서울：보고사，2007：131.

③ 李明善. 鲁迅의 文學觀：文藝批評에 對하야[M]//李明善全集(2). 서울：보고사，2007：138.

值得注意的一点是，李明善在"8·15 解放空间"里格外重视鲁迅的杂文，高度评价其战斗的批判精神，强调其战斗的批判精神。换言之，"8·15 解放空间"里的李明善更看重鲁迅在杂文创作上取得的成就，而不是《阿 Q 正传》《故乡》等小说，即鲁迅晚年在左翼阵营中的文学活动。李明善编译《鲁迅杂文选集》，也出于同样的原因。钱杏邨在《死去了的阿 Q 时代》的附记中表示，这篇文章只是根据《呐喊》《彷徨》《野草》写就，想要了解鲁迅的反抗精神和时代精神，需要读鲁迅的杂文①。李明善对鲁迅杂文的重视，可谓是对钱杏邨的主张作出的回应。

《鲁迅杂文选集》最终没能成书，目录和"序"已经写就，出版临近完成。"序"写于 1949 年 5 月 13 日。通过这篇序文，可以确认李明善对鲁迅的杂文创作的评价。李明善首先指出，"essay"在许多国家被视为随笔的典范，例如，在英国，"essay"被神圣化为随笔的永恒典范。继而，李明善批判林语堂、周作人就是固守这一传统的作家，专心于"小品文"创作。李明善赞扬鲁迅对小品文的观点。鲁迅主张"小品文的生命不在于孤高的趣味或安逸的悠闲，而在于对现实社会的积极关注和战斗的精神"②。鲁迅所竭力创作的"杂文"就是这类小品文。早在 1940 年 8 月发表的文章《周作人论》中，李明善对小品文作家周作人和杂文作家鲁迅作过一番比较。"周作人的小品文与鲁迅的杂文，在决定两者的取向时起到了重大的作用。后来，鲁迅向周作人、林语堂等以隐士自居的陶渊明的后裔们宣战，也绝非偶然之举。"③李明善提出了一个问题：鲁迅在上海生活的大约 10 年间(1927—1936 年)没有写出一部像样的小说，只是专注于杂文创作，"晚年的鲁迅为何只能写杂文?"李明善解释道："对于研究文学家鲁迅个人而言，这固然是重要的问题。它还与另一个问题'中国社会需要怎样一种文学?'直接相关。在国内，蒋介石政府实施恐怖政治；在国际上，以日本帝国主义为首的列强肆无忌惮地实施侵略，这样的中国社会需要的是一种怎样的文学?"④根据李明善的理解，晚年的鲁迅只能写杂文，是由中国社会所面临的两大局面，即国民党政府的政治镇压和帝国主义列强的侵略所决定的。李明善深刻地把握政治社会条件与文

---

① 钱杏邨. 死去了的阿 Q 时代, 鲁迅研究学术论著资料汇编 1[M]. 北京：中国文联出版公司, 1985：331.

② 李明善. 魯迅雜感文選集·序[M]//李明善全集(1). 서울：보고사, 2007：309.

③ 李魯夫(李明善). 周作人論[J]. 人文評論, 1940(8)：81.

④ 李明善. 魯迅雜感文選集·序[M]//李明善全集(1). 서울：보고사, 2007：309.

学的存在方式之间的紧密关联，将鲁迅的杂文定义为"武器的文学"。

> 在这万分危急的境地里，鲁迅选择的是杂文。因此它是彻底地作为武器的文学。称鲁迅的文章"能以寸铁杀人，一刀见血"（郁达夫），丝毫不为过。因为作为武器，所以它永远都是一种拼死相争的血腥的文学，它的笔触永远都会杀气腾腾。它是一种生命的文学，全身心地投入，为的是刀刀命中、一击致命。它与所谓的"随笔"——坐在茶座里喝着红茶或者坐在窗前听着弥勒的晚钟创作的文字，是两种根本不同的文学。①

李明善认为，鲁迅的杂文是"彻底地作为武器的文学"，也是鲁迅文学的精华。李明善主张："鲁迅在晚年依旧是中国文坛的主心骨，其一举一动始终具有决定性的意义。笼统地认定这一地位源自他年轻时创作世界名著《阿 Q 正传》等过去的荣誉和功劳，完全是错误的认识。之所以出现这样的错误，是因为没能准确地把握鲁迅的重要价值，没能摆脱陈旧落后的相关文学观念。"②李明善给予鲁迅以至高无上的赞誉："民国以来，毕生都维持领导地位的人只有两个：政治家孙文、文学家鲁迅。"③这一评价源自李明善对鲁迅杂文及其对当时社会的思想影响给予的认可。出于同样的原因，《鲁迅杂文选集》中创作于 1919—1936 年的 27 篇杂文④，均为充满反帝反封建精神的文章，其中半数以上是鲁迅在晚年，即 1933—1936 年创作的作品。

李明善于 1943 年 3 月发表了一篇题为《鲁迅夫人景宋女士的简历》的文章，介绍"景宋女士"，即许广平的抗日精神并揭露日本帝国主义的暴行。李明善发表这篇文章的目的也与宣扬鲁迅的战斗的批判精神有关。1941 年 12 月 11 日，日

---

① 李明善. 鲁迅雜感文選集・序[M]//李明善全集(1). 서울：보고사，2007：310.
② 李明善. 鲁迅雜感文選集・序[M]//李明善全集(1). 서울：보고사，2007：310.
③ 李明善. 鲁迅雜感文選集・序[M]//李明善全集(1). 서울：보고사，2007：310-311.
④ 《鲁迅杂文选集》中收录的作品有：1919—1924 年的《暴君的臣民》《即小见大》、1925 年的《狗的驳诘》《立论》《灯下漫笔》《青年必读书》《战士和苍蝇》、1926 年的《一点比喻》《无花的蔷薇(二)》、1927 年的《小杂感》《卢梭与胃口》、1931 年的《答中学生杂志社问》、1933 年的《偶成》《航空救国三愿》《光明所到》《华德保粹优劣论》《男人的进化》《打听印象》、1934 年的《倒提》《知了世界》《安贫乐道法》《奇怪》、1935 年的《在现代中国的孔夫子》、1936 年的《死》《二十四孝图》(原稿中包含，未编入目录)。

军突袭珍珠港，"太平洋战争"爆发。四天后，一群日本宪兵闯入鲁迅的未亡人景宋女士的家。李明善在文章中介绍了景宋女士记述当时情形的文章《遭难前后》。这群侵略者惨无人道地把鲁迅的藏书、原稿、书信、印章等乱翻一通，抢走可以给景宋女士定罪的证据，将景宋女士抓到宪兵队。李明善写道："景宋女士熬过那残酷的牢狱之灾最终获得解放，郑振铎在《遭难前后》的序言中称其为一场胜利。此言丝毫不为过。那的确是抗日战争取得的一场伟大的胜利。"①"还有不少人像景宋女士一样，默默地坚守在自己的位置上，以血肉之躯与日本帝国主义抗争。是的，中国的绝大多数人民在苦难中坚持抗战并最终取得胜利。"②李明善旨在通过这篇文章颂扬景宋女士的抗日斗争精神，真诚地向朝鲜人民讲述中国人民在艰苦卓绝的抗日斗争中取得的最后胜利。

概而言之，李明善尤其重视鲁迅的杂文，从而凸显堪称鲁迅文学之精髓的"战斗的批判精神"及其当下意义。李明善在研究中国现代文学的过程中始终不忘其与韩国现实问题的关联。宣扬鲁迅的"战斗的批判精神"，对他来说无疑是首要任务。作为一个具有强烈自我意识的知识分子李明善来说，这也是在履行重大的社会职责。换言之，李明善深入研究中国新文学运动的进程及鲁迅文学，并将其作为自己参与朝鲜当代社会运动的重要参照物。

六、与现实问题密切相关的鲁迅研究

李明善一直在努力思考自己作为知识分子的身份及其本质，而且具有强烈的民族自我意识。早在就读大学时期，李明善在思想上倾向于阶级史观，关注与中国的反帝反封建革命运动紧密相连的中国现代文学及鲁迅文学。李明善立足于阶级史观，确立民众意识，在思想谱系上与京城帝国大学同门学长崔昌奎、金台俊一脉相承。考察李明善的思想倾向及学术取向，必须考虑他与几位同门学长的直接或间接的影响关系。李明善在京城帝国大学学习期间，指导教授辛岛骁在近代学术基础方面的影响固然重要，但金台俊等学长们对李明善的鲁迅文学研究及毕业论文的选题和撰写，给予了更为根本的思想和学术影响。

---

① 李明善. 鲁迅夫人 景宋女史의 프로필[M]//李明善全集(2). 서울：보고사，2007：150-151.

② 李明善. 鲁迅夫人 景宋女史의 프로필[M]//李明善全集(2). 서울：보고사，2007：152.

在"8·15解放空间"里，李明善将中国新文学运动的进程划分为三个阶段，认为韩国的新文学运动应该以其中的第三阶段"新文学革命"作为榜样和前进方向。李明善在分析中国的"新文学运动"时，介绍瞿秋白的主张——应该将"无产阶级"的语言(大众语)作为现代中国的新语言并讨论汉语的"拉丁化"问题，以及鲁迅对这一主张的肯定，进而主张要以此作为韩国新文学运动实践的方向之一。为了韩国的民族文学建设，李明善将中国的先例视为他山之石，将鲁迅在批判周扬等人的"国防文学"、整齐划一和教条主义时提出的"民族革命中的大众文学"和给予作家创作自律性的主张作为榜样。值得注意的一点是，李明善也认识到"当今朝鲜的情形……与1936年时中国的状况有着巨大的差异"①，却依然信赖鲁迅的文艺立场，要将其直接运用到韩国的新文学运动当中。可以说，李明善难免有些操之过急，没能充分考虑中国和韩国之间的语境差异。同时，李明善热衷于运用自己通过学术研究获得的理论逻辑去解决问题，欠缺对韩国社会现实的具体、深入的分析。总而言之，李明善无比重视学术研究与现实问题的紧密结合。李明善重视鲁迅的杂文，强调鲁迅文学精神的当代价值，原因就在于此。"战斗的批判精神"堪称鲁迅文学的精髓，而杂文，尤其是思想转变后的杂文是最鲜明地展现鲁迅文学精神的作品。

解放初期的1945年8月18日，"朝鲜文化建设中央协议会"宣告成立，李明善参加文学分部的活动。左翼系的文学团体"朝鲜文学同盟"成立时，李明善又担任古典文学委员会书记长。② 在1946年2月9日召开的"全国文学者大会"上，"朝鲜文学同盟"更名为"朝鲜文学家同盟"，李秉岐任会长，李明善任事务长，申龟铉任委员，裴澔任组织部部长。金台俊在大会上发表了题为《文学遗产正当的继承方法》的演讲。概而言之，李明善在"8·15解放空间"里与金台俊、裴澔等京城帝国大学同门学长并肩活跃在左翼文学团体里。可以说，李明善如此积极地参与社会实践运动，得益于他的中国现代文学及鲁迅文学研究。他从中确定了自己实践活动的方向。李明善全心全力从事中国现代文学及鲁迅文学的研究，其动力来自思想及学术的倾向性，而中国现代文学及鲁迅文学则是他确认自己社会实践之正确性的参照系，促成了他的知性和精神的升华。

---

① 李鲁夫(李明善). 救國文學과 國防文學(2)[N]. 조선중앙일보, 1948-06-27.

② "朝鲜文学同盟"古典文学委员会委员长为李秉岐，委员有朴钟和、金台俊、李熙昇、赵润济。"朝鲜文学同盟"为左翼系文学人团体，是1945年12月由倾向性相对稳健的"朝鲜文学建设本部"和以强硬派为中心的"朝鲜文产阶级文学同盟"通过发表声明合并而成的团体。

附录

鲁迅及其作品

丁来东

1. 绪言

如果说中国的文艺复兴——文学革命的提倡者是胡适和陈独秀，那么它的实践者则应该是鲁迅。笔者在本文中想要探讨的作家就是鲁迅。简而言之，文学革命的根本精神就是提倡普遍使用白话。文学革命的提倡者们主张，文言无可承载新思想。这一运动开始之后，鲁迅以白话出色地创作文学作品。尤其是短篇小说，无论是内容还是形式，对中国旧思想皆毫无留恋，以全新的形式和内容创建了全新的样式。在之后的十数年里，鲁迅堪称独步中国文坛。据此，笔者将鲁迅誉为中国文学革命的实践者。

收录于短篇小说集《呐喊》中的 16 篇短篇小说都是相继发表在《新青年》及其他报刊的文艺专栏上的作品。这些小说发表之后，那些具有新思想的学者、青年以及憧憬和向往新思想的青年们表现出狂热的欢迎和认可。

鲁迅的作品虽然受到年轻人的普遍喜爱，内容却非甜蜜的恋爱故事，不过是一些看似乏味的乡村回忆。他的意图绝非描述乡村生活或者抒发感伤的回忆，而是用冷静的笔触揭露中国人民的普遍性格，刺激革命青年们自我反省，通过深刻、生动的讽刺来加深读者们的印象。然而其讽刺并非寒冰般冷静和毒辣，他的文字深处流淌着一股温情，令读者们感知其魅力而深深折服。

鲁迅堪称以一己之身担负全中国文学青年的期望。然而近两三年来，一些青年人不如像《呐喊》时期那样喜欢鲁迅。鲁迅也没有再发表领先于时代精神的作品，处在几近停滞不前的状态。一方面，因为世界思潮的变迁和中国的变革使得青年人无法满足于《呐喊》的情绪和思想；另一方面，或许鲁迅自身对中国的现在及将来或者人类的将来或进程也没有太多明确的主见或认识。笔者认为，在这位大作家面临大转折期或停滞期的今天，评论和介绍他几乎被人们评价完毕的作品，更具有不小的意义。

笔者在介绍中国文坛时曾有所提及，鲁迅的作品已经被翻译成六七种语言，译介到我们文坛的作品就有《狂人日记》《头发的故事》《阿Q正传》《伤逝》等四篇。他的作品之所以如此广泛地得到传播，是因为它真实地刻画出当今世界所普遍关注的中国现实。同时，欧洲大战后，东方文明成为全世界都在关注的研究课题。此外，他的作品也具有极高的艺术价值。就内容而言，他的作品多为清末民初中国农民的思想、生活之缩影。他的"呐喊"给那些被古来的思想、风俗和习惯所蒙蔽的中国人敲响了警钟，也成为拯救他们的良药。鲁迅在过去取得的成就，概而言之就是"挑战并战胜了传统的、封建的思想"，促发了新兴中国的自我反省和自我认识。

何止中国，在世界范围内，缺乏自我反省和自我认识而导致的无谓的牺牲何其多！给革命及文化带来的损失和衰败又何其多！在辛亥革命、五四运动时期的中国，最需要完成的就是自我反省和自我认识。而鲁迅做到了这一点。今天的鲁迅再也不是"思想的权威""青年的先驱"，我相信，那是因为鲁迅没能像辛亥革命和《呐喊》出版时那样，明确、清晰地指明认知现代中国的方向。

《呐喊》之后，鲁迅出版了短篇小说集《彷徨》《野草》。《野草》是一部收录有散文、诗歌等作品的小册子。近来有收录十篇回忆文章的《朝花夕拾》和论文集《坟》以及《热风》《华盖集》《华盖集续编》《而已集》等杂文集。此外，还出了阿尔志跋绥夫的《工人绥惠略夫》、爱罗先珂的童话剧《桃色的云》《最近俄罗斯的文艺政策》、日本的鹤见佑辅的《思想山水人物》、厨川白村的《苦闷的象征》《出了象牙塔》以及卢那察尔斯基的《艺术论》《文艺与批评》等众多译文。鲁迅的作品，包括论文、小说、戏剧等诸多体裁，论著繁多，无法一一列举。另外，鲁迅还有《小说旧闻钞》《中国小说史略》《唐宋传奇集（上、下）》等编著作品。

鲁迅的翻译以精确、简洁而著称。据悉，他的译作都是日语译本的重译。无论创作还是翻译，他都是不知疲倦，呕心沥血出版了众多书籍。可见他是一个坚韧不拔、充满热情的人。

在创作《呐喊》的时候，鲁迅最强大的敌人是满嘴"之乎者也"的旧思想家、旧学者，也就是文言派。而如今，鲁迅最强大的敌人应该是所谓的革命文学派（也就是马克思主义文学派）。他们——革命文学派说，鲁迅以往的作品都是小资产阶级的作品，谩骂鲁迅的思想是个人主义和自由主义。鲁迅却泰然自若地以"革命、革革命、革革革命……"等词句，嘲笑和回击革命文学派。其详细的来龙去脉在此无法一一讲述。大致而言，鲁迅认为那些所谓的革命者们无法为工人农民谋利益；"文"与革命的关系并非那么密切，"文"无法为革命起到太多实际作用。当革命文学，即马克思主义文学进入中国之后，便有人攻击鲁迅为小资产阶级作家。或许是因此而受到深深的触动，鲁迅开始大量翻译日本、俄罗斯的无产阶级文学理论，在数量上丝毫不亚于革命文学家。鲁迅仿佛向中国的诸君（马克思主义文学者）声明："我所翻译的都是从俄罗斯、日本直接进口的理论。你们看，它有多么幼稚，错误又何其多？"

有人指出鲁迅的创作陷入停滞状态。如同特洛茨基在《文学与革命》中所言，马克思主义者以外的作家，往往因无法把握实际现象而彷徨和停滞不前。对此，鲁迅则若无其事地反驳：人总会有休息的时候。

近日看到一篇书籍广告，说即将要出版一部题为《转变后的鲁迅》的书。书的具体内容虽不得而知，世人颇为关注和期待鲁迅今后的作品却是事实。

《关于鲁迅及其著作》是一部汇集鲁迅的批评、感想、印象等作品的论著，近来还出版了一部《鲁迅论》，除了《关于鲁迅及其著作》中已有的内容之外，多少增加了一些新的材料。另外，还有一部《鲁迅在广州》。

笔者在本文中想要探讨的问题与鲁迅的作品有关，至于其他著作及论文、杂文等只会在必要时偶尔引用。

2. 鲁迅自叙传略

我于1881年生在浙江省绍兴府城里的一家姓周的家里。父亲是读书的；母亲姓鲁，乡下人，她以自修得到能够看书的学力。听人说，在我幼小时候，家里还有四五十亩水田，并不很愁生计。但到我十三岁时，我家忽而遭了一场很大的变故，几乎什么也没有了；我寄住在一个亲戚家，有时还被称为乞食者。我于是决心回家，而我的父亲又生了重病，约有三年多，死去了。我渐至于连极少的学费也无法可想；我的母亲便给我筹办了一点旅费，教我去寻无需学费的学校去，因为我总不肯学做幕友或商人——这是我乡衰落了的读书人家子弟所常走的两条路。

其时我是十八岁，便旅行到南京，考入水师学堂了，分在机关科。大约过了半年我又走出，改进矿路学堂去学开矿，毕业之后，即被派往日本去留学。但待到在东京的预备学校毕业，我已经决意要学医了，原因之一是因为我确知道了新的医学对于日本的维新有很大的助力。我于是进了仙台（Sendai）医学专门学校，学了两年。这时正值日俄战争，我偶然在电影上看见一个中国人因做侦探而将被斩，因此又觉得在中国还应该先提倡新文艺。我便弃了学籍，再到东京，和几个朋友立了些小计划，但都陆续失败了。我又想往德国去，也失败了。终于，因为我的母亲和几个别的人很希望我有经济上的帮助，我便回到中国来；这时我是二十九岁。

我一回国，就在浙江杭州的两级师范学堂做化学和生理学教员，第二年就走出，到绍兴中学堂去做教务长，第三年又走出，没有地方可去，想在一个书店去做编译员，到底被拒绝了。但革命也就发生，绍兴光复后，我做了师范学校的校长。革命政府在南京成立，教育部部长招我去做部员，移入北京，一直到现在。近几年，我还兼做北京大学、师范大学、女子师范大学的国文系讲师。

我在留学的时候，只在杂志上登过几篇不好的文章。初做小说是1918年，因了我的朋友钱玄同的劝告，做来登在《新青年》上的。这时才用"鲁迅"的笔名；也常用别的名字做一点短论。现在汇印成书的只有一本短篇小说集《呐喊》，其余还散在几种杂志上。别的，除翻译不计外，印成的又有一本《中国小说史略》。

1925年6月，《语丝》所载，笔者附记

写就此自叙传略不久之后的1926年春，张作霖攻入北京，欲抓捕50位激进派教授和知识分子，其中就有鲁迅。当时，鲁迅在亲友们的帮助下流亡厦门，任职于厦门大学。然而也没能久留，又前往广州。在广州，鲁迅编撰了多部著作。

据悉，鲁迅目前在上海，除了著书立说，其余一概不参与。

有传言说，鲁迅目前的收入在中国文坛排在首位，生活也不像之前在北京时那般简朴，多少有些"布尔乔亚"化。至于传闻是否属实，笔者不得而知。

3.《呐喊》

(1) 鲁迅与艺术(《呐喊》的自序)

通过上一章引用的《鲁迅自叙传略》，我们可以大致了解鲁迅的为人和经历。通过《呐喊》自序，我们可以更为详细地了解他的过去、选择文艺的目的、创作小说的动机和原因以及他对艺术的态度。

为进一步了解鲁迅走上文艺之路的经过，我们还是有必要逐字逐句细读《呐喊》自序，尽管其与《鲁迅自叙传略》有所重叠。

通过自序我们可以看到，鲁迅幼年时因为家境的衰败和父亲的病，几乎每天都要到当铺典当衣服或首饰换钱以及给父亲抓药。父亲去世之后，鲁迅拿着母亲凑得的 8 元钱旅费入读南京的某学堂。通过学习《全体新论》《化学卫生论》等，鲁迅醒悟到，中医的医论或处方无论有意还是无意，尽是些欺骗。鲁迅还通过阅读翻译历史书籍，了解到日本的维新在某种程度上发端于西洋医学。于是，鲁迅立志要通过学医来拯救中国以及努力帮助那些深受中医之蒙蔽的患者和他们的家人。后来，鲁迅如愿以偿。如自序所述，鲁迅在日本仙台学习新医学时，在电影中看到一个中国人因做侦探而被日本人斩首的场面。以此为契机，鲁迅改变了自己的目标。因为凡是愚弱的国民，即使体格如何健全，也只能做毫无意义的示众的材料，病死多少也不必视其为不幸。所以我们的当务之急是改变他们的精神。而改变精神，首推文艺。于是，鲁迅开始提倡文艺运动。这是鲁迅转向文艺的大致原因。

可见，鲁迅选择文艺的原因并非兴趣或天分。他提倡文艺，出发点是"拯救中国人民"的意愿。考察其创作的源泉，可知鲁迅对艺术的态度，也可了解《呐喊》的由来。

鲁迅在《呐喊》自序中写道：

> 我在年轻时候也曾经做过许多梦，后来大半忘却了，但自己也并不以为

可惜。所谓回忆者，虽说可以使人欢欣，有时也不免使人寂寞，使精神的丝缕还牵着已逝的寂寞的时光，又有什么意味呢，而我偏苦于不能全忘却，这不能全忘却的一部分，到现在便成了《呐喊》的来由。

鲁迅说，《呐喊》是对青春时梦的书写。无法忘却青春时的梦是痛苦的，那痛苦就是《呐喊》的由来。这就是鲁迅的艺术。

1923年，鲁迅在北京女子高等师范学校做了一次演讲，题为《娜拉走后怎样》。在那次演讲中，鲁迅对"梦"做了更为具体的说明。

假使寻不出路，我们所要的倒是梦。但是，万不可做将来的梦。阿尔志跋绥夫曾经借了他所作的小说，质问过梦想将来的黄金世界的理想家，因为要造那世界，先唤起许多人们来受苦。他说："你们将黄金世界预约给他们的子孙了，可是有什么给他们自己呢？"

鲁迅说自己的小说是，因不能完全忘却而痛苦的青年时期梦想的一部分。自己开始写小说的动机和原因，鲁迅也在序文中讲述。

鲁迅写小说的动机之一是来自钱玄同的规劝。钱玄同是鲁迅的好友，也是当时《新青年》杂志的编辑。《新青年》杂志宣扬新思潮，抨击旧思想、旧制度。鲁迅讲述了自己当时凄凉的处境，运用极佳的比喻说明自己开始写小说的缘由。

在写《狂人日记》之前，鲁迅住在S会馆阴暗的三间房里，在很少有人到访的孤寂中，以抄古碑打发时间。当时只有金心异（指钱玄同）偶尔会到访。有一天晚上，看着鲁迅抄的古碑，两人聊了起来。虽有所繁杂，笔者想要在此转引他们的问答。

"你钞了这些有什么用？"有一夜，他翻着我那古碑的钞本，发了研究的质问了。

"没有什么用。"

"那么，你钞他是什么意思呢？"

"没有什么意思。"

"我想，你可以做点文章……"

鲁迅写道："我懂得他的意思了，他们正办《新青年》，然而那时仿佛不特没有人来赞同，并且也还没有人来反对，我想，他们许是感到寂寞了。"

然而鲁迅说道：

"假如一间铁屋子，是绝无窗户而万难破毁的，里面有许多熟睡的人们，不久都要闷死了，然而是从昏睡入死灭，并不感到就死的悲哀。现在你大嚷起来，惊起了较为清醒的几个人，使这不幸的少数者来受无可挽救的临终的苦楚，你倒以为对得起他们么？

"然而几个人既然起来，你不能说决没有毁坏这铁屋的希望。"

这里所说的"铁屋子""熟睡的人"或"几个人既然起来"，指的是当时中国社会的现状。"几个人"应该是指《新青年》的那几位编辑。

是的，我虽然自有我的确信，然而说到希望，却是不能抹杀的，因为希望是在于将来，决不能以我之必无的证明，来折服了他之所谓可有，于是我终于答应他也做文章了，这便是最初的一篇《狂人日记》。从此以后，便一发而不可收，每写些小说模样的文章，以敷衍朋友们的嘱托，积久就有了十余篇。

在讲述自己开始写小说的原因和动机之后，鲁迅又表示，自己所"呐喊"的，亦即自己小说的根源是难以忘却的寂寞之悲哀。他说，寂寞应该是从幼年时在当铺和药铺之间奔波时开始的，而感知到寂寞之悲哀是在他离开仙台医专来到东京之后。当时他立志投身文艺，来到东京创办《新生》杂志，却由于种种原因，以失败告终。

我感到未尝经验的无聊，是自此以后的事。我当初是不知其所以然的；后来想，凡有一人的主张，得了赞和，是促其前进的，得了反对，是促其奋斗的，独有叫喊于生人中，而生人并无反应，既非赞同，也无反对，如置身毫无边际的荒原，无可措手的了，这是怎样的悲哀呵，我于是以我所感到者为寂寞。

但或者也还未能忘怀于当日自己的寂寞的悲哀罢，所以有时候仍不免呐喊几声，聊以慰藉那在寂寞里奔驰的猛士，使他不惮于前驱。

换言之，寂寞是他写小说的一大原因。确切地说，除非写小说，无可让他抑制心中极度的苦闷。哪怕几声呐喊也好，至少可以让他些许平静。用文字把"呐喊"记录下来，就是《呐喊》，也是他的所有作品。

至此，对鲁迅的生涯及走进文艺的动机、原因等作了粗略的描述。接下来，有必要通过作品进一步阐明他的思想、观察以及态度。

(2)《呐喊》

若按照通常的顺序，本应该对《呐喊》作出评价，但是为方便读者起见，笔者要简要地介绍每部作品的要点或特点，之后再选取几部世人所公认的以及笔者视为佳作的作品，对内容梗概加以较为详细的说明，进而探讨相关的评价和作品的寓意。

鲁迅的短篇小说集《呐喊》共包括 15 篇小说，加上自序共 16 篇。笔者在上文中已经对自序的大部分内容作过介绍，这里就不再重复。对其余 15 篇作品，笔者先列出目录，继而综合性地讲述几部内容相近的作品。

《呐喊》所包含的篇目：

《狂人日记》《孔乙己》《药》《明天》《一件小事》《头发的故事》《风波》《故乡》《阿 Q 正传》《端午节》《白光》《兔和猫》《鸭的喜剧》《社戏》《不周山》

就内容而言，《狂人日记》和《药》，《阿 Q 正传》和《明天》，《头发的故事》和《风波》，《孔乙己》和《白光》《端午节》，《兔和猫》和《鸭的喜剧》，《故乡》和《社戏》等可以归类为相近的作品。

《狂人日记》中的主人公揭露了古老的恶习给人们带来的侵害，人们却称他为"狂人"，不去理会他的观点，将其置之度外，甚至要加以抹杀。《阿 Q 正传》表现了当代中国所谓精神文明的余毒，人们深受其害，以自我满足式的思维歪曲事实。作品还描写了中国农民的愚昧以及势利的知识分子们的虚伪和欺诈导致的无知农民们的牺牲。《狂人日记》和《阿 Q 正传》之间有着不少共同点：讲述中国清末民初时期具有普遍性的思想倾向和乡村的现实，在鲁迅的作品中具有重要的意义。

《药》和《明天》描述的都是中国旧医术的落后和医生的冷淡给患者带来的痛苦以及所谓"单方药"——在朝鲜的乡村也颇为盛行——导致的无辜牺牲。鲁迅早年曾立志医学救国，两部作品对问题的描述也非常深刻。此外，《药》中还包含更多的意义。

《头发的故事》讲述的是一位长者在国庆日"双十节"对自己因断发而遭受的辛酸经历的回忆。《风波》讲述的是辛亥革命时期一处乡下的男女老少就断发的利害得失展开的议论。两部小说主人公的思想、性格及知识程度虽各不相同，主题却都是断发问题。

是否要断发，从"一进会"①时期到近期，在我国（指朝鲜——译者注）也成为一个家庭和社会问题。在乡村则直到今天也是如此。我们与中国有着相同的情形，两部小说对我们来说也可谓颇为有趣的作品。

《孔乙己》讲述的是乡下一位满口"之乎者也"的底层知识分子的衰败。《白光》的主人公也是一位知识分子——教书先生。在县考中先后 16 次落榜的他，被祖传的谜语所迷惑，相信祖屋地下埋有银子，却挖地三尺也找不到。之后，他又相信山里埋着银子，便跑到山上挖，依旧以失败告终。最后，他淹死在湖里。

《端午节》讲述的是经济环境的变化带给新式知识分子的影响。虽不至于说是思想的变化，但他们对待日常事务的态度发生了变化，而社会环境的变化将他们的热烈的情感消磨殆尽，从自己的态度上寻求隐遁的借口。可见，描述知识分子形象是上述三部作品的共通之处。

《鸭的喜剧》写的是作者对俄罗斯盲人诗人爱罗先珂的回忆。爱罗先珂曾在鲁迅的弟弟周作人的家里暂住。当时，他买来几只蝌蚪，要把它们养成青蛙，为的是听取自然的音乐。他还劝告人们要饲养家畜，自己还养了几只鸭子。后来，他因为想念母亲而突然离开北京。《兔与猫》也是有关动物的作品，据说是在爱罗先珂的影响下创作的。另一方面，鲁迅自幼不喜欢猫，才以此作为题材。两部

---

① 一进会是大韩帝国时期的社会团体，活跃于 1904 年到 1910 年，被认为是亲日派，是当时最大的政治团体。

作品的相同之处在于均以动物为题材。

其中的《一件小事》，篇幅不过四页，也有人认为就事件的发展而言，很难将其视为小说。然而它与《阿 Q 正传》《狂人日记》等令人感动的作品一样，很好地体现出鲁迅性格的一面。内容如下：

有一天"我"乘坐的人力车刮到一位老妇人的衣服，她慢慢倒下。坐在人力车上的人，也就是作者，以为女人装腔作势，便催促人力车夫赶路。人力车夫却搀扶起妇人走进巡警分驻所。看到那情形，人力车夫的背影在"我"心中霎时间变得高大了。巡警走出来让"我"雇别的车，"我"拿出一把铜钱交给巡警，自己步行赶路。

这件事令"我"时时记起且让"我"痛苦。幼小时读过的"子曰诗云"背不上半句，这件"小事"却教我惭愧，催我自新，增长"我"的勇气和希望。

鲁迅讽刺他人，揭露社会的黑暗面，表面上看似冷淡，深处却始终流淌着温情。《一件小事》体现了鲁迅内心的温情，对于理解鲁迅的性格而言，是一部重要的作品。

在《故乡》和《社戏》中，鲁迅堪称用尽自己的全部技巧来描写自己的回忆。回忆可谓是鲁迅最擅长的领域。两部作品写的都是作者对幼年时乡村生活的回忆。无论是乡村孩子的生活，还是乡村的风景描写，鲁迅都丝毫不亚于世界上的任何一位作家。因为要在下文中详细探讨两部作品，在此暂且略过。

《呐喊》的最后一部作品《不周山》，有人评价它取材于中国的上古神话，作者的意图表现得不甚明确，是一部不可理解的作品。也有人认为它是蕴含作者理想的作品。总之，它是难解的作品之一，笔者无法了解其意图，就此略过。

(3)《阿 Q 正传》

鲁迅的特长——描写乡村农民的思想状态、生活样式和乡村风景，鲁迅所独有的讽刺手法、回忆式叙事，以及辛辣地揭露社会的黑暗面。笔者试图从《呐喊》中选出几部包含这所有特征的、充满热情的作品，结果选择了《阿 Q 正传》《故乡》和《一件小事》。《一件小事》在上文中已有非常翔实的介绍，在此就略过，下面介绍其余两部作品的梗概。

《阿 Q 正传》的梗概

《阿 Q 正传》由几个段落组成。第一章为《序》，第二章为《优胜记略》，第三章为《续优胜记略》，第四章为《恋爱的悲剧》，第五章为《生计问题》，第六章为《从中兴到末路》，第七章为《革命》，第八章为《不准革命》，第九章为《大团圆》，共九个章节，讲述的是一个名叫"阿Q"的人的一生。阿Q没有姓，也没有人知道他的名字，只用罗马字Q代替。他原籍不详，也没有房子，只能住在未庄的土谷祠里。他也没有职业，只能偶尔给村里人打零工过活。于是阿Q便成了人们取笑的对象。有活时，人们会使唤他并夸上两句，而其实几乎没有人把他当人看待。然而他也有自尊心。未庄人都尊敬的赵太爷、钱太爷，他也没把他们放在眼里，两位太爷的儿子，即两个"文童"，在他眼里也不值一提。

换言之，阿Q不仅没有在精神上特别崇拜村里的名流，心里还想着"我的儿子会阔得多啦"。阿Q还进过几次城，还算见过一些世面。然而阿Q也有缺陷，就是头上的几处癞疮疤。如果有人取笑，他会估量着对手，要么骂，要么打。不过吃亏的总是他。后来，他改变了方针，吃亏时大抵只是怒目相对。自从采用怒目主义之后，阿Q更是成为未庄人取笑的对象。于是未庄人和阿Q吵上两句之后，便揪住他的辫子，朝着墙壁上撞上几次之后才会罢手。阿Q却有精神胜利法，心里想着自己是被儿子打了，就能心满意足。人们得知阿Q的想法之后，每次揪住他的辫子时，就会对他说：

"阿Q，这不是儿子打老子，是人打畜生。自己说：人打畜生！"

阿Q则回答说：

"打虫豸，好不好？我是虫豸——还不放么？"

人们同样会揪住阿Q的头几次撞墙之后才会心满意足地走开。不到十秒钟，阿Q也会心满意足得胜似的走开。他会想着自己是第一个能够自轻自贱的人。除了"自轻自贱"，还有一个"第一个"。

被人欺负后，他会到酒店里喝上几碗酒，和别人调笑一通，口角一通，得意扬扬地回到土谷祠睡觉。偶尔有了一些钱，他就去赌，每每输得精光之后回去睡觉。

阿Q多少受到未庄人尊重，是因他说自己和赵太爷是本家而被赵太爷打。如果是被未庄的张某、李某打了算不上什么，而如果是被赵太爷这样受人尊敬的人打了，打的人不必多说自然是名人，挨打的人也会跟着有了名。阿Q挨打，错在阿Q自然是不必说。因为赵太爷没有错。他既然错了，人们为何要格外尊重他？这可难解，可是说穿了，或者是因为阿Q说是赵太爷的本家挨了打，大家也还怕有些真，总不如尊敬一些妥当。

有一年春天，看见王胡在日光下捉虱子放在嘴里毕毕剥剥地响，阿Q身上也痒了起来，开始脱下衣服捉虱子。可是捉不到王胡那么多，捉到几只放在嘴里咬，也不能像王胡那样咬出响声。一怒之下，阿Q骂了王胡。两人打了起来，阿Q被平日里看不起的王胡打了一顿。阿Q说"君子动口不动手"。这次挨打，成了阿Q生平第一件屈辱。本来王胡只是被阿Q奚落，而从来不会奚落阿Q的，如今却被这样的王胡动了手打了，阿Q认为，世道变成这样，是因为皇帝停了考，不要秀才和举人了，因此赵家减了威风，因此他们小觑了自己。

就在被打时，远远地走来一个人，就是阿Q最厌恶的钱太爷的大儿子。他先前跑到城里去进洋学堂，不知怎么又跑到东洋去了，半年之后他回到家里来，腿也直了，辫子也不见了，他的母亲大哭了十几场，他的老婆跳了三回井。后来，他的母亲到处说："这辫子是被坏人灌醉了酒剪去了。本来可以做大官，现在只好等留长再说了。"

然而阿Q不肯信，偏称他"假洋鬼子"，也叫作"里通外国的人"，一见他，一定在肚子里暗暗咒骂。阿Q尤其"深恶而痛绝之"的，是他的一条假辫子。辫子而至于假，就是没了做人的资格；他的老婆不跳第四回井，也不是好女人。这"假洋鬼子"走近来。"秃儿。驴……"阿Q历来本只在肚子里骂，没有出过声，这回因为正气忿，因为要报仇，便不由得轻轻地说出来了。不料这秃儿却拿着一支黄漆的棍子——就是阿Q所谓哭丧棒——大踏步走了过来。阿Q的头狠狠地被这棒子打了。这大约要算生平第二件的屈辱。还好阿Q有"忘却"这一件武器，走到酒店门口，就有些高兴了。在那里，阿Q看见小尼姑，就捉弄她，伸出手摸她的头，还骂她，就有了胜利感，仿佛把刚刚遭到的第一次和第二次屈辱都报了仇，心里变得飘飘然。

有些人说对手越强，胜利的欢喜就会越多，对手越弱，他便反觉得无聊。又有些胜利者当克服一切之后，反倒会感到悲哀。然而阿Q不会感到疲乏，而是永远得意的。这或者也是中国精神文明冠于全球的一个证据了。

自从摸了小尼姑，阿Q就开始想女人。有一天到赵太爷家舂米，吸烟休息时与赵太爷家的女仆吴妈闲聊。阿Q想起了女人，便跪在吴妈前面说："我和你困觉！"吴妈吓得跑出去，家里炸开了锅。家里的秀才拿着大竹杠打阿Q，还用官话骂了"忘八蛋"。阿Q跑到舂米场，感觉用官话骂的"忘八蛋"很是新鲜。听见外面很热闹，阿Q就跑了出去。院子里面有很多人。少奶奶对吴妈说："你到外面来，……不要躲在自己房里想……"邹七嫂也在一旁说："谁不知道你正经，……短见是万万寻不得的。"阿Q觉得很是有趣，心想："哼，有趣，这小孤孀不知道闹着什么玩意儿了？"阿Q凑到赵司晨的身边，赵太爷见了就奔过来用大竹杠打他。阿Q逃到了土谷祠。晚上，地保走进来训斥阿Q："阿Q，你的妈妈的！你连赵家的佣人都调戏起来，简直是造反。害得我晚上没有觉睡，你的妈妈的！……"阿Q没有话。临末，因为在晚上，应该送地保加倍酒钱四百文，阿Q正没有现钱，便用一顶毡帽做抵押，并且承认了到赵府赔罪等五个条件。

此事过后，未庄的女人无论老少都躲避阿Q，没有人叫他做短工，酒店不肯赊欠。原来阿Q做的事情，全都叫小D来做。这小D可是阿Q比王胡还要瞧不起的人。阿Q在路上与小D见面打仗，没有打出胜负。阿Q肚子饿，把衣服等全拿去换了钱。后来到小尼姑那里偷萝卜被发现，不仅被骂了一通，还差点被狗咬。

吃完偷来的萝卜，阿Q便决定进城。他从城里回来是在当年的中秋节过后。来时的阿Q与去时的阿Q完全变了一个人。本来在未庄，只有赵太爷或钱太爷进了城才算一件事，哪怕秀才大爷、"假洋鬼子"进了城，也不算是一件事。这次阿Q穿着新夹袄，到酒店里拿出一把银钱说："现钱！打酒来！"

于是阿Q赚到钱的消息在未庄传开，甚至未庄的女人们当中也有传闻说可以从阿Q那里买到便宜的旧衣裳。于是赵府派邹七嫂到阿Q那里买东西，赵太爷、赵秀才也和阿Q说话。不过因为没有旧衣物，当晚就此散去。

刚回来时，阿Q说在城里举人家里做事，人们听了敬他三分。阿Q得意地说话，照着伸长脖子听得出神的王胡后项窝上劈下去。王胡不仅没有反抗，之后也不敢对阿Q怎样。阿Q现在在未庄人眼里的地位不能说高于赵太爷，但是也差不多。

阿Q有了钱，那些自春天与赵太爷家女仆的风波之后就躲得老远女人们也开始接近阿Q。阿Q如是受到人们的尊敬。但是当人们得知阿Q拿来的是偷来的东西之后，未庄人就开始对他敬而远之。

宣统三年九月十四日半夜三更，一只大船停靠在赵府的河埠头。村里的人都因为睡觉，没有人知道。天亮后，有传言说是城里的举人听说革命党要进城，就给素来不和的赵秀才写长信和解并寄存东西。

　　世道本身就不好，还要搞什么未庄男女都恐惧的革命，阿Q心里很高兴。加上午间喝了两碗酒，便飘飘起来，似乎革命党就是自己，未庄人是自己的俘虏。得意之余，阿Q就喊了起来："造反了！造反了！"未庄人都用未曾见过的、惊恐的目光看着阿Q。阿Q舒服得如六月里喝了雪水。赵太爷用怯怯的声音史无前例地在名字前面加上敬语"老"字叫阿Q为"老Q"。赵太爷的本家赵白眼则以尊重的语气叫阿Q为"Q哥"，试图打探革命党的内幕。阿Q得意洋洋地回到土谷祠把革命后把哪几个讨厌的人杀掉，把谁家的东西拿来用，娶谁家的女人做老婆等等都想清楚了。阿Q第二天起得很晚，似乎有了主意，来到小尼姑居住的静修庵。叫开门，出来一个老尼姑。阿Q问道："革命了……你知道？……"老尼姑回答说："革命革命，革过一革的……你们要革得我们怎么样呢？"

　　阿Q从老尼姑那里得知，赵秀才和"假洋鬼子"情投意合，相约去革命，就到静修庵把一副"皇帝万岁万万万岁"的龙牌当作满政府给砸了。阿Q后悔自己起得晚，又怪他们不招呼自己，又退一步想道：

　　"难道他们还没有知道我已经投降了革命党么？"

　　后来，革命党虽然进了城，当官的还是当官的，举人老爷也做了什么，带兵的也还是先前的老把总。未庄人可怕的事是几个不好的革命党夹在里面捣乱，在城里随便动手剪辫子。但是只要未庄人不进城，也就没有什么关系。阿Q本也想进城去寻他的老朋友，一得这消息，也只得作罢了。将辫子盘在顶上的逐渐增加起来了，阿Q也是其中的一个。但是不像别的革命党人那样受人尊敬，而且自己瞧不起的小D也那么做，所以阿Q颇为不快。赵秀才写信让"假洋鬼子"送去，入了自由党，还要来一个银顶子。据说那银顶子抵得从前的翰林。

　　阿Q心想，要当革命党，单说投降或盘上辫子是不行的，必须要和革命党去结识。他也决定如是做。但是阿Q认识的革命党只有两个，其中一个早就掉了脑袋，另一个则是"假洋鬼子"。于是阿Q去找"假洋鬼子"。他正在和众人说革命，没有人注意阿Q。阿Q想要打个招呼，却不知道该叫什么。不知道该叫"洋人"还是叫"革命党"，最后决定叫"洋先生"。但是没能叫出口，就被众人发现并赶了出来。

　　之后阿Q放弃做革命党的打算，辫子也要像以前那样放下来，却终究没有去做。有一天晚上，屋外突然热闹了起来。原本就喜欢看热闹的阿Q来到外面，恰好遇见小D说，那是赵家遭抢了。阿Q因为抢劫的人没有叫上自己而暗自恼火，更是因为假洋鬼子不让自己造反而气愤。

赵家遭抢，未庄人既感到痛快，又感到恐怖。阿 Q 同样如此。四天后，阿 Q 被抓进牢房，却没怎么苦闷。因为之前他住的土谷祠比牢房好不到哪里去。下午他被提到大堂。堂上坐着满头剃得精光的老头，旁边的十多人，有的像那老头一样剃着光头，有的把长发披在背后，下面还站着一排兵。

阿 Q 觉得那些人都有来头，便不觉间跪了下去。穿长衫的人吆喝："站着说！不要跪！"阿 Q 虽然懂得，却身不由己地蹲了下去。穿长衫的人说阿 Q 是"奴隶性"，但也没再让他起来。

他说："你从实招来罢，免得吃苦。我早都知道了。招了可以放你。"

"我本来要……来投……"阿 Q 说。

"那么，为什么不来的呢？"

"假洋鬼子不准我！"

"胡说！此刻说，也迟了。现在你的同党在那里？"

"什么？……"

"那一晚打劫赵家的一伙人。"

"他们没有来叫我。他们自己走了。"

"走到那里去了呢？说出来便放你了。"

第二天，他们又把阿 Q 押上堂。

"你还有什么话说么？"

老头问道。阿 Q 想了想，没什么话要说，便回答说"没有"。于是穿长衫的人拿来纸和笔，阿 Q 吓得魂飞魄散。因为那是阿 Q 第一次摸纸和笔。穿长衫的人让阿 Q 画押。阿 Q 回答说"不认得字"，穿长衫的人就让阿 Q 画圆圈。阿 Q 立志要画得圆，却画成瓜子模样，于是颇为后悔。

当天晚上，举人和把总之间吵了起来。争吵的内容是这样的：举人想要把贼人找出来，把总则因为自己做革命党不到 20 天就出了 10 多起抢案又全都不破，所以主张要"惩一儆百"。

阿 Q 第三次被押上堂。光头老头问道："你还有什么话么？"阿 Q 一想，没有话，便回答说："没有！"于是他们就给阿 Q 穿上白背心，双手捆绑。阿 Q 感觉像戴孝，气恼着登上了马车。马车前面是扛着洋炮的兵，路边站满了人。阿 Q 突然感觉到这是要去法场。然而终究想到："人生天地间，大约本来有时也未免要游街要示众罢了。"阿 Q 知道去法场的路,想要拼命唱戏,却又感到不是滋味儿就没有唱。阿 Q 在恍惚中想着过去的事情,渐渐两眼发黑,耳朵里嗡的一声,觉得全身仿佛微尘似的迸散了,便断了气。

之后的舆论都说阿 Q 坏。因为被枪毙便是阿 Q 不对的证据,不坏又何至于被枪毙?

城里的舆论却不佳,他们多半不满足,以为枪毙并无杀头这般好看。还有可笑的是死囚游了那么久的街,竟没有唱一句戏,他们白跟一趟了。

◆

梗概有些冗长了。然而这部作品并非以一个核心事件为中心附加其他事件的结构,而是每一个琐碎的事件都被作者赋予同等重要的意义,无法一一省略。结果,笔者的梗概介绍也长达数千字。作者无疑是要把阿 Q 刻画成辛亥革命时期的糊涂的农民。同时,作者还想讲述当时中国农村的状况、事实上影响极为有限的革命以及中国精神文明的陋习——阿 Q 的精神胜利。笔者因此无法重此轻彼。

《阿 Q 正传》发表之后,立刻在中国文坛引发热潮,模仿《阿 Q 正传》的作品也不计其数。随着它被翻译成外国语,全世界的文学人纷纷写出了评论和感想。时至今日,还有人在争论"阿 Q 时代"是否已经远去,阿 Q 引发的文坛波澜及其影响至今也难以估量。

那么,"阿 Q"为何如此受到关注和重视?关于这一问题,笔者将首先介绍普遍且重要的观点和评价以及笔者的观点。此外,表现技巧、语言等问题则将通过《呐喊》来阐述。

鲁迅的创作与托尔斯泰不同。托尔斯泰的做法是先设定一个理想,再将作品集中于理想。但《阿 Q 正传》不是直接教导中国人应该如何去做,没有清晰地表明自己关于中国的理想,也没有将其作品化,而是自始至终只是真实地描述中国当时的状况,从而揭露自己,即中国人真实的面貌。鲁迅在《阿 Q 正传》中刻画阿 Q 的精神胜利法——明明是挨打,却认为自己胜利,理由就在于此。当时的中国在列强面前屡战屡败,中国人却始终坚信自己是胜利者。这种思维从何而来?鲁迅想要探究的就是这一问题。

正如《阿 Q 正传》中所言,"这或者也是中国精神文明冠于全球的一个证据"。鲁迅没有从理论上说明什么是精神文明或什么是物质文明,也没有谈论其优劣,

而是剖析精神文明的某一端面，停止于这样的观察。他写革命，也没有说明什么
是革命、革命的理论、目的和理想等问题，只是在揭露革命时期的中国社会状
况。例如，普通农民的思想状态、社会的变化、土豪劣绅赵太爷和赵秀才在革命
期间的投机行为、无辜成为牺牲品的阿Q。

　　鲁迅通过《阿Q正传》做出的贡献是，以科学的态度观察和剖析辛亥革命时
期的社会，准确地刻画当时中国人国民性的一面。若换成文艺术语就是，鲁迅将
自然主义引入中国文坛。正如成仿吾在《〈呐喊〉的评论》中所言，鲁迅在留学日
本时正是自然主义盛行于文坛的时期。鲁迅也受到其影响。所以鲁迅不去刻画革
命时期的伟人，而是刻画阿Q那样的农村普通人；不去描写自己所向往的社会，
而是以未庄那样在中国的农村随处可见的地方为背景；不去讲述人间大事，而是
讲述阿Q的洗身、剪发、不剪发等日常琐事。这些应该是自然主义特色的呈现。
鲁迅也走了与其他自然主义者相同的路子——刻画病态的心理、病态的人物。例
如，高尔基写了《两个狂人》，鲁迅写了《狂人日记》，而《阿Q正传》里也包含病
态的因素。

　　许多评论家称鲁迅为"社会黑暗面的揭露者"。虽说所有作家、作品都是如
此，唯独鲁迅更胜一筹是因为他努力以科学的态度看待所有社会现象，且尽可能
忠实地描写现实。或许会有人产生疑问：中国社会不可能一无是处，既然真实地
描写社会，鲁迅又为何只描写短处？依笔者个人的观点，这是鲁迅有意而为之。
鲁迅当初立志投身文艺，目的就是拯救中国，所以自然要更多地揭露短处，以促
成中国人的自我反省，同时勉励中国人。

　　鲁迅多用讽刺、幽默的手法，目的在于加深读者的印象，可谓增强作品效果
的技法。而从另一方面来讲，也应该是因为鲁迅的性格中含有诸多这类因素。

　　概而言之，创作态度上的科学性是鲁迅的重要特质。本着这样的创作态度，
他如实地描写了中国辛亥革命时期的社会状况，亦精彩地刻画了当时中国的国
民性。

　　最后附上一句新进批评家钱杏邨的话："鲁迅的作品，尤其是《阿Q正传》无
法脱离时代性。"如上所述，鲁迅并非拥有远大的思想，不过是在描写辛亥革命当
时的社会状况。因此，钱杏邨的观点可谓大致正确。而事实上，任何作家、作品
都无法脱离时代性，不同的只是它在艺术作品中的浓淡程度。

(4)《故乡》

《故乡》的梗概

"我"回到相隔二千余里，离井已二十多年的故乡。"我"这次回乡不是衣锦还乡。家人生活多年的老屋已经卖掉，交屋的日期临近，"我"回来是为了把家人搬到自己生活的地方。在"我"的心中，故乡全是小时候天真烂漫的回忆，回到故乡，却发现它与自己的记忆完全不同。

回到家里，"我"的母亲和侄子宏儿出门相迎。宏儿是一个八岁的孩子，"我"在家时他还没有出生。到了屋里，"我"和母亲说："外间的寓所已经租定了，须将家里所有的木器卖去，再去增添。"母亲提醒"我"要去拜望亲戚们。母子俩谈起了"我"小时候的伙伴闰土："他每到我家来时，总问起你，很想见你一回面。我已经将你到家的大约日期通知他，他也许就要来了。"

说话间，"我"回到很久以前的梦境里。天空中挂着一轮金黄的圆月，下面是海边的沙地，都种着一望无际的碧绿的西瓜，其间有一个十一二岁的少年，项带银圈，手捏一柄钢叉，向一匹猹尽力地刺去，那猹却将身一扭，反从他的胯下逃走了。这少年便是闰土。"我"认识他时，也不过十多岁，现在已经过了三十年。那时"我"的父亲还在世，家境也好，"我"是一个少爷。那一年正月，恰逢多年才能轮到一回的大祭祀，家里需要一个看管祭器的人。"我"向父亲提出让闰土来做，父亲也应允。

等到期盼已久的正月，闰土终于到了。紫色的圆脸，头戴一顶小毡帽，颈上套一个明晃晃的银项圈，可见他的父亲十分爱他，怕他死去，所以在神佛面前许下愿心，用圈子将他套住了。他见人很怕羞，只是不怕"我"，没有旁人的时候，便和"我"说话。两个天真烂漫的少年之间的交往就此开始，两人相互诉说彼此的心愿和经验。

闰土说自己进城之后见了许多从来没有见过的东西。"我"想用石头捕鸟，就对闰土说。闰土说，捕鸟需要下大雪才可以，还讲了捕鸟的情形。

闰土叫"我"夏天来玩儿，说夏天海边有五颜六色的贝壳，晚上去看西瓜地去。"我"生长在比较繁华的地方，闰土说的事情都超乎"我"的想象。"我"问闰土，晚上看西瓜地，是为了管贼吗？闰土说，乡下没什么贼，看的是野兽，还说明了那情形。"我"兴致勃勃地听着闰土讲的无穷无尽的海边故事。

可是正月过后，闰土要回家。"我"急得大哭，闰土也不愿意回去。之后，两位少年互相送过几次礼物，三十多年来却一直没有相见。

多年后重又听到闰土的消息，从前那美丽的故乡重又浮现在"我"的脑海中。"我"问母亲闰土的近况，母亲说他过得不好。

闰土来到家里，却已经不是从前的面容。开裂的手像松树皮，脸上满是皱纹，一身极薄的衣服，眼睛被海风吹得红肿，全然不是记忆中的闰土。

闰土已经忘记所有从前的情分，见到"我"叫了一声"老爷"。我不禁愕然，想到"我们之间已经隔了可悲的厚墙壁"，既悲伤又尴尬，说不出话来。

闰土带来了自己的第五个孩子，看起来很像从前的闰土。而"我"的侄子宏儿很像从前的"我"。通过闲聊，"我"得知闰土的日子过得很难。

之后是一段插话，讲述"我"和杨二嫂的会面。杨二嫂卖豆腐，人们都叫她"豆腐西施"。这段插话，使得作品的乡村情调变得更加浓厚。

终于到了启程的日子。闰土也来取走一些东西，"我"和闰土却没有空再说话。"我"和家人乘船离开故乡，却感觉不到太多留恋。

坐在船上，"听着船底潺潺的水声，知道我在走我的路"。那时"我"有了一个心愿，希望下一代人不要像"我"一样生活，不要过闰土一样麻木的生活，希望他们能过上我们所未曾经历过的生活。然而想到希望，"我"又突然害怕了起来。闰土来取东西时拿走香炉和烛台是崇拜偶像，而"我"现在所说的希望不也是自制的偶像吗！

希望本是无所谓有，无所谓无的。这正如地上的路：其实地上本没有路，走的人多了，也便成了路。

◆

在我看来，《故乡》是回忆类作品的代表作。作品中的"迅哥儿"，也就是第一人称"我"，应该是鲁迅自己。作品中对农民性格的描写最为美丽自然。作品充满韵律感，堪称一首叙事诗。作品的背景或事件的发展进程中，也包含有诸多诗歌因素。如果片面地看待《故乡》，不过是一篇回忆文章；而如果从另一个方面看，就可以读出更多内容。例如，近代资本主义文明的流入导致的农村有产阶级的没落以及他们向城市的迁移。还有，经济组织的一大缺陷——资本的集中和兵匪之患等引发的农村荒废化以及随之而来的人心的恶化。对此，近期的无产阶级文学批评家们都有谈及。鲁迅之所以实事求是地描写这些场景和景观，只是为了表现真实的世界，并传达其背后的含义，而不是为了表现有产阶级的没落和农村的衰败而刻意选择这些场景进行渲染和描写。

因此，诚如阶级文学论者们所说，鲁迅的写实主义描写的"有所指向性"，在鲁迅的作品中应该只是附带的效果，并不是其主要目的。那只是他回忆式叙事特有的增味而已。如今中国农民的思想是否已经超出这一程度？他们的生活是否发生更多变动？对此，笔者持有疑问。

人们在批评鲁迅的态度和思想时，引用得最多，抨击得最多的就是《故乡》的最后一段："希望本是无所谓有，无所谓无的。这正如地上的路：其实地上本没有路，走的人多了，也便成了路。"有些人在评价这段话时主张，鲁迅没有思想，是虚无的人，还说这段话是鲁迅"明哲保身主义"的表现。但是在笔者看来，关于希望，鲁迅之所以得出这样的结论，是因为他是一个以纯粹客观的态度观察人类的作家。

如上所述，鲁迅从不谈论远大的希望，抑或人类的大目标。他唯一的目标就是揭示中国的现实、中国人性格的一端。作为作家，他从不试图指明"中国的前进方向"，不过是在揭示中国和中国人的现状。而他所推崇的文艺至上主义大致可归属于自然主义的范畴。可以说，上述他的个性既是自然主义的长处，同时也是短处。

正如成仿吾所言，无论表现还是结构，《故乡》都是鲁迅的杰作。

4.《彷徨》

《彷徨》是鲁迅继《呐喊》之后发表的短篇小说集，都是在报刊、杂志上发表过的作品结集而成。作品集中的 11 篇作品均写于 1924—1925 年，也就是近一年期间发表的作品。目录如下：

《祝福》《在酒楼上》《幸福的家庭》《肥皂》《长明灯》《示众》《高老夫子》《孤独者》《伤逝》《兄弟》《离婚》

小说集《彷徨》中，不仅没有同名的作品，也不像《呐喊》那样附有长篇序文，人们难免要对作者为何以《彷徨》为题产生疑问。但是作者在题记中引用了屈原的《离骚》，从中可以看出，作者的"彷徨"是为了"上下而求索"。

为了进一步阐明"彷徨"的含义，笔者拟再次引用那几句诗。

朝发轫于苍梧兮，夕余至乎县圃。

欲少留此灵琐兮，日忽忽其将暮。

吾令羲和弭节兮，望崦嵫而勿迫。

路漫漫其修远兮，吾将上下而求索。

（屈原《离骚》）

通过引用的诗句可以看出，鲁迅在当时的确经历了思想上的停滞，因为看不清前路而彷徨。

正如鲁迅在《故乡》中表达的那样，关于希望，鲁迅没有自己明确的观点，只是从客观的立场表示："走的人多了，也便成了路（希望）。"因此，冷静地说，《彷徨》所载作品是《呐喊》的续篇，在思想上别无进展。

于是近来有阶级文学家们评论称，鲁迅的创作代表不了时代，因为没有体现出希望，亦即前途或目标，所以只有"呐喊"，只有歧途上的彷徨。在此，读一读新进阶级文学评论家钱杏邨有关《呐喊》和《彷徨》的评论，可以大概了解相关内容。

鲁迅两部创作集的名称——《呐喊》与《彷徨》——实在说明了他自己。我们把他的两部创作和《野草》合看的结果，觉得他始终没有找到一条出路，始终都在呐喊，始终都在彷徨，始终都如一束丛生的野草不能变成一棵乔木。实在的，我们从鲁迅的创作力所能找到的，只有过去，只有过去，充其量亦不过说到现在为止，是没有将来的……（《现代中国文学作家》第一集）

并非鲁迅的所有作品都是如此，而是他的作品中确有这一方面的内容。鲁迅本人也在论文集《坟》的后记《写在〈坟〉后面》中明确地表达过自己的思想和态度。

但我并无喷泉一般的思想，伟大华美的文章，既没有主义要宣传，也不想发起一种什么运动。

去年春天曾有消息说，鲁迅加入了"中国左翼作家联盟"。或许正是因为无思想，鲁迅才终究倒向阶级文学。无论如何，此事颇令人诧异。之后，鲁迅除了几部译作之外别无创作，有无新的变化不得而知。

但是这一问题超出了本文的探讨范围，也要留到探讨《彷徨》时进一步论述。

笔者曾在上文中主张，《彷徨》无异于《呐喊》的续篇，无论思想内容还是艺术表现，都有诸多相通之处。而笔者所谓"续篇"，意思是两者之间没有太多需要刻意说明的差异，而不是两者完全相同。笔者首先简要介绍每一篇作品的内容，之后再详细地辨析《呐喊》和《彷徨》的差异。

第一篇《祝福》：描述了农村底层女子祥林嫂的半生。

一位名叫祥林嫂的寡妇在鲁四老爷家里做女工。后来婆婆硬是将她改嫁给了一个男人，得到了一些钱。事情看似告一段落。然而，祥林嫂的丈夫后来就死掉了，唯一的孩子，在一天早晨摘蚕豆时又被狼叼走了。祥林嫂又重新回到鲁四老爷家里做女工，但因二嫁他人，违背了封建贞洁观而被鲁镇的人们嫌弃。祥林嫂终于被鲁四老爷赶了出来，成了一个乞丐。年末，"我"来到鲁镇。祥林嫂见到"我"就问："一个人死了之后，究竟有没有魂灵的?"当晚，祥林嫂自杀。全篇的梗概大致如此。

第二篇《在酒楼上》："我"回到老家，在一家熟悉的酒楼喝酒时见到老友叙旧，发现老友已经被人情和旧的制度所驯服。

第三篇《幸福的家庭》：主人公想要写一篇小说，刻画理想的幸福家庭。而主人公的现实生活却受到环境的限制，始终享受不到"幸福的家庭"。

第四篇《肥皂》：讲述了一个旧式家庭的人们对新式教育的盲目抵制。

第五篇《长明灯》：讲述了一个年轻人对宗教及迷信的反抗。在一座寺庙里有一盏世世代代未曾灭过的长明灯，一个年轻人企图熄灭那盏灯，结果遭到村民们的排斥和攻击，最后被关在那座寺庙里的一间房子里。

第六篇《示众》：巡警押着一个犯人游街示众，围观的人群无一不是木讷、冷漠的。

第七篇《高老夫子》：讲述了一个旧思想家在实施新教育的过程中暴露出的丑态以及教育者的无能、无责任感。

第八篇《孤独者》：这篇小说和《伤逝》一同被誉为这部小说集中的两篇杰作。主人公原本抱有新思想，在奋斗的过程中迫于经济压力，只好委身于旧军阀手下担任顾问，向旧制度、旧势力低头屈服。

第九篇《伤逝》：《伤逝》（1930 年刊登在《中外日报》上）是一篇以恋爱为题材的小说，在鲁迅的作品中极为少见。男主人公在经济上受到打击之后，以没有爱情为由提出分手。女主人公只能无奈地接受分手（其实是由亲戚带走），后来病死。

第十篇《兄弟》：描写了兄弟之间不计利害的亲情。

第十一篇《离婚》：描写的不是新式夫妻的离婚，而是乡村强势家族与弱势家族之间的离婚事件。

5.《彷徨》与《呐喊》

笔者当初的计划是详细介绍《呐喊》中的《孤独者》《伤逝》《长明灯》三部作品梗概，之后再对其进行探讨和研究，但是上文对《阿 Q 正传》和《故乡》的梗概介绍占据了太多篇幅，同时，笔者当初计划这篇文章时是要写一篇简要的介绍和评论，结果写到这里却成了一篇类似于长篇论文的文章。接下来，要简明扼要地介绍故事梗概，尽可能略去详细的解释。另外，笔者将在介绍《彷徨》的特色之后再比较《呐喊》和《彷徨》。但是在和《呐喊》比较的过程中必然会体现出《彷徨》的特色，所以要将两个部分整合在一起讲述。

如上所述，通过与《呐喊》的比较，我们可以发现，《彷徨》在思想和表现手法上没有太多变化，两者的差异只是社会变迁带来的取材方面的差异和表现手法的差异。笔者在此首先要指出两者的差异，继而阐述《彷徨》的特色。

就《呐喊》写作期间的社会环境而言，当时正值辛亥革命前后，中国的农村也在经历一场剧烈的动荡，处在前所未有的混乱状态。于是，阿 Q 那样的农民口口声声闹革命，还把辫子盘了起来。又如《头发的故事》或《风波》中的人们围绕剪发是否有利或是否"上算"议论纷纷，争吵不休。一些人剪掉头发，一些人敷衍了事。如果说《呐喊》的时代性就体现在新旧思想、新旧制度、新旧风俗与习惯之间的冲突和混淆，在《彷徨》中则看不到这样的社会环境。

相反，《彷徨》中的社会普遍倾向颇为平和，新思想家也被旧思想、旧习惯、旧道德所浸染、稀释乃至制服。如《在酒楼上》中的吕纬甫，一开始要做新学问，后来屈服于社会旧习，讲授"子曰诗云"之类的旧学。《孤独者》的主人公魏连殳在一座山村里做新学问，孤身一人与旧习惯、旧道德、旧风俗展开斗争，被人们视为异端。但是在社会环境和生计的压迫下，担任了旧势力分子的顾问，还写下了自白信，承认自己堕落成为一个废物。以上几部作品描述的都是改革家在看似平稳的外界环境中遭受的惨败。

可以说，到了《彷徨》时代，作品中已不再有新旧思想的正面冲突，只有内在的暗斗。这表明，此时的社会环境与《呐喊》时代相比有了不小的变化。

首先，需要关注的是体现在此两部小说集中的反抗思想。虽说鲁迅的作品无一不是充满反抗思想，若选出代表作，还要数《呐喊》中的《狂人日记》和《彷徨》中的《长明灯》。此两部作品都是在表现反抗思想。前者强调的是以启蒙为途径的反抗。启蒙的对象是那些被旧习惯、旧思想及旧传统所麻痹且对非人性的东西习以为常的人们。后者则强调对宗教、迷信的反抗。两者的差异在于，前者对陈旧思想的反抗是朦胧的、泛泛的，后者则明确地表达了对宗教、迷信的反抗。

其次，此两部小说集的差异在于作品中的知识分子形象。《呐喊》中的知识分子，如孔乙己那样擅长写旧体字或惯用"之乎者也"的旧知识分子，又如《白光》的主人公那样县试落榜的旧式汉文学知识分子。与他们相比，《彷徨》中的知识分子形象是有所不同的。换言之，或可称其为新知识分子。例如，《彷徨》第二篇《在酒楼上》中的吕纬甫、《高老夫子》中的高尔础和那位女校教师。他不具备做教育者的资格，还堂而皇之地发表题为《论中华国民皆有整理国史之义务》的论文。另外，还有《孤独者》的主人公魏连殳。

虽说这些人并非因社会变迁而变成新知识分子的旧知识分子，但是也不无此类现象。同时，鲁迅在城市里接触的人当中也许包括此类人物。虽不能混为一谈，但鲁迅笔下的知识分子形象确实发生了变化。

第三，笔者认为值得关注的是作品的描写。《呐喊》的描写是深刻的，给人以刻骨铭心的印象。而《彷徨》给人的印象就没那么深刻。不仅笔者这样认为，从其他评论家或其他人的读后感中，也可以看到类似的观点。对此，笔者相信有两个原因：其一是笔者的疏忽；其二是读者也已习以为常。

的确，通过《呐喊》和《彷徨》的比较可以看到，《呐喊》的描写给人以一种无以言表的深刻印象，而《彷徨》的描写趋于平淡，深刻性有所欠缺。即便事实并非如此，上述第二个原因的影响或许要更大一些。

换言之，因为《呐喊》是前所未有的作品，当读者初次接触时自然印象深刻。而读过《呐喊》之后，读者们就会在一定程度上熟悉那种思想、描写、讽刺，再次读到类似的东西时，印象就不会太深刻。

读者们看到《彷徨》时的感受是："又是鲁迅所擅长的鲁镇！""啊，又是鲁迅的新发明，农民、农村！"如是，读者们会早早地确立印象和评价之后再开始读作品，印象自然不会深刻。

关于《呐喊》和《彷徨》的差异就写到这里。接着，笔者要讲一讲《彷徨》的特色，也就是《呐喊》所未具备的一些特点。

我们读《呐喊》会发现，通篇都看不到任何有关恋爱的内容。充其量就是《阿Q正传》中的阿Q捉弄小尼姑时，摸了小尼姑的头，觉得指头留下滑腻的感觉，还有阿Q到赵太爷家舂米时试图调戏女佣吴妈，等等。但是这些事件再怎么夸大其词也不能说成是恋爱。而《彷徨》中的《伤逝》写的就是恋爱事件，包含从恋爱到共同生活以及最后的离别。

这篇小说的内容看似鲁迅的亲身经历，抑或听闻于亲近之人。当然，这个问题可以暂且不论。总而言之，纵观鲁迅的全部作品，讲述恋爱问题的也仅此而已。作品所描写的并非摩登男女之间朝升夕落般轻浮地开着轿车来往于舞厅或新婚旅行的恋爱。作品的主人公是一对穷困潦倒的男女，女人不是摩登女生，男人虽然是个读书人，却非时髦的文学青年。换言之，就时代而言，写的都是老式恋爱。

关于恋爱，还涉及一个有趣的问题，那就是现代正流行的离婚。鲁迅的小说《离婚》描写的也不是新式离婚，亦即新式男女因意见不合、经济条件不相称或者新式男子与旧式女子的隔阂等导致的离婚。鲁迅讲述的是乡下的强势家族与弱势家族之间的离婚事件，堪称旧式中的旧式。男方是旧知识分子，有权有势，在当地堪称豪门。女方则是农家闺女，无权无势。男方为了迎娶青楼女子，全家总动员，企图用区区八九十块钱赶走糟糠之妻。

最终，男方家人以官威压倒女方，用八九十元钱把女人打发离家。

6.《野草》

关于《野草》，笔者曾在《中国文坛概览》和《中国新诗概览》中多少有所提及。值得注意的是，《野草》的内容或形式与鲁迅之前的作品截然不同。就形式而言，《野草》中有一首新体诗歌，题为《我的失恋》，副题为"拟古的新打油诗"。而另一篇《过客》则是戏剧体的作品。

出版广告称：《野草》"可以说是鲁迅的一部散文诗集"。所以，《野草》的体裁到底是诗歌还是小说或小品文，确实也是一个问题。

不过，小说越来越短，诗歌越来越长，如今已成为大势所趋。过不了多久，我们或许会难以区分小说和诗歌也未可知。

《野草》，要把它归类到小说里，它的情节过于单纯，又缺乏人物形象；而要把它归类为诗歌，理性色彩又过于浓重。讽刺色彩鲜明的《狗的驳诘》《立论》《聪明人和傻子和奴才》等三篇，如伊索寓言那样具有丰富的寓意和讽刺。而《秋夜》《雪》《好的故事》《风筝》等几篇，则完全可以归类为诗歌。反过来，如果把这几篇当成小说，那么它与现代女作家弗吉尼亚·伍尔芙的纯心理小说，即描写心理进程的小说还有几分相像。而在弗吉尼亚·伍尔芙的小说里，事件没有主次之分，不会为讲述重要的事件而引入更多附属性的事件，而是忠实地根据心理走向描述，因此时而会冒出看似毫不相干的事件，语言上也存在一些不够完整的部分。而鲁迅的《野草》，为了完美地表达所思所想，将全部要素集中于一个核心点上。这是两者的区别。

关于《野草》的体裁，笔者不想继续探讨。但关于《野草》的一些问题具有一定的研究价值，例如，其在鲁迅文学创作历程中的地位、《野草》中鲁迅的思想倾向及状态、鲁迅的人生态度及《野草》的期待，等等。《野草》堪称鲁迅文艺创作历程的精华，也是鲁迅思想的总结。在《野草》中，鲁迅以最真挚的态度观察人生，对人生和社会做出了最准确的批判，最好地体现出自己的"隐退"的"温情"，最好地阐明了期望及艺术态度。一言以蔽之，《野草》展现了鲁迅所独有的老练的描写，堪称最透彻地陈述鲁迅思想的作品。

然而在《野草》中，鲁迅的苦闷随处可见。换言之，鲁迅艺术创作的原动力——苦闷洋溢在字里行间，无处不在。其实，即使作家拥有太阳般炽热的希望，要想使作品变得"伟大"，还是要靠"苦闷"的力量。一个作家，如果他的一生充满了黑暗和绝望，那么让他的作品变得沉重，让他的观察变得深刻，将他的绝望引向无尽深渊的，也是"苦闷"的力量。鲁迅绝非彻底绝望的人。如果非要指出他的缺点，没有明确且伟大的希望或许可以算一条。即便如此，对于人类、社会，他也并非绝对悲观论者。显然，他不愿意在明暗中彷徨，因渴望寻求某种彻底的解决方案，才使得他不得不终日与苦闷相伴。

笔者认为，正是鲁迅的这一苦闷成就了今天的他以及他所作出的巨大贡献。我们之所以可以继续对今后的鲁迅寄予更多希望和期待，也正是因为这苦闷的存在。

此外，我们有必要看一看鲁迅自己对《野草》的想法以及期待。鲁迅在《〈野草〉题辞》中表明了自己的观点。

> 当我沉默着的时候，我觉得充实；我将开口，同时感到空虚。
>
> 过去的生命已经死亡。我对于这死亡有大欢喜，因为我借此知道它曾经存活。死亡的生命已经朽腐。我对于这朽腐有大欢喜，因为我借此知道它还非空虚。
>
> 生命的泥委弃在地面上，不生乔木，只生野草，这是我的罪过。

作者在表明自己过去的生命已经腐朽，在那生命的根上长出的正是这《野草》。对于自己的艺术，鲁迅的态度一向谦逊。他从不自诩自己的作品伟大，始终自称自己的作品难为乔木，充其量也只是野草。《〈野草〉题辞》中还有一段话暗示着鲁迅的期待：希望《野草》尽快腐朽，尽早成为过去，好让新的东西生长。

> 我希望这野草的死亡与朽腐，火速到来。要不然，我先就未曾生存，这实在比死亡与朽腐更其不幸。

可以看到，鲁迅始终期待新旧的交替，旧的事物完成使命之后逝去，新的事物取而代之。鲁迅不想看到一个生命或一部作品来到世上却不留下任何痕迹，若有若无，若生若死，毫无活力。

在本文中不可能研究《野草》中的每一篇作品。值得注意的是，其中的不少作品充满哲理，抑或饱含着鲁迅的人生观，如《过客》《影的告别》《复仇》《死火》《墓碣文》《死后》《颓败线的颤动》《失掉的地域》等。这些作品过于晦涩，过于简略，实难把握作者的本意。

笔者认为，如果对《野草》中的作品加以分类，会更便于研究和探讨，如分为(1)回忆类(2)风采类(3)希望类(4)描写类(5)思想类。分类之后，就可以详细地探讨哪一部作品属于哪一类，哪一部作品体现出哪一种思想，哪一类作品具有哪一些特征等问题。由于篇幅有限，笔者介绍其中的一篇《过客》。这部作品堪称多方面准确表现了鲁迅的思想。

如上文所述，《过客》在形式上类似于戏剧，时间为"或一日的黄昏"，地点为"或一处"，出场人物只有三人：老翁、女孩、过客。笔者在此想要探讨的问题不是《过客》作为喜剧作品的好与坏或优点，而是要考察鲁迅的思想、人生观、过去、立场等。笔者首先要介绍该作品的内容。

某一日黄昏，老翁和女孩看见有人从东边走来。过客看起来很是疲惫，意气全无，向老翁讨一杯水喝。少女拿来一杯水，过客谢过并一饮而尽。老翁问过客叫什么名字，过客说不知道；问过客从何处来，过客说不知道；问过客去往何处，过客还说不知道。过客只是指着前面说要去那里。喝完水，恢复了一些气力，过客说要继续向前走，还问老翁，你住在这里很久，可知道前面是什么地方？

> 翁：前面？前面，是坟。
> 客：(诧异地)坟？
> 孩：不，不，不。那里有许多许多野百合、野蔷薇，我常常去玩，去看他们的。

之后，过客又问老翁：走完了那坟地之后呢？老翁回答说：我也不知道。少女也说不知道。老翁说："我单知道你的来路。也许倒是于你们最好的地方。你莫怪我多嘴，据我看来，还不如回转去。"老翁还说："料不定你能走完。"之后，过客说道：

> 料不定可能走完？……(沉思，忽然惊起)那不行！我只得走。回到那里去，就没一处没有名目，没一处没有地主，没一处没有驱逐和牢笼，没一处没有皮面的笑容，没一处没有眶外的眼泪。我憎恶他们，我不回转去！

接着，老翁劝过客说，太阳也落山了，就留下来休息一会儿。过客说，前面有声音催促自己走。老翁说，自己也曾经听到那种声音，如果不理它，就无所谓。过客还是要走，少女给他布片，让他裹住伤口。他道谢并接过布片坐下来裹伤口，却又还给少女说包不住。他还说："倘使我得到了谁的布施，我就要像兀鹰看见死尸一样，在四近徘徊，祝愿她的灭亡，给我亲自看见；或者咒诅她以外的一切全都灭亡，连我自己。"

"但是我还没有这样的力量；即使有这力量，我也不愿意她有这样的境遇，因为她们大概总不愿意有这样的境遇。我想，这最稳当。"少女不肯接过布块，过客不愿意带走。老翁就让过客把布片挂在野百合、野蔷薇上。少女也说好，过客就此离开。

以上是《过客》的梗概。作品出色地表现了过客、老翁、少女各自不同的立场、对世间万象各不相同的观察、各自不同的期待、各自不同的未来。其中，过客应该是鲁迅自己的立场、态度、人生观、艺术观的表现吧。对此，笔者无意呶呶赘言。

7. 鲁迅的语言

笔者曾在卷首开宗明义：鲁迅是"文学革命"的实践者。理由是，鲁迅运用白话文进行实验性的创作，其文学精神与"文学革命"相符。在此，笔者要简要地探讨有关鲁迅所用"白话文"的问题。主张使用白话文的目的是实现言文一致，而言文一致也确实是现实问题。

关于这一问题，笔者也曾多少有所提及。而郭沫若近期也在批判胡适的白话文运动，认为言文一致其实是不可能的。笔者无意反驳他人的主张，只是在客观的观察中产生了一些疑问。例如，无论是朝鲜文小说，还是日本语的小说、中国白话文小说，仅靠日常通用语及语法是无法写出优秀作品的。写作者在口语和文言文之间自然会感受到不可言说的差异。

近日中国的白话文，虽同为白话文，却又能发现多种互不相同的白话文。如胡适主张言文一致，所用的白话也非常平易，与日常语言几无二致。

另一种是"创作社"一派的郭沫若、郁达夫、张资平等使用的白话文。他们的白话虽然同样非常平易，却与胡适的白话和日常语言有所不同。

鲁迅的语言虽然是白话，却比相对平易的文言文还要难懂一些。然而要论文体给读者的印象之强度，鲁迅的白话文堪称第一。鲁迅的语言选择合理、到位，文章言简意赅，只要懂得其语言，就能体会到源源不断的意味。

总之，鲁迅的白话堪称最难的白话，同时具有鲜明的特点：将西方语言的语法运用到汉语中；少用白话的连词和虚词。还有一点就是简约性。简约性原为文言文的优点，鲁迅则将其运用到白话文中。

将西方语言的语法运用到汉语中，指的是叠用形容词以及类似于英语文章的标点符号的省略、多句子的连用。少用连词和虚词，指的是少用"即""及"等词语和"阿""巴""哪""呢""着"等虚词。虽说从修辞学的层面来讲，连词和虚词用得过多没法作出好文章，然而这些词用得太少则会读不懂文章的脉络。汉文之难，语句与语句之间常见的省略应该是原因之一。所以诸如《聊斋志异》，区区三、四行文字，中国的说书人可以连着讲三四天。说书人添加的许多无关紧要的东西固然是原因之一，文本的简略也是原因之一。

鲁迅的白话，即便是中国的中学毕业生，也只能做到理解每一篇作品的大意，几乎没有人可以做到逐字逐句理解全部作品。鲁迅的描写，多比喻且蕴意丰富，即使文学造诣颇深的人，对一些篇章也会不得要领，首要原因当然是文章晦涩难懂。中国通过使用白话文，看似实现了言文一致，即言与文的全然一致。而事实上，两者之间的差异依旧不小。所谓言论机关使用的语言，与清末文言派，即梁启超、章士钊等的文言别无二致。鲁迅的白话虽为白话，但是单论语句结构的简约性，难解程度丝毫不亚于文言。鲁迅的文体在白话文中堪称自成一派。

8. 结论

本文虽不完整，但完成了对鲁迅的半生及其作品的介绍。

遗憾的是，由于写作匆忙，加上思路繁杂，文章体系不够完整，文字也粗糙杂乱。好在，对作品的介绍虽然过于冗长，却也没有太多遗漏。

在结论部分，笔者想尽可能避免概括性地重复文章内容。为此，笔者首先简略地论述鲁迅的特长，之后谈及上文中未提及的几个问题。

在笔者看来，鲁迅最大的长处是以农村及农民作为主要题材的文学创作。鲁迅在观察农村及农民时，没能掌握农民的整体性，没能指明农民的前路，也没能发现农民团结一致抗击一切权力的力量。这些不可谓不是遗憾。然而鲁迅的功绩也是有目共睹的。诸如让文人作家和社会上的普通人认识农村及农民，启蒙普通人使其关注农民的未来。同时，在农民的国家——中国，这些都是必须清楚地加以把握的问题。

鲁迅的第二个长处是宣扬反抗精神。为了让中国接纳现代文明，鲁迅抵制旧道德、旧习惯、旧思想以及其他一切腐朽的"老古董"。那些不愿意积极进取的作家们，往往止于个人的唯美、隐遁、回顾和慨叹。而鲁迅自始至终保持着百折不挠的反抗精神。

至于第三点，不能说是鲁迅的长处，却可视为特色。那就是，他很少写有关女性的作品。虽说并非全无女性人物，但是多以次要人物登场。除《伤逝》和《嘱咐》之外，鲁迅再无以女性为主人公的作品。而这些女性也都是农村中下层女子或旧式女子，少有知识分子女子或"摩登女郎"。这一倾向固然与作家的性格有关，作家的年龄也应该是原因之一。

第四，基于自己的回忆或经历的创作。鲁迅作品中出现频繁的地方"鲁镇""S镇"是他幼时的故乡，他生活多年的北京也经常出现在他的作品中。他以自己的回忆进行创作，小说内容就是他的经历和回忆，所以他的作品给人的印象才如此深刻。

第五，讽刺性。中国文学中原本就有许多讽刺性的作品，而鲁迅的讽刺不同于以往。他的讽刺不是为讽刺而讽刺，不是有闲阶级以消遣为目的的讽刺，也不是为换取读者的喝彩而讽刺。他的讽刺源自同情和热情。鲁迅的长处和特色，先写到这里。接下来要谈一谈鲁迅文学的其他一些特色。

鲁迅关于"文学"和"革命"的理论，笔者以往在介绍中国文坛时曾有所提及，本文中就此略过。鲁迅一直主张，文艺与革命相去甚远，文学人无论怎样高喊"革命，革命"，也不过是第三线战士。

其次，谈一谈鲁迅的中国观。1927年10月出版的《当代历史》杂志上刊登了一篇鲁迅与美国人巴特勒特的对话，最近出版的《鲁迅论》中收录了其译文。通过它可以看到鲁迅对中国的期待。摘译其中的一段如下：

> 孔教和佛教都已经死亡，永不会复活了。我不信上帝，只信科学和道德。中国人本和宗教无缘，所以再也不会信仰它。中国人近日最大的毛病是懒，他们一旦努力起来，内战马上就会停止，那时中国也就强盛。工作和科学二者是中国的救星。

在另外一篇演讲稿中，鲁迅写道：

> 可惜中国太难改变了，即使搬动一张桌子，改装一个火炉，几乎也要血；而且即使有了血，也未必一定能搬动，能改装。不是很大的鞭子打在背

上，中国自己是不肯动弹的，我想这鞭子总要来，好坏是别一问题，然而总要打到的。但是从那里来，怎么地来，我也是不能确切地知道。

可以看到，鲁迅认为不愿改变是中国的国民性，未来唯有"奋斗"和"科学"才能拯救中国。

接下来要探讨的，是对鲁迅影响较多的作家或与鲁迅相似的作家。

关于这项比较研究，笔者手中的是几乎"垄断"了世界文坛消息的赵景深的一篇演讲稿《鲁迅与柴霍甫（即契诃夫——译者注）》。演讲是在上海的复旦大学发表的，演讲稿刊登在文学研究会编辑的《文学周报》第 8 卷第 19 号上。另一份资料则是上文中提到的巴特莱特与鲁迅的对话记录《鲁迅会见记》。巴特莱特认为，鲁迅弃医从文的经历与契诃夫、施尼茨勒、奥利弗、温德尔等相仿；而他的小说充满同情心和热烈的情感，与陀思妥耶夫斯基和高尔基的作品相仿。

仅从赵景深在《鲁迅与柴霍甫》中引用的自己与鲁迅的对话中就可以看到，鲁迅受到了很多来自俄罗斯作家的影响：

> 柴霍甫是我顶喜欢的作者。此外如哥郭里、屠格涅甫、杜思退益夫斯基、高尔基、托尔斯泰、安特列夫、显克微支、尼采、释勒等，我也特别高兴。

在此，笔者无意详细探讨赵景深的演讲稿，只想摘记其中的部分内容，以借鉴其有关鲁迅与柴霍甫的异同点的观点以及演讲的结论。

柴霍甫描写的宗教生活与恋爱生活，尤其是前者，鲁迅没有费力描写。这是两者的相异点。至于儿童生活，鲁迅的描写比较有诗意，柴霍甫的比较质朴，但是两者都有描写。乡村生活的描写是鲁迅和柴霍甫共有的特长，可谓是相同点。

赵景深对鲁迅和柴霍甫进行比较后得出的结论如下：

（1）在生活上，鲁迅和柴霍甫均为弃医从文。

（2）在题材上，鲁迅和柴霍甫都是描写乡村的能手。

（3）在思想上，鲁迅和柴霍甫都对将来有着无穷的希望，而在本质上是属于悲观的。

（4）在风格上，鲁迅和柴霍甫都富有幽默感和讽刺性。

接下来，笔者要考察鲁迅参加左翼作家联盟之后的立场变化。

关于这一问题，笔者未能找到任何材料，仅在日文月刊《满蒙》去年 11 月号（？）读到了一篇谈论此间经过的文章。无产阶级作家们的刊物近来接连被停刊，而且身处北方的笔者无法在短时间内阅读在上海出版的刊物，所以没能更深入地探究这一问题。对此，笔者也深感遗憾。此外，鲁迅加入左翼作家联盟源于自身的马克思主义化，还是抱着研究的态度？左翼作家联盟是怎样一种团体？这些问题过于庞杂，笔者无意赘言。如果鲁迅确已马克思主义化，一个曾经大声疾呼自由和解放的人，怎能服从于党或团体要求，怎能要求集中最大权力和最大势力，怎样将主义与自由、解放联系在一起，又怎能去信奉他们的"国家自然消灭说"？这些都还是疑问。

另外，鲁迅还有一部回忆文集《朝花夕拾》，收录十余篇作品。书中虽然没有太多特别的内容，却能够从中领略到鲁迅的学问之广博。这一点应该是此书的特色。鲁迅不愧为曾经的医学生，书中含有丰富的与动物有关的知识。鲁迅不喜欢猫，却在第一篇《狗·猫·鼠》中大量援引有关动物的文献和科学书籍。此外，在《二十四孝图》《阿长和山海经》等作品中的旁征博引堪称考证。笔者反倒是因此而对这类作品提不起兴趣。

总之，此十篇文章难说是文学作品。准确地说，它应该是回忆文章。而这一类正是鲁迅所擅长的题材。笔者没有专门考察《朝花夕拾》，原因也在于此。

余下的部分，笔者将待到鲁迅后期的创作开花结果时再做介绍。粗浅拙文至此搁笔。

【笔者附记】

文章过于冗长，想必会有不少重复。笔者在此向编者和读者们深表歉意。笔者文笔生疏，却受到亲友们的鼓励。今后，笔者定将继续努力和进步。另外，文坛的诸位新人肯定笔者的中国文学研究，仿佛笔者是大有成就的研究者。所谓成就不过几篇介绍，过高的评价令笔者惭愧不已。今后，笔者定会孜孜不倦，刻苦钻研。

（《朝鲜日报》，1931 年 1 月 4—30 日）

中国的大文豪鲁迅访问记

申彦俊

　　鲁迅——中国生产的一位"东洋大文豪"！虽久闻其大名，但从未有会面的机会。从他的文章里、他的小说中得到的印象是一个"冷酷的人"，或者一个"古怪的人"。他像是一位握着手术刀，给每个遇到的人（当然，这些人都是患者）直接解剖患部，但不施任何麻药的怪医。我知道，他看起来是那样的无情、怪异，但他的解剖术却是锐利、大胆、清醒理智的。他施行的解剖虽冷酷无情，但他那尖锐的手术刀刺破的患处，既疼痛又使人感到痛快。我对这位怪人一向怀有好奇心，早已渴望见他一面。5月19日，笔者受朱兄之托，前往中央研究院拜见他。鲁迅是宋庆龄、蔡元培等组织的民权保障同盟（以救助政治犯为目的的团体）的委员，该同盟的本部事务局就设在中央研究院内。据说鲁迅不定期地来这里办事，因此我们来到此处拜访他。我向蔡元培询问鲁迅的住址，他告诉我说，国民政府已下达了对他的通缉令（逮捕令），所以他的住址是绝对秘密的。但蔡元培相信笔者的为人，遂悄悄告诉了他的秘密住处，说是他正隐居于北四川路×××号某日本友人的密室里，过着亡命的生活。我就当即给他写信提出了面见的要求。鲁迅复信说，他"虽隐居度日，却随时都有遭横祸的危险"，但若先生有什么要说的或要求，可用书面提出来。于是我又逼着在此去信请求秘密会见。结果，好不容易约到了22日在他的秘密住处会面，这样，才得以见到了久已想见的文豪鲁迅。

轻服敝履的老农装束

　　我一来到鲁迅隐居的房子，先是由房子的主人，某日本人夫妇出来引见。当我走上鲁迅先生居住的二楼时，便有一位像仆人模样的老人迎接了我。他穿的衣服是乡村穷农们常穿用的蓝色棉布衣裤，穿的鞋是用旧布缝制的，乍看上去像一位纯粹的乡村老农民。其蓝色布衣是褪了色的，头发则不知是好久没理的缘故，还是他的习惯原来就如此，已长至把耳根都给盖住，好像还落有灰尘，且又散乱，胡子也没有刮，让人觉得他是一个不修边幅的人。他的寝具也是质素的中国式，连床上的被褥、帐子同样都是棉制品。他所使用的器皿也与中国下层人的一模一样，看不到任何值钱的贵重品。他的生活，已完全是无产阶级式的。他不仅用口、用笔为无产阶级呐喊，而且他自己的身体、自己的生活即已无产阶级化了。据说，仅从上海各书店领到的其著作的稿费，每月就有二千元，欧美各国翻译他的小说所得到的酬金，每月也达三四千元。像他这样一个作为中国唯一最高收入的作家，要想使他自己过一个豪华的生活并不会是很难。然而，他却过着乡村老农式的生活。听说，他把自己的收入全部捐献给了文化运动团体。

看来他居住的房间既是卧室和客厅，又是研究室和编辑室，而且还兼用生火做饭的厨房。卧床前摆着一张饭桌，其周围放有七把椅子，除此之外满屋都是书，筑成了一个书城。背对着黑黑的书城，他与我面对面坐了下来。

他那满是皱纹的额头、深深凹进去的双颊，已是半白的花白头发，刻画着波澜重重的前半生。他的身高不及五尺，他的胡子是一眼就能记得住的样子，在中国人当中是少有的浓重的美髯。他在肉体上是一个很平凡的人，找不到任何特别的地方，拥有不过五尺高的瘦弱的身躯，他就是大文豪鲁迅！

我不是什么文士

笔者按中国式的理解，以赞扬其文才的语调开始了谈话。结果，他第一句话就反驳说："我不是什么文士，只不过偶然拿起笔写写文章罢了，不是什么文士。"

问：先生，您是怎样写起小说的？

答：我在18岁那年，抱着建设中国海军的愿望，考入了南京水师学堂。那时，英美各国都用海军侵略着中国。目睹这些，我的青春的热血就激起了海军热。可是半年后，我就退出水师学堂，转入了矿务学堂。当时我想，国家的当务之急，首先是开发矿业，而不是建设海军。毕业后我又想，要使中国变成强国，首先得改良人种，把中国人变成强种人。于是，我到日本开始学医了。那时我又想日本维新就是从发展医学开始的。但是两年后，我在一部幻灯片里看到了一个中国人因为当了侦探而被枪毙的情景。这时我又想，必须提倡新文学，只有从精神上使中国复活才行。我抱着这种想法，又放弃医学，转向一边研究文艺，一边开始试着写小说了。

问：那么，先生您认为文学具有伟大的力量吗？

答：是的。我认为它对唤醒大众是最为必需的技术之一。

问：先生您的创作方法是？

答：我是现实主义者。只是把所见到的和所听到的如实地记述下来罢了。

问：听别人说，先生您是人道主义者，是这样吗？

答：不过，我是绝对地反对托尔斯泰、甘地那样的人道主义的。我主张战斗。

问：在中国文坛上，具有代表性的无产阶级作家是谁？

答：丁玲女士是唯一的无产阶级作家。我是小资产阶级出身，写不出真正的无产阶级作品。我只能算是左翼方面的一个人。

他与外貌不大一样，是一位健谈的人。他在谈话时的态度是，好像同孩子们娓娓动听地交谈一样，充满天真，没有一点邪气。我陶醉在他那天真无邪的话语中，竟忘了记录。至今留在我记忆中的是，《阿Q正传》中有关阿Q这个人物的谈话。他说，阿Q这个人物的原型是生活在我自己故乡鲁镇的一个人。他又指出，其实阿Q不仅仅是中国人的普遍相，他在其他任何民族之中也是寻常可见的形象。当《阿Q正传》被翻译成英、法、德、俄、意等五国语言，在世界广受好评时，中国人指责它是侮辱中国的作品，甚至说鲁迅是一个国贼。作为写实主义者的鲁迅，只不过用忠实的笔杆子，冷酷无私的风格，如实地暴露了中国人的真相而已。

好长一段时间，我只聆听了他的谈话。他在谈话中，痛快地说破了中国的政局、知识分子阶级、世界××等。留在我记忆中他谈话的内容是他的痛骂，他痛骂了中国知识分子阶级的无力，尤其是用长时间指责了主张民族主义的政治家和文人等。然后他说："就像蒋介石已经不能领导中国革命一样，资产阶级文人的意识已经变成了虚无的梦幻。"就这样，他说破了资产阶级文人的没落，力陈了无产阶级文学的勃兴，表现了左翼文豪的本色。

笔者又提问了他的人生观和世界观。

"我认为，人生就像人走路一样，一步又一步，一边前进一边架桥筑路，这就是人生应该做的事情。"

弱小民族的解放呢？

当笔者问到"弱小民族的解放"时，他回答说：

"我认为，只有完成世界××之时，各弱小民族才能获得解放。"

我们的谈话还涉及了法西斯主义、苏维埃俄国等。

他向笔者提问了朝鲜的情形。我回答说，用朝鲜文出版的书籍越来越少了，朝鲜文艺，乃至整个文化，正在被××化。听到这儿他就说，决不要为此悲观。不管是日本文字也好，俄国文字也好，毫无关系。我倒干脆希望，在中国，中文被取消，不管它是英文还是法文，比中文更好的文字应该得到普及。他就这样驳斥了国粹主义。

至此，我们结束了谈话。我就与他告别，回到了家。

他特别嘱咐，希望朝鲜文坛的作家，无论是哪位，能在自己筹办的《中国文坛》杂志上，发表一篇文章，介绍朝鲜文艺的历史及现势。他说：他希望文坛上的有志之士特意撰写一稿，介绍一下朝鲜文坛的情况；用朝鲜文也好，或者用外国文字也行，用什么文字写都可以；只要寄给他，就可以转交给他们。他还答应写些短篇文章投稿给《新东亚》。但是，自从蒋介石的法西斯暗杀团策划的左翼文士暗杀阴谋被揭露出来后，他正被亡命于某处。

笔者对文艺是门外汉。不懂文艺的笔者无法评论文豪的文艺，我只能用访问记介绍介绍他，恳望读者宽恕。

（《新东亚》，1934 年 4 月）

鲁迅追悼文

李陆史

鲁迅略传——著作目录附记

鲁迅，原名为周树人，字豫才，1881 年出生在中国浙江省绍兴府，在南京考入矿务学校，开始对西学产生兴趣，转而攻读自然科学，以后东流到东京，就读于弘文学院，毕业后曾就读于仙台医学专门学校、东京德国协会学校。1917 年回国后，先后在浙江省内的师范学校、绍兴中学等学校任理化学教师，期间作为作家的名声日高。"五四"文学革命之后，正当中国文学思潮达到最高潮的时候，在北京同周作人、耿济之、沈雁冰等一起组织"文学研究会"，从事与郭沫若等浪漫主义文学相对的自然主义文学运动，主编《语丝》杂志。与此同时，曾任北京政府教育部社会教育司科长，以及国立北京大学、国立北京师范大学、北京女子师范大学等学校的讲师，后因参与学生运动被迫逃离北京。1926 年，南下任厦门大学教授，后任广东中山大学文科主任、教授等职。1928 年辞职后在上海专注于著述，同时主办了杂志《萌芽日刊》。

从此，他的文学思想渐渐转向"左倾"，1930 年"中国左翼作家联盟"成立之后成为盟员，后遭到国民政府的镇压，1931 年在上海被捕。随后他受到国民政府接连不断的干涉和蓝衣社的迫害，但他毅然坚持文学活动，在坚持反对国民政府的御用团体"中国作家协会"活动过程中，于上个月，就是 10 月 19 日上午 5 时 25 分，他在上海施高塔的家中与世长辞。享年 56 岁。

主要作品有《阿 Q 正传》《呐喊》《彷徨》《华盖集》《中国小说史略》《药》《孔乙己》等。

1932 年 6 月①初的某个星期六早晨，我和 M 走出饭店，在十字路口的香烟铺买了一份晨报，不顾肌肉神经的痉挛，一口气读完了一篇大号活字的报道：时任中国科学院副主席，亦国民革命元老杨杏佛被蓝衣社暗杀。

我们在前往侣伴路②的书局的一路上，看到每条街口都有戒备森严的法兰西工务局巡警。在他们犀利的目光注视下，我们默不作声、直奔书店。

我们一进门，编辑 R 给我们讲述了以下事情。

在中国左翼作家联盟的提议下，全世界的进步学者和作家们将于 8 月份齐聚上海，召开有关拥护中国文化的大会。对此，深感不安的国民党统治者，首先逮捕了进步作家阵营中的重要分子潘梓年（现幽禁于南京）和现已故的女作家丁玲（丁玲于 1933 年被国民党政府逮捕和囚禁，当时的媒体曾报道其已经死亡。丁玲于 1936 年获释之后，去了毛泽东领导的革命根据地延安）。宋庆龄女士和一群自由主义者及作家联盟的人展开了激烈的救援活动。为此得罪了国民党统治者，不久杨杏佛遭到了杀害。除此之外，宋庆龄、蔡元培、鲁迅等上海三十多位知名人物上了蓝衣社的黑名单。

三天之后，我和 R 乘车抵达了万国殡仪馆。当我们上完香、祭拜完死者，转身时，看见了宋庆龄女士带着两位女随员来到了殡仪馆，随行的还有一位身着浅灰色大马褂的中年人。我看到这位中年人扶着鲜花丛中的棺椁痛哭，突然想到他可能就是鲁迅。这时，身边的 R 也告诉我那位就是鲁迅。大约十分钟后，R 为我引荐了鲁迅先生。

R 向鲁迅介绍了我的情况，说我是来自朝鲜的青年，一直渴望有机会拜会他。他看见我在人生地不熟的地方，第一次见外国前辈，因为紧张，唯有谨慎和恭敬的姿态，再一次伸出自己的手握住我的手。让我感觉他仿佛是我非常熟悉和亲切的一位老友。

啊！这样的鲁迅，年仅 56 岁时，竟永逝于上海施高塔 9 号寓所里。闻此讣告，禁不住潸然泪下，此刻拾起笔墨者怀念他的人，又何止我一个朝鲜晚辈。

正如罗曼·罗兰在读完《阿 Q 正传》这部奠定他在中国文学史上位置的著作之后说："直到此时此刻，我仍担忧阿 Q 的命运而难以自拔。"想要理解中国现代

---

① 应为 1933 年 6 月。此处疑为李陆史记忆错误。——译者注
② "侣伴路"是作者对"吕班路"的错误记忆，现已更名为"重庆南路"。

文学之父鲁迅在中国文学史上的位置，就必须理解《阿Q正传》。然而，今天中国的阿Q们已经不再需要罗曼·罗兰的担心了，有无数的阿Q们已从鲁迅那里学到了开创自己命运的方向。因此，中国的所有劳动者们都感受到，在自己的脚下南京路的柏油路正在颤抖，他们正涌向施高塔路上的新村9号，犹如黄浦滩的红色波涛，汹涌澎湃，哀悼他们的伟大文豪。

因此，在考察阿Q时代的同时，了解鲁迅精神的三阶段变迁以及现代中国文学的发展进程，从而追忆鲁迅，是很有意义的事情。

中国的古代小说不像现在我们看到的小说那样，有完整的艺术形态。有的只是《三国志演义》《水浒传》或《红楼梦》，以及一些传记。有教养的一般家庭子弟们深受科举制度的祸害，只崇尚文言体的古文，至于白话小说之流全当成俗人之事从不沾染。而所谓文坛，以唐宋八大家与八股的混合体——桐城派、追随思绮堂和袁随园流派的四六骈体文、以黄山谷为本尊的江西派等成为正统文学，充其量不过是以夸张、虚伪、阿谀为手段模仿古典文学。不难看出，这种文坛丝毫不具有创生新社会的力量。在这种氛围下，中国文学史上燃起了一股灿烂的烽火，那就是1915年《新青年》杂志的创刊。

《新青年》创刊后，当时在美国的胡适博士在1917年新年号上发表了一篇题为《文学改良刍议》的文章，讨论了"文学革命论"问题，陈独秀对此表示赞赏。再加上以北京大学为中心的进步教授们参与助阵。虽有传统古文家们采取了种种卑劣的政治手段试图阻碍此运动，但到1918年4月号刊登鲁迅的《狂人日记》时，文学革命的实践终于迈出巨大步伐。古文家们只得夹起他们丑陋的尾巴。不久之后，当鲁迅到广东时，一位兴奋的青年在一篇欢迎他的文章中写道："当《狂人日记》初在《新青年》发表的时候，本来不知道文学是什么的我，读了就异常兴奋，见到朋友，便对他们说：'中国文学要划一个新时代了。你看过《狂人日记》没有？'在街上走时，便想对过路的人发表我的意见……"（《鲁迅在广东》）

《狂人日记》采用了日记体，记录了一个妄想狂的日常。主人公大胆、明确地痛斥了封建中国旧社会的弊病和罪恶。他猛烈地抨击自己的邻里乃至自己的家庭。家庭—家族制度作为中国封建社会的社会单位，给民众带来了层出不穷的毒害。痛斥了在固化的儒教宗法社会观念下本应崩溃的封建家族制度，不仅没有崩溃，还留下旧道德、旧陋习，成为近代社会发展的最根本障碍。

下面抄录《狂人日记》中的一段文字。

> 我翻开历史一查，这历史没有年代，歪歪斜斜地每页上都写着"仁义道德"几个字。我横竖睡不着，仔细看了半夜，才从字缝里看出字来，满本都写着两个字是"吃人"！

在揭露社会的丑恶面之后，作者暗示将来的建设要交予年轻人，小说以"救救孩子"来告终。确实，这句话给当时还是"孩子"的中国青年们带来了不亚于"炸弹宣言"的冲击。随着白话文创作的推进，文学革命也奏起了胜利的凯歌，而其功绩，多半要归于鲁迅。

继《狂人日记》之后，《新青年》陆续刊登《孔乙己》《药》《明天》《一件小事》《头发的故事》《风波》《故乡》等作品，在文坛上引起轩然大波。时隔不久，随着那一部闻名遐迩的《阿Q正传》自1921年连载在《北京新报》文学副刊开始，鲁迅成为大家公认的文坛第一作家。

这一系列作品，都在描述辛亥革命前后的封建社会终将崩溃的事实，暗示着新社会新生活即将到来。此外，这些作品最真实地描写了当时革命及革命思潮，对民众的心理及生活细节的影响。他对农民生活的描述细致入微，绝不亚于一位农民出身的作家对农民的了解，这无疑是他成为优秀作家的条件之一。小说里找不到半点流于概念的主张或不合理的主张，不得不赞美他卓越的创作手法。

同时，在他的作品中，无论常见的农民主人公，还是偶尔出现的知识分子，如《孔乙己》中的孔乙己或《阿Q正传》中的阿Q，都具有一脉相承的性格。孔乙己是旧时代的知识分子，因为落后于时代而毫无用处，趾高气扬却没有生活能力，最终沦为乞丐，留下酒店粉板上十九个钱的酒债失去了踪影。浪荡农民、打短工的阿Q也是一个颇令人难为情的家伙。叫嚷着"革命，革命"就觉得很是开心，在半醉时想要加入乱党，却除了空话一事无成。恰在那时发生一起乱党抢劫事件，阿Q被误认为（源于他平时毫不收敛的言行）乱党而被处死。当时中国的任何人都具有阿Q的全部或一部分性格。换言之，阿Q和孔乙己，无论思想还是行动，都极为失败。他们没有明确的精神，懦弱且又放肆，被人打一巴掌丝毫不敢反抗；得到别人怜悯时却又自我陶醉地认为，是因为自己本事大；别人不敢和自己作对，便肆无忌惮地欺负别人。总而言之，他们都无知、可笑，同时又可怜和怪异。鲁迅真实地刻画了他们的性格，揭露他们的弱点。《阿Q正传》发表的当时，与鲁迅交恶的人们都叫嚷鲁迅是故意以自己为模特创作的小说。上述特征可见一斑。

可以说，当时的中国是"阿Q时代"。以至于在鲁迅的《阿Q正传》发表时，包括批评界在内的普通知识分子群体会在日常用语中使用到"阿Q相"或"阿Q时代"等话语。这一现象不仅是估量鲁迅在中国文学史上的地位的绝佳材料之一，也让我们有兴趣进一步通过鲁迅作为作家的态度去重新品味他一以贯之的精神。当今我们的朝鲜文坛，关于艺术与政治的混淆或分立等问题，看似已经得出结论，又仿佛悬而未决。鲁迅这样具有坚强的自我信念的人是如何解决这艺术与政治之间的问题的？探究这一问题需要从他作为作家的出发点开始。

鲁迅原本想要成为一名医生。那是因为他清楚自己"要做的事"是什么。当然，当时他"要做的事"似乎是民族改良的信念。因此他在后来的《呐喊》序中写道：

> 我的学籍列在日本一个乡间的医学专门学校里了。我的梦很美满，预备卒业回来，救治像我父亲似的被误的病人的疾苦，战争时候便去当军医，一面又促进了国人对于维新的信仰。

这当然应该是少年鲁迅浪漫的人道主义情怀之高涨，这一梦想却最终未能实现。

> 我便觉得医学并非一件紧要事，凡是愚弱的国民，即使体格如何健全，如何茁壮，也只能做毫无意义的示众的材料和看客，病死多少是不必以为不幸的。所以我们的第一要著，是在改变他们的精神，而善于改变精神的是，我那时以为当然要推文艺，于是想提倡文艺运动了。

于是他放弃为《浙江潮》《河南》等流亡东京的中国人机关刊物编写的科学史或进化论的解说，转而翻译文学书籍，包括声援希腊独立运动的拜伦、波兰的复仇诗人亚当·密茨凯维奇、匈牙利爱国诗人裴多菲、被西班牙政府处以死刑的菲律宾作家黎萨尔等的作品。

这些都属于鲁迅的早期文学活动，但他的这类翻译也具有他的一定的政治目的。上述《狂人日记》中的一句"救救孩子"，也是在表达他的理想之一端：由纯洁的青年人建设新中国。无须赘言，这句话促使当时的普通青年们领悟到沉重的责任感。同时，这句话也作为口号被广为使用，表达从长达数千年的封建社会中拯救青年人的愿望。事实上，从此往后中国青年学生们都站在大众性社会运动的最前沿，果敢而活跃地组织和指导运动。著名的五四运动、五卅运动或国民革命，都是这些青年学生们站在最前沿指导大众。

因此，对于鲁迅而言，艺术不仅不是政治的奴隶，艺术至少是政治的先驱，两者既不是混同的关系，也不是分立的关系。换言之，正是由于创作出优秀的作品、进步的作品，文豪鲁迅的地位才不断升高，阿Q也是在此过程中诞生。不可一世的批评家们也不敢在鲁迅面前轻易抬头。

这里还有一个很好的例子。1928年，从武汉流亡到上海并组织太阳社的青年批评家钱杏邨，借着普罗文学气势正盛的时机，开始大胆地攻击鲁迅。根据他的论调，鲁迅是非阶级的，阿Q哪里有什么阶级性。

当然，这种观点是正确的。鲁迅的作品中无论如何也看不出任何无产阶级的特性。

然而我们在批评某一作家的作品时必须考虑其时代背景。在鲁迅作为作家活动的时期，中国不仅没有我们今天可以下定义的无产阶级，甚至资产阶级民族主义政治思潮也尚未具备鲜明的轮廓。换言之，所谓国民革命的资产阶级革命，也是以五四运动作为前哨战的。中国批评家丙申说过一段有趣的话：

> 不能因为他现在正支持中国左翼作家联盟，就把他"五四"前后的作品也认定为是无产阶级文学。不过，把他称作优秀的农民作家是再恰当不过的……

是的。这句话还是相对正确的。把鲁迅称为农民作家，而不是普罗作家，不会成为玷污他名誉的条件。而问题是他在创作中持有多少试图真实、明确地加以描写的态度。下面引用一段鲁迅的话：

> 但现存的左翼作家，能写出好的无产阶级文学来么？我想，也很难。这是因为现在的左翼作家还都是读书人——知识阶级，他们要写出革命的实际

来，是很不容易的缘故。有人①曾经提出过一个问题，说：作家之所以描写，必得是自己经验过的么？他自答道，不必，因为他能够体察。所以要写偷，他不必亲自去做贼，要写通奸，他不必亲自去私通。但我以为这是因为作家生长在旧社会里，熟悉了旧社会的情形，看惯了旧社会的人物的缘故，所以他能够体察；对于和他向来没有关系的无产阶级的情形和人物，他就会无能，或者弄成错误的描写了。所以革命文学家，至少是必须和革命共同着生命，或深切地感受着革命的脉搏的。

鲁迅继而说道：

> 但是，虽是仅仅攻击旧社会的作品，倘若知不清缺点，看不透病根，也就于革命有害，但可惜的是现在的作家，连革命的作家和批评家，也往往不能，或不敢正视现社会，知道它的底细，尤其是认为敌人的底细。随手举一个例罢，先前的《列宁青年》(31)上，有一篇评论中国文学界的文章，将这分为三派。首先是创造社，作为无产阶级文学派，讲得很长；其次是语丝社，作为小资产阶级文学派，可就说得短了；第三是新月社，作为资产阶级文学派，却说得更短，到不了一页。这就在表明：这位青年批评家对于愈认为敌人的，就愈是无话可说，也就是愈没有细看。自然，我们看书，倘看反对的东西，总不如看同派的东西的舒服，爽快，有益；但倘是一个战斗者，我以为，在了解革命和敌人上，倒是必须更多地去解剖当面的敌人的。要写文学作品也一样，不但应该知道革命的实际，也必须深知敌人的情形，现在的各方面的状况，再去断定革命的前途。唯有明白旧的，看到新的，了解过去，推断将来，我们的文学的发展才有希望。我想，这是在现在环境下的作家，只要努力，还可以做得到的。

这简单的几句话就是文豪鲁迅关于创作的原则。这是多么令我们刻骨铭心的指示！因此，现代中国文坛之父鲁迅，通过批评家们的评论公认其地位的作家鲁

---

① 根据鲁迅的原文，此处的"有人"是"日本的厨川白村（H. Kuriyagawa）"。李陆史在翻译时将"日本的厨川白村"改成"有人"，似乎是有意省略日本人的名字。

迅，他的作家生涯却过于短暂。以 1926 年 3 月发表的《离婚》为最后的作品，他作为教授、作家的华丽的生涯不得不宣告终结。之后，他便"疲于用脚逃之，无暇用手做文章"。

1926 年，以北洋军阀为后台的安福派首领段祺瑞政府下令，要逮捕激进左派教授和优秀知识分子五十余人，鲁迅就是其中之一。1924 年，国民党采取联俄容共政策。翌年秋，鲍罗廷等到广东担任顾问。在国民革命第一阶段——广东时期，主张"全民联合战线"，无产阶级的同盟者为农民、城市贫民、小资产阶级知识分子、国民资产阶级。

于是激进教授们向教育部部长、军阀政府施加压力。军阀政府则对这些新兴势力感到失望和恐惧，遂下令逮捕这些教授和学生们，学生们的行进队伍遭到政府卫兵们的枪击，造成数百人的伤亡。当时鲁迅辗转于东交民巷使馆区内的外国人医院或工厂，以凉水充饥却坚持为报纸和杂志撰文，猛烈地抨击军阀政府。其中写于"民国以来最黑暗的一天"的名篇，惊得段祺瑞掉下椅子：

> 墨写的谎言，决掩不住血写的事实。……笔写的，有什么相干？实弹打出来的却是青年的血。(《续华盖集》)

当时被称为中国文坛马克西姆·高尔基的他，之后开始了远比亨利·巴比塞更为悲壮的文化战生涯。

如同他自己所言，在度过最黑暗的 50 天之后，鲁迅逃出北京。一开始受邀赴任厦门大学，却发现那是大学企业家的阴谋之后又去了广东的中山大学。然而，1926 年 4 月 15 日蒋介石发动讨伐运动，仅在广东一省就逮捕了工人、农民、激进知识分子三千余人。曾被誉为"革命战士"的鲁迅也被迫逃亡上海。在此要引用一段他的文字。这段文字令我们再次对他产生最高的敬意，而不仅仅是兴趣。

> 我的一种妄想破灭了。我至今为止，时时有一种乐观，以为压迫—("—"表示删去的文字。李陆史在这段引文中删去的是"杀戮"一词，以"—"取代) 青年的，大概是老人。这种老人渐渐死去，中国总可比较地有生气。现在我知道不然了，—青年的，似乎倒大概是青年，而且对于别个的不能再

造的生命和青春，更无顾惜。(《而已集》)

　　有些人嘲笑鲁迅保持沉默是因为"恐惧"。上面一段文字是鲁迅对那些人做出的回应。一直以来为进化论者的鲁迅，对自身的思想立场加以扬弃，表现出新一阶段的成长，如是解释，不应有过。

　　当鲁迅来到上海时，那里有不少因为国民党的政变逃亡而来的年轻的普罗文学人。"革命文学论"众声喧哗，离开世纪政治行动之前线的他们拿起笔杆以取代刀枪。他们精力旺盛，在实际工作经验上虽有坚实的一面，他们自负的英雄主义有时也会惹出祸端。—(此处的"—"，应该是"革命"一词) 失败的愤懑使得极"左"机会主义者们向鲁迅发起攻击。但是他为了向人们告知何为普罗文学或应该如何去做等问题，以父亲般的关爱，翻译和介绍普列汉诺夫、卢那察尔斯基的文学论和苏维埃的文艺政策，并努力建设中国的普罗文学。而曾经叫嚣"不打倒鲁迅，就不可能产生中国的普罗文学"的文学小儿病患者们，却先于鲁迅倒下。而如今，鲁迅也已经远去。

　　我向这位伟大的中国文学家之灵静静地低下头，对于自己不好的惰性导致文章未能清晰地勾勒文豪鲁迅的轮廓，我深感惭愧并就此搁笔。

　　　　　　　　　　(《朝鲜日报》，1936 年 10 月 23—25 日、27 日。)

离上海：在流浪的港口

金光洲

如同朝鲜美丽的山川时而能引发莫名的乡愁，上海变幻莫测的表情时而让我潸然泪下，时而给予我一丝慰藉，使我对它多了一份怜惜。昔日里，清风掠过黄浦滩迎面吹来；秋日里，七叶树的叶子落在光洁的板石路上轻轻流动。还有那靓丽的南国少女们，使街头充满了朝气。

这个街头没有主人，这个街头随意地眉目传情。我跌跌撞撞、满身疮痍地立在这街头。黄浦滩对岸高塔上的大钟，一如既往面无表情地指示着这是夕阳西下的时刻。万国旗在初冬的黄昏中飘扬，我搭乘的"盛京号"停靠在黄浦滩一隅，喷着两股黑烟，等待起航的信号。我依偎在甲板的栏杆上，望着即将被黑暗吞噬的上海，揣摩着她即将远去的表情。是我把什么丢在这里了吗？我没有将心爱的女人留在这里独自离去，可为何如此这般的沉重和抑郁？今夜依然会有无数虚荣和罪恶在每一条昏暗的弄堂里悄无声息地熄灭。

在过去的六七年的岁月里，我那软弱无力的足迹遍布于这座纷繁复杂的城市。印在那角角落落的痕迹，或清晰或模糊地在我眼前晃动，久久挥之不去。今天我即将告别此地，只身一人，无人相送。亦如当初，我拎着一个黄纸板旅行箱，独自踏上浦东码头时，也无人响应。而那时，一个文学少年纯真的梦想，伴随着对于眼前这国际都市的憧憬绚烂地绽放。一颗少年的心自由自在地驰骋在这观摩的南国大陆上，她要思索人生的复杂，她要以自己的纯真无瑕和满腔热情为这广袤的东方大地谱写最美妙的旋律，编织最动人的诗篇，再用那一切构筑起一座灿烂的艺术之塔。黄包车夫奔跑在"花园桥"下宽敞的柏油路上。他那古铜色的双腿、流着汗水的额头，曾让我感受到"生命"的活力。还有那蓝衣人身上的酸腐味儿，也化作"活着"的味道，让我感受到"生存"之喜悦。

还有鲁迅的小说和郭沫若的诗歌。我坐在狭小的亭子间，透过巴掌大的玻璃窗呼吸着南国的清晨。在那里，我咀嚼着鲁迅那冷静而又辛辣的讽刺，感受着郭沫若那秋日湖水般的沉静与通透。那时的上海令我依恋，如同咀嚼槟榔果，有着些许苦涩却又欲罢不能。

而有谁能料想，今天的上海以沉默掩饰起战败者的悲哀，死尸般瘫倒在我的眼前。

我无意向倒下的上海施舍些什么。鲁迅于 1936 年 10 月 19 日长眠于九泉之下，了解了他多舛的一生。过了不足一年，他曾栖身多年的上海，竟然在一场枪林弹雨的洗劫后轰然崩塌。恐怕鲁迅也无法预知这一切。鲁迅！九泉之下的他，此时此刻又会作何感想？正所谓"爱之深，责之切"，他禁不住对自己深爱的中国进行无情的鞭挞和讽刺。如今的上海受尽凌辱和蹂躏，如同丢弃一块儿破抹布一样将自己的贞操出卖掉，而后猝然倒下。是不是该庆幸鲁迅没有看到这一切就远离了这俗世。

"孩子长大，倘无才能，可寻点小事情过活，不可去做空头文学家或美术家。"这是鲁迅临终前留给世人的七句话中的第五句。他希望儿子长大成人后，若没有出众的才能，就不要把志向投向文学或美术上。他就这样离开了前途未卜的祖国——中国，也带走了他难以言尽的满腹心事。在他离开后，世人赋予他"中国文豪""树立中国新文学之第一人"等美誉，尤其对"阿 Q 正传"更是给予了作为活字能够享有的最高赞誉。然而，在他生前，中国的社会和文坛是否给过他哪怕是可以安心吃上一日三餐的生活？

在我要离开上海的今天，去年 10 月，霞飞路的七叶树日渐泛黄之际，肃穆地躺在万国殡仪馆一隅的鲁迅那苍白的遗容，不由得浮现在我的眼前。他犹如一幅限量的水彩画，从黄浦滩广漠的黄昏中，从船与船之间露出的狭窄泛黄的江面上，从狭小的三等舱的船窗前、甲板上，闯入我视线的焦点，又渐渐退却，倏而又电掣般涌过来。

此刻，我站在等待起航的船的甲板上，眺望暮色渐深的浦东一带。鲁迅在离世数月前，曾与到访上海的野口米次郎说过一段话，想起这段话，让我这游子的内心某一处隐隐作痛。

"自古以来在中国，所谓成功者的人物，其大部分，无论政治或文化哪一方面，非强盗，即诈欺汉，两者之一。顶可怜的是一般民众。…… 他们不论政治上的主权者是哪一种人，总像蜂蚁一般活着。想一想这是甚为悲惨的事实。不过反过来想，我以为，正是因为这样的民族性，即使中国有灭亡的一天，中国人是永远不会灭亡的。"

总而言之，虽为文坛第一人，却未曾拥有一时一刻的稳定生活，时而隐身躲避，时而改名换姓，直到最后时刻也依旧拖着长长的灰蓝色长衫，双手插入袖口冥思苦想，鲁迅！"孩子长大，万不可去做文学家。"甚至在留下遗言时也未曾忘记文学。他的心境该有多么苦涩！为了坚守节操，再苦再痛也视"清廉"如生命，给妻子留下"不得因为丧事，收受任何人的一文钱"的嘱托之后才瞑目。鲁迅！那高洁的精神！

宣告启航的汽笛声划过黄昏的天空，留下绵长的余韵。霞飞路明朗的清晨、四马路上饱含乡愁的春雨、北四川路上充满淫荡、虚荣、欺诈、罪恶的交响曲，还有那极司菲尔公园宽阔的草坪——它用清雅的空气环抱着大自然所有的哀愁，以及街头巷尾流淌着的胡琴声——那是南国闺秀淡淡的忧伤。随着船的移动，这一切在我的视觉和听觉中渐渐远去。

"别了，上海！"再见，我留下的所有生活的碎片——喜悦、忧伤、眷恋、悔恨……在这漂泊的港口，南国少女那灵动的双眸犹如两滴晨露在我眼前一闪而过……走吧，走得无影无踪。

啊！航行！再平常不过的航行！夜幕下渐渐远去的上海码头——那里没有人向我挥手道别……

统舱风景

夜色渐浓，昏暗的黄浦滩已变得漆黑。邮轮甩开吴淞一带两岸傍晚的夜景，拨开翻滚的波涛，朝着茫茫的黄海突进。上海码头已完全从我的视野中消失，只有明灭的点点灯光代上海与我作别。转瞬间，那些灯光也消失在黑暗中。我伫立在一片黑暗中，追寻着枪声炮火的印记。拂过甲板的晚风冷冷地打在我的双颊上。

离岸和抵岸，在漫漫人生路中不过是微不足道的一小段航程。究竟是什么让我如此心乱如麻？文学、艺术、小说、诗歌——那是我在江南一望无际的春草地上，兢兢业业地构筑起的摇摇欲坠的艺术之塔。还有将它无情摧毁的枪声炮火！

邮轮整夜疾驰于黑暗之中，当它抵达淮海的中央时，透过统舱巴掌大的窗户，射入一缕耀眼的晨曦。

统舱——四等舱——在这里加上"等"字岂不是很可笑！这里是船的最底层，堆满了成袋的小米、成捆的棉花、散发着腥臭味的海鱼、杂七杂八的海产品，还有累到舱顶的各种货物。剩余的地面（若不够，就利用货物上面）用来"招待"乘客，就是所谓的地下室船舱。

在这里，货物的待遇比人好。除了巴掌大的窗户和一个出入门之外，阳光是决计无法挤进来的。三四盏油灯也只够辨别人脸儿。

然而，在货物之间的夹缝里，分明有无数面孔左顾右盼。这里也是一个有生命在呼吸、漂浮在海面上的社会。沿着梯子爬上开在棚顶上的出入门往下一看，无数个脑袋蛆虫一样蠕动着，这确实是一个不雅的比喻。然而，对于一心想多拉一些货物，多赚一些利润的船主来说，这些地下室的乘客连蛆虫都不如。尽管受此待遇，为了生之欲求，却不得不在此挣扎、煎熬。这就是人生，而我也在其中。

七八年前的夏天，我也是乘坐统舱从营口来到上海。然而，当时的统舱和眼前的统舱，给我的感觉为何会截然不同呢？在昏暗的货物夹缝中闪过的无数面孔，为何会那么可怜，那么萎靡？正如鲁迅所言，不管什么人成为施政者，对他们发号施令，他们都不会去想一想，也顾不得去想，只是像个可怜虫一样，为生存而奔波忙碌。在军阀混战中，他们的犁好的土地一下子变成荒地；他们的儿子被抓到前线，以换取区区八块钱的月薪；还没等搞清楚交战双方是谁，他们心爱的妻女的生命和贞操就已经被当作祭品献出。即便如此，他们也无处申冤，无处诉苦，依然像一头被缰绳拴住的黄牛一样，承受着"生活"的鞭挞。此刻，他们蜷缩在这地下船舱里，啃着硬邦邦的大饼，他们要飘向何处？从南方逃到北方，又从北方逃到南方，下一步落脚之地究竟在何处！

在这人间地狱般的地下室船舱（确切地说，应该是"船下室"）共同度过一天一夜之后，当夕阳再一次西下的时候，这些面孔们已经熟如一家人。一位十五六岁的乡下姑娘因为晕船，有气无力地抚着看似其母亲的中年妇女，对着脸盆吐着黄水。就在她的旁边，有五六个工人模样的粗犷的面孔，正在分享一张看起来足有脸盆儿两倍大的大饼。软绵绵的上海话、大舌头的山东话、咕噜咕噜滚木桶一样的广东话，还有斯斯文文、慢声细语的北京话，各地方独特的口音混杂在一起，船舱里一片嘈杂。

"这世道，他妈的，去哪儿能有活路！说是广东日子好过，那也是有钱人的事儿。像我们这样干一天吃一天的……"

一个工人操着一口流利的上海话抱怨了一句，泪水就要夺眶而出。他深深地叹了口气，用那一口黄牙狠狠地咬了一口坚如石块儿的大饼。

"查票！查票！"

从又高又陡的梯子上方，走下五六个船员。他们的胳膊上缠着邮轮公司的标志，手里拿着手电筒，大声嚷嚷着走下来。统舱里的一个个脑袋，像开水冒泡一样忙活起来。

船员们在这难以下脚的地下室里奋力穿行，逐个查票。他们用老鹰一般犀利的眼神环视着每一个角落，生怕漏掉一个逃票的人。

我将船票捏在手中，等着他们来查。突然，隔着一堆货物，不远处的旮旯里传来一阵喧闹声。我下意识地站了起来。

"逃票也得有个分寸吧！只一张票，竟带着三个孩子……不行！赶快补两张票……"

"不是的！我是买了票的。刚刚还在口袋里……可能是人太多，挤丢了。"

由于离我有段距离，看不清是谁，听声音像是黄包车夫的妻子。查票员一副凶巴巴的样子，吓得十二三岁的大儿子抓住妈妈的衣襟瑟瑟发抖。老二和四五岁大的小女儿不知发生了什么，只顾抓住妈妈的衣襟，声嘶力竭地哭喊着。查票员可不想善罢甘休。邮轮公司的主人是英国人，查票的和被查票的同为中国人，即使睁一只眼闭一只眼，上面也不会知道。可是那个鹰钩鼻查票员眼睛都没有眨巴一下，毫不留情地拉走了那一家人。

毫无疑问，她是在战乱中失去丈夫，流离失所的可怜女人。

时间过了一个小时、两个小时……被带到船长室的那个女人始终没有再出现，直到黄昏缓缓地沉入遥远的水平线。

人们似乎不再惦记那个女人，又继续喧闹起来。那一张张淡然的脸上仿佛写着："总不至于因为一张船票就把人扔进海里吧！"

我又走到被暮色笼罩的甲板上。无尽的孤独涌上心头："人，终究是一个独自怀揣一颗冰冷的心，划着一叶孤舟航行在艰险的'生'之大海的动物。"我忘掉自己正漂在黄海中央，也不想何时靠在哪一个港口。海上的黄昏，无论是昨日还是明日，都会如期而至。我拥抱着这黄昏，眺望那成群结队拂过海面飞翔的海鸥。

船在疾驰。在每一个港口，它都会搭载和倾泻芸芸众生的喜剧和悲剧、快乐与悲伤、幸福与不幸，无暇左顾右盼，一往无前地驶向水平线。

天津·雪夜

青岛—威海卫—塘沽。邮轮将众多人生的曲折坎坷、喜怒哀乐，在战乱和饥荒中被迫从南方逃往北方的难民们的叹息和泪水，播种一般一撮一撮撒向沿途的港口和码头。它终于将疲惫不堪的船体靠向天津码头，抛下了锚。

一连七八天都很晴朗的天空突然下起了雪。北方初冬的寒风让人觉得冷得刺骨。

一个流亡者仅提着一个包裹一样的书包站在码头。天色已晚，加上人生地不熟，连方位都辨不清，也只好迅速地搭上一辆黄包车。

没有人会等待我的到来，更不会有人掐着日子来码头迎接我。我犹如温室里的一株花草突然裸露在室外的寒风中。在南方，一年到头也见不到几次雪的我，尽管被寒风吹得脸颊生疼，还是像一个梦想着堆雪人而彻夜难眠地等待天亮的孩子一样，时不时地掀开挡帘任由雪花打在脸上。毕竟有七八年没看见过雪花了。车夫拉着我奔向须磨街。

车停在了须磨街一隅，我几乎缩成一团，敲响了已故李锡一先生家的大门。夜已深，大门紧闭。李锡一先生以优异的成绩毕业于北京大学之后，在天津成家立业，生儿育女，过着安宁的日子。他为人和善，人缘极好，爽朗的笑声让人感觉如沐春风。然而，他也未能抵抗命运的安排，早早地留下心爱的妻子和儿女离开了人世。如今，他自不能出来迎接。他的夫人，一口忠清道方言令人倍感亲切的圣淑女士，此时也不在家。她因患病被迫从 R 专科学校文科辍学，至今不能释怀，也使她对文学眷恋不已。就连我的那些拿不出手的诗歌和小说，她也读得津津有味。可是卢沟桥的枪声响起，使她对孩子们的将来心生忧虑，随即带着孩子们回到朝鲜避难。如今，这个没有主人的房子里只有圣淑女士的一位同乡 K 和一位帮忙打理家务的老妇人。我这个不速之客让她们两位大吃一惊，慌忙跑出来迎接。

我卸下行装，坐在烧得正旺的火炉旁，让一路颠簸的身子稍事休息。这一周的行程，仿佛是经历了人间地狱，恍如隔世，不堪回首。

北方的寒风夹带着冬雪敲打着临街的玻璃窗。街头有零星的行人。多年以来已听惯了南方话的我，在他们的谈话声中足以感受到缓慢沉稳的北方情绪。

不知在何时，又要流落何处。至少在今夜，我要整理一下混沌的思绪，释放一下疲惫的身躯，哪怕是在这没有主人的房子里。在这个陌生的城市里，我躺在冰冷的铁床上度过了第一个夜晚。呜——呜——大陆寒冬的风声，在南方是决计听不到的。雪！雪！流浪的哀愁乘着纷飞的雪，在这寒冬的深夜里冉冉升向广漠的华北苍穹。

第二天清晨，我便去找在天津高等女子学校执教的崔羁淳先生。一夜的积雪把窗外装扮成银色世界。北方清冷的朝阳照进崔先生的旧式书房，格外明朗。我坐在早已熄灭的火炉旁，听取了他关于社会与生活的诸多感想与明见。

"来得好！金君！天无绝人之路！一定能找到你能做的事情。"虽然是初次见面，崔先生以诚相待，说出的话十分真挚，给人以一种信赖感。崔先生是生活至上主义者，讲课之余专攻史学，是一位笃实的实干家。

"我们除了忠于自己，走自己的路之外，别无选择。我们还能用曾经握毛笔、粉笔的手操起算盘做生意吗？还能梦想一获千金吗？当今的华北、天津，整个陷入混沌状态，更何况我们朝鲜人的社会。事变后，景气号的传闻不绝于耳。每天都有几十个同胞要么变卖地产，要么典当房子，梦想着大发一笔横财，像一群无头苍蝇奔着华北涌过来。可是，在这动荡时期，做如此冒失的决策，往往以失败告终。更何况是我们这样的人，靠什么来致富啊！总而言之，过去华北的朝鲜人受到了太多不公正的待遇和错误的认识。我们至少也算得上是有文化的人，就应该去努力改变这种错误的认识，图谋有利于我们实际生活的文化发展。哪怕是收效甚微，那也是恰逢其时生活在异国他乡的我们所义不容辞的使命……"

移民人口日渐增加，却没有一家像样的舆论机构。崔先生对当前朝鲜人社会的痛惜和慨叹之意在情理之中。

然而，何止是这里！海外任何地方都不会有像朝鲜人这样无缘亲近文字，过着乏味生活的社会。他们一直为温饱而疲于奔命，哪里有亲近文化、提高生活质量的余力呀！

是夜！风雪过后的天津街头冷得刺骨。闻听尹白南先生在天津，便在崔先生的引见下前去法租界内他的寓所拜访。他先于我来到华北，我很想了解一下他的心境。街头的建筑物和景观规模较小，柏油路的某些路段又陡又弯。除此之外，天津与上海给人的感觉别无二致。然而，嵌在寒冬夜空上的星星，大街小巷里缓慢行走的人力车夫身上的长褂,以及十字街头中央被皮帽和外套裹得严严实实、只露出脸庞、上下挥动手臂的交通巡警……这一切都足以牵动北方长夜的种种情绪。

异国的流浪客哟!你是那么地疲惫,那么地沮丧!你那颗忧郁的心哟!我要将那灰色的哀伤、紫色的忧郁留赠给这流浪的港口。而依然疲惫的船头又将驶向哪一个港口?剪不断的乡愁哟!可否乘着北国的寒风消失无影踪!

——一月,于天津的旅途上

(《东亚日报》,1938 年 2 月 18—23 日,连载 4 期)

鲁迅的未完成作品

李明善

鲁迅发表《呐喊》和《彷徨》两部短篇小说集之后，编写了几篇历史小说，除此之外，直到去世，再也没有投身到创作领域，而是全身心地投入杂文创作中（杂文或社会时评）。

鲁迅于昭和 11 年 10 月 19 日去世，他在临终之前写的是杂文《死》和《女吊》，而不是小说。他在病床上每日打针服药还坚持创作，9 月 5 日完成了杂文《死》，9 月 20 日完成了《女吊》。一生都在战斗的战士，临终前也想到了死亡的问题。鲁迅梦到了小时候在故乡的社戏中看到的女吊。在这篇《死》中包含那著名的遗嘱七条，亦即誓死不会饶恕仇敌的战士般的宣言。

鲁迅原本打算写完《死》和《女吊》之后，再写《母爱》和《穷》。当然，两篇都是杂文，虽未能如愿，但记入了写作计划中。

在《母爱》中，他试图描写母爱的伟大和盲目。他尊敬女性的理由之一就是母爱。他曾在短篇小说《药》和《明天》中，描写过一位母亲面对儿子的患病以及死亡表现出的伟大而又盲目的母爱，但并没有直接讲述母爱的作品。因此，未完成作品《母爱》，格外令人惋惜。

《穷》中，鲁迅认为贫穷在任何情况下都不受人们欢迎，因此，任何想要改变贫穷状态的努力都是值得赞颂的。部分人的贫穷也是不可取的，必须让整个社会都摆脱贫穷。鲁迅曾在与"第三种人"的论战中主张，你们奉为田园诗人的陶渊明，之所以能够悠然见南山，也是因为他没有必要担心吃不上面包的问题。鲁迅除了在北京度过较为平稳的十年左右生活之外，他的一生几乎都在贫穷中挣扎。到了晚年，由于蒋介石政府不承认版权，正常收领版税都变成了困难的事情。他没能给妻儿留下任何遗产，却在临终前，留下了千万不要在葬礼上收受他人任何财物的遗言。这就是鲁迅，他对贫穷的深刻体验和对贫穷的深邃思考，他关于贫穷的哲学思考可以说达到了极致。因此，我们同样对他的未完成作品《穷》感到惋惜，甚至还遐想着能够让他的生命多延长几天，哪怕写完《母爱》和《穷》，但这显然是无稽之谈了。

下面谈一谈，有关鲁迅生前策划过的两三部长篇小说的话题。

一部是历史小说，拟描述唐朝的文明。他欲讲述非常发达的唐朝文明，以及唐朝文明受到外国文明影响的问题。在"七月七日长生殿"让唐明皇登场，并讲述他与杨贵妃的罗曼史以及他的悲惨结局，从而描写唐明皇一生事迹。策划这部小说是很早以前的事情。那时"呐喊"让他身心疲惫，深陷于"彷徨"沼泽的鲁迅，正处于人生中最消极、最空虚的时期。他在这样的一个时期，拟定了撰写这么一篇历史小说的计划，我也不敢说他是不是像胡适一样，借国故整理之美名，逃避现实。鲁迅还曾特意到长安调查现存的唐朝遗迹，看到的却只有黄土和枯蓬，反而感到索然无味，便放弃了之前的计划。

晚年计划的另一部作品是类似于中国近代知识分子年代记的长篇小说。它大致分为四代，第一代为章太炎等的时代，第二代为鲁迅自己的时代，第三代为瞿秋白等的时代，第四代为当前20年代青年的时代。鲁迅想要刻画这四代知识分子。他有很多农民、劳动者、女仆题材的作品，同时也会涉及知识分子——中国所谓读书人。事实上，鲁迅以读书人作为题材的作品也不少。在作品《白光》中的陈士成、《在酒楼上》中的吕纬甫、《高老夫子》中的高尔础、《孤独者》中的魏连殳、《伤逝》中的史涓生等，鲁迅区分新旧各种知识分子特质的同时，无情地揭露他们所共有的消极、无力、流于形式等诸多缺陷。在此次计划的长篇中，他打算叙述一个书香门第的盛衰史，借此梳理中国六十年来的社会变迁，记录知识分子阶层真实的历史。只有亲身经历过自章太炎以来四代知识分子的经历，才能书写这样的宏伟叙事。而这样的叙事，也只有鲁迅才堪当大任。仅此一条，鲁迅之死就已然是一桩无法弥补的莫大损失。同时，在受尽不治之症折磨的病床上，还能计划如此鸿篇巨著，鲁迅不屈不挠的战斗精神，实在令人敬佩不已。

何止这些！他还有一部长篇是在病床上计划的。那就是《红军西征记》，旨在叙述昭和9年（1934年）从江西出发徒步两万五千里，抵达山西的红军大移动。他还亲自到当地调查，搜集了许多材料，这一计划最终也没能完成。据悉，他的这一计划已交付给了其他人，想必他在九泉之下也会心安。

鲁迅的未完成作品或许还有一些，迄今为止外界所知的大致仅此而已。仅凭这些，就可以得知，鲁迅在晚年非常关注长篇，如果他能够多活几年，哪怕是两三年，我们就可以多见到他的几部长篇小说。

（《批判》11 卷 1 号，1940 年 1 月）

周 作 人 论

李鲁夫①

　　最近在中国发行的文艺杂志中，最受瞩目的当数北京的《中国文艺》和南京的《国艺》，以及它们将来的发展趋势。然而，在北京的《中国文艺》上，每期几乎都刊登周作人的小品文。在中国文坛里有点名气的作家几乎都销声匿迹的今日，北京的周作人，无论在何种意义上，都是一个不可忽略的重要人物。我写《周作人论》，理由其实也在于此。

　　数年前，周作人在自己50岁整寿的年头，曾发表一首《五十自寿》感怀诗：

> 前世出家今在家，不将袍子换袈裟。
> 街头终日听谈鬼，窗下通年学画蛇。
> 老去无端玩骨董，闲来随分种胡麻。
> 旁人若问其中意，且到寒斋吃苦茶。②

　　这首感怀诗当年曾引发不小争议。一位批评家痛斥道，周作人作为自五四时期就为中国新文学运动做出巨大贡献的人，今日不去写新诗，学什么旧文人写什么七言律诗；又说他自诩为陶渊明式的隐士，一味地表明消极的逃避态度，因此还给他贴上了"过去之幽灵"的标签。而另一些批评家如林语堂，撰写《周作人诗读法》一文，称他的诗"冷中有热""寄沉痛于幽闲"。曹聚仁则拥护周作人，引用他的谈话称那是从"浮躁凌厉"到"思想消沉"的转变，可谓从孔融到陶渊明的一大发展。

---

　　①　李鲁夫为李明善的笔名。除李鲁夫之外，李明善当时还曾使用鲁夫等笔名。
　　②　李鲁夫. 周作人論[J]. 人文評論，1940(8).

在此无意裁断两派批评家们的是非，却不得不承认，往年凡是认识周作人的人，只要读到这首感怀诗，无一不会感慨。

众所周知，中国新文学运动起源于 1916 年胡适提倡的文学革命，并得到急速发展。指导这一运动的胡适、陈独秀、蔡元培、刘半农、钱玄同、鲁迅等巨星当中，我们也不应该忽略还有一位叫周作人的巨星。他在《平民文学》(1918)、《人的文学》(1918)、《新闻学的要求》(1920) 等刊物上发表的否定旧式文言文学，主张个人主义的白话文学文章，给当时的文学运动带来了极大的影响。在批评界，他发表的《自己的园地》(1922) 第一辑，堪称为中国新文艺批评打下基石，消灭了当时横行文坛的反动势力"学衡派"的封建思想。此外，《沉沦》《情诗》等评论也可谓中国新文学运动史上最重要的文献之一。何止这些，《域外小说集》《点滴》《现代小说译丛》《现代日本小说集》《马加尔的梦》《陀螺》等诸多译作，直接或间接地为培育中国新文学提供了养分。又有谁能忘记周作人的这一伟大贡献！

然而自 1924 年以后，他改变了自己的努力和发展方向，开始致力于小品文写作。从此，周作人的名字和小品文之间，形成了不可分离的关系。然而往日的伟大业绩，却在小品文的盛名之下逐渐被淡忘。

周作人的小品文和鲁迅的杂文，在他们日后决定自己的趋向时起到了重大的作用。后来，鲁迅向周作人、林语堂等标榜"隐然"风的所谓陶渊明后人发出"宣战报告"，也绝非偶然的事件。因为"小品文"很容易成为空喊"归去来，归去来"的田园之路。这条路或许比胡适的国故整理更具有风趣，抑或比他更为消极。

周作人的小品文与他的文学论有着密切的关系。且看一看他最为明确地表明自己文学论体系的《中国新文学的源流》。书中，他将自上代文学至现代新文学的文学思潮划分为"言志"与"载道"两类，主张"言志"之后转入"载道"，"载道"之后再转入"言志"，二者是相互交替循环的。"言志"的文学指的是具有艺术至上主义倾向的文学；"载道"的文学指的是为人生的文学、为社会的文学、为道德的文学等，其目的不在于文学自身的文学。

那么在此体系下，应如何划定中国新文学的界限呢？周作人认为，中国的新文学是反对清代的"载道"文学而起的"言志"文学。因此，他认为文学革命的功劳也不应该归于胡适或陈独秀，他们只是顺应了文学发展的自然法则而已，不过是该循环的自行循环罢了。这类理论虽然不是什么独创理论，但如此大胆地建立体系，又如此具体地推行计划，也可谓前所未有。周作人的《中国新文学的源流》因而颇受世人关注，也受到多方探讨。

当然，在此无意对《中国新文学的源流》进行总体的批判，仅就周作人对新文学的论述而言，我们难免也会产生诸多疑问。虽然我们将其统一命名为"新文学"，但在"新文学"发展初期，带领新文学发展的是自然主义的文学研究会和浪漫主义的创造社。浪漫主义的创造社具有浓厚的艺术至上主义倾向，堪称"言志"的文学；而自然主义的文学研究会，虽然其主旨有些朦胧，指向了"人的文学"（周作人本人提倡），相比于"言志"文学，它更接近于"载道"文学。因此，不能像周作人那样将新文学界定为"言志"文学，还说成是对清代"载道"文学的反叛。或许，如此将文学思潮划分为"言志"和"载道"的两大派系，本身就是愚蠢的举动，也是未可知的事情。

然而在周作人自己的文学中，"言志"和"载道"却发挥着极为重大的作用。从"浮躁凌厉"到"思想消沉"，亦即从孔融到陶渊明，实现了一大发展。简而言之，他的文学可谓从"载道"发展为"言志"。从他对文学的定义来看，周作人对"言志"文学的评价高于"载道"文学。他的小品文确实达到了"言志"文学的极致。仅从这一点就可以看出，他对小品文的喜爱绝非一时之举，而必将至死不变。"老去无端玩骨董，闲来随分种胡麻"的心境也绝非五十整寿时才有的感怀。

就让我们牢记他过去为新文学作出的伟大功绩，继续关注他即将，不，已然扛起小品文本想田园，继续关注他的未来。

（《人文评论》，1940 年 8 月）

鲁迅及其作品

金光洲

鲁迅是中国新文学革命中最闪亮的作家，也是在全世界留下名望后离开人间的现代中国的伟大作家之一。

然而，用如此短小的篇幅谈论一位伟大作家以及他的作品，多少有些冒失。众所周知，自解放前开始，在朝鲜被称为"鲁迅研究权威"的丁来东先生详细地介绍过有关鲁迅以及他的作品，近来也有不少介绍有关鲁迅短篇小说的文章。首尔大学文理科学院更是为了纪念鲁迅逝世11周年举办了演讲会，详细地介绍过鲁迅的人生经历及作家生涯。

因此，在拙文里笔者将简单地讲述，在鲁迅的作品中自认为具有特色或印象较为深刻的作品。

首先，就小说而言，没有留下一篇低俗的长篇小说，只留下《彷徨》和《呐喊》两部集子，三十余篇短篇小说，可谓干净利落。随后便急流勇退，结束了文学生涯。这也是令我们深深折服于鲁迅魅力的原因之一。

这两部小说集中最著名的作品是早已译介到朝鲜，且于去年在首尔搬上戏剧舞台的《阿Q正传》。众所周知，这部作品以其毫无慈悲的刀刃，冰冷地描述了中国国民性的虚伪、悲屈、妄为自大等问题。它既是鲁迅对自己残忍又恐怖的解剖，也是向人类社会大胆地宣布中国国民性之优劣的杰作。

然而，在我们谈论《阿Q正传》时，还有一部不可忽略的作品是《狂人日记》。小说的内容如题，就是一位癫狂男人的日记。换言之，是通过一位癫狂男人，讲述了中国社会黑暗面的作品。鲁迅在作品中充分展现了他独特的讽刺手法，以及对中国旧习俗的愤恨，其他作品实难与之相媲美。

我想，仅以此一部作品，就足以窥探鲁迅作品之全貌。

1918 年，当鲁迅 38 岁时才将处女作《狂人日记》搬上中国文坛。它仿佛一颗恐怖的炸弹，让整个中国读书界为之震动。这部作品不仅是最初的白话文学、准现代小说的优秀作品。而且还向着中国数千年来黑暗且坚固的封建势力，大胆、率直且冷静地喊出了数亿中国百姓们想说又不敢说出口的话，血一般的语句凝结着鲁迅作为艺术家燃烧的炽热情感。在这第一部作品中，与其说鲁迅利用自己在现实生活中获取的材料创造出了一个艺术世界，不如说是强烈地体现了他直截了当，倾注全部心血，敢于向所目睹的一切丑恶现象赤身肉搏的勇气，这形成了他区别于其他人的独树一帜的文学风格。

除了这两部作品以外，鲁迅还有许多如珠似玉的短篇小说。例如，描述一个落后于时代的知识分子，积欠十八文酒钱，变成乞丐而死去的"孔乙己"；以哀伤的笔触描写作者对幼年时代的追怀之情，以及归乡经历的《故乡》；表现中国文化界的特殊的绝望与不幸的《孤独者》《幸福的家庭》《在酒楼上》《端午节》《示众》《高老夫子》《离婚》等。由于篇幅有限，在此无法一一仔细介绍这些短篇，虽有一些遗憾，不过笔者拙译的《鲁迅短篇集》已经出版第二集，希望读者可以通过它了解鲁迅作品。

简而言之，通过鲁迅留下的这几篇简短的小说，我们能够清晰地看到，他对人间社会明澈而准确的解剖，以及对中国国民性残忍、可怖且犀利地揭露。支撑起这些特点的是鲁迅缜密、利落的文章构思，以及一针见血的讽刺手法，看似粗糙实为简明扼要的文辞结构。毫无疑问，在与一切人间生活之伪善、悲屈、堕落的抗争中丝毫不妥协、不认输的鲁迅的文学精神，必将与中国民族同在，必将在其作品中不断涌现。

然而，鲁迅作为文学家，他对散文，即随笔的艺术热情，远高于小说。为此，在中国新文学运动中，我更高地评价鲁迅散文家的地位。应该说，自中国的新文学兴起以来一时轰动整个文坛的小品文，即散文文学的迅速发展，正始于鲁迅自称为短文、杂文乃至随感的随笔。而鲁迅所独有的风格和文章，确实开拓了中国随笔文学的新境界。他以实名或笔名在各刊物上发表的每一篇短文都成为一把利刃，毫不手软地刺向中国人的所有丑陋、虚伪、腐败的生活。他单刀直入、直截了当、零容忍，犹如"笑里藏刀"般的讽刺性文章，相比于他在小说中达到的境界还要更胜一筹，更加强烈地拨动着读者的心弦。

鲁迅的随笔在数量上也占据其作品的大多数，出版的主要作品集就有《热风》《华盖集》《朝花夕拾》《野草》《而已集》《三闲集》《二心集》《两地书》《南腔北调集》《准风月谈》《花边文学》《门外文谈》《坟》等十余卷。这多达数百万字的短文，虽在此无法一一介绍，哪怕只是一篇，但已有计划另写一稿继续探讨这个问题。在此只想介绍我认为最具特色和印象最深刻的几段文章，好让大家窥豹一斑。

想到人类的灭亡是一件大寂寞大悲哀的事；然而若干人们的灭亡，却并非寂寞悲哀的事。

生命的路是进步的，总是沿着无限的精神三角形的斜面向上走，什么都阻止他不得。自然赋予人们的不调和还很多，人们自己萎缩堕落退步的也还很多，然而生命决不因此回头。无论什么黑暗来防范思潮，什么悲惨来袭击社会，什么罪恶来袭渎人道，人类的渴仰完全的潜力，总是踏了这些铁蒺藜向前进。

生命不怕死，在死的面前笑着跳着，跨过了灭亡的人们向前进。

什么是路？就是从没路的地方践踏出来的，从只有荆棘的地方开辟出来的。

以前早有路了，以后也该永远有路。

人类总不会寂寞，因为生命是进步的，是乐天的。

以上是《热风》所收随感录中的一节，其中还有如下一节：

现在的社会，分不清理想与妄想的区别。再过几时，还要分不清"做不到"与"不肯做到"的区别，要将扫除庭院与劈开地球混作一谈。

另外，随笔集《坟》中还有如下有趣的一节：

凡承认饭需钱买，而以说钱为卑鄙者，倘能按一按他的胃，那里面怕总还有鱼肉没有消化完，须得饿他一天之后，再来听他发议论。

概而言之,在此我想再一次强调,鲁迅抛去新中国的形式,为忠实地剖析内在的实质,而一以贯之地苦闷了一生。他是一位为了追求真实的人性及国民性,勇于战斗的伟大的作家。

(《白民》,1948 年 1 月)

参 考 文 献

中文文献：

1. 阿英(钱杏邨). 阿英全集(贰)[M]. 合肥：安徽省教育出版社，2003.

2. 巴金. 巴金全集[M]. 北京：人民文学出版社，1993.

3. 巴金. 创作回忆录[M]. 香港：生活·读书·新知 三联书店，1981.

4. 北京民国大学. 北京民国大学十周纪念册[M]. 北京：民国大学，1925.

5. 北京鲁迅博物馆. 鲁迅 1881—1936[M]. 北京：文物出版社，1976.

6. 陈梦熊.《鲁迅全集》中的人和事：鲁迅佚文佚事考释[M]. 上海：上海社会科学院出版社，2004.

7. 金柄珉，李存光. "中国现代文学与韩国"资料丛书(10)：评论及资料编评论卷Ⅲ[M]. 延吉：延边大学出版社，2014.

8. 刘立善. 日本白桦派与中国作家[M]. 沈阳：辽宁大学出版社，1995.

9. 李长之. 鲁迅批判[M]. 北京：北京出版社，2003.

10. 李何林. 中国文艺论战[M]. 绥化：东亚书局，1932.

11. 李霁野. 鲁迅先生与未名社[M]. 长沙：湖南人民出版社，1980.

12. 柳絮. 弱小民族的革命方略[M]. 上海：中山书店，1929.

13. 刘运峰. 鲁迅佚文全集[M]. 北京：群言出版社，2001.

14. 鲁迅博物馆. 鲁迅回忆录散篇[M]. 北京：北京出版社，1999.

15 鲁迅博物馆，鲁迅研究室. 鲁迅年谱：第二卷[M]. 北京：人民文学出版社，1983.

16. 常春. 鲁迅博物馆藏 周作人日记[M]. 郑州：大象出版社，1996.

17. 鲁迅. 鲁迅全集[M]. 北京：人民文学出版社，2005.

18. 毛泽东. 在延安文艺座谈会上的讲话[M]//文学运动史料选第四册. 上

海：上海教育出版社，1981.

19. 钱杏邨. 现代中国女作家[M]. 上海：上海北新书局，1930.

20. 史沫特莱等. 海外回响：国际友人忆鲁迅[M]. 石家庄：河北教育出版社，2000.

21. 时有恒. 时有恒诗文选[M]. 北京：中国社会科学出版社，2003.

22. 唐金海，张晓云. 巴金的一个世纪[M]. 成都：四川文艺出版社，2004.

23. 葛懋春，蒋俊，李兴芝. 无政府主义思想资料选(下册)[M]. 北京：北京大学出版社，1984.

24. 张杰. 鲁迅：域外的接近与接受[M]. 福州：福建教育出版社，2001.

25. 中国社会科学院文学研究所鲁迅研究所. 鲁迅研究学术论著资料汇编(1913-1936)[M]. 北京：中国文联出版公司，1985.

26. 周作人. 泽泻集·过去的生命[M]. 北京：北京十月文艺出版社，2011.

27. 自由人社. 克鲁泡特金说概要[M]. 上海：自由人社，1924.

28. 黄乔生. 世界语话者鲁迅：鲁迅在北京(六)[J]. 北京纪事，2013(3)：102-103.

29. 木易. 为了一个共同的目标-鲁迅与朝鲜友人的交往[J]. 党史纵横，2000，(12)：39-41.

30. 丸山升，靳丛林. 日本的鲁迅研究[J]. 鲁迅研究月刊，2000(11)：48-64.

31. 袁荻涌. 鲁迅与中国现代小说的对外传播[J]. 贵州文史丛刊，1998(2)：49-53.

32. 张全之. 从施缔纳到阿尔志跋绥夫——论无政府主义对鲁迅思想与创作的影响[J]. 鲁迅研究月刊，2007(11)：19-26.

33. 李政文. 鲁迅在朝鲜人民的心中[J]. 延边大学学报(社会科学版)，1981(3)：49-56.

34. 山冈. 作家、藏书家时有恒先生事略[J]. 江苏图书馆学报，1992(03)：40-44

35. 伍寅. 爱是不竭的源泉--略论鲁迅与爱罗先珂的交往[J]. 中共桂林市委党校学报，2004，4(1)：56-59.

36. 柳莺，姜平通. 迟到的荣誉：追忆父亲柳树人先生[N]. 苏州日报，

2010-4-19

36. 周海婴. 鲁迅与我七十年连载二：溧阳路藏书处［N］. 光明网-生活时报，2001-11-01.

韩文文献：

1. 卞榮魯. 樹州隨想錄［M］. 서울：서울신문사，1954.

2. 구승회 외 지음. 한국 아나키즘 100년［M］. 서울：이학사，2004.

3. 創造·白潮·廢墟·廢墟以後：제2권［M］. 서울：亦樂，2000.

4. 길정행. 착한 사람, 예로센코［M］. 서울：하늘아래，2004.

5. 김용직. 김태준 평전［M］. 서울：일지사，2007.

6. 김용직·손병희. 李陸史全集［M］. 서울：깊은샘，2008.

7. 김재명. 한국현대사의 비극 : 중간파의 이상과 좌절［M］. 서울：선인，2003.

8. 김학준 편집해설. 혁명가들의 항일회상［M］. 서울：민음사，2005.

9. 丁海廉. 金台俊文學史論選集［M］. 서울：現代實學社，1997.

10. 丁來東. 丁來東全集 I［M］. 서울：금강출판사，1971.

11. 丁來東. 丁來東全集 II［M］. 서울：금강출판사，1971.

12. 國史編纂委員會 編. 韓民族獨立運動史資料集 30［M］. 果川：國史編纂委員會，1997.

13. 韓國現代小說理論資料集：十五卷［M］. 서울：韓國學術振興院，1985.

14. 金秉喆. 韓國近代飜譯文學史研究［M］. 서울：乙西文化社，1975.

15. 金光洲，李容珪，譯. 魯迅短篇小說集 第 1 輯［M］. 서울：서울출판사，1946.

16. 金光洲 譯. 阿 Q 正傳(外)［M］. 서울：同和出版公司，1972.

17. 金光洲. 春雨頌［M］. 서울：白民文化社，1948.

18. 金光洲，李容珪，譯. 魯迅短篇小說集 第 2 輯［M］. 서울：서울출판사，1946.

19. 京城帝國大學 編. 京城帝國大學一覽［M］. 서울：京城帝國大學，1939.

20. 京城帝國大學 編. 京城帝國大學一覽［M］. 서울：京城帝國大學，1940.

21. 具常. 詩人 空超 吳相淳［M］. 서울：自由文學社，1988.

22. 다카하시 도루(高橋亨). 식민지 조선인을 논하다［M］. 서울：동국대학교

출판부, 2010.

23. 다케우치 요시미(竹内好). 루쉰[M]. 서울: 문학과지성사, 2011.

24. 李崇寧. 大學街의 把守兵[M]. 서울: 민중서관, 1968.

25. 李明善 譯. 中國現代短篇小說選集[M]. 서울: 宣文社, 1946.

26. 李明善. 李明善全集 1-4[M]. 서울: 보고사, 2007.

27. 梁白華. 양백화 문집: 1- 3[M]. 춘천: 강원대학출판부, 1995.

28. 柳基石. 三十年放浪記: 유기석 회고록[M]. 세종: 國家報勳處, 2010.

29. 全光鏞. 韓國現代文學論考[M]. 서울: 민음사, 1986.

30. 吳相淳. 아시아의 밤[M]. 서울: 文志社, 1987.

31. 無政府主義運動史編纂委員會. 韓國아나키즘運動史[M]. 서울: 형설출판사, 1983.

32. 민두기. 신언준 현대 중국 관계 논설선[M]. 서울: 문학과지성사, 2000.

33. 趙演絃. 韓國現代文學史[M]. 서울: 文學社, 1956.

34. 鄭東湖. 니이체 연구[M]. 서울: 探求堂, 1983.

35. 서울시립대학교 인문과학연구소. 한국 근대문학과 민족: 국가담론[M]. 서울: 소명출판, 2005.

36. 신희교. 日帝末期小說研究[M]. 서울: 국학자료원, 1996.

37. 심원섭. 원본 李陸史 전집[M]. 서울: 집문당, 1986.

38. 야나기 무네요시. 조선과 그 예술[M]. 서울: 신구문화사, 2006.

39. 이영구. 안우생의 에스페란토 문학세계[M]. 서울: 한국에스페란토협회, 2007.

40. 이정식 면담·김학준 편집해설·김용호 수정증보. 혁명가들의 항일 회상[M]. 서울: 민음사, 2005.

41. 이충우·최종고. 다시보는 경성제국대학[M]. 서울: 푸른사상, 2013.

42. 임경석. 이정 박헌영 일대기[M]. 고양: 역사비평사, 2004.

43. 정근식·정진성·박명규·정준영·조정우·김미정. 식민권력과 근대지식: 경성제국대. 학 연구[M]. 서울: 서울대학교출판문화원, 2011.

44. 정병준 해제.김성칠.역사 앞에서[M]. 서울: 창작과비평, 2009.

45. 정병준. 현앨리스와 그의 시대[M]. 서울: 돌베개, 2015.

46. 조성환. 북경과의 대화[M]. 서울: 學古房, 2008.

47. 홍석표. 근대 한중 교류의 기원: 문학과 사상 그리고 학문의 교섭[M]. 서울:

이화여자대학교출판부, 2015.

48. 홍석표. 천상에서 심연을 보다 : 루쉰의 문학과 정신[M]. 서울 : 선학사, 2005.

49. 李丁奎. 又觀文存[M]. 서울 : 三和印刷出版部, 1974.

50. 長白山人(李光洙). 梁建植君[J]. 開闢, 1924(2).

51. 陳廣宏. 韓國"漢學"向"中國學"轉型之沈重一頁 : 日據朝鮮時期京城帝國大學的"中國學"研究及其影響[J]. 韓國研究論叢, 2005(1).

52. 김남이. 20세기 초 한국의 문명전환과 번역 : 중역(重譯)과 역술(譯述)의 문제를 중심으로[J]. 어문논집. 2011(63).

53. 김윤식. 『폐허』 에스페란토 표지시와 重野重治의 <비내리는 품천역> [J]. 역사비평, 1992(여름).

54. 김철. 중국 현대문예 매체에 발표된 김광주의 문예비평에 대한 소고 [J]. 한중인문학연구, 2015(47).

55. 崔起榮. 李會榮의 北京 생활 : 1919—1925[J]. 東洋學, 2013(54).

56. 崔溁周. 한국 아나키스트群像[J]. 政經文化, 1983(9).

57. 短舌(金台俊). 北平紀行 : 멍텅구리 遊燕草[J]. 新興, 1932(6).

58. 金光洲. 그 時節의 上海의 봄[J]. 新東亞, 1934(4).

59. 金光洲. 魯迅과 그의 作品[J]. 白民, 1948(1).

60. 金光洲. 上海時節回想記(上)[J]. 세대, 1965(29).

61. 金光洲. 上海時節回想記(下)[J]. 세대, 1966(30).

62. 金基鎭. 今日의 文學・明日의 文學[J]. 開闢, 1924(2).

63. 金時俊. 魯迅이 만난 韓國人[J]. 中國現代文學, 1997(13).

64. 金素雲. 春園・李光洙의 片貌 : 푸른 하늘銀河水[J]. 자유세계, 1952(3).

65. 李魯夫(李明善). 周作人論[J]. 人文評論, 1940(8).

66. 梁白華. 琵琶記[J]. 東光, 1927(9).

67. 朴允姬. 오상순의 문학과 사상 : 1920 년대, 동아시아의 지적 교류[J]. 文學思想, 2009(8).

68. 靑丘學會. 京城帝國大學法文學部卒業論文[J]. 靑丘學叢, 1931(4).

69. 靑丘學會. 京城帝國大學法文學部卒業論文[J]. 靑丘學叢, 1932(8).

70. 靑丘學會. 京城帝國大學法文學部卒業論文[J]. 靑丘學叢, 1933(12).

71. 靑丘學會. 京城帝國大學法文學部卒業論文[J]. 靑丘學叢, 1934(16).

72. 靑丘學會. 京城帝國大學法文學部卒業論文[J]. 靑丘學叢, 1935(20).

73. 靑丘學會. 京城帝國大學法文學部卒業論文[J]. 靑丘學叢, 1936(24).

74. 靑丘學會. 昭和十年度 京城帝國大學法文學部卒業論文[J]. 靑丘學叢, 1936(23).

75. 靑園 譯. 狂人日記[J]. 東光, 1927(8).

76. 靑園 譯. 狂人日記[J]. 三千里, 1935(6).

77. 申彦俊. 魯迅訪問記[J]. 新東亞, 1934(4).

78. 吳相淳. 時代苦와 그 犧牲[J]. 廢墟, 1920(6).

79. 辛島驍. 現代支那の諸思想[J]. 綠人, 1935(2).

80. 박광현. 조선문인협회와 '내지인 반도작가'[J]. 현대소설연구, 2010(43).

81. 박난영. 巴金과 한국인 아나키스트[J]. 중국어문논총, 2003(25).

82. 박진영.중국 근대문학 번역의 계보와 역사적 성격[J]. 민족문학사연구, 2014(55).

83. 박진영.중국문학의 발견과 전문 번역가 양건식의 초상 [J]. 근대서지, 2014(10).

84. 신일철(申一澈). 루쉰(魯迅)과 신언준(申彦俊)의 만남[J]. 극동문제(極東問題), 1995(4).

85. 우산학인(牛山學人). 중국신흥문학의 '아Q시대'와 루쉰[J]. 東方評論, 1932(5).

86. 최미령. 김광주의「朝鮮文壇的最近狀況」[J]. 반교어문연구, 2015(41).

87. 최병우. 김광주의 상해 체험과 그 문학적 형상화 연구 [J]. 한중인문학연구, 2008(25).

88. 홍석표. 魯迅의 식민지朝鮮 인식에 관한 연구[J]. 中國語文學誌, 2008(26).

89. 『新興文壇』發刊[N]. 東亞日報, 1931-10-28.

90. 崔昌圭. 長江萬里(23)[N]. 東亞日報, 1931-9-29.

91. 崔昌圭. 長江萬里(25)[N]. 東亞日報, 1931-10-1.

92. 崔昌圭. 外國文學專攻의 辯(3)[N]. 東亞日報, 1939-11-1.

93. 丁來東. 『阿Q正傳』을 읽고(四)[N]. 朝鮮日報, 1930-4-12.

94. 丁來東. 『阿Q正傳』을 읽고(一)[N]. 朝鮮日報, 1930-4-9.

95. 丁來東. 外國文學專攻의 辯(9)[N]. 東亞日報, 1939-11-16.

96. 丁來東. 偉大한 中國作家 魯迅의 回憶(上)：그의 紀念講演會를 열면서 [N]. 동아일보, 1947-10-21.

97. 丁來東. 現代 中國 戲劇(七)[N]. 東亞日報, 1931-4-8.

98. 丁來東. 中國 文人 印象記(三)：孤獨과 諷刺의 象徵인, 지금은 左傾한 魯迅氏[N]. 東亞日報, 1935-5-3.

99. 丁來東. 中國新詩槪觀(十五)[N]. 朝鮮日報, 1930-1-24.

100. 各國文士로 組織된 赤露擁護國際委員會[N]. 朝鮮日報, 1931-8-5.

101. 洪曉民. 中國文學과 朝鮮文學[N]. 京鄉新聞, 1947-8-10.

102. 金光洲. 南國片信(二)[N]. 朝鮮日報, 1933-10-25.

103. 金光洲. 上海를 떠나며：流浪의 港口에서(完)[N]. 동아일보, 1938-2-23.

104. 金光洲. 上海를 떠나며：流浪의 港口에서[N]. 동아일보, 1938-2-18, 19.

105. 金光洲. 現代中國受難期의 劇作家：田漢과 그의 戲曲을 論함(三)[N]. 동아일보, 1935-11-19.

106. 金光洲. 現代中國受難期의 劇作家：田漢과 그의 戲曲을 論함(一)[N]. 동아일보, 1935-11-16.

107. 金光洲. 新春片感(上)[N]. 朝鮮日報, 1933-1-7.

108. 金光洲. 新春片感(完)[N]. 朝鮮日報, 1933-1-8.

109. 金光洲. 幸福된 家庭[N]. 朝鮮日報, 1933-1-29.

110. 金光洲. 中國文壇의 現勢 一瞥：1 年間의 論壇·創作界·刊行物界 等(四)[N]. 동아일보, 1935-2-8.

111. 金光洲. 中國文壇의 最近動向(六)[N]. 동아일보, 1936-2-26.

112. 金光洲. 中國文壇의 最近動向(四)[N]. 동아일보, 1936-2-23.

113. 金光洲. 中國文壇의 最近動向(五)[N]. 동아일보, 1936-2-25.

114. 金光洲. 中國文壇의 最近動向(一)[N]. 동아일보, 1936-2-20.

115. 金光洲. 中國푸로文藝(4)：運動의 過去와 現在[N]. 朝鮮日報, 1931-8-7.

116. 金光洲. 봄은 오리니[N]. 朝鮮日報, 1933-2-19.

117. 金光洲. 그[N]. 朝鮮日報, 1933-2-5.

118. 金光洲. 짓밟힌 四葉클로-버[N]. 朝鮮日報, 1933-1-14.

119. 金明水. 두 電車, 인스펙터[N]. 東亞日報, 1930-2-6.

120. 金台俊. 古典涉獵 隨感[N]. 동아일보, 1935-2-9-16;

121. 金台俊. 外國文學專攻의 辯(6)[N]. 東亞日報, 1939-11-10.

122. 劇研第十一回公演 劇本一部變更「湖上의 悲劇」으로 代充[N]. 동아일보, 1936-5-21.

123. 李魯夫(李明善). 救國文學과 國防文學(2)[N]. 조선중앙일보, 1948-6-27.

124. 李陸史. 魯迅 追悼文[N]. 朝鮮日報. 1936-10-29.

125. 李陸史. 自己深化의 길: 崑崗의 『輓歌』를 읽고[N]. 朝鮮日報, 1938-8-23.

126. 李明善. 春香傳과 異本問題·艷情小說 是非[N]. 東亞日報, 1938-7-16; 李明善.

127. 李明善. 村山知義氏에게: 春香傳 映畫化를 앞두고[N]. 每日新報, 1938-11-6.

128. 李明善. 高橋亨先生의 프로필: 先生의 停年引退를 앞두고[N]. 每日新報, 1938-10-16;

129. 李明善. 古代小說의 大衆性[N]. 中央新聞, 1946-3-17;

130. 李明善. 理想도 情熱도 詩조차 업는 風景[N]. 每日新報, 1938-5-15;

131. 李明善. 論說: '고맙습니다' 와 感謝의 생활[N]. 朝鮮日報, 1938-11-7.

132. 李明善. 現代支那의 新進作家[N]. 每日新報, 1938-12-11.

133. 李明善. 무엇보다 自尊心을! [N]. 每日新報, 1939-1-5.

134. 李明善. 用語解說 '듸렛탄트'[N]. 每日新報, 1938-5-22.

135. 李明善. 봄, 俗된 봄[N]. 每日申報, 1938-4-3;

136. 李明善. 현대 學生의 面貌[N]. 每日申報, 1938-3-27;

137. 李慶孫. 그 後의 魯迅: 丁君의 魯迅論을 읽고(上)[N]. 朝鮮日報, 1931-2-27.

138. 李慶孫. 그 後의 魯迅: 丁君의 魯迅論을 읽고(下)[N]. 朝鮮日報, 1931-2-28.

139. 李無影. 嶺南走看記(二)[N]. 동아일보, 1935-5-2.

140. 梁白華 譯. 阿Q正傳(十八)[N]. 朝鮮日報, 1930-2-04.

141. 梁白華 譯. 阿 Q 正傳(五)[N]. 朝鮮日報, 1930-1-10.

142. 梁白華 譯. 阿 Q 正傳(一)[N]. 朝鮮日報, 1930-1-4.

143. 梁白華. 支那의 小說과 戲曲에 대하여[N]. 每日申報, 1917. 11. 6~9

144. 魯迅記念講演會[N]. 동아일보, 1947-10-17

145. 朴承極. 山村의 一夜(下)[N]. 동아일보, 1938-4-13.

146. 權煥. 조선예술운동의 당면한 구체적 과정[N]. 中外日報, 1930-9-2;

147. 上海에 朝鮮人劇團 보헤미안劇社 誕生[N]. 동아일보, 1934-10-19.

148. 社會主義同盟會：革命旗爭奪戰=直히 解散命令[N]. 東亞日報, 1921-5-11.

149. 天台山人(金台俊). 蔣光慈氏 著「碎了的心」을 닑고(上)[N]. 朝鮮日報, 1933-1-20.

150. 天台山人(金台俊). 文學革命 後의 中國文藝觀[N]. 東亞日報, 1930-11-12.

151. 天台山人(金台俊). 文學革命 後의 中國文藝觀(十四)：創作界의 一瞥, 主로 小說[N]. 東亞日報, 1930-12-4.

152. 天台山人(金台俊). 文學革命 後의 中國文藝觀：過去十四年間(一)[N]. 東亞日報, 1930-11-12.

153. 天台山人(金台俊). 新興中國文壇에 活躍하는 重要作家(二)[N]. 每日申報, 1931-1-3.

154. 天台山人(金台俊). 新興中國文壇에 活躍하는 重要作家(四)[N]. 每日申報, 1931-1-7.

155. 天台山人(金台俊). 新興中國文壇에 活躍하는 重要作家(五)[N]. 每日申報, 1931-1-10.

156. 天台山人(金台俊). 新興中國文壇에 活躍하는 重要作家(一)[N]. 每日申報, 1931-1-1.

157. 在中國朝鮮人 文藝協會組織[N]. 동아일보, 1934-3-5.

158. 中國의 붉은 讀書界：書肆陳列의 70%[N]. 朝鮮日報, 1931-1-19.

159. 이육사. 一千圓 懸賞小說 選後感[N]. 朝鮮日報, 1934-1-1.

日文文献:

1. 大村益夫・布袋敏博 編. 近代朝鮮文學日本語作品選 1935–1945(評論・隨筆 3)[M]. 東京: 綠蔭書房, 2002.

2. 大内隆雄. 魯迅とその時代[J]. 滿蒙, 1931(1): 191.

3. 岡本濱吉. 城大教授評判記(三)[J]. 朝鮮及滿洲, 1937(4).

4. 井上紅梅. 支那革命畸人傳[J]. グロテスク, 1929(11).

5. 瀨沼三郎. 大支那大系(第十二卷) 文學・演劇篇(下卷)[M]. 東京: 萬里閣書房, 1930.

6. 朴允姬. 呉相淳の文学と思想: 1920 年代、東アジアの知的往還[D]. 京都: 京都造形藝術大學, 2009.

7. 三寶政美. 魯迅と朝鮮人ジャーナリスト出會い[J]. 東方, 1984(8).

8. 辛島昇. 中國現代文學の研究: 國共分裂から上海事變まで[M]. 東京: 汲古書院, 1983: 449.

9. 辛島驍. 魯迅追憶[J]. 桃源, 1949(創刊號).

10. 辛島驍. 支那の新しい文藝に就て[J]. 朝鮮及滿洲, 1930(1).

11. 中村卯一,「第四章 民族のしがらみ」,『遠い日の東アジアで』. https://kamome.org/heishi/asia/04.html. 2025-3-13.